ro
ro
ro

Sabine Wassermann wurde 1965 in Simmern im Hunsrück geboren. Sie studierte Malerei an der Städelschule in Frankfurt und lebt als Malerin und Autorin in Bad Kreuznach. Der Schwerpunkt ihrer schriftstellerischen Arbeit liegt seit langem auf dem historischen Roman.

Sabine Wassermann

Die Teufelsmalerin

Historischer Roman

Rowohlt Taschenbuch Verlag

Originalausgabe
Veröffentlicht im Rowohlt Taschenbuch Verlag,
Reinbek bei Hamburg, Mai 2007

Umschlaggestaltung any.way,
Barbara Hanke / Cordula Schmidt
(Titelbild: Christie's Images/Bridgeman Berlin)
Satz ITC New Baskerville PostScript (InDesign)
bei Pinkuin Satz und Datentechnik, Berlin
Druck und Bindung Clausen & Bosse, Leck
Printed in Germany
ISBN 978 3 499 24491 9

Die Frau malte.

Gewöhnlich taten das nur Männer.

Er kannte die Symptome unterschiedlichster Krankheiten und wusste, wann jemand an einer Geschlechtskrankheit litt und nicht an der Pest, so wie der Mann, der rasselnd hinter ihm auf dem Strohbett schnarchte. Von Malerei und ähnlichen Dingen verstand er nichts. Aber er wusste, wann eine Frau etwas Unangemessenes tat.

Diese Frau tat zweifellos etwas höchst Unangemessenes. War schon nicht der Pinsel, den sie hielt, mit seinem schlanken Stiel und der geschmeidigen Haarspitze derart beschaffen, dass ein weibliches Wesen die Finger davon lassen sollte? Er reckte den Hals, um besser durch den Türspalt schauen zu können. Die Frau, die er als die Tochter seines Patienten erkannte, saß auf einem Schemel, den Rücken ihm zugewandt, das Kleid üppig um den Hintern gebauscht. Er neigte sich noch ein Stück vor. Den Pinsel hielt sie in der rechten Hand. Wenigstens in der guten, dachte er und bekreuzigte sich. Rechts von ihr war ein Tischchen, auf dem allerlei Näpfe und Tiegel standen. Er vernahm einen scharfen, nicht unangenehmen Geruch nach Terpentin, der ihm wohl vertraut war, da er es selbst benutzte, um Salben zu rühren. Sie streckte die Hand aus und ließ die Pinselspitze scheinbar wahllos über ein Holzbrett gleiten, auf dem Farbkleckse wie bunte Kügelchen klebten. Ihr bloßer Unterarm war mit Farbspritzern besudelt.

Sie isst nicht genug, dachte er, ihre Gliedmaßen sind

zu mager – wie bei den Frauen, die sich zerlumpt und bettelnd jedem Spanier und jedem Mönch anboten. Doch die Linie ihres Oberkörpers war ansehnlich, das haselnussfarbene Haar glänzend. Sie hatte es am Hinterkopf hochgesteckt; einige Strähnen hatten sich aus dem Knoten gelöst und streichelten ihren Nacken.

Was malte die Frau? Wenn er mehr als ihren Rücken und den kleinen Ausschnitt des Tisches sehen wollte, musste er sich ein Stück nach vorne wagen. Vorsichtig trat er durch die Tür. Der Dielenboden knarrte leicht, doch die Frau schien es nicht wahrzunehmen. Sie war in ihre Arbeit versunken.

Nun konnte er sie im Profil betrachten. Ihre Wangen waren leicht gerötet und mit winzigen Farbklecksen versehen. Vor ihr stand die Staffelei mit dem Gemälde. Die Leinwand war zum großen Teil noch weiß, und von dem, was bereits gemalt war, erkannte er nur wenig, denn das Licht der mit drei Kerzen bestückten Lampe, die auf einem Ständer links neben der Frau stand, spiegelte sich in den Farbflächen. Er glaubte, ein Gesicht auszumachen, darunter eine Hand, aber er war sich nicht sicher. Dafür sah er jetzt umso deutlicher, was sich auf dem Tisch befand: Töpfchen, ein Humpen, aus dem Pinsel ragten, Lumpen. Und noch etwas.

Was war das? Eine Figur? Narrte ihn das Flackern der Kerzen, oder bewegte sich das Ding? Es wirkte, als spanne es die Muskeln an. Vielleicht eine Katze? Würde ein Tier, welches auch immer, so lange stillhalten?

Nein, dieses Wesen war etwas anderes. Es besaß kein Fell, seine Haut war glatt und grau. Er erkannte eine Fratze, die nur entfernt einer Hundeschnauze glich, Hörner und große, nach hinten stehende Ohren. Es hatte Krallen.

Und dann begriff er.

Es war einer jener Dämonen, die nachts den Frauen die Botschaft des Teufels einflüsterten. Womöglich der Teufel selbst.

Ja, so musste es sein.

Er presste die Hand vor den Mund, um ein Keuchen zu unterdrücken. Er war entsetzt. Vielleicht irrte er sich. Diese Frau war doch unbescholten und von rechter Herkunft, wenngleich noch nicht verheiratet. Wenn er sich nicht täuschte, war sie dreiundzwanzig Jahre alt, für eine Jungfer nicht mehr ganz jung, aber doch alt genug, um für die Einflüsterungen des Widersachers ein offenes Ohr zu haben. Und dieses Wesen – es existierte, es war kein Trugbild! Folgte der Blick aus den trüben, kreisrunden Augen nicht der Bewegung ihrer Hand, wenn sie den Pinsel in den Humpen tauchte und über die Leinwand gleiten ließ? Ja, das Tier starrte sie begierig an, als wolle es jeden Moment aufspringen, die Zähne in das Fleisch ihres Armes pressen und sich an ihrem Blut laben.

Er schloss die Augen, atmete tief ein, um sich zu beruhigen. Er musste sofort das Haus verlassen, sie durfte nicht merken, dass er sie im Zimmer gesehen hatte. Zwar würde sie es seltsam finden, dass er sich nicht verabschiedet hatte, aber darauf konnte er jetzt keine Rücksicht nehmen.

Sein Patient, ihr Vater, hatte sich auf die Seite gedreht und atmete in sein Kissen. Die Luft schien plötzlich noch stickiger. Er versuchte, seinen Spitzenkragen zu öffnen, aber das kostete nur Zeit. Draußen konnte er ungehindert atmen, konnte schreien, wenn er es anders nicht mehr ertrug. Vorsichtig verließ er das Zimmer und verfluchte innerlich das Knarren der Dielen.

Die Tür, die zur Treppe führte, war nur ein paar Schritte entfernt. Hinaus, nur hinaus. Und dann sofort in die

Kirche, um sich im Beichtstuhl die unglaubliche Entdeckung von der Seele zu reden. Danach zu denen, die mit derlei Dingen vertraut waren. Sie würden wissen, was zu tun war.

Teil I

23. Dezember 1631 bis 4. Januar 1632

Kapitel 1

Die Gasse war leer. Nicht einmal Hunde ließen sich blicken, um nach Essenskrumen Ausschau zu halten, die die fremden Eroberer aus den Hosentaschen schüttelten. Sieben Stiefelpaare aus wasserdichtem Juchtenleder stampften auf dem Kopfsteinpflaster und ließen den grauen Schnee hoch spritzen. Pelzverbrämte Mäntel wehten, Musketen schlugen gegen Proviantbeutel, Partisanenschäfte klopften im Takt der Schritte auf die Pflastersteine. Einer der Schweden sang ein Kriegslied. Es klang seltsam.

Der Heereszug des Löwen von Mitternacht hatte Mainz erreicht, und wäre dies eine protestantische Stadt gewesen, so hätte sie sich ihm zu Ehren mit Strohbündeln und Laubgirlanden geschmückt, doch hier, in der katholischsten aller Städte, der *besonders geliebten Tochter der Römischen Kirche*, wurden die fremden Männer feindselig empfangen. Thomas Hartenberg blickte verstohlen zu den Häusern hinauf. Die meisten Fensterläden waren verschlossen, und wenn sich ein Gesicht blicken ließ, verschwand es sofort wieder. Vielleicht gab es in anderen Teilen der Stadt ein paar protestantische Bürger, die das Heer der Schweden zaghaft begrüßten; dieser kleine Trupp jedoch wurde von einem Schweigen empfangen, das eisiger war als die Dezemberluft. Der Rottmeister deutete auf ein kleines Fachwerkhaus inmitten einer Reihe kleinerer Häuser. Über der Tür hing ein verrostetes Eisenschild, das den Schutzpatron der Maler, den heiligen Lukas, zeigte. Er ließ die Hand hochschnellen, und die sechs Soldaten blieben in gefächerter Formation vor dem Haus stehen. Mit fragendem Blick hielt er eine Straßenskizze hoch.

Thomas nickte. «Ja, das muss es sein. Dies ist die Steingasse, und auf dem Türschild steht *Anselm Scherer.*»

Der Schwede nickte, ging die zwei Stufen zur Haustür hinauf und hämmerte gegen das Holz. «Anselm Scherer! Öffnet!»

Er sprach seinen Befehl mit einem eigentümlichen Akzent aus, der in Thomas' Ohren immer noch fremd klang. Die Worte durchschnitten die Stille wie zischende Degenklingen, und er meinte zu spüren, wie etliche Augenpaare durch die Ritzen der Fensterläden starrten.

Zunächst geschah nichts, das einzige Geräusch war das Schmatzen eines Schweden, der sich den Rest der Wegzehrung aus den Zähnen pulte. Der Rottmeister rief ein zweites Mal, woraufhin vom ersten Stock ein Geräusch zu vernehmen war. Langsam öffnete sich der Fensterladen zwei Manneslängen über der Tür. Die Schweden blickten nach oben, und mit einem Mal ergoss sich ein Schwall kochenden Wassers über ihnen. Die Männer stoben zurück, einer schwenkte, vor Schmerz und Wut brüllend, seinen nassen Hut.

Der Rottmeister deutete mit dem Kinn in Richtung Tür. Zwei Soldaten nahmen Anlauf und traten fest dagegen. Das Holz knirschte, ein kurzer Knall verriet, dass das Schloss geborsten war, und die Tür flog auf. Die Soldaten liefen ins Haus. Aus dem ersten Stock drang ein angsterfülltes Jammern.

Thomas ging gemächlicher und entledigte sich als Erstes der fast mannshohen Lederrolle auf seinem schmerzenden Rücken. Das Haus war düster, das Holz der Wände von dunklem, glänzendem Braun. Nur einen Schritt von der Haustür entfernt führte eine halsbrecherische Stiege hinauf; geradeaus ging es in die Küche, dem abgestandenen Kohlgeruch nach zu urteilen. Rechter Hand befand sich eine weitere Tür, die Thomas öffnete. Er fand sich in einem großen, von einer blakenden Deckenlampe nur schwach erhellten Raum wieder, der Werkstatt des Malers Anselm Scherer.

Darüber durfte er nun nach Belieben verfügen.

Er wuchtete die Rolle hinein und stellte sie an die Wand. Im Raum standen mehrere Holzkisten, aus denen verschiedene papierene und leinene Rollen ragten. In der Ecke war eine leere Staffelei aufgestellt, und vor den Fenstern stand ein riesiger Tisch. Thomas öffnete die Fensterläden, um mehr Licht zu haben. Die Decke knarrte unter den Schritten der Männer. Er schüttelte den Kopf. Was würden sie dort oben tun? Die schwedischen Soldaten, so wusste er, hatten die Anweisung, nicht zu plündern und zu morden. Taten sie es doch, sah die Obrigkeit meistens weg, und so kam es immer wieder zu hässlichen Zwischenfällen. Thomas kannte die Männer dieser kleinen Rotte nicht, er wusste nur den Namen des Anführers – Sven Persson –, der vor seiner Truppe herstolziert war, als sei er König Gustav Adolf persönlich. Persson war damit beauftragt, ihn in einer Malerwerkstatt einzuquartieren. Die Adresse Anselm Scherers stammte aus den Listen der hiesigen Zunft. Es war bereits die dritte Werkstatt, die sie aufsuchten. Die ersten beiden hatten sie geräumt und verlassen vorgefunden, doch Thomas brauchte Arbeitsmaterial und einen Gehilfen.

Bei Anselm Scherer schien er gefunden zu haben, wonach er gesucht hatte. Thomas öffnete einige Kästchen und fand mit Farbe gefüllte Schweinsblasen, Lederbeutel mit Farbpigmenten, Schlämmkreide und Krappkörnchen, Pinsel verschiedenster Größen, glasierte Fläschchen mit Terpentin und Leinöl. Er sog den Duft ein, den er so liebte, und freute sich plötzlich auf seine Arbeit. Seit die Schweden im Juli seine brandenburgische Heimatstadt Havelberg eingenommen und ihn mehr oder weniger als nützliche Kriegsbeute aufgelesen hatten, begnügte er sich mit dem Zeichnen auf feuchtem, schmutzigem Papier.

An den Gedanken, eine Werkstatt zu nutzen, die der Eigentümer nicht freiwillig hergab, musste er sich allerdings erst gewöhnen. Zwei Soldaten betraten den Raum und begannen den Inhalt der Truhen und Schränke zu inspizieren. Sie entrollten einige Bögen und ließen sie achtlos zu Boden fallen. Es sah nicht so aus, als wüssten sie solche Arbeit zu würdigen. Thomas hatte damit gerechnet und hoffte, dass sich der Schaden auf einige zertrampelte Papiere beschränken würde. Er erhaschte einen Blick auf wunderbar ausgeführte Zeichnungen, die drapierte Stoffe, Hände, Gesichter zeigten, und wandte sich ab. Er konnte nicht mit ansehen, wie respektlos die Schweden damit umgingen.

Plötzlich hörte er eine Frau schreien. Die Stiege knarrte unter hastigen Schritten. Der Schrei wurde lauter und tönte nun aus dem schmalen Flur und dann aus der Küche. Thomas starrte auf eine Zeichnung, die vor seine Füße gesegelt war, eine in Kohle gezeichnete Ansicht der Stadt. Im Vordergrund floss der Rhein. Wie friedlich die Landschaft doch wirkte, nichts verriet die Grauen der Wirklichkeit.

Seit zwei Tagen waren die Schweden innerhalb der Stadtmauern und begannen nun, sich erbarmungslos in Häusern, auf Gassen und Plätzen zu verteilen. Thomas hatte in einigen Skizzen festgehalten, was er sah: lagernde Truppen, Kinder, die zwischen ihnen umherliefen und bettelten. Misstrauische Gesichter in Hauseingängen. Breitgesichtige Dänen, hochgewachsene Stockholmer.

Die Wirklichkeit. Er starrte auf die Zeichnung und versuchte, die Geräusche der marodierenden Rotte zu überhören.

Die beiden Schweden befingerten alles, jede Truhe, jeden Schrank, jede Schachtel und vor allem die Papierbögen. Sie hinterließen Schmutzspuren, und wenn sich die Zeichnungen nicht schnell genug aufblättern ließen, halfen sie mit dem Messer nach. Thomas ging zur Tür, er wollte draußen warten, bis das Elend vorbei war, als der Mann, der Anselm Scherer sein musste, in den Raum taumelte. Was er in seiner Werkstatt sah, ließ ihn erzittern.

Der Maler hastete auf den Tisch zu, als wolle er sich darauf werfen und mit seinem Körper schützen, was noch übrig war, aber einer der beiden Schweden packte ihn am Kragen und wirbelte ihn herum, sodass er mit dem Gesäß gegen die Tischkante stieß. Scherer umklammerte mit beiden Händen den Unterarm des Soldaten, aber er vermochte sich nicht zu wehren, zu alt und schwach war er. Als eine Frau, wohl die Schererin, erschien, ließ der Schwede ihn los. Scherer breitete hilflos die Arme aus, als die Frau auf ihn zueilte.

Ihr Kleid war vorne nass und stank nach Kohl. Aber es war nichts verrutscht, lediglich ein kurzer Riss im Ausschnitt verriet, dass die Schweden an ihr herumgezerrt hatten. Ihr Gesicht war vor Zorn gerötet.

Ihr Mund öffnete sich zu einem stummen Protestruf, als sie mit dem Finger auf einen der beiden Schweden deutete, der eine Ölskizze aus einem Leinwandstapel gezogen hatte und damit herumwedelte. Der andere Soldat schrie auf Scherer ein, offensichtlich wollte er ihm eine Auskunft entlocken. Aber Anselm Scherer zuckte nur unter den fremd klingenden Worten zusammen.

Sie wissen, dass er sie nicht versteht, dachte Thomas. Es macht ihnen Spaß.

Der alte Maler starrte den Soldaten an, als versuche er, wenigstens ein paar schwedische Wörter zu verstehen. Der Soldat wiederholte in bellendem Ton seine Frage und schüttelte das Bild. Es zeigte eine gekrönte, das Jesuskind säugende Madonna.

«Er will wissen, welchem Glauben Ihr angehört», sagte Thomas.

«Wir sind gute Christen», antwortete Scherer.

«Was für Christen?»

Das war Sven Perssons schneidende Stimme, der stolzierenden Schrittes die Werkstatt betreten hatte. Hinter ihm drängte der Rest der Soldaten hinein. Die beiden Schweden hielten nun inne und blickten ihren Herrn erwartungsvoll an. Persson streifte einen Handschuh ab und hob einige der Zeichnungen an, jedoch mit lustloser Miene. «Was für Christen?», wiederholte er und ging dicht an Scherer und seiner Frau vorbei. Er näherte sich Thomas, bis nur wenige Handbreit ihre Gesichter trennten. Der Schwede war einen halben Kopf größer als er, hatte blassblondes Haar, das ihm bis auf die Schultern fiel, und trug wie fast alle Schweden den modischen Spitzbart, um ihrem König nachzueifern. Sven Persson blickte auf Thomas herab, sein rechter Mundwinkel verzog sich zu einem Lächeln. Sein Blick allerdings blieb kalt.

«Meister Hartenberg, Ihr seid zu weich. Glaubt Ihr, diese beiden da werden Euch folgsam sein? Zeigt nicht so deutlich, wie unangenehm Euch die Situation ist. Fast könnte man meinen, Ihr würdet Furcht verspüren.»

«Unsinn», brummte Thomas.

«Oh, natürlich ist es Unsinn. Dennoch werdet Ihr Euch sicherer fühlen, wenn ich Euer künftiges Gesinde beizeiten Respekt lehre.» Persson drehte sich um. «Also, Anselm Scherer: Was für Christen seid ihr? Die dem Papst folgen oder dem Luther?»

«Wem?», sprang es empört aus dem Mund der Schererin. Ihr Mann berührte sie an der Schulter.

Einer der Soldaten deutete auf die Madonna. Persson hob die Brauen. «Da haben wir ja die Antwort. Du hast der Maria eine Krone gemalt. Das sieht doch sehr katholisch aus.»

Scherer zögerte, als überlege er, ob er das respektlose «Du» unwidersprochen hinnehmen solle. «Es ist eine Zeichnung.»

«Wie?»

«Eine Zeichnung – keine Malerei. Malen tut man mit flüssigen Farben.»

Persson zog sich gemächlich den Handschuh wieder über. «Glaubst du, das interessiert mich?», sagte er, und dann, als besinne er sich: «Du bist also ein Maler. Wo sind denn deine Gemälde?»

«Ich … ich habe keine. Nur ein paar alte Ölskizzen. Leinwand und Farben sind unerschwinglich zur Zeit, wir können uns gerade so ernähren.»

«Ach! Mit dem Papier gehst du aber recht verschwenderisch um, wie mir scheint.»

«Das stammt alles noch aus besseren Zeiten.»

Persson legte lässig die Hand an seinen Degen und begann um den Tisch zu wandern. «Und es geht dir so gut, dass du nichts davon verkaufen musst?»

«Das ist es nicht, Herr.» Scherers Blick folgte dem Schweden. «Es will nur niemand etwas kaufen, weder Zeichnungen noch leeres Papier.»

«Du hast da eine riesige Staffelei stehen. Vermutlich hast du, als du hörtest, dass der König von Schweden deine Stadt zu bekehren gedenkt, deine Bilder versteckt. Ich will sie sehen.» Persson stand jetzt so dicht neben Scherer, dass dem Maler der Schweiß von der Stirn tropfte. Seine Frau vergrub das Gesicht in seiner Schulter. Seine

Fingerabdrücke würden sich wohl noch lange auf ihren Armen abzeichnen.

«Ich will es Euch zeigen», flüsterte der Maler. «Wenn Ihr dann nur geht.»

«Aber natürlich.» Persson lächelte. «Glaubst du, es macht uns Freude, hier zu sein? Wir sind immer froh, wenn wir nach dem Tagwerk irgendwo lagern dürfen. Also beeile dich.»

Anselm Scherer schob seine Frau von sich, machte zwei Schritte und blieb mit gesenktem Kopf vor einem der Soldaten stehen, bis dieser begriff, dass er beiseite treten musste. Scherers Kopf senkte sich noch mehr, als er an ihm vorbeiging und ein schmales mannshohes Regal hervorzog. Die Köpfe der Männer reckten sich neugierig. Das Regal hatte den seitlichen Einlass zu einem Hohlraum verborgen, der vom Fußboden bis zur Decke ging.

«Eine doppelte Wand!», rief Persson. «Ist das hier so üblich, oder hast du das eigens unseretwegen gezimmert?»

«Das stammt noch aus der Zeit, als die Spanier kamen», murmelte Scherer. Bedächtig zog er ein auf einen Keilrahmen gespanntes Gemälde heraus. Es überragte ihn um einen Kopf und war fast ebenso breit wie hoch. Er fasste es am Stützkreuz und drehte es zu Persson hin. Thomas hörte, wie der Schwede und seine Schergen die Luft anhielten.

Es war ein wunderbares Bild. Thomas kannte die Gemälde Caravaggios, Renis und die der Caracci-Familie. Er kannte auch einige Kopien holländischer Meister, die sich so gar nicht mit jenen aus Italien vergleichen ließen. Dieses hier war zwar noch im alten deutschen Stil gehalten, aber es war atemberaubend schön. Es zeigte die Madonna mit dem Christuskind auf dem Schoß und den jungen Täufer, der sich an ihr Knie drängte. Ihr edles Gesicht war Johannes zugeneigt und lächelte mit Mutterstolz. Mit filigranen Fingern hielt sie das rosige Gesäß des Gottessohnes, ein rot glänzender seidiger Mantel verbarg ihren Körper. Der Stoff wirkte wie echt, als könne man ihn berühren und knistern lassen. Eine Locke trat aus dem Schleier der Madonna hervor, man wollte dagegen blasen, um sie aufwehen zu lassen. Selbst die Wimpern wirkten echt. Über ihrem Haupt schwebte eine goldleuchtende Krone.

«Das ist ja die gleiche Madonna wie auf der Zeichnung», platzte Persson heraus. «Nach dieser Zeichnung hast du das Bild gemalt?»

Scherer sah hinter dem Gemälde hervor und nickte. Persson gebot ihm mit einer Handbewegung, es an die Wand zu lehnen. In Scherers Augen war die Hoffnung zu erkennen, dass der Schwede beeindruckt genug war, um sich keines weiteren Frevels schuldig zu machen.

Der Maler trat wieder zu seiner Frau, die schutzsuchend seinen Arm umklammerte. Perssons blassblaue Augen wanderten von ihr zu Scherer. Eine Zornesfalte bildete sich auf seiner Stirn.

«So! Du hast also die Götzenmadonna nicht nur gezeichnet, sondern auch noch auf diesem Bild verewigt!»

«Im Auftrag des Kurfürsten», antwortete Scherer. «Leider ist er geflohen, bevor ich es ihm übergeben konnte.»

«Soll dich das entschuldigen?» Der Schwede trat an das Bild, kniff die Augen zusammen und reckte scheinbar neugierig den Kopf. Thomas konnte sich nicht vorstellen, dass Persson sich wirklich für Einzelheiten interessierte. Jede Bewegung des Schweden schien nur dazu zu dienen, Scherer einzuschüchtern.

Oder mich, dachte Thomas.

Persson legte die Hände auf den Rücken, während er sich bückte, um auch die untere Hälfte des Gemäldes betrachten zu können. Schließlich richtete er sich mit einem Seufzer auf.

«So eine kleine Zeichnung ist eine Sache. Dieses Gemälde aber ist ein Götzenbild, das einfältige Leute dazu verführt, eine Sterbliche statt den einen wahren Gott anzubeten. Es muss vernichtet werden.»

Die Gesichtszüge des Malers erschlafften. «Das ist nicht Euer Ernst. Großer Gott, nein.»

«Du willst es nicht einsehen?»

«Ich habe ein ganzes Jahr daran gearbeitet! Es ist mein schönstes Bild.» Der Maler löste sich von seiner Frau, trat einen Schritt vor und hob bittend die Hände. «Ihr könnt es nicht zerstören! Die Zeichnungen meinetwegen, ich zeige Euch gern noch mehr, die könnt ihr zerschneiden. Aber nicht das Gemälde!»

«Ich tu es ja nicht. Du wirst es selbst tun.»

Scherer rang nach Luft. Der Schwede nahm wahllos irgendeine Zeichnung vom Tisch, riss ein Stück davon ab und drehte es zu einer kleinen Rolle. Dann trat er unter die Deckenlampe und öffnete mit spitzen Fingern das Glastürchen.

«Was soll das?», rief Thomas. «Das ganze Haus kann abbrennen.»

Persson runzelte die Stirn und ließ die Rolle sinken. Einer der Soldaten schlug vor, das Bild hinauszutragen und auf der Straße anzuzünden. Die anderen lachten erwartungsvoll, aber der Hauptmann hob die Hand.

«Wir wollen doch nicht die Nachbarn beunruhigen. Außerdem soll es der Maler selbst tun, und was, wenn er da draußen Geschrei macht? Gebt mir ein Messer.»

Sofort griffen alle nach ihren Gürteln, und der Schnellste händigte sein Messer aus. Persson prüfte die Schneide, wendete es ein paar Mal in der Hand und reichte es mit dem Griff voran dem Maler. Scherer nahm es entgegen, aber er schien nicht zu begreifen, was er damit anfangen sollte.

«Ein paar Schnitte, und schon ist es passiert.» Persson lächelte aufmunternd. «Es ist nur dein Fleisch, das sich sträubt, aber deine Seele wird gereinigt sein.»

Jetzt gab er Scherer einen Stoß, sodass er vor das Bild stolperte. Er blickte zur Madonna hinauf, seine Arme hingen schlaff herab. Tränen traten ihm in die Augen.

«Hauptmann Persson», sagte Thomas und hoffte, dass seine Stimme keine Unsicherheit verriet. «Um dieser wundervollen Kunst willen ersuche ich Euch, nicht auf Euerm Vorhaben zu bestehen. Es ist zu wertvoll.»

«Es ist schändlich», erwiderte Persson unbeeindruckt. «Ich halte es da ganz mit Calvin.»

«Ihr könntet verlangen, die Krone zu übermalen. Es geht doch nur um diese unselige Krone.»

«Damit er sie später wieder hinzufügt? Versucht nicht, mich auf den Arm zu nehmen, er könnte brechen. Und nun, Scherer, fang an.»

Scherers Körper wurde von einem plötzlichen Schluchzen geschüttelt. Das Messer entglitt ihm. «Ich flehe Euch an, Herr, begreift doch! Ich kann das nicht.»

Persson verschränkte die Arme und drehte eine weitere Runde um den Tisch. Es bedurfte nur eines Blickes, und schon waren zwei Soldaten zur Stelle, um den Maler zu züchtigen. Einer drehte ihm die Hände auf den Rücken, der andere schlug ihm mit der Faust ins Gesicht. Scherer jaulte auf; sie ließen ihn los, und er fiel hart auf die Knie. Seine Frau wollte zu ihm eilen, aber schon wurde sie hinterrücks von einem Soldaten gepackt.

Sie wand sich in seinem Griff und begann zu heulen. «Was wollt ihr denn von uns? Geht doch zum Güntelein, der hat noch viele Gemälde und ein großes Haus dazu. Brennt's doch dem ab!»

Persson lachte. «Schuldet er euch noch Geld, oder warum verleumdest du ihn?»

«Er ist Maler. Er hat die Stadt nicht verlassen, weil er mit der gallischen Krankheit im Bett liegt. Hätten *wir* sie doch nur verlassen!», jammerte sie. Jetzt strampelte sie mit den Füßen, um sich zu befreien.

«Ein zügelloses Mundwerk hast du», befand Persson und wandte sich wieder Scherer zu, der noch immer auf dem Boden kniete. Er nahm den Malstock, der auf der Ablage der Staffelei lag, und schlug ihm damit auf den Rücken. Scherer sackte zusammen und biss sich auf die Finger, doch den Schmerzensschrei konnte er nicht unterdrücken.

«Los jetzt!», schrie Persson und gab ihm einen Tritt mit dem Fuß, sodass er in zusammengekrümmter Haltung zur Seite rollte. «Erbärmlicher Mensch, meine Geduld ist am Ende.»

Thomas sah nicht, wie Persson dem Schweden, der die Frau fest im Griff hatte, einen Wink gab. Vielleicht wusste der Soldat aus Erfahrung, was sein Herr von ihm erwartete. Er wirbelte sie herum und warf sie auf den Tisch. Papiere fielen zu Boden. Er schob ihr den Rock hoch und öffnete seine Hose; schon lag er auf ihr, und als ob sie gerade erst begriff, wie ihr geschah, begann sie zu schreien und zu strampeln. Doch mit wenigen Handgriffen drückte er sie auf den Tisch, während er sein Glied an ihrem entblößten Unterleib rieb.

Thomas trat vor, und sofort deutete Persson mit dem Stock auf ihn. «Stört mich jetzt nicht, Hartenberg, es würde den beiden nur noch schlechter bekommen. Er braucht nur zu gehorchen, dann geschieht ihr nichts.»

«Ich wusste nicht, dass Ihr so durchtrieben seid.» Thomas wischte sich über den Mund, als habe der Schwede ihn angespuckt. «Wen wollt Ihr damit beeindrucken? Mich?»

«Ich zähme diese beiden für Euch, denn sie sollen Euch doch dienen, nicht wahr? Mein Auftrag lautet, dieses Haus für Euch in Besitz zu nehmen. Woher wollt Ihr wissen, dass sie Euch später nicht das Leben schwer machen, hinterrücks Eure kostbaren Zeichnungen beschädigen oder Euch gar vor die Tür setzen? Ich verspreche Euch, dass diese beiden keine Schwierigkeiten machen werden.»

Thomas sah ihn verblüfft an. Aus der Sicht eines Soldaten war dies vielleicht sogar eine einfache, traurige Wahrheit. Er schüttelte den Kopf. «Mir liegt nichts an einem solchen Versprechen. Es sollte mir das Haus übergeben werden, sonst nichts.»

«Ihr werdet mir noch dankbar sein. Und nun haltet Euch zurück.»

Thomas sank auf eine der Truhen. Offenbar blieb ihm nur, zu beten, dass dies schnell und glimpflich ablaufen möge.

Der Soldat kämpfte verzweifelt um eine Erektion. Der Wortwechsel hatte es ihm nicht leichter gemacht. Mit verbissenem Fleiß rieb er sein Glied am Bauch der Schererin, während sich seine Finger in ihre Hüften gruben. Sie lag wehrlos da, leise wimmernd, den Kopf zur Seite gedreht. Ihre Haube hatte sich gelöst und zeigte hellbraune Strähnen, in denen Grau schimmerte. Trotz ihres Alters war sie eine ansehnliche Frau, die so gar nicht zu dem schmächtigen Maler zu passen schien. Als das Stöhnen des Schweden schneller wurde, schlug sie die Hände vors Gesicht. Er war so weit.

«Nein», keuchte Scherer und rappelte sich auf. «Nein, er soll aufhören. Ich gehorche.»

Persson rief einen Befehl aus, und der Soldat richtete sich mit einem enttäuschten Grunzen auf. Die Schererin rührte sich nicht. Der Maler hob das Messer auf und wandte sich dem Gemälde zu. Sein Mund stand offen, Tränen rannen ihm übers Gesicht. Thomas glaubte nicht, dass es ihm gelingen würde, Perssons grausamer Anweisung zu gehorchen. Wahrscheinlich musste Persson ihm das Messer aus der Hand reißen und es selbst tun. Doch plötzlich hob Scherer das Messer und begann, mit wilden Verzweiflungsschreien auf sein Bild einzustechen.

«Ja, gut so, weiter», nickte Persson. Die Soldaten klatschten und johlten, während Scherer wie von Sinnen auf die Leinwand einstach. Thomas schob sich an den Männern vorbei, hastete durch den Flur hinaus in die Kälte. Er hatte das Gefühl, sich übergeben zu müssen, aber er würgte nur. Ziellos machte er einige Schritte. Konnte das alles wahr sein? Diese Frage hatte er sich in den letzten Monaten schon viel zu häufig stellen müssen.

«Meister Hartenberg?»

Thomas hob den Kopf. Zwei Schauerbuben standen vor ihm, in Begleitung eines deutschen Söldners. Sie stellten eine lederne Truhe vor ihm ab und rissen sich die Mützen vom Kopf, in der Hoffnung, einen Heller zu kassieren. Thomas richtete sich auf, wischte sich übers Gesicht und bemühte sich, gefasst zu wirken.

«Wir haben die Truhe nicht aufgemacht», sagte einer der Jungen ernst. «Wir stehlen nicht.»

«Schon gut», murmelte Thomas. Er löste das Tau, mit dem die Truhe verschlossen war, hob den Deckel an und wühlte in seinen Sachen. Wahrhaftig, der Beutel mit dem Schwarzbrot und dem Käse war unversehrt. Er kramte einen Heller unter den Wäschestücken hervor und warf ihn dem Jungen zu. Der rannte sofort in die Richtung, aus der sie gekommen waren, doch der zweite blieb stehen. Thomas nahm an, dass auch er etwas abstauben wollte, um mit seinem Freund nicht um den Heller raufen zu müssen, aber er täuschte sich. Der Junge machte einen Diener und sagte ihm, dass er im Großen Turm zu erscheinen habe, einem der zahlreichen Stadttore am Rheinufer.

«Was soll ich denn da?», fragte Thomas verwundert.

«Das weiß ich nicht. Der Büttel hat mir nur gesagt, dass ich ja nicht vergessen soll, es Euch auszurichten, als er mitbekam, dass wir Euch die Truhe bringen. Ich glaube aber, es geht um eine Hexe. So hab ich's aufgeschnappt.»

«Eigenartig, mit derlei Dingen habe ich doch sonst nichts zu schaffen.» Thomas kramte einen zweiten Heller heraus. Viel besaß er nicht mehr, da kam es darauf auch nicht mehr an. Der Junge bedankte sich und lief weg. In diesem Moment traten Persson und seine Männer auf die Straße.

«Schlechte Nachrichten?», fragte Persson, schien jedoch keine Antwort zu erwarten. «Ich lasse zwei Männer draußen als Wache zurück. Sollte es Probleme geben, braucht Ihr sie nur zu rufen. Aber das ist unwahrscheinlich.»

«Nehmt sie mit.»

«Wie Ihr wollt.» Persson zupfte zum Abschied an der Hutkrempe. Thomas achtete kaum darauf, wie die Soldaten abzogen. Er nahm die Truhe, ging in den Flur zurück und schloss die Tür hinter sich. Eine Hexe? Er kannte keine Hexe, woher auch? Er war doch ein Fremder in dieser Gegend. Gut, Hexennester konnten überall sein, auch da, wo man sie niemals vermutete. Bloß was hatte er damit zu tun?

Er blieb an der Schwelle zur Werkstatt stehen, lehnte sich mit der Schulter an den Türrahmen und rieb sich die Stirn. Plötzlich herrschte eine so eigentümliche Stille, dass er kurz das Gefühl hatte, er hätte alles nur geträumt. Doch da war das Madonnenbild, das jetzt nur noch in Fetzen im Rahmen hing. Und die beiden gedemütigten Menschen, die ihn wortlos seiner Tatenlosigkeit anklagten. Die Schererin lag noch immer auf dem Tisch, nun auf der Seite in gekrümmter Haltung. Sie tat nichts, ihren entblößten Unterleib zu bedecken, sondern gab sich einem lautlosen Weinkrampf hin. Vor dem Tisch kauerte der Maler, den Kopf in die Hände gestützt und von leisem Schluchzen geschüttelt.

Kapitel 2

Sie hörte Schritte auf dem Gang widerhallen. Henrietta kroch aus ihrer Ecke und kauerte sich vor die in Bodenhöhe angebrachte Essensklappe. Schon schwang das Holz zurück, und ein Stiefel schob eine tönerne Schale hinein, wobei die faulige Brühe überschwappte. Schnell stellte Henrietta die Schale beiseite und presste die Wange auf den Boden, um einen Blick nach draußen zu erhaschen. Doch sie sah nicht weiter als bis zu den Knien des Soldaten.

«Welcher Tag ist heute?», fragte sie.

«Das fragst du jeden Tag, Weib.»

«Wenn du's mir auch nie sagst!»

Sie wartete darauf, dass die Stiefelspitze die Klappe energisch zuschlug, doch dieses Mal ließ sich der Mann Zeit.

«Die Alte, die bei dir ist», sagte er, «wird gleich abgeholt. Sie wird hingerichtet. Du weißt doch, was sie getan hat, oder?» Henrietta drehte den Kopf zu der Frau, die in einer Ecke an der kalten Wand kauerte und wirres Zeug vor sich hin flüsterte.

«Ja», murmelte Henrietta. Von einem Angelusfeuer war die Rede, das die alte Frau über einen Bauern und seine Familie geschickt haben soll, sodass sie alle an innerem Fieber verbrannt seien. Henrietta konnte kaum glauben, dass dieses alte verfallene Bündel zu so etwas imstande war, dennoch hatte sie sich von ihr ferngehalten. Gerade die unscheinbaren Alten, so hieß es, waren zu den grausamsten Taten fähig.

«Das soll bis morgen erledigt sein», erklärte der Soldat. «Morgen ist Heiligabend.»

Henrietta atmete erschrocken die stickige Luft ein. War sie tatsächlich schon einen Monat lang hier? Die Zeit war ihr unendlich lange vorgekommen, und doch konnte sie es jetzt kaum glauben.

Der Mann schien ihre Gedanken zu erraten. «Es gibt Unholde, die hausen hier ein Jahr oder länger, also beklag dich nicht.»

«Ich bin keine Unholdin, so hör doch!», rief Henrietta.

Die Klappe flog zu, und ihr Kopf fuhr zurück. «Das sagst du jeden Tag», hörte sie den Mann ein zweites Mal sagen, und seine Worte verklangen im Gang.

Verzweifelt nahm Henrietta die Schale, setzte sich in den Lichtstrahl unterhalb des vergitterten Fensters und trank die Brühe, in der ein paar Brotkrümel schwammen. An diese Art von Essen hatte sie sich nicht erst hier drinnen gewöhnen müssen, auch draußen war es nicht immer besser. Schlimmer waren die Kälte und der Gestank aus der Abtrittecke, vor der nur ein feuchter Stofffetzen hing. Daheim hätte sie den Herd befeuern können, denn Holz besaßen sie noch. So Gott wollte, würde wenigstens die Magd darauf achten, dass ihr kranker Vater nicht in seinem Bett fror. Henrietta zog die Schuhe aus und rieb sich die klammen Füße. Ihr Kleid war feucht und konnte sie nicht wärmen. Sie würde auch an Weihnachten frieren müssen, während die Menschen draußen wenigstens im Kreis der Familie feiern und das bisschen essen konnten, das in diesen Zeiten aufzutreiben war.

Oder würden sie sich aus Furcht vor den fremden Eroberern in ihren Kellern verkriechen? Henrietta hatte den Worten der Wachtposten entnommen, dass ein gewaltiges Heer von Schweden und Männern anderer Völker bei Oppenheim den Rhein überquert und im Handstreich sämtliche linksrheinischen Ortschaften in Besitz genommen hatte, bis es vor den Mainzer Toren aufgetaucht war. Kurz nur hatte die Belagerung gedauert, dann war der König von Schweden, den sie den «Löwen von Mitternacht» nannten, mit allem Prunk eingezogen.

«Aber was mag das für mich bedeuten?», murmelte sie gedankenverloren.

Ein Rascheln aus der Ecke ließ sie aufmerken. Die Alte hatte den Kopf gehoben und lächelte sie aus ihrem faltigen aschgrauen Gesicht an.

«Nichts bedeutet es», sagte die Alte, und ihre Gesichtszüge ähnelten einer Dämonenfratze. «Die Lutheraner sind nicht gnädiger, und das sind sie: Protestanten. Sie sind fast so schlimm wie Juden und Ungläubige.»

Henrietta wollte gerade den Mund öffnen, um sie zu fragen, woher sie das wisse, da hörte sie die Schlüssel klappern. Dieses Mal hatte sie die Schritte nicht bemerkt, obwohl es sogar zwei Männer waren, die das düstere Verlies betraten. Ihr Körper versteifte sich unwillkürlich, doch es war die Alte, die sie umringten und jetzt zum Aufstehen zwangen. «Ich habe nichts getan!», kreischte die Frau, während sie sich in den unbarmherzigen Griffen wand. Doch schnell knickten ihre Beine kraftlos ein, sie fiel zu

Boden und wurde wie ein Strohsack hinausgezerrt. Als die Alte aus Henriettas Blickfeld verschwunden war, war nur noch ein herzzerreißendes Heulen zu hören. Henrietta hielt sich die Ohren zu und drückte das Gesicht auf die Knie. Würde sie auch so erbärmlich schreien, wenn es bei ihr so weit war? Aber sie war doch unschuldig, sie war eine gute Katholikin, sie war …

«Henrietta Güntelein!»

Ihr Kopf flog hoch. Dicht vor ihr stand ein dritter Wächter und blickte auf sie herab. Es war derselbe, der ihr täglich das Essen hineinstieß und sie in den seltenen Momenten, wenn er das Verlies betrat, mit einer Mischung aus Gier und Stumpfsinn anstarrte. Henrietta wusste, dass Angeklagte Freiwild waren und jederzeit den Wachleuten zur Verfügung stehen mussten, aber bisher war sie verschont worden. Vielleicht war es selbst ihm zu schmutzig hier. Oder er hatte nur darauf gewartet, dass die Alte fort war.

«Steh auf», sagte er barsch. «Das Gericht wartet auf dich.»

Hastig versuchte sie, auf die Beine zu kommen. Es fiel ihr nicht leicht, denn ihre Knie zitterten. Am Tag nach der Verhaftung war sie schon einmal vor Gericht erschienen, doch damals hatte man ihren Unschuldsbeteuerungen keinen Glauben geschenkt. Kurz nur war die Befragung gewesen, sie hatte ihren Namen unter ein Dokument setzen müssen und war dann weggesperrt worden. Was würde jetzt geschehen? Sie raffte das Kleid und eilte hinter dem Mann her, der gar nicht darauf achtete, ob sie ihm folgte. Dunkel war es hier draußen, nur eine rußige Fackel in einer Wandhalterung erhellte die Stufen, sodass Henrietta gerade erkennen konnte, wohin sie trat. Am Ende der Treppe war eine dicke Eichenholztür. Sie schwang auf, und der Mann schob sie in einen

Raum, der ebenso gut ein Verlies hätte sein können, wären da nicht die hohen Herren gewesen, die an einem Tisch saßen und sie neugierig musterten. Im schwachen Schein der Öllampe schienen die Augen der Männer tief in ihren Höhlen zu verschwinden.

«Wir haben nicht viel Zeit», hörte sie einen von ihnen sagen, einen Glatzköpfigen mit grauem Bart. «In der Gerichtsstube hausen fremde Soldaten. Vielleicht sind es auch die letzten Spanier oder norddeutsche Söldner oder welche aus Schottland. Wir sollten zusehen, dass wir schnell fertig werden, damit sie, wenn sie es denn wollen, diesen verdammten Turm besetzen können. Außerdem stinkt es hier unerträglich nach Pisse.»

Henrietta bemühte sich, gerade zu stehen. Es war nicht gut, Furcht zu zeigen, denn das könnte wie ein Schuldeingeständnis wirken. Der Mann wandte sich ihr zu, als habe er erst jetzt bemerkt, dass sie eingetreten war.

«Ah, da ist sie ja», sagte er und blickte dann auf das Dokument, das vor ihm lag. «Jungfer Henrietta Güntelein, Tochter des Malers Johannes Güntelein.»

«Ja, das bin ich.»

Er lehnte sich auf seinem Stuhl zurück und zupfte an seinem Bart, als ob er dort nach Läusen suche. «Der König hat heute den Schwager seines Kanzlers, einen Mann namens Johann Eriksson Sparre, zum Statthalter des Erzstifts ernannt. Der hat angeordnet, dass alle Gefangenen bis Heiligabend abgeurteilt sein sollen, also bis morgen. Glücklicherweise seid ihr nur noch zu zweit. Die Alte, die das Antoniusfeuer geschickt hat, wird morgen früh brennen, aber du bereitest uns noch Kopfzerbrechen.»

Es saßen vier Männer am Tisch, ihrer aller Augen waren jetzt auf sie gerichtet. Auf der einen Ecke des Tisches lag ein graues Tuch, unter dem etwas verborgen war. Sie wollte lieber nicht wissen, was es war. Es jagte ihr Angst ein.

«Ich, Jakob Belsenius, meines Zeichens Richter, werde die Befragung durchführen», sagte ein Mann in einem schwarzen Mantel und Radkragen nach alter spanischer Mode. Er wandte sich kurz an den Bärtigen: «Wann wird der Sachverständige kommen?»

«Er wird nicht lange auf sich warten lassen.»

Belsenius winkte ungeduldig ab. «Lasst uns sofort beginnen. Wir brauchen ihn ohnehin nur fürs Protokoll, und wenn sich die Unholdin gefügig zeigt, nicht einmal dafür. Nun?»

«Ich bin keine Unholdin», sagte Henrietta fest und biss die Zähne zusammen. Wie oft hatte sie das nun schon gesagt? Jedoch meist zu den Wachsoldaten, die das ohnehin nicht kümmerte.

«Das werden wir sehen.» Belsenius sah sie mit kalten Augen an. «Du wirst beschuldigt, einen Incubus beherbergt zu haben. Was sagst du dazu?»

«Ich weiß nicht, was ein Incubus ist», erwiderte sie, und er schlug mit der flachen Hand auf den Tisch.

«Ein Teufelsdämon! Oder der Teufel selber!»

Henrietta zuckte zusammen. Um Himmels willen, wovon sprach er? Das alles war ein großer Irrtum – zu groß, als dass sie sich dafür hätte verteidigen können. Sie starrte den Richter hilflos an.

Belsenius legte die Hände auf den Tisch und neigte sich vor. Offensichtlich wollte er es jetzt auf die freundliche Art versuchen. «Wie es zu dieser Beschuldigung kam, das weißt du doch wenigstens, oder?»

«Nein. Ich wurde verhaftet, als ich auf dem Markt Gemüse kaufen wollte, und dann haben sie mich hier in den Turm gesperrt. Dabei wurde der … der Incubus erwähnt, aber was es damit auf sich hat, hat mir niemand gesagt.»

Er blickte flüchtig auf das Dokument. «Du hast aber ein Geständnis unterschrieben.»

«Habe ich das?», flüsterte sie und hielt verwirrt inne. «Man hat mir gesagt, ich könne gehen, wenn ich unterschreibe. Ich habe das Dokument aber nicht lesen dürfen.»

Belsenius runzelte die Stirn. «Gut, dann sage ich es dir jetzt. Jemand hat dich angezeigt. Er hat beobachtet, wie du den Teufelsdämon gemalt hast. Du bist die Tochter eines Malers, und man kennt deine Begabung. Es sollen sogar in einigen Kaufmannshäusern Porträts hängen, die du angefertigt hast.»

Henrietta blickte Belsenius mit großen Augen an. «Ich würde niemals etwas malen, was die heilige Mutter Kirche beleidigen würde, niemals! Ein Dämon? Ich weiß gar nicht, wie ein Dämon aussieht. Bitte, ist denn kein Pfarrer hier?»

Was war das nur für eine Geschichte? Und wer konnte sie angezeigt haben? Für gewöhnlich sah ihr doch niemand beim Malen zu. Außer dem Vater und ihrer Magd, der treuen Priska. Aber die würde sich eher die Zunge herausreißen lassen, als sie zu verleumden. Es konnte nur der Apotheker gewesen sein, der den Vater seit einigen Monaten regelmäßig aufsuchte, um seine französische Krankheit zu behandeln. Normalerweise arbeitete Henrietta nicht, wenn er da war, aber vielleicht hatte sie es doch einmal getan. Manchmal ließ sich die Arbeit nicht unterbrechen, wenn die Farben schnell antrockneten. Aber weshalb hatte er so eine Abscheulichkeit behauptet?

«Dass du nichts weißt, behauptest du ständig», sagte Belsenius verächtlich. «Das hilft dir nicht weiter und kostet uns nur Zeit. Die Geistlichen, die noch in der Stadt sind, haben es abgelehnt, dem Fall beizuwohnen. Sie sind genug damit beschäftigt zu beten, dass die Besatzung für sie ohne Folgen bleiben wird. Da mag sich jetzt keiner mit einem Rechtsfall befassen. Auf Gottes Gnade musst du allein hoffen.»

Die Angst kroch ihr die Kehle hoch. Vielleicht war es tatsächlich gleichgültig, was sie sagte, da sie ohnehin heute noch abgeurteilt würde. Die Schweden hatten es befohlen, und die Fragen des Richters dienten möglicherweise nur noch dazu, den Schein eines ordnungsgemäßen Verfahrens zu wahren. Sie sah es doch in den Augen der Männer: Sie hatte die Tat begangen, und nichts würde sie entlasten können. Die alte Frau kam ihr in den Sinn, wie sie ihre Unschuld aus tiefster Kehle herausgeschrien hatte. Vielleicht war sie so wenig wie ich eine Unholdin, dachte Henrietta bestürzt.

«Du widerrufst also dein Geständnis?», fragte der Richter.

Henrietta nickte.

Er seufzte auf und blickte einen Mann an, der abseits saß und bis jetzt geschwiegen hatte. «Scharfrichter, Nadelprobe.»

Der Mann erhob sich und ging betont langsam zum Tisch, wo er das Tuch zurückschlug. Henrietta musste einen Schreckenslaut unterdrücken, als sie sah, was dort lag. Auch wenn sie so etwas noch nie gesehen hatte, begriff sie sofort, dass es Marterinstrumente waren. Der ebenfalls ganz in Schwarz gekleidete Scharfrichter nahm mit düsterer Miene eine lange Eisennadel und trat hinter sie. Henrietta war kurz versucht, sich umzudrehen, aber die Angst vor dem, was ihr bevorstand, lähmte sie. Mit wenigen Handgriffen hatte er ihr Mieder geöffnet und zerrte ihr das Kleid über die Schultern. Sie wollte es vorne festhalten, doch er riss unbarmherzig daran, bis ihr Rücken ganz entblößt war.

Seine Finger kneteten ihre Haut, hoben die Arme an und befingerten sie vom Hals bis zur Taille. Plötzlich spürte sie einen Stich nahe der Wirbelsäule. Der Schmerz war nicht stark, doch sie hielt vor Schreck die Luft an.

«Es blutet», sagte der Henker. «Sonst ist hier kein Mal.»

Jetzt hob er ihr Kleid mitsamt dem Unterrock hoch. Henrietta presste die Lippen zusammen, niemals zuvor hatte sie etwas so Schamvolles über sich ergehen lassen müssen. Fast sehnte sie sich nach dem Verlies zurück. Der Henker unterließ es nicht, ihr zwischen die Beine zu greifen, sodass sie gezwungen war, die Füße weit auseinander zu stellen. Dann betastete er sie überall, zupfte an ihrer Haut, fand schließlich ein Mal und stach hinein.

«Blut», brummte er tonlos und schlug den Stoff herunter. Gewaltsam drehte er sie um und hob ihr Kleid erneut an. Er war erstaunlich geschickt darin, gleichzeitig die Fülle des Stoffes zu bändigen und ihre bloße Haut abzusuchen. Auch vorne fand er nicht das, wonach er gesucht hatte. Als er sich aufrichtete und nach dem Brusttuch ihres Kleides griff, ließ sie die Hände wehrlos sinken. Weine nicht, ermahnte sie sich, dies alles hat keine Bedeutung. Gott wird wissen, was mir anzulasten ist. Er wird Gerechtigkeit walten lassen. Diese Männer sind Sünder wie ich.

Der Henker hob ihre Brüste an und untersuchte sie. Seine Finger waren grob, verrieten aber kein Vergnügen. Ob eine nackte Frau vor ihm stand oder ein Huhn auf dem Hackklotz, war ihm vermutlich einerlei. Endlich schien er sein Soll erfüllt zu haben und trat zurück.

«Sie hat sehr wenige Male, die alle bluten», gab er zu Protokoll. Die Feder des Schreibers kratzte über das Papier. Dem enttäuschten Blick der Männer nach zu urteilen, schienen sie noch nicht auf etwas gestoßen zu sein, was sie gegen sie verwenden konnten. Doch die schaurige Prozedur hatte noch kein Ende gefunden.

Der Henker zog einen Hocker aus einer Ecke hervor und bedeutete ihr, sich darauf zu setzen. Den Männern war offensichtlich nicht daran gelegen, es ihr bequem zu machen.

«Es folgt die Erklärung der Instrumente, mit denen ...», Belsenius wurde mitten im Satz unterbrochen, als die Tür aufflog. Alle Köpfe reckten sich in Richtung des Eingangs, der fast im Dunkeln lag. Ein Mann trat ein, deutete eine Verbeugung an und blickte verblüfft in die Runde. Mit einem solchen Anblick hatte er vermutlich nicht gerechnet. Henrietta kauerte auf dem niedrigen Hocker inmitten des Raumes, die Knie angezogen und das Kleid vorne festhaltend, denn allein konnte sie es nicht wieder zuschnüren.

«Meister Thomas Hartenberg?» Belsenius schien über die Unterbrechung nicht erfreut, wies dem Neuankömmling aber einen Stuhl zu. Hartenberg ging an ihr vorbei, entledigte sich seines umbrafarbenen Umhangs, warf ihn Henrietta über die Schultern, ohne sie anzusehen, und setzte sich.

Etwas an dem Mann kam ihr vertraut vor, obwohl sie ihn noch nie gesehen hatte. Er mochte um die dreißig Jahre alt sein und strahlte mit seinem bartlosen Gesicht und den unordentlichen Haaren, die aus seinem Nackenzopf hingen, etwas Aufrichtiges aus. Bestimmt ein Handwerker, dachte sie, und plötzlich begriff sie, was ihr an ihm bekannt vorkam: Es war sein Geruch. Er roch nach Farbe und Leinöl. Kaum wahrnehmbar, den Männern war es mit Sicherheit nicht aufgefallen, aber sie täuschte sich nicht. Er war ein Maler.

«Der neue Statthalter von Mainz, Johann Eriksson Sparre, hat persönlich angeordnet, Euch als Sachverständigen zu diesem Fall zu bestellen. Woher kennt er Euch?» Der Richter reichte ihm die Anklageschrift.

Hartenberg antwortete mit einem Brummen, nahm das Schriftstück entgegen und hielt es so, dass er es im Licht der Deckenlampe lesen konnte. Belsenius schien zu warten, ob Hartenberg ihm doch noch antworten würde, aber es kam nichts, und so fuhr er fort: «Gleichzeitig forderte er, dass wir den Fall heute noch abschließen. Am schnellsten gelingt uns dies mit einer Besagung.»

«Der Folter?» Hartenberg ließ das Schriftstück sinken. «Bin ich etwa nur gerufen worden, um Euch stillschweigend zuzusehen?»

Der Richter zog die Augenbrauen zusammen. «Alles zu seiner Zeit. Eure Meinung wird zum Tragen kommen, wenn ich es für richtig erachte. Wir haben soeben das Vorkommen von Hexenmalen geprüft, es waren jedoch zweifelsfrei keine zu finden. Die Angeklagte ist bisher nicht geständig. Sollte sich dies mit dem Vorzeigen der Folterinstrumente ändern, hätten wir den Fall schnell und glücklich abgeschlossen.»

Hartenberg nickte resigniert. Er wirkte erschöpft. Etwas unbeholfen nestelte er am Ausschnitt seines Wamses, ihm musste heiß sein. Der schmale Spitzenkragen sah aus, als wäre er seit Wochen nicht gewaschen worden. Henrietta seufzte. Ob der Fremde ihr helfen wollte?

«Die Instrumente», sagte Belsenius, und sie vergaß Hartenberg. Der Scharfrichter trat näher und legte die Folterwerkzeuge eins neben das andere neben sie auf den Tisch.

«Spanischer Stiefel, Daumenschraube und Nagel», erklärte der Richter. «Der Henker wird dir zunächst die Daumenschraube anlegen.»

Der Mann packte ihre linke Hand und schob ihren Daumen zwischen zwei kleine Eisenplatten, die er gerade so weit zusammendrehte, dass das Gerät fest saß.

«Ein wenig fester nur, und der Daumen bricht», erklärte Belsenius. «Wirst du uns nun sagen, was du an jenem Abend getrieben hast? Hast du dir einen Incubus ins Haus geholt und mit in dein Bett genommen?»

Sie musste schlucken, bevor sie antworten konnte. «Ich weiß nicht, was Ihr meint, Herr Richter. Ich bin unschuldig.»

Belsenius drehte sich auf dem Stuhl um und griff hinter sich. Er holte ein Gemälde hervor und stellte es auf den Tisch. Es war das Porträt, das sie gemalt hatte, bevor sie verhaftet worden war. Das zarte Frauengesicht war bereits vollendet, auch der Halsausschnitt und die linke Hand. Vom Körper und den Haaren waren nur die vorgezeichneten Umrisse zu sehen.

«Hast du daran zuletzt gemalt?»

Sie nickte.

«Und davor?»

«Davor?» Sie schüttelte den Kopf, unfähig, einen klaren Gedanken zu fassen. Thomas Hartenberg stand auf und bat um das Gemälde. Belsenius reichte es ihm, und er betrachtete es aufmerksam.

«Vorzüglich», sagte er. «Wen stellt es dar?»

Belsenius blätterte in seinen Unterlagen. «Die Gattin des Tuchhändlers Johannes Becker, Anna Becker – laut Aussage der Angeklagten.»

«Meine Herren, es ist eine Gabe Gottes, so malen zu können.» In Hartenbergs Stimme klang mehr als Anerkennung mit. «Würde jemand, der so talentiert ist, seine Gabe missbrauchen und dem Teufel schenken?»

Belsenius unterbrach ihn. «Sagt bloß, Ihr wollt Euch in die Gedanken einer Unholdin versetzen!» Hartenberg setzte sich hin, lehnte das Bild an seinen Stuhl und widmete sich der Anklageschrift, wobei er immer wieder den Blick hob, um die Situation weiterverfolgen zu können. Belsenius gab dem Scharfrichter einen Wink. Der nahm nun die Daumenschraube ab und griff zu den beiden Eisenplatten, die wie ein menschlicher Unterschenkel geformt waren. Abrupt packte der Henker Henriettas Fuß und schob ihn unsanft zwischen die Platten. Mit geschickten, routinierten Bewegungen schraubte er die Platten fest. Henrietta stieß einen heiseren Schrei aus.

«Der spanische Stiefel», sagte Belsenius. «Er kann dir das Bein brechen. Oder es verbrennen, wenn man heißes Öl einfüllt. Hast du mit einem Incubus schändliche Dinge getrieben?»

Sie schlug die Hände vors Gesicht. Nun konnte sie die Tränen nicht mehr zurückhalten. Niemals würde sie diese Tortur überstehen, aber ebenso wenig konnte sie die Ungeheuerlichkeit bestätigen, derer man sie verdächtigte.

«Wenn du nicht gestehst, wird all das zur Anwendung kommen», sagte Belsenius, plötzlich mit freundlicher Stimme. «Dein Schweigen nützt dir nichts.»

Hartenberg wedelte mit dem Schriftstück, um die Aufmerksamkeit auf sich zu lenken. «Dieser Zeuge, der Apotheker … Sollte er nicht erscheinen?»

Belsenius machte über die Unterbrechung ein unwirsches Gesicht. «Wir haben eine Aussage, das genügt. Dort steht alles», er deutete mit dem Finger auf das Papier. «Der Zeuge hat den Incubus gesehen, er saß auf einem Tisch und hat ihr zugeflüstert, was sie malen soll. Für eine Frau ist die Malerei ein gefährliches Unterfangen. Zumal, wenn sie Talent besitzt. Dann wird sie stolz und vom Widersacher verführt, unheilige Dinge zu tun. Es sollte ihr verboten werden, zu ihrem eigenen Schutz.»

«Und niemand weiß, was sie sonst getan hat, außer an diesem Bild zu malen?»

«Die Büttel fanden nichts Verdächtiges. Möglich, dass der Teufel sie gewarnt hat und sie die Beweisspuren vernichten konnte.»

Henrietta hob den Kopf und sah Thomas an. «Das ist nicht wahr.» Wenigstens der Maler musste ihr glauben.

Der Richter ballte die Faust und war im Begriff, sie auf den Tisch zu knallen, aber Thomas Hartenberg hielt ihn davon ab, indem er ihm das Papier zurückreichte.

«Ich möchte mir die Werkstatt ansehen. Irgendeine Spur muss sich ja finden, wenn es so war.»

«Es wurde bereits alles durchsucht», gab Belsenius zähneknirschend zurück. Es war offensichtlich, dass ihm die Verzögerung nicht passte. Hartenberg ließ sich jedoch nicht beirren, und Henrietta verspürte ein Gefühl, das Hoffnung gleichkam.

«Dafür habt Ihr ja einen Sachverständigen rufen lassen. Es ist sicherlich in Sparres Sinne. Ich werde mich beeilen. Gebt mir nur einen der Büttel mit, damit er mir den Weg zeigt.»

Belsenius schnaufte laut, nickte und entließ ihn mit einer ungeduldigen Handbewegung. Verwundert sah Henrietta zu, wie Hartenberg das Gemälde unter den Arm nahm. Was hatte er damit vor?

Thomas Hartenberg hatte noch nie eine Hexe gesehen. Sein Heimatdorf war gottlob nie von Hexen heimgesucht worden. Oft waren es alte oder aber junge und schöne Frauen, so sagte man. Henrietta Güntelein war in der Tat jung und hübsch, aber um wirklich schön zu sein, war sie zu mager. Offenbar brachte ihr der vermeintliche Pakt mit dem Teufel nicht genügend ein, um eine ansehnliche Speckschicht anzusetzen, die Frauen erst schön machte.

Aber ihr Profil würde er so schnell nicht vergessen. Kaum hatte er sie auf dem schäbigen Hocker erblickt, das Kleid an die Brust gepresst und den Körper gekrümmt, hatte er ein fiktives Gemälde ersonnen, vielleicht die *bü-*

ßende Magdalena. War sie wirklich vom Teufel besessen? Er mochte es nicht glauben, und auch wenn ihm die Frau fremd war, wollte er wenigstens versuchen, einen Beweis für ihre Unschuld zu finden.

Das Haus des Malers Johannes Güntelein befand sich an einem weitläufigen Brunnenplatz, auf dem eine schneebedeckte Eiche stand. Direkt daneben mündete eine schmale Gasse in den Platz, und hier, im Schatten der gegenüberliegenden Häuserreihe, ragte eine schmiedeeiserne Strebe über einem Hoftor in die Gasse. An den Haken, die wohl ursprünglich für ein Gaststättenschild angebracht worden waren, hingen Tannenzweige. Offenbar hatte der Maler vor Kriegsausbruch gut verdient, sonst hätte er sich solch ein Haus nicht leisten können.

Der Büttel schlug den bronzenen Türschlegel. Kurz darauf öffnete sich ein Fenster schräg über ihnen, und eine Magd mit strähnigem Haar sah hinaus.

«Wir kommen wegen Henrietta Güntelein», sagte Thomas Hartenberg. Ein Schreck durchfuhr die Magd, sie nickte heftig, bevor sie die Fensterläden wieder zuzog. Kurz darauf waren Schritte und das Klappern des Torschlüssels zu hören.

Die Magd ließ sie hinein, schob hinter ihnen den Riegel zu und bekreuzigte sich.

«Der Heiland möge ihr helfen», murmelte sie mit gesenktem Blick. Dann fragte sie: «Wie geht es ihr?» und sah Hartenberg unverwandt an.

Thomas zögerte. «Das weiß ich nicht, ich habe sie nur kurz gesehen.»

«Sie ist unschuldig! Was wollt Ihr hier? Das Bild zurückbringen?»

«Ich möchte die Werkstatt sehen. Wenn sie wirklich unschuldig ist, werde ich, so Gott will, den Beweis finden.»

Die Magd, eine kleine Person und etwas fülliger als ihre Herrin, musterte ihn vom breitkrempigen Hut bis zu den Stiefeln, nickte und schritt voraus. Thomas folgte ihr, ebenso der Büttel. Er sah sich aufmerksam nach Hinweisen auf ein Teufelswesen um. Der Hof war klein und von einem innenliegenden Söller beschattet. Dem Tor gegenüber befand sich eine Wandnische mit einem halbhohen Türchen davor, offenbar der Abtritt. In den Ecken lagen Reste von alten Schwalbennestern; vielleicht hatte der Büttel sie bei seinem ersten Besuch von den Wänden gekratzt, um zu prüfen, ob sich auch ja kein Dämon darin verbarg. Die Magd öffnete eine Seitentür, nahm eine Lampe vom Haken und marschierte einen schmalen Flur entlang, der in einer Tür mündete, die vermutlich zum ehemaligen Schankraum führte. Linker Hand wand sich eine Stiege hinauf, die sie mit gerafftem Rock hochstapfte. Im ersten Stock befanden sich die Wohnstube und zwei kleine Kammern, wie sie ihm erklärte. Sie gingen weiter in den zweiten Stock, wo sie unter der Schürze ihren Schlüssel hervorkramte.

Sie öffnete die rechte Tür und trat zur Seite, um die Männer hineinzulassen. Sofort strömte Thomas der wohlbekannte Duft nach Farben und Ölen entgegen. Die Fenster gingen nach Westen hin, der Staub tanzte in den milchigen Strahlen der winterlichen Nachmittagssonne. War schon so viel Zeit vergangen? Wenn das Urteil heute noch fallen sollte, musste er sich beeilen. Die Werkstatt war größer, als er vermutet hatte, aber trotzdem noch klein. Zehn Schritte in der Länge, fünf in der Breite, an den Wänden standen Tischchen, Hocker, Keilrahmenleisten und Regale, in denen Töpfe, Tiegel, Brettchen, Lappen und andere Dinge lagerten. Auf jemanden, der mit dem Malerhandwerk nicht vertraut war, musste dies alles befremdlich wirken, aber Thomas fühlte sich, anders als im Hause Scherers, an seine eigene Werkstatt erinnert.

Am anderen Ende des Raumes stand ein großes Gemälde. Thomas schätzte seine Höhe auf etwa acht Fuß, die Breite auf zehn, vielleicht zwölf. Er hatte nur wenige Gemälde gesehen, die größer waren, und das war in Kirchen gewesen. Ein dunkles Tuch aus fein gewebtem, sauberem Leinen schützte die Leinwand vor Staub. An den Seiten war es mit Bändern befestigt. Es sah nicht so aus, als sei in letzter Zeit an diesem Bild gearbeitet worden. Vielleicht war es auch längst vollendet.

Der Büttel deutete auf eine kleinere Staffelei, die seitlich vor dem Gemälde stand.

«Darauf war das Bild, das Ihr unterm Arm tragt», sagte er zu Thomas. «Ich habe es mitgenommen, weil die Frau sagte, sie habe daran gemalt. Ansonsten habe ich hier schon alles abgesucht. Aber der Teufel hat sich unsichtbar gemacht. Oder er verbirgt sich hinter einem losen Brett. Da hilft nur ein Geständnis.»

«Wenn hier ein Teufel ist, werden wir ihn schon finden», sagte Thomas. Der Gedanke, dass Henrietta Güntelein mit diesen scheußlichen Marterinstrumenten weiter gequält werden würde, jagte ihm unwillkürlich einen Schauer über den Rücken. «Sollten wir nichts finden, dann gibt es vermutlich auch nichts.»

Das würde das Gericht jedoch nicht glauben. Er stellte das Porträt der Beckerin ab, schritt langsam durch den Raum und musterte die Balkenverstrebungen, Putzfüllungen und den Dielenboden. Er klopfte die Balken ab, trat kräftig auf lose wirkende Dielen und schob Kästen und Regale beiseite, um dahinter zu schauen.

«Nur Spinnen und Staubflocken», murmelte er und kam an eine unscheinbare Tür in der Wand gegenüber dem verhangenen Gemälde. Es handelte sich offenbar um einen Durchgang zur mittleren Kammer. «Was ist dort?»

«Die Schlafkammer des Hausherrn», sagte die Magd und hob warnend die Hände, damit er nicht an der Klinke rüttelte. «Er ist krank.»

Thomas warf dem Büttel einen fragenden Blick zu, doch der zuckte nur die Achseln. Offenbar hatte niemand überprüft, was sich hinter dieser Tür verbarg.

«Woran leidet er?»

«An Morbus gallicus. Syphilis nennt man's auch.»

Die Franzosenkrankheit. Ihm fielen die Worte der Schererin ein, die einen Maler erwähnt hatte, der nicht vor den Schweden geflohen war. Nun wusste er, wo er war. Und der Zeuge, so hatte es in der Akte gestanden, war der Apotheker gewesen, der ihn behandelt hatte.

Thomas drehte sich um. Wenn der Apotheker wahrhaftig einen Teufelsdämon gesehen hatte, dann von dieser Tür aus.

Da war das große Gemälde, das unter dem dunklen Tuch mit der Wand dahinter zu verschmelzen schien. Da war die kleine Staffelei, davor ein Hocker und ein Malstock auf dem Boden. Da war ein schulterhoher, schmiedeeiserner Ständer, auf dem mehrere halb abgebrannte Kerzen standen, offenbar die Lichtquelle, die zum Malen diente.

«Wer zum Teufel seid Ihr?», donnerte es plötzlich hinter ihm.

Thomas machte unwillkürlich einen Satz nach vorne, bevor er sich umdrehte. Kein Dämon hätte markerschütternder schreien können. Ein Mann stand in der Tür, hager und gebeugt, das Gesicht voller rötlicher Pusteln. Das bodenlange Unterhemd klebte ihm am verschwitzten Körper, er roch nach Schwefel. Es hieß, die Krankheit übertrage sich, wenn man in Kontakt mit den Körpersäften kam. Sicher war das jedoch nicht, vielleicht genügte auch das Einatmen der üblen Ausdünstungen.

«Herr, es sind welche vom Gericht», sagte die Magd.

«Schon wieder? Sind die es immer noch nicht leid, mich zu stören? Ich will schlafen. Hinaus!»

«Meister Güntelein, wir sind hier, um die Unschuld Eurer Tochter zu beweisen», begann Thomas, doch Güntelein fauchte ihn an, sodass er noch weiter zurückwich.

«Schwatzt keinen Unsinn. Als ob Euch daran gelegen wäre, wer immer Ihr seid! Büttelpack! Hinaus!»

«Aber …»

«*Hinaus!* Der Teufel soll Euch holen!»

Güntelein schlug die Tür zu. Ein Schwall abgestandener, schweißdurchtränkter Luft durchflutete den Raum.

«Geht», drängte die Magd. «Ihr verwirrt ihn nur.»

«Noch nicht.» Er wandte sich wieder der Staffelei zu. «Entzünde die Kerzen und schließ die Fensterläden.»

Sie gehorchte ihm. Thomas nahm das Porträt, stellte es auf die Staffelei und schräg davor den Kerzenständer. Er setzte sich auf den Hocker und betrachtete das Gemälde. Die Gattin des Tuchhändlers war eine hübsche junge Frau mit fast schwarzem Haar, das nur im Ansatz über der Stirn zu sehen war. Die Tatsache, dass nichts auf dem Gemälde vollendet war bis auf Gesicht, Hals und Hände, verlieh ihm etwas Eigentümliches. Es war, als schwebe die Dame im Nichts, wie ein *Memento mori*, eine Allegorie auf die Vergänglichkeit. Ihre vorgestreckte Hand schien etwas zu halten. Die Handfläche zeigte nach oben. Er kannte solche Bilder; würde die Hand nach unten weisen, als ruhe sie auf einem Gegenstand, so wäre dieser vielleicht ein Totenkopf. Doch sie hielt etwas fest, wovon nur grobe Umrisse zu sehen waren.

Was für eine talentierte Malerin, dachte Thomas.

Sein Blick folgte dem Kerzenlicht bis zum Tisch, auf

dem grenzenloses Durcheinander herrschte. Zwischen Töpfen, Tiegeln, Krügen und Lumpen lag eine Palette mit angetrockneten Farbhäufchen. Gewöhnlich legte man sie nach der Arbeit in eine Schale mit Wasser, was hier nicht geschehen war und von der unfreiwilligen Unterbrechung der Arbeit zeugte.

Ocker, Umbra, Weiß, etwas Rot ... Er betrachtete den Ton, der aus diesen Farben gemischt worden war, genauer. Es gab nur eine Stelle auf dem Gemälde, wo er sich exakt wiederfand. Ganz sicher, daran hatte Henrietta Güntelein gemalt – *begonnen* zu malen –, als der Apotheker sie beobachtet hatte. Und nun ahnte er auch, wo der Dämon zu finden war. Zielsicher hob er einen Lumpen an. Der Büttel stieß einen herzhaften Fluch aus.

Thomas legte den Finger auf den Mund. Um nichts in der Welt wollte er, dass sich die Tür zur Schlafkammer ein weiteres Mal öffnete. Schnell ließ er den Lumpen wieder fallen, packte den Dämon ein und ging mit seiner Beute zur Tür.

«Das Bild.» Er nickte dem Büttel zu, der es von der Staffelei nahm, in ein Tuch wickelte und sich unter den Arm klemmte. Die Magd ließ sie hinaus, sichtlich erleichtert, dass sie nun gingen.

Am Großen Turm stand eine Kutsche mit einem Wappenlöwen auf dem Schlag, bewacht von acht Soldaten und einem Lakaien, der die Arme vor der Brust verschränkt hatte. Das Tor schwang auf, und der schwedische Statthalter trat heraus, begleitet von Belsenius, der zerknirscht die Hände rang, als habe er erklären müssen, weshalb die Unholdin noch nicht abgeurteilt war. Sparre eilte zur Kutsche und hielt dabei seinen Hut fest, denn mit der abendlichen Kälte waren Schnee und ein heftiger Wind aufgekommen. Der Lakai riss den Schlag auf, doch Sparre blieb stehen.

«Ah, Meister Hartenberg», sagte er freundlich in tadellosem Deutsch und zog den Hut. «Der König hat mich beauftragt, einen Rundgang durch die Stadt zu machen. Sie wird *die* zukünftige schwedische Bastion auf deutschem Boden werden. Die maroden Befestigungsanlagen werden ihm gar nicht gefallen, aber mit derlei Dingen will ich Euch nicht aufhalten, seid Ihr doch im Auftrag des Gerichts unterwegs. Wie seid Ihr mit Eurer Werkstatt zufrieden? Der Künstler – wie heißt er gleich, Scherer? –, geht er Euch friedlich zur Hand?»

«Das weiß ich noch nicht», antwortete Thomas. Sparre hob eine Braue.

«Zufrieden klingt Ihr nicht.»

«Nun, dem Scherer ist auf demütigendste Art und Weise beigebracht worden, mir zu dienen. Was daraus wird, muss sich erst zeigen.»

Sparre machte eine wegwerfende Handbewegung und deutete dann auf das Bild unter dem Arm des Büttels. «Das Gemälde der Angeklagten? Ist es wirklich Hexenwerk? Zeigt her.»

Der Büttel wollte es hervorziehen, doch Thomas schüttelte den Kopf. «Nicht im Freien, das könnte der Leinwand schaden.»

«Und wenn schon», schnaufte der Schwede. «Glaubt Ihr denn, sie wird es vollenden? Darf ich wenigstens sehen, was Ihr da in Eurem Bündel habt? Oder ist das auch zu empfindlich?»

Thomas hob das Bündel vorsichtig an. «Das ist der Beweis für Henrietta Günteleins Unschuld.»

Belsenius trat einen Schritt vor. «Das Bündel da soll etwas enthalten, das schwerer wiegt als ein mögliches Geständnis nach einer Tortur?»

Sparre blickte ihn widerwillig an. «In meiner Heimat erzählt man sich, dass die Menschen hier hinter allem etwas Böses vermuten. Ihr scheint das zu bestätigen, Richter Belsenius. Das Heilige Römische Reich ist geplagt von Kämpfen, schlechten Ernten, elender Misswirtschaft. Gerne werden Unholde dafür verantwortlich gemacht, und bei Gott, sie sind es sicher auch häufig. Aber werden der Frau Krankheiten anderer Leute vorgeworfen? Oder dass jemand aus ihrer Nachbarschaft am Bettelstab gehen muss?»

«Das nicht, aber einen schlechten Ruf hat sie. Ist es nicht seltsam, dass sie noch immer unverheiratet ist? Eine Jungfer in diesem Alter, fast in der Mitte des dritten Lebensjahrzehnts, das kann nicht mit rechten Dingen zugehen. Hexenwerk darf man nicht auf die leichte Schulter nehmen.»

«Oh, seid versichert, auch in Schweden gibt es Hexen, und wir gehen nicht nachlässig mit ihnen um. Aber wir sind uns immerhin bewusst, dass wir uns auch an Unschuldigen versündigen könnten, wenn ein Fall nicht ausreichend geprüft wird.»

«Die Werkstatt», sagte Belsenius, «wurde gründlich untersucht. Abgesehen davon ist mir noch keine Angeklagte untergekommen, die sich als unschuldig erwiesen hat.»

Thomas händigte dem Richter das Bündel aus. «Dieser Beweis war nur zu finden, wenn man wusste, wonach man zu suchen hatte.» Er wollte, dass Belsenius es an Ort und Stelle öffnete, nun, da Sparre zugegen war. Der Richter warf dem Schweden einen vorsichtigen Blick zu, zweifellos wäre er jetzt gern wieder im Turm verschwunden, aber die Neugier des Schweden zwang ihn, das Bündel sofort zu öffnen.

Belsenius schlug den Stoff zurück. Zum Vorschein kam ein rissiger Tonklumpen, an dem dunkle Schlieren klebten, als habe jemand mit Farbe an den Fingern daran herumgeknetet.

«Ton? Lehm? Dreck? Was soll denn das sein?», brummte Sparre.

«In der Tat, Ton.» Belsenius beugte sich vorsichtig vor, als wolle er daran schnuppern. «Geformt zu was?»

«Zu einem Dämon», sagte Thomas.

«Ach! Ist das etwa kein Hexenwerk?», fauchte Belsenius. «Glaubt Ihr, das könne sie entlasten? Nur eine Hexe würde so etwas formen. Und wenn es nun zum Leben erwacht?» Er streckte die Hände aus. «Tut das Ding weg!»

Thomas nahm den Klumpen entgegen. Es war gut, dass Sparre gesehen hatte, wie der Richter reagierte. Der Statthalter nickte.

«Lasst uns hineingehen. Ich will mir diesen Dämon genauer ansehen.»

Nur mit Mühe vermochte Thomas ein Lächeln des Triumphs zu unterdrücken. «Das Licht einer Lampe wird genügen, damit Ihr versteht.»

Kapitel 3

Die Tür nach draußen wurde geöffnet. Henrietta blinzelte in das helle Licht, das sich auf den schneebedeckten Dächern der Fachwerkhäuser spiegelte. Sie schlang die Arme um den Oberkörper und stapfte wackligen Schrittes ins Freie. Noch immer meinte sie den drohenden Druck des spanischen Stiefels zu spüren, obwohl die Tortur bereits zwei Tage zurücklag. Das Weihnachtsfest hatte sie in Dunkelheit und Kälte verbringen müssen, und trotzdem war sie voller Dankbarkeit.

Soviel sie wusste, kam es nicht oft vor, dass eine der Hexerei verdächtigte Frau freigelassen wurde. Vielleicht lag es an dem Durcheinander, das in der Stadt herrschte, seitdem das schwedische Heer einmarschiert war. Oder hatte sie es tatsächlich der Hilfe des fremden Malers zu verdanken? Mit schlafwandlerischer Sicherheit hatte er den Incubus, der keiner war, enttarnt, während sie einen Monat lang Stunde um Stunde gegrübelt hatte, was überhaupt mit diesem Begriff gemeint war. Niemals wäre ihr der Lehmklumpen in den Sinn gekommen, den sie als Modell für den Schoßhund auf dem Arm der Beckerin geformt hatte. Solche Hunde waren auf der Straße nicht zu finden, es gab nur hässliche große Straßenköter, also hatte sie ihn aus Ton formen müssen. Wie hatte der Fremde das wissen können? Sie machte ein Kreuzzeichen und dankte Gott und allen Heiligen für ihre Rettung.

Henrietta schlug den Weg zur Cruzenachgasse ein, wo das Haus ihres Vaters lag. Das Getümmel auf den Straßen befremdete sie. Als sie inhaftiert worden war, hatten die Mainzer in Gruppen vor ihren Häusern gestanden und über die schwedische Bedrohung und die zwei dürftigen Regimenter des Feldmarschalls Tilly, welche die katholische Liga zur Verteidigung geschickt hatte, geklagt. Jetzt war die Stadt überflutet von fremden Menschen. Die Gassen waren voll von hochgewachsenen Soldaten in blauen und gelben Pluderhosen, von deutschen Landsknechten in abgetragener, bunt zusammen gewürfelter Kleidung, von welsch aussehenden Männern, dazu Gesindel, das noch schlimmer aussah als die Horden, die die Spanier seinerzeit in die Stadt geschleppt hatten. Die Plätze um den Dom Sankt Martin waren von Fuhrwagen und Zelten verstopft, Bettler schrien Passanten an, Huren in schillernden, zerrissenen Kleidern streckten den Soldaten ihre üppigen hochgeschnürten Brüste entgegen, Gaukler spielten auf und verrenkten sich schier für ein paar wertlose Münzen. Es herrschte ein Geschrei, dass es Henrietta in den Ohren wehtat. Mühsam erkämpfte sie sich ihren Weg, vorbei am altehrwürdigen, jetzt geschlossenen Kaufhaus, welches von den glanzvolleren Zeiten Aurea Moguntias kündete. Allmächtiger, dachte sie, was soll nur aus uns werden, mit all diesen fremden Menschen in der Stadt?

Als sie die Cruzenachgasse erreichte, atmete sie tief durch. Hier war es ruhiger. Sie blickte verlegen an sich herunter, ihr Kleid war nun endgültig ruiniert. Sie hob den Kopf und sah vor dem Haus zwei deutsche Landsknechte stehen.

Sie wollen mich holen, dachte sie erschrocken und zuckte zusammen. Der Richter hat es sich anders überlegt, sie bringen mich zurück in den Turm.

Schnell huschte sie in den Schatten eines Hauseingangs und besann sich. War ihre Angst wirklich berechtigt? Der Richter würde doch seine Büttel schicken und keine Landsknechte. Da entdeckte Henrietta Priska, ihre Magd. Sie war gerade dabei, einem vorbeieilenden Kaufmann in die Rocktasche zu greifen. Er drehte sich um, brüllte nach den Bütteln und schlug aus, aber schon war Priska im Gewühl des angrenzenden Brunnenplatzes verschwunden. Er setzte seinen Weg fort, wühlte in seinen Taschen, und Priska schlenderte mit Unschuldsmiene zurück in die Gasse.

Henrietta winkte ihr wild zu. Die Magd riss freudestrahlend die Augen auf und rannte ihr mit gerafftem Rock entgegen.

«Jungfer Henrietta, welch ein Segen, dass du zurück bist», rief sie aus und warf sich ihr in die Arme. Henrietta drückte sie an sich. «Erzähle, was hast du erlebt?», fing Priska an, doch Henrietta zeigte mit dem Finger auf den Mund und deutete zum Hoftor, wo die beiden Landsknechte warteten.

«Priska, was wollen die von uns?», fragte sie besorgt.

«Ich weiß es nicht. Vielleicht Geld?»

«Oder mich holen. Geh hin und frag sie. Und wenn sie meinetwegen kommen, gib mir unauffällig ein Zeichen, um mich zu warnen. Am besten, du kratzt dich am Kopf.»

Die Magd nickte und ging zum Haus. Die Männer blickten finster drein, als sie zu sprechen begann. Bei dem Lärm, der vom Brunnenplatz herüber drang, war nichts zu verstehen. Henrietta wartete darauf, dass die Magd das Zeichen gab, doch stattdessen begann sie plötzlich wild zu gestikulieren, als wolle sie die Männer verscheuchen.

Offensichtlich war Henrietta nicht der Grund, weshalb die Männer hier waren.

Sie verließ ihr Versteck und ging auf sie zu. «Ich bin die Tochter des Hauses», sagte sie, als die Männer sie fragend anblickten. «Wir sind arm.»

«So zerlumpt, wie Ihr ausschaut, glauben wir Euch das auch», brummte einer der Männer und zog ein Schriftstück aus dem Ausschnitt seines Wamses. «Aber an Platz scheint es Euch nicht zu mangeln. Ich bin Furier und beauftragt, Unterkünfte für das Heer zu beschaffen. Jedes Haus wird begutachtet, und wenn Platz vorhanden ist, wird es beschlagnahmt. Also holt den Hausherrn.»

«Fremde im Haus, noch dazu Schweden!», rief Priska. «Die sollen uns in Ruhe lassen!»

«Schweig, Priska, und öffne das Tor», mahnte Henrietta. Es hatte keinen Sinn, sich zu sträuben und erneut Aufsehen zu erregen. Die Schweden waren jetzt die Herren der Stadt, und was immer sie vorhatten, sie würden es in die Tat umsetzen.

Priska steckte mit ärgerlicher Miene den Schlüssel ins Hoftor und öffnete, gerade so weit, dass die Männer nacheinander eintreten konnten.

«Der Hausherr ist nicht abkömmlich», sagte Henrietta abweisend. Der Furier sah sich flüchtig im Hof um, der ringsum von Mauern umgeben war, und wies mit einem Kopfnicken auf die düstere Öffnung, die zum Hausflur führte.

«Dann zeigt Ihr uns das Haus.»

Henrietta ging voraus. Sie erklärte den Männern, dass sich hinter den Verschlägen, die vom Flur abzweigten, der Zugang zum Keller und ein Lagerraum befanden und die Stiege zu den Wohnstuben führte. Dann öffnete sie die Tür zum Schankraum. Der Furier deutete auf die Bänke an den Wänden und auf einen mannshohen Kachelofen. «Sieht aus, als wäre es früher ein Gasthaus gewesen. Warum schenkt hier niemand mehr aus?», fragte er.

«Weil es nichts auszuschenken gibt», erwiderte Henrietta. «Ich sagte doch, wir sind arm.» Dass ihr Vater kein Gastwirt war und das Haus schon seit vielen Jahrzehnten nicht mehr als Gaststätte diente, verschwieg sie.

«Hier hat ja ein ganzes Fähnlein Platz. Das wird uns ein paar Heller einbringen.»

«Von der spanischen Besatzung hat man nicht so viel mitbekommen wie von den Schweden», entfuhr es Priska, die dicht hinter Henrietta stand. «Die haben die Häuser unbescholtener Bürger in Ruhe gelassen!»

«Weil sie gute Katholiken sind», lachte der Furier. Er durchquerte die Stube und warf einen Blick in die kleine Küche. Am andern Ende des Raumes lag eine Kammer, die er ebenfalls inspizierte. Dann machte er sich auf den Weg in den ersten Stock, in dem die dank der breiten Mondglasfenster helle Wohnstube lag. Zwischen ausgebleichten Teppichen hing ein Kruzifix an der Wand. Die gepolsterten Stühle waren zerschlissen, der Raum karg eingerichtet, aber die Augen des Furiers glänzten.

Wer wusste schon, was für ein erbärmliches Lager er sein eigen nannte?

«Gemütlich ist es hier.»

Er sah in die kleinen Kammern rechts und links der Wohnstube. Dann setzte er den Fuß auf die Stiege, die ins Obergeschoss führte.

«Dort oben wohnt mein Vater», sagte Henrietta schnell. «Er ist alt und krank.»

«Krank?» Der Landsknecht trat einen Schritt zurück.

«Ja, Morbus gallicus.»

«Die französische Krankheit? Verflucht!»

Er sah sie misstrauisch an. Henrietta schlug das Herz bis zum Hals. Die Soldaten durften auf keinen Fall zu ihrem Vater. Er durfte in seinem jetzigen Zustand nicht von weiteren Sorgen geplagt werden. Es reichte schon, dass die Krankheit es ihm unmöglich machte zu malen.

«Riecht Ihr nicht die Graue Salbe?», fragte sie. Der Landsknecht schnupperte und verzog das Gesicht.

«Ja, irgendetwas riecht da oben ganz merkwürdig. Wieso ist er nicht im Siechenhaus, wo er hingehört?»

«Weil ich es nicht wollte!», empörte sie sich.

«Wie auch immer, ich gehe da nicht rauf. Mit dem Schankraum habt Ihr Euer Soll erfüllt.»

«Werden sich die Soldaten wenigstens selbst versorgen? Wir haben nichts zu essen übrig.»

«Sicher werden sie das, durch die hohen Kontributionen der Stadtleute, und wenn das nicht reicht, was fast immer der Fall ist, durch Plünderungen im Umland. Seid brav, dann fällt auch etwas für Euch ab.» Er hielt ein Blatt Papier gegen die Wand, machte mit ungelenker Schrift eine Notiz und eilte mitsamt seinem Kumpan nach draußen. Henrietta schlug das Tor hinter ihm zu. Sie wusste nicht, ob sie erleichtert oder verzweifelt sein sollte. Schwedische Soldaten hier im Haus?

«Oben ist dein kranker Vater, und sonst sind nur du und ich im Haus.» Priska holte einen dürftigen Heller aus der Rocktasche, ihre Beute von vorhin. «Wie soll das nur werden?»

«Wir werden es überleben», sagte Henrietta. Sie war soeben dem Tod entronnen, da mochte sie sich von der Anwesenheit fremder Soldaten nicht abschrecken lassen. «Und du sollst nicht stehlen, so tief sind wir noch nicht gesunken!»

«Können wir denn noch tiefer sinken?» Priska steckte das Geldstück wieder zurück. «Ein knurrender Magen verdrängt die Furcht vor der ewigen Höllenstrafe. Aber ich werde zwanzig Paternoster beten, dafür dass du wieder zurück bist. Ich hatte solche Angst um dich!»

«Dank dir, du treue Seele. Wie geht es meinem Vater?»

«Wie immer. Er liegt im Bett und schläft oder schimpft.»

Henrietta stieg ins Obergeschoss und öffnete leise die Kammer. Johannes Güntelein lag unter einer Filzdecke. Das Bett stand dicht am Kamin, der die Wärme aus der Küche in seine Stube trug. Er atmete schwer und gab dabei ein pfeifendes Geräusch von sich. Sie steckte prüfend die Hand unter die Decke. Die Bettpfanne war noch warm. Priska war gewissenhaft und hatte alles getan, damit er nicht fror. Wärme war wichtig, hatte der Apotheker gesagt, Wärme und Graue Salbe, die aus Quecksilber, Talg und Schmalz bestand. Dazu Weidenrindensud, um seine Gliederschmerzen zu lindern.

Mit einem rasselnden Atemzug schlug Johannes Güntelein die Augen auf. «Tochter, bist du's? Wahrhaftig! Da war so ein Kerl. Oder habe ich das geträumt?»

Sie ergriff seine Hand, die nach der ihren tastete, und drückte sie. Immer öfter geschah es, dass er mit seinem

Gedächtnis rang. Er trug schon seit vielen Jahren die Krankheit mit sich herum, aber erst seit einigen Monaten schlug sie mit aller Bosheit zu, sodass ihn ständig Gliederschmerzen plagten und er sich nur im Bett einigermaßen wohl fühlte. Aber nichts war schlimmer als seine zeitweilige Verwirrung.

«Vater, weißt du denn nicht mehr, dass ich der Hexerei angeklagt wurde?»

«Natürlich.» Seine Augen, in deren Winkeln kupferfarbene Knötchen wuchsen, wirkten jetzt ganz klar. «Das weiß ich. Haben sie eingesehen, dass der Vorwurf unsinnig ist?»

«Nicht ganz. Sie haben mich zwar gehen lassen, aber nur unter der Bedingung, dass ich nie wieder male. Nie wieder.»

Sein Kopf fuhr hoch und fiel im nächsten Augenblick auf das Kissen zurück. «Du? Nie mehr malen? Besser sollten sie es mir verbieten, ich kann es ja ohnehin nicht mehr! Ist das nicht verrückt? Gott hat dir so ein wunderbares Talent gegeben, und nun … das. So … ein Unsinn.»

Die letzten Worte hatte er nur noch gemurmelt. Seine Augen fielen zu, und nur wenige Augenblicke später begann er zu schnarchen. Bedächtig schob sie seine Hand zurück unter die Decke.

Sie ging durch die schmale Seitentür, die das Zimmer mit der Werkstatt verband. Wie gewohnt blickte sie als Erstes auf das große Gemälde an der Wand, auch wenn nur das Abdecktuch zu sehen war. Der Raum wirkte unverändert, aber bei genauerem Hinsehen ließen sich die Spuren der Büttel erkennen. Der Tisch war ein wenig verschoben, die Gegenstände darauf standen anders. Henrietta durchschritt den Raum, sog dabei den belebenden Duft des Öls ein und strich über das Tuch. Dann fiel ihr

Blick auf die leere Staffelei. Seufzend ließ sie sich auf den Hocker sinken. Erst jetzt schien ihr bewusst zu werden, was das Verbot für sie bedeutete.

«Habe ich eben richtig verstanden?», fragte Priska, die ihr gefolgt war, mit gedämpfter Stimme. «Du darfst nicht mehr malen?»

«Das war die Bedingung für meine Freilassung.» Henrietta drehte sich auf dem Hocker um. «Tue ich es doch und werde erwischt, erheben sie die Anklage erneut, und dann komme ich nicht mehr so leicht davon. Der Maler Thomas Hartenberg hat bewiesen, dass ich keinen Dämon gemalt habe, sondern einen Hund. Ich kenne ja nur die großen verlausten Straßenhunde, die ständig kläffen, um sich von ihrem Hunger abzulenken. So einen hätte ich nun wirklich nicht malen können.»

Vor Jahren hatte sie auf einem italienischen Porträt der Tochter eines reichen Kaufmanns einen kleinen Schoßhund gesehen und diesen wiederzugeben versucht. Aber es war ihr nicht gelungen. Sie vermochte Fell zu malen, ohne welches vor sich zu haben, nicht jedoch die Schattierungen. Darum hatte sie sich mit dem Tonklumpen beholfen. Hatten sie ihn zurückgebracht? Sie stand auf und suchte den Tisch ab, fand ihn aber nicht.

Plötzlich spürte sie, wie die Anspannung der letzten Wochen sie übermannte, jetzt, da sie frei war. Sie wischte sich über die Augen und zwang sich, der aufwallenden Verzweiflung nicht nachzugeben. Nicht malen! Nichts war schlimmer als das.

«Wo ist das Bild?»

«Der Maler hat es mitgenommen.»

«Vielleicht ist es noch im Großen Turm. Oder er hat es behalten.» Henrietta ging in den Flur. «Bring mir einen Umhang. Ich habe gehört, er wohnt beim Scherer. Ich werde mich rasch waschen und dann zu ihm gehen, um ihn zu fragen.»

Als Henrietta vor Scherers Tür stand, hielt sie kurz inne Es kostete sie Überwindung, an diesem Haus anzuklopfen. Warum musste Thomas Hartenberg ausgerechnet hier wohnen? Aber was machte es schon, sie würde ohnehin gleich wieder fort sein. Sie gab sich einen Ruck und schlug kräftig an die Tür.

Dielen knarrten, ein Schlüssel klapperte, und die Tür öffnete sich einen Spaltbreit. Die Schererin lugte heraus, stieß ein abfälliges Brummen aus und öffnete dann ganz.

«Was willst du denn hier?»

«Guten Tag, Anna», erwiderte Henrietta in bemüht freundlichem Ton. «Ich will zum Maler Hartenberg. Dem gehört doch jetzt das Haus?»

«Was du schon alles weißt ... Ja, er wohnt hier. Erwartet er dich denn?»

Henrietta antwortete nicht darauf, dennoch ließ Anna Scherer sie hinein. Sie führte sie zur Werkstatt, doch an der Tür hielt sie inne. Sie schien zu überlegen, ob sie im eigenen Hause anklopfen musste. Sie sah verhärmt aus, noch mehr als sonst. Ihre Augen hatten dunkle Ränder, die Furchen um ihren Mund waren tiefer geworden. Vielleicht war sie krank oder hatte etwas Schlechtes gegessen, das geschah oft in dieser unheilvollen Zeit.

«Ich habe gehört, was dir widerfahren ist», sagte Anna, ohne aufzusehen. «Wir haben nichts damit zu tun.»

Henrietta hob die Schultern. Sie hatte nicht das Bedürfnis, darüber zu sprechen. Gerade wollte Anna die Klinke runter drücken, da wurde die Tür von innen geöffnet, und Thomas stand vor ihnen.

«Ich habe euch reden hören. Ihr kennt euch?» Verwundert sah er die beiden Frauen an und ließ dann seinen Blick auf Henrietta ruhen. Endlich machte er eine entschuldigende Geste. «Verzeiht die fehlende Begrüßung, Jungfer Güntelein, die Zeit im Tross des Heeres hat mich etwas ruppig werden lassen. Möchtet Ihr ein wenig frühstücken?»

Henrietta nickte. Sie hatte zwar so schnell wie möglich wieder verschwinden wollen, aber die Möglichkeit, etwas zu essen, durfte man nicht ungenutzt lassen. Anna presste missmutig die Lippen zusammen.

«Dann lasst uns in die Küche gehen.» Thomas Hartenberg schritt den schmalen Flur entlang und zog den Kopf ein, als er durch die Küchentür trat. Kochschwaden hingen unter der Decke. Dunkel war es hier, nur ein winziges Fenster zeigte auf den Hof, in dem es nicht einmal tagsüber hell wurde. Es stank erbärmlich nach altem Kohl, und Henrietta glaubte dem Geruch zu entnehmen, dass die üblichen Schädlinge mitgekocht wurden. In diesen Zeiten nahm man es nicht so genau.

Auf dem Esstisch lag ein großer Brotlaib, der aussah, als sei er nicht älter als einen Tag. Wann hatte sie zuletzt so frisches Brot gesehen? Aber das war nicht alles, daneben lag eine große pergamentene Rolle, die vermutlich Stangenkäse enthielt, und es standen mehrere Tonkrüge dabei. Henrietta legte die Hand auf den Bauch, so sehr schmerzte sie der Anblick.

Anna trug Trinkbecher und ein Talglicht herbei, das sie auf den Tisch stellte. Thomas Hartenberg zog ein Messer aus der Hosentasche und schnitt ein paar Brotscheiben ab. «Die Verpflegung der Schweden und ihrer Bundesgenossen ist meistens üppig im Vergleich zu dem, was das Volk zu sich nimmt. Dieser Eintopf dort im Kessel stinkt jedenfalls fürchterlich. Setzt Euch.»

Henrietta rutschte auf die Eckbank, löste ihren Umhang und legte ihn neben sich. Wann hatte sie hier zuletzt gegessen? Vor vielen Jahren, als sie fast noch ein Kind gewesen war und die Schererin ein freundlicher Mensch. Anna schien zu überlegen, ob sie sich dazusetzen sollte, ging dann aber zum geziegelten Herd und rührte unschlüssig in dem Kessel herum. Ihr verbittertes Gesicht erinnerte Henrietta an die alten Huren, die an den Straßenrändern hockten und vergeblich auf Männer warteten, die ihnen etwas zu essen kauften. Sie empfand Mitleid. Plötzlich ließ Anna den Schöpflöffel sinken, stapfte hinaus und schlug die Tür zum Hof hinter sich zu.

«Seid Ihr der Grund für ihren Verdruss?», fragte Henrietta vorsichtig, nachdem sie lautlos ein Essensgebet gesprochen und den ersten Bissen hinuntergeschluckt hatte.

«Das auch.» Er wickelte den Käse aus und schnitt große Stücke herunter. «Aber es liegt eher daran, dass die Schweden, die mich hierher begleiteten, um mir das Haus zu übergeben, nicht ganz … friedlich waren.»

«Was haben sie getan?»

«Gewütet», sagte er schlicht. «Wein mögt Ihr sicherlich auch. Er kommt aus Ungarn und ist vorzüglich. Wie bedauerlich, dass der Kohlgestank seinen Duft überlagert.»

Gewütet … Das Brot in ihrem Magen schien zu Stein zu werden. «Ist das immer so?»

«Was?» Er zog den Korken aus einem der Krüge und schenkte zwei Becher voll. Henrietta griff zu, roch kurz daran und trank. Ob der Wein gut war, wusste sie nicht zu beurteilen, aber er glitt wunderbar die Kehle hinab. Sie beschloss, das Thema zu wechseln. Was die Schweden in *ihrem* Haus tun würden, das würde sie noch früh genug erfahren.

«Ihr hattet gefragt, ob Anna und ich uns kennen»,

sagte sie. «Mein Vater und Anselm Scherer sind Nebenbuhler, seit sie Schüler bei demselben Maler waren.» Da er sie interessiert anschaute, sprach sie weiter. «Immer beobachteten sie misstrauisch, was der jeweils andere auf die Leinwand brachte. Jetzt ist es damit vorbei. Es gibt keine Aufträge, und mein Vater ist zu krank zum Arbeiten. Früher haben sie sich gegenseitig die Aufträge weggenommen, indem sie sich bei wohlhabenden Bürgern einschmeichelten und den anderen als Schmutzfink bezeichneten. Heute fragen sie sich nicht mehr, ob der andere besser gemalt und verdient hat, sondern ob er besser gegessen hat.»

«Ja, die Zeiten sind grausam. Der Krieg bringt alles durcheinander. Malen, das ist im Angesicht des Sterbens eine nutzlose Tätigkeit.»

Diese Äußerung verwunderte sie. «Weshalb seid Ihr hier? Ihr kommt doch von weit her, nicht wahr? Ich höre es unschwer an Eurer Aussprache.»

«Aus Havelberg in der Mark Brandenburg.» Mehr sagte er nicht, und sie hatte den Eindruck, dass ihn mehr interessierte, was sie zu berichten hatte. Aber was sollte sie noch von sich erzählen? Da war so viel Elend. Sie pflückte ihren Käse in Stücke und aß schweigend weiter. Nachdem er ihr eine Weile zugesehen hatte, fuhr er fort. «Mein Vater war Kartograph und Kupferstecher; aber kein sehr guter, es brachte ihm wenig Geld ein. Daher hatte er nichts dagegen, dass ich als Maler mein Glück versuchte. Ich studierte bei einem angesehenen Altarmaler, der mich nach Rom schickte.»

«Nach Rom?», unterbrach sie ihn. Sie wusste, dass in Italien die herrlichsten Werke vollbracht wurden – kein Land hatte je größere Künstler hervorgebracht, sagte ihr Vater, der selbst vor vielen Jahren in Rom und Florenz gewesen war. Nie hätte sie gedacht, dass sie einen zweiten

Maler kennenlernen würde, der Italien bereist hatte. «Ihr habt all die Wunder mit eigenen Augen gesehen?»

«Wunder, wahrhaftig! Ja, das war vor etwa zehn Jahren, da war ich gerade mal zwanzig. Ich blieb dort vier Jahre. Als meine Eltern starben, kehrte ich zurück, um mein Erbe anzutreten. Nicht dass ich die kalte Heimat sonderlich vermisst hätte, aber es ist sehr schwer, in Italien Fuß zu fassen, und da erschien mir das eigene Haus, das ich nach Gutdünken als Werkstatt nutzen konnte, besser geeignet. Damals verschwendete ich keinen Gedanken an den Krieg, aber natürlich kam er auch zu uns.»

Er sah in seinen Weinbecher, als läge dort die Antwort auf die vielen Fragen, die seine Vergangenheit ihm aufgab. Dann seufzte er und trank einen Schluck.

«Erst kamen die Dänen, jetzt die Schweden. Havelberg ergab sich ihnen kampflos, dennoch zogen viele Soldaten plündernd durch die Straßen. Ein paar Häuser brannten ab, unter anderem meins. Einige wenige Gemälde und Zeichnungen konnte ich retten, und das, was verbrannte, war glücklicherweise nichts, was mir allzu sehr am Herzen lag. Kennt Ihr das Gefühl, wenn man bei einer Sache einfach nicht weiterkommt, egal, wie sehr man sich bemüht? Da war ein Bild des Täufers Johannes, an dem ich bestimmt zwanzigmal die Beine neu malte, und jedes Mal waren sie nicht so, wie ich sie haben wollte, und es ärgerte mich immer mehr. Ich war regelrecht froh, dass ich es nicht mehr sehen musste.»

Sie wusste genau, wovon er sprach, auch wenn sie noch nie ein Bild auf diese Weise verloren hatte. Da sie sich nicht sicher war, ob es ihn wirklich interessierte, sagte sie nichts.

«Die Schweden warben natürlich auf dem Marktplatz neue Söldner an», fuhr er fort, den Blick auf die Talglampe geheftet. «Mit meinen Bildern unter dem Arm ging ich zu ihnen, um mich bei ihnen zu beschweren. Denn ich hatte erfahren, dass sie angewiesen waren, nicht zu plündern. Ob dieses Gebot irgendetwas wert war, wusste ich natürlich nicht, und der Offizier, der den armen Havelbergern großspurig das Soldatenleben anpries, lachte mich nur aus. Es war Schicksal oder Gottes Wille, dass Johann Eriksson Sparre, ein Schwager des schwedischen Reichskanzlers Oxenstierna, gerade zugegen war. Er sah sich meine Gemälde an und forderte mich auf, mich dem Zug anzuschließen. Im Winterquartier, so versprach er mir, will er sich von mir porträtieren lassen. Wenn mir das zu seiner Zufriedenheit gelingt, will er für meine Anstellung als Hofmaler sorgen.»

«Als Hofmaler? Für den schwedischen König?»

«Für welchen sonst? Ob es jemals dazu kommt, dass ich Gustav Adolf male, ist natürlich noch eine ganz andere Frage.»

«Heißt das, Ihr werdet eines Tages nach Schweden gehen?»

Thomas winkte ab. «Eines habe ich in den letzten Monaten gelernt: Es ist sinnlos, darüber nachzudenken, was am nächsten Tag geschieht. Man kann es in diesen Zeiten nicht wissen.» Er lächelte flüchtig. «Aber selbst wenn dieses Porträt misslingen sollte, war meine Reise nicht umsonst, da ich Euch helfen konnte.»

Sie wusste darauf nichts zu sagen und nickte nur.

Die Tür öffnete sich knarrend, und Anselm Scherer trat ein. Henrietta erhob sich, um ihn zu begrüßen, doch ihr erstarben die Worte auf den Lippen. Wie verändert der Maler aussah! Jung war er mit seinen fünfundfünfzig Jahren bestimmt nicht mehr, aber jetzt wirkte er wie ein Greis.

«Henrietta?», sagte er erstaunt. «Dich habe ich ja schon seit Monaten nicht gesehen. Wo ist mein Weib?»

Henrietta deutete zur Hoftür. «Sie ist draußen und scheint auf dem Abort darauf zu warten, dass ich gehe. Ich wollte mich auch gar nicht lange aufhalten, ich wollte nur mein Gemälde abholen.»

Anselm Scherer sagte darauf nichts. Er stand nur verdrossen da. Henrietta wurde es unwohl zumute, sie beschloss, Thomas Hartenberg um das Bild zu bitten und dann zu gehen.

Er blickte enttäuscht auf. «Schade, dass Ihr schon gehen wollt. Ich fand es nett, hier am warmen Herd mit Euch zu sitzen.»

Plötzlich stürzte Anselm aus dem Zimmer. Was ist bloß in ihn gefahren?, fragte sich Henrietta und warf sich den Umhang über die Schultern. Thomas Hartenberg stand auf, wickelte den Käse ein und reichte ihn ihr mitsamt dem Brotlaib.

«Steckt es unter den Umhang, damit es Euch niemand auf der Straße streitig macht.»

Henrietta zögerte nicht lange. «Die Heilige Jungfrau soll's Euch vergelten.»

Er winkte schroff ab. Hatte sie ihn mit ihren Worten beleidigt? Dass er als Brandenburger ein Ketzer sein könnte, daran hatte sie noch gar nicht gedacht.

Er trat in den Flur. Am andern Ende des schmalen Ganges wartete Anselm Scherer mit dem Rücken gegen die Werkstatttür.

«Nicht hier hinein», sagte er. Seine Augen waren weit aufgerissen.

«Was soll das?» Hartenberg legte ihm eine Hand auf die Schulter und versuchte ihn dazu zu bewegen, zur Seite zu treten.

«Nein!», schrie Anselm. «Henrietta soll hier nicht reingehen!»

«Aber Anselm», sagte Henrietta verwirrt. Der alte Maler

war nicht mehr derselbe, genauso wenig wie seine Frau. Was um Himmels willen war mit ihnen geschehen? «Was ist denn dabei? Du hast es doch immer gemocht, wenn ich in deine Werkstatt ging! Du warst so stolz auf deine Bilder und hofftest, ich würde meinem Vater davon vorschwärmen.»

«Aber jetzt will ich es nicht! Ich will es nicht, hörst du?»

«Genug davon.» Thomas Hartenberg packte ihn am Arm und zog ihn von der Tür weg. Anselm hatte nicht die Kraft, sich zu wehren, also fügte er sich. Er lief zurück in den dunklen Flur, das Gesicht in die Armbeuge gepresst.

Hartenberg betrat die Werkstatt. Henrietta folgte ihm und sah sich um. Es hatte sich nichts Wesentliches verändert, seit sie vor drei Monaten das letzte Mal hier gewesen war. Damals hatte sie Anselm einen schönen alten Marmormörser mitsamt Stößel verkauft. Es war zwar schade darum gewesen, aber sie konnte gut darauf verzichten. Die Scherers waren dank Annas Sparsamkeit schon immer besser dran gewesen, während Johannes Güntelein nie für schlechte Zeiten vorgesorgt hatte.

Da stand der große Tisch, da waren die Regale und Truhen, nach wie vor ordentlich eingeräumt und gut bestückt. Da war die große Staffelei, Stapel teuren Papiers, alte Lumpen und vielerlei Krüge, in denen Pinsel standen. Eine große lederne Rolle lehnte in einem Eck, die war neu. Sie musste Thomas Hartenberg gehören.

Plötzlich begriff Henrietta, weshalb Anselm ihr den Weg versperrt hatte: Unter dem Tisch lag sein Gemälde – oder das, was davon übrig war. Der Keilrahmen war zerstört, die einzelnen Leisten lagen übereinander, an ihnen hingen Fetzen der bemalten Leinwand. Es war das Gemälde, das die heilige Mutter Gottes zeigte; er hatte es kurz vor ihrem letzten Besuch vollendet. Stolz hatte es an der Wand gelehnt, und Anselm war begierig gewesen, ihr Urteil zu hören. Er wollte, dass sie ihrem Vater davon erzählte.

Dass sie nun erzählen könnte, es sei zerstört, das wollte er nicht.

«Wer hat das getan?», fragte sie.

«Scherer selbst», antwortete Thomas.

«Aber er war zufrieden damit! Das kann er nicht getan haben!»

Thomas Hartenberg brummte nur etwas Unverständliches und blickte verlegen zu Boden. Henrietta verstand die Welt nicht mehr. Anselm war ein besonnener Mensch, sie hatte noch nie gesehen, dass er die Kontrolle verlor. Und Anna war viel zu sparsam, als dass sie die Zerstörung kostbarer Leinwand zugelassen hätte.

«Da ist Euer Bild, wohlverwahrt», wechselte Hartenberg das Thema und ging zu der Truhe, an der das Gemälde lehnte. Er hob es an und betrachtete es mit einem gewissen Abstand. «Ich hatte gehofft, dass Ihr kommen würdet, um es zu holen. Es ist phantastisch. Nicht einmal an Eurem Schoßhund kann ich etwas bemängeln. Wie ist Euch bloß das Fell so gut gelungen, wo doch die Vorlage nur aus Ton ist? Wenn ich einen solchen Hund …»

Sie räusperte sich.

«Verzeiht», sagte er. «Ich wollte Euch nicht an das erinnern, was Euch in den letzten Wochen widerfahren ist. Ich kann ja nur erahnen, wie schrecklich es war.»

«Schon gut», unterbrach sie ihn hastig, denn seine Worte ließen sie an ihre erste Begegnung denken, die so beschämend für sie gewesen war.

Er nahm aus einem Korb ein großes Tuch, breitete es auf dem Tisch aus und legte das Bild darauf. Dann nahm er eine Schnur zur Hand, aber bevor er das Bild einschlug und verschnürte, betrachtete er es noch einmal fasziniert.

«Wen stellt es dar?»

«Anna Becker, die Frau eines Tuchhändlers.»

«Ich würde es gerne sehen, wenn es fertig ist.»

«Dazu wird es nicht kommen. Der Richter hat mir verboten weiterzumalen.»

Er sah sie an. «Was heißt das? An diesem Bild?»

Sie senkte beschämt den Kopf. «Nein. Ich darf überhaupt nicht mehr malen.»

«Das ist …», er schlug hastig das Tuch über dem Bild zusammen und nestelte verlegen an der Schnur. «Das ist bedauerlich. Es tut mir leid. Aber das muss ja nicht so bleiben. In diesen Zeiten sehen die Leute überall Teufelswerk, leider auch dort, wo keines ist. Sollte irgendwann endlich wieder Friede herrschen und der Kampf ums Dasein auf ein normales Maß zurückgegangen sein, wird es auch mit dieser Lust an der Hölle ein Ende haben.»

«Lust? Wie meint Ihr das?»

Er hatte das Bild fertig verschnürt und betrachtete nachdenklich sein Werk. «Ich meine, dass der Teufel so schon zur Genüge sein Unwesen treibt. Da muss man nicht noch hinter ihm herlaufen und einen einfachen Tonklumpen zu seinem Machwerk erklären. Wovon wollt Ihr leben?», fragte er nun. «Ich habe Euren Vater gesehen und weiß, dass er nicht arbeiten kann.»

«Es geht schon. Es ist bis jetzt immer irgendwie gegangen. Ich halte es mit einem Wort aus dem Matthäusevangelium: *Sorgt euch nicht um den nächsten Tag, denn es ist genug, dass jeder Tag seine eigene Plage hat.*»

«Gottvertrauen ist hilfreich, aber ohne Arbeit geht es nicht. Ich brauche einen Gehilfen und hätte dazu lieber Euch als den alten Scherer. Es wäre völlig unverfänglich, denn Ihr würdet nicht malen, sondern mir nur zur Hand gehen. Könnt Ihr das? Farben mischen und all das?»

«Natürlich.»

«Gut. Ich könnte Euch auch als Modell gebrauchen, allerdings solltet Ihr dazu eine Zeitlang gut gegessen haben. Hier könnt Ihr satt werden, aber ob es für eine Speckschicht reicht, weiß ich nicht.»

Henrietta blickte an sich herunter und legte die Hand auf den flachen Bauch. Dass ihr Körper nicht dem Ideal entsprach, wusste sie nur zu gut. Jedoch hatte sie noch nie Modell stehen müssen. Ihr Vater und sie hatten dazu stets die robustere Priska genommen.

«Nun, was ist?», drängte er. «Ich zahle Euch zusätzlich zum Essen fünf rheinische Gulden im Monat.»

«Ich sollte froh über Euer Angebot sein.» Vielleicht würde es ihr gar nicht so schwerfallen, wieder die Rolle der kleinen Malersmagd zu spielen, erinnerte es sie doch an bessere Zeiten, als sie ihrem kraftstrotzenden Vater zur Hand gegangen war. Ihr Stolz über ihr eigenes Können würde ihr zwar im Weg stehen, aber es war nicht der richtige Zeitpunkt, um darauf Rücksicht zu nehmen.

«Dann seid Ihr einverstanden?»

«Ja. Bloß die Scherers werden etwas dagegen haben. Aber das ist vermutlich nicht entscheidend.»

«Nein. Anselm und Anna Scherer sind in ihrem eigenen Hause nur noch Diener mit Wohnrecht. Das klingt hart, aber anderswo wurden die Leute aus ihren Häusern gejagt und müssen jetzt zusehen, wie sie über den Winter kommen. Ich bedaure die beiden sehr, aber ich muss an meine Arbeit denken.»

Sie deutete unter den Tisch. «Seid Ihr der Grund, weshalb er das getan hat?»

Er schüttelte den Kopf. «Nein, das war der Schwedentrupp, der das Haus für mich einnahm. Scheußliche Leute, die Freude an Zerstörung und Demütigung haben. Sie haben ihn mit Gewalt dazu gebracht.»

«Die Schweden?», fragte sie entsetzt.

Er nickte. Plötzlich machte sie auf dem Absatz kehrt und eilte zur Tür.

«Was ist denn?», rief er ihr nach.

«Ich muss nach Hause.» Sie riss die Tür auf und lief nach draußen. Erst dort spürte sie seine Hand auf ihrem Arm.

«Warum habt Ihr es so eilig?»

«Ich muss nach Hause», wiederholte sie nur. Sie hatte keine Zeit zu verlieren.

«Werdet Ihr morgen früh kommen?»

Sie blickte kurz zurück in sein besorgtes Gesicht. «So Gott will», nickte sie und eilte auf die Straße. Dann lief sie noch einmal zurück und riss ihm das Bild aus der Hand. Sie hatte es in der Eile vergessen.

Es hatte geschneit. Die Häuser und Gassen wirkten unschuldig, als wüssten sie nichts vom Krieg. In der Ferne erhob sich, fahl durch den Nebel schimmernd, der Dom über den Dächern. Henrietta schickte ein inbrünstiges Gebet an den Allmächtigen und alle Heiligen. Es durfte nicht so schlimm werden, nicht so schlimm wie im Haus der Scherers. Aber es deutete alles darauf hin, überall sah sie Soldatenrotten von zehn oder zwanzig, manchmal noch mehr Männern, die durch die Gassen stapften und laut an den Häusern klopften. Ängstliche Hausbesitzer öffneten ihnen die Tür. Manche kauerten vor ihrem Haus auf dem Boden und wurden von langen Reitgerten durchgeprügelt. Manchmal traten die Soldaten einfach die Türen ein, denn viele Häuser waren verlassen.

Niemals hätte sie gedacht, dass alles so schnell gehen würde. Es waren doch erst wenige Stunden vergangen, seit die beiden Landsknechte ihr Haus inspiziert hatten. Bunt gekleidete Soldatentrupps marschierten durch die Straßen und teilten die Menge mit ihren Pikenschäften. Henrietta erreichte unbehelligt den Brunnenplatz und lief in die Cruzenachgasse. Sie sah, wie der Schuster vor einem zehnköpfigen Trupp kniete, der soeben im Begriff war, sein Haus zu betreten. Er flehte die Männer an, seine Familie in Ruhe zu lassen. Seine heulende Stimme fuhr Henrietta durch Mark und Bein. Schnell klopfte sie ans eigene Hoftor und wurde einen Augenblick später von Priska hineingelassen.

«Sind schon welche da?», fragte sie die Magd, aber sie schüttelte den Kopf.

«Wie geht es meinem Vater?»

«Er schläft schon den ganzen Tag, und ich bin ganz froh darum.»

«Ich werde ihn wecken. Komm mit.»

Sie hasteten in den zweiten Stock. Henrietta klopfte an das Schlafzimmer des Vaters, lauschte und öffnete. Er lag auf der Seite, verschwitzt, die Decke hatte er im Schlaf weggeschoben. Sie trat näher und rüttelte an seiner Schulter. Er brummte, hob den Kopf und ließ ihn sofort wieder ins Kissen sinken.

«Steh auf, steh auf!» Sie schuttelte ihn so heftig, dass Priska einen kurzen Schrei der Empörung ausstieß.

«So hast du ihn noch nie geweckt. Was hetzt dich so?»

Henrietta warf den Kopf zurück. «Uns hetzen die Schweden. Sie haben Anselm Scherer gezwungen, sein eigenes Gemälde zu zerstören. Das Gleiche werden sie von meinem Vater verlangen.»

«Großer Gott!» Priska schlug die Hand vor den Mund.

«Wir müssen ihn in die Werkstatt umbetten», sagte Henrietta. «Wenn sie sehen, dass dort ein kranker Mann liegt, werden sie sich vielleicht nicht so genau umschauen.»

«Du glaubst, sie kommen hier herauf?»

«Was sollte sie daran hindern? Wir sind hier nur zwei Frauen und ein kranker Mann. Und jetzt schnell!»

Gemeinsam hoben sie Johannes Güntelein aus dem Bett und halfen ihm aufzustehen. Henrietta legte seinen Arm um ihre Schultern und begleitete ihn langsam in die Werkstatt. Dort bettete sie ihn auf einen Stuhl, wo er sofort erschöpft in sich zusammensackte. Währenddessen trug Priska seine Strohmatratze herein, das Bettzeug und die noch heiße Bettpfanne. Johannes Güntelein stieß brummende Wortfetzen aus, als protestiere er, so unsanft aus dem Schlummer gerissen zu werden. Henrietta betete, dass er gleich wieder einschlafen möge.

Gemeinsam drehten sie das Bettgestell auf die Seite, um es durch den schmalen Durchgang tragen zu können. In der Werkstatt stellten sie es mittig auf, sodass man dicht daran vorbeigehen musste, wollte man den hinteren Teil des Raumes in Augenschein nehmen. Dort schloss Henrietta die Fensterläden, damit das großformatige Tuch, welches das Gemälde bedeckte, nicht auffiel.

Den Vater ins Bett zurückzubringen, war einfacher. Er ließ sich seufzend fallen und rollte sich sofort wieder auf die Seite. Henrietta deckte ihn zu und stopfte die Decke fest.

«Die Truhe mit seinen Sachen auch. Schnell», befahl sie.

Sie stellten die Truhe ans Fußende des Bettes und verteilten die paar Stühle und Hocker so, dass zumindest der vordere Teil des Raumes wohnlich aussah. Priska trug den Nachttopf herein und stellte ihn unters Bett. Da klopfte es schon unten am Hoftor.

Priska wurde kreidebleich.

«Das sind sie», murmelte Henrietta und schlug ein Kreuzzeichen. «Lass sie herein, ich komme gleich nach.»

Priska hastete die Treppe hinunter. Henrietta packte die Staffelei und trug sie in die Schlafkammer. Es blieb keine Zeit mehr. Sie warf noch einen letzten Blick in die Werkstatt. Glücklicherweise waren die wenigen Leinwandrollen und Papierbögen, die sie noch besaßen, gut in den Truhen verstaut. Gegen den Tisch an der Rückwand, auf dem die Töpfe, Schalen und Tiegel mit Farbe standen, konnte sie jetzt nichts mehr tun. Sie ging hinaus, verschloss leise die Tür und stieg hinunter ins Erdgeschoss, wo die Soldaten bereits lärmten.

Henrietta blieb auf der letzten Stufe stehen. Priska zog soeben den Schlüssel unter der Schürze hervor, um die Tür zur alten Gaststube aufzuschließen. Die Schweden standen dicht hinter ihr, da der Flur sehr schmal war. Henrietta zählte vierzehn Soldaten, die sich einer nach dem anderen in die Stube drängten, dazu ein Junge von etwa fünfzehn Jahren, der Beutel, Packen und zusammengerollte Decken auf dem Rücken trug. Unter der Männerschar war auch eine Frau mit strohblondem Haar und geschminkten Wangen. Sie war gut genährt, die Brüste quollen aus ihrem eng geschnürten Mieder hervor. Eine Trossdirne.

«*Jätteskön!*», rief einer der Männer laut, als er sich in dem Schankraum umsah. Wie es schien, war das ein Ausdruck des Wohlgefallens. Henrietta fragte sich, wie sie sich mit diesen Männern verständigen sollte, aber da hörte sie, wie einer auf Deutsch rief: «Weib, bring alles her, was du an Decken im Haus hast!»

Priska, an die der Befehl gerichtet war, tauchte mit ängstlichem Blick im Flur auf. Henrietta nickte ihr zu, obwohl sie kaum weniger eingeschüchtert war. Sie wollte gerade in die Stube treten, als plötzlich ein Soldat hinter Priska auftauchte, Henrietta beiseiteschob und die Treppe hinaufmarschierte. Ein unangenehmer säuerlicher

Geruch ging von ihm aus, und seine blonden, schulterlangen Haare schienen den Dreck geradezu auszuschütteln. Henrietta eilte hinter ihm her. Er schaute sich in der Stube und den Kammern um und machte sich dann auf in den zweiten Stock, wo er an der Werkstatttür rüttelte.

Henrietta zog den Schlüssel aus der Tasche ihres Kleides. «Mein Vater. Er ist krank», erklärte sie und öffnete dem Soldaten die Tür.

Er schnupperte kurz und stieß dann einen angewiderten Laut aus. «Stinkt. Männer hier?»

«Mein Vater», wiederholte sie. Warum starrte er in die Tiefe des Raumes, ohne ihrem Vater Beachtung zu schenken? Doch dann glaubte sie zu begreifen: Er wollte wissen, ob sich jemand in dem Zimmer versteckt hatte.

«Hier leben nur mein Vater, unsere Magd und ich.»

«Dein Vater ist krank?»

«Ja.»

«Was?»

Henrietta sagte: «Morbus gallicus.» Würde er ähnlich wie der Furier reagieren? Viele Leute glaubten, die Krankheit könne auch ohne Körperkontakt übertragen werden. Sie hielt das für unmöglich, andernfalls hätten Priska und sie sich längst angesteckt. Sie war versucht, eine noch gravierendere Krankheit vorzugeben, damit die Soldaten dem Obergeschoss auch wirklich fernbleiben würden, aber dann bestünde die Gefahr, dass sie ihren Vater aus dem Haus warfen. Sie erinnerte sich noch gut daran, wie vor sieben Jahren die Pest in der Stadt gewütet hatte. Wer auch nur unter dem Verdacht stand, die Seuche zu haben, war damals von seinen Angehörigen aus dem Haus gejagt worden. Die Furcht vor der Pest war immer noch allgegenwärtig, und das galt sicher auch für die Schweden.

«Hat falsch gefickt», meinte der Soldat. «Katholik, ja?»

«Wir sind gute Christen.»

«Papisten», brummte er verächtlich und öffnete die Tür zur Kammer, wo er auf die Staffelei deutete. «Was ist das?»

«Eine Staffelei.»

«Sieht aus wie Foltergerät. Warum liegt dein Vater hier nicht? Kleiner Raum ist wärmer.»

«Er schwitzt viel. Und er fühlt sich hier … beengt.»

Der Soldat ging auf den Flur zurück, wo er auf eine dritte Tür deutete. Henrietta öffnete sie und trat beiseite, damit er hineinsehen konnte.

«Meine Kammer. Auch die Magd schläft darin.»

Er nickte. Dann machte er kehrt und stiefelte hinunter. Henrietta folgte ihm und blieb in der Tür zum Schankraum stehen, während sie mit Unbehagen zusah, wie er einem anderen Mann Bericht erstattete. Es musste sich um den Rottmeister handeln. Der sagte dazu wenig, aber es sah so aus, als sei er mit dem Bericht zufrieden. Ein Umhang aus edlem, aber zerschlissenem Atlas umhüllte seine Schultern. Seine eine Hand ruhte auf dem Degengriff, in der anderen hielt er einen federbesetzten Hut. Er war sehr groß, hatte blassblondes Haar und einen geölten Spitzbart. Seine Kleidung saß ordentlich, vermutlich stank er auch weniger.

Er sah untätig zu, wie die anderen Männer die Gaststube in ein Quartier verwandelten. Sie stellten die alten Sitzbänke so im Raum auf, dass sich jeweils zwei Männer zwischen ihrem Lager eine Bank teilten, wo sie ihre Habseligkeiten ablegten, die aus einem kleinen Wäschebündel und dreckstarrenden Decken bestanden. Manche holten Gebetbücher aus den Bündeln und legten sie auf ihre Decken. Sie schnallten die Bandeliere ab, an denen alle möglichen Beutelchen, Kästchen und Pistolen hingen, und legten sie unter die Bänke. Einige Soldaten hatten sogar Musketen dabei, die sie in einer Ecke abstellten. Auch Hüte besaßen sie, breitkrempig und mit bunten Federn geschmückt. Henrietta verstand von derlei Dingen wenig, wusste aber, dass Soldaten und Landsknechte stets bemüht waren, sich herauszuputzen, selbst wenn sie nur Lumpen trugen.

Zerlumpt waren diese Männer nicht, aber man sah ihren ausgemergelten Gesichtern an, welch große Wegstrecke hinter ihnen lag. Vor anderthalb Jahren waren sie an der Küste Pommerns gelandet, und seitdem bestand ihr Dasein aus Marschieren, Kämpfen und Plündern. Henrietta konnte sich kaum vorstellen, dass Thomas Hartenberg unter solchen Männern gelebt hatte, und das über Monate.

Ihr entging nicht, wie der Rottmeister sie musterte. Lüsternheit sprach nicht aus seinem Blick, vielleicht fand er sie zu mager. Oder die Trosshure tat alles, um ihn allein zufriedenzustellen.

«Du bist die Herrin des Hauses, nehme ich an», sagte er schließlich zu ihr. Er sprach gutes Deutsch, wenngleich mit deutlichem Akzent. «Außer dir wohnt hier noch ein alter, kranker Mann, der oben liegt, wie mir soeben berichtet wurde, und eine *ensam jungfru.* Das bedeutet Arbeit auch für dich, ist das klar?»

Henrietta nickte. Was blieb ihr anderes übrig?

«Wie heißt du?»

«Henrietta Güntelein.»

«Nun, *jungfru* Henrietta, während die Magd mein schönes, aber karges Gemach ausstaffiert», er deutete mit dem Daumen auf die kleine Kammer hinter sich, «wirst du meinem Weib beim Kochen zur Hand gehen. Das kannst du ja sicherlich.»

«Werden wir auch zu essen bekommen?», fragte sie.

Er winkte verächtlich ab. «Wenn du gut arbeitest und keine Scherereien machst, wäre es doch dumm, dich darben zu lassen. Und nun geh.»

Sie durchquerte den Schankraum, wo sie von gierigen Augenpaaren angestarrt wurde, und betrat die Küche. Die Trossdirne war dort schon zugange. Sie befahl gerade dem Burschen, eine Korbtruhe zu holen, die offenbar noch im Hof stand.

«Du bist sein Weib?», fragte Henrietta.

Die Hure blickte sie erstaunt an.

«Nicht vor dem Herrn. Ich bin seine Kriegsgefährtin, seit wir in Pommern aufeinandertrafen. Aber huren tu ich auch bei den anderen Männern. Du hast von so etwas keine Ahnung, stimmt's?»

«Nein.»

«Es ist gut für einen Soldaten, eine Gefährtin zu haben, die sich um seine Belange kümmert. Auch die anderen hatten solche Gefährtinnen, aber sie haben den Marsch nicht verkraftet und sind gestorben, schwache Dinger waren das. Daher lasse ich es zu, wenn sie mich anfassen, und der Rottmeister erlaubt es, weil er weiß, dass es andernfalls Unruhe gäbe. Manchmal beschäftigen sie sich aber auch mit ihresgleichen. Man muss die Dinge nehmen, wie sie kommen.»

Henrietta hörte fassungslos zu. Sie kannte solche Geschichten nur aus der Bibel, als abscheuliche Berichte über heidnische Völker.

«Nenn mich Jette», sagte die Hure freundlich, «und schau mich nicht so entsetzt an!» Erst jetzt sah Henrietta, dass ihr ein Arm fehlte. Der linke Ärmel ihres Kleides war oberhalb des Ellbogens zusammengeknotet.

«Weshalb reden die Schweden deutsch?», fragte Henrietta, sobald sie die Sprache wiedergefunden hatte.

«Nicht alle können Deutsch, aber viele. Die hohen Offiziere sowieso. Der König spricht fließend zehn Sprachen, heißt es; und sein Freund, der Kanzler Oxenstierna, beherrscht ebenfalls die deutsche Sprache. Was das Fußvolk betrifft, so haben die Männer während des Feldzugs ein paar Brocken aufgeschnappt, denn viele Deutsche marschieren im Zug mit, und wenn's nur wegen ein paar Brocken Brot ist. Es gibt so viele, von denen man nicht weiß, woher sie kommen.»

Der Bursche kehrte mit einer großen, aus Korb geflochtenen Truhe zurück und stellte sie hinter der Küchentür ab. Dann gab er Jette ein Zeichen.

«Er fragt nach Feuerholz», sagte die Hure zu Henrietta. «Er versteht dich, er kommt aus Sachsen.»

Henrietta erklärte dem Burschen, wo er das Holz finden würde, und er verließ die Küche wieder.

«Er heißt Jörg. Eines Nachts hat ihn einer aus unserer Rotte angeschleppt – der Teufel weiß, aus welcher Kate er ihn gezerrt hat. Die Eltern trauern vielleicht jetzt noch um ihren verschwundenen Sohn. Jedenfalls wollte der Kerl ihm seinen Prügel in den Mund stecken, damit er daran leckte. Der Dummkopf gehorchte aber nicht, und da hat ihm der Soldat die Zunge abgeschnitten.»

«Allmächtiger», murmelte Henrietta. «Warum ist er mitgekommen?»

«Das weiß ich nicht genau, aber ihn hat wohl ein Bader aus dem Tross in seinem Karren verarztet, und als er wieder bei Kräften war, war das Heer schon etliche Meilen von seinem Heimatdorf entfernt. Der Bader brachte ihn wieder zur Rotte, und da blieb ihm nichts anderes übrig, als dort zu bleiben. Aber bedaure ihn nicht zu sehr, seine jämmerliche Geschichte ist nur eine von vielen Tausenden.»

Der Junge kehrte mit einigen Holzscheiten zurück. Jette begann ein Feuer auf der Herdstelle anzufachen, während Jörg auf ihren Befehl hin mit zwei Eimern loszog, um Wasser vom Brunnenplatz zu holen.

«Welcher der Soldaten war es?», fragte Henrietta, als er fort war.

«Ich weiß es nicht. Ich war nicht dabei, und ich habe ihn nie danach gefragt. Und jetzt hilf mir die Rüben putzen.»

Jette hob den Korbdeckel an. Wahrhaftig, darin lagen Rüben. Und Äpfel, schrumpelig und stellenweise von Schimmel bedeckt. Jette wickelte ein rostiges Messer aus einem Beutel und wies Henrietta an, sich an den Küchentisch zu setzen. Henrietta zog die Korbtruhe an einen Hocker, setzte sich und machte sich an die Arbeit. Sie kratzte grob Erde und Schimmel ab, schnitt die Rüben klein und steckte sich ab und zu ein Apfelstück in den Mund.

«Wenn du dich nur fügst», sagte Jette mit einem wohlwollenden Lächeln, «dann darfst du auch zugreifen. Unsere Portion bekommen wir aber erst, wenn die Männer fertig sind.»

«Das klingt alles sehr streng», seufzte Henrietta.

«Soll es auch. Wir sind schließlich im Krieg.»

Jörg brachte das Wasser und füllte es in den Kessel über der Feuerstelle. Danach trug er mit seinen dreckigen Händen die fertigen Rübenstückchen zum Herd und warf sie in den Topf. Er versuchte, Henriettas Blick auszuweichen, doch vor Jette schien er keine Angst zu haben. Vielleicht sah er in ihr eine Art Mutter. Sie steckte ihm ein schönes Apfelstück zu, das er gierig kaute. Dabei rann ihm der Speichel aus den Mundwinkeln, und er musste mit den Fingern nachhelfen, damit ihm der zerkaute Brei nicht herauslief.

Henrietta überlegte kurz, ob sie sich ihm vorstellen sollte, entschied sich aber dagegen. So leid er ihr tat, sie hatte um die Anwesenheit all dieser Menschen nicht gebeten, auch nicht um seine.

Die Soldaten unterhielten sich in der Schankstube lautstark in ihrer Sprache. Wenn Henrietta von ihrem Platz aus den Kopf reckte, konnte sie sie sehen. Sie hatten ihre Stiefel ausgezogen und offenbarten ihre dreckstrotzenden Strümpfe und schwarzen Zehen. Grölend trieben sie Jörg an, ihnen Branntwein auszuschenken, und er beeilte sich, die Stopfen von drei glasierten Krügen zu entfernen und ihre Humpen zu füllen. Der Rottmeister hatte seinen Umhang ausgezogen und seine Bank so hingestellt, dass er sich an die Wand lehnen und die Füße hochlegen konnte. Priska musste einen großen Bogen um ihn machen, während sie die Matratze und mehrere Decken in die kleine Kammer trug. Henrietta achtete darauf, ob Jörg einen der Männer besonders hasserfüllt oder ängstlich ansah. Aber sie konnte nichts feststellen. Vielleicht war es besser, wenn sie nicht erfuhr, wer die grausame Tat verübt hatte.

«Sind alle Schweden so wie der, der den Jungen verstümmelt hat?», fragte sie Jette.

«Ach was, die sind nicht schlimmer als Schotten, Ungarn, Sachsen, Dänen oder wer sonst noch in König Gustav Adolfs Heer mitmarschiert. Soldaten plündern eben, um sich zu ernähren. Im protestantischen Teil des Reiches waren sie noch zurückhaltend und haben das Vieh und alles, was sie von den Bauern abschleppten, bezahlt. Aber seit wir in der Pfaffengasse sind, ist das anders. Die Katholiken können froh sein, dass sie am Leben bleiben. In der schwedischen Armee wird einigermaßen auf Disziplin geachtet. Mordbuben gibt es aber überall.»

«Wie heißt der Rottmeister? Er hielt es nicht für nötig, sich mir vorzustellen.»

«Sven Persson. Jetzt haben wir aber genug geplaudert.»

Jette öffnete einen geölten Beutel und ließ den Inhalt auf den Tisch fallen: ein großer, schwarzer, in Blut schwimmender Klumpen. «Rindsleber», sagte sie zu Henrietta. «Schneide sie klein!»

Henrietta quälte sich damit ab, den riesigen Brocken in mundgerechte Stücke zu zerschneiden. Der Schweiß rann ihr bald aus allen Poren. Jette zupfte ein paar Stängel getrockneter Kräuter und gab sie in den Kessel, in dem es allmählich zu brodeln begann. Ein paar Männer riefen etwas auf Schwedisch, sie antwortete, während sie einhändig die Leberstücke vom Tisch klaubte und in den Topf warf.

«Mit dem Fressen haben sie es immer eilig», brummte sie und rührte mit einem Holzstecken im Kessel. «Geh und lass dir ihre Näpfe geben!»

Henrietta gehorchte und sammelte Näpfe und Schalen ein, die die Männer schon griffbereit hielten. So mancher schenkte ihr ein Lächeln, aber sie reagierte nicht darauf. Jette schöpfte die Näpfe voll, und Henrietta trug die lieblos zubereitete Kost in den Schankraum. Die Männer stellten die Schalen zwischen den Schenkeln auf der Bank ab und aßen mit den Fingern, ein paar zogen Zinnlöffel aus den Hosentaschen. Es folgte ein wildes Schmatzen und Rülpsen. Jette winkte Priska, die unschlüssig in einer Ecke stand, in die Küche und reichte ihr eine Schale. Dort war auch der Junge und aß. Henrietta hatte keinen großen Hunger, da sie bei Thomas Hartenberg gut gegessen hatte, aber eine Gelegenheit, den Magen zu füllen, durfte nicht ungenutzt bleiben. Sobald sie fertig war, holte sie aus einem Schrank einen Topf, füllte ihn mit Suppe, deckte ihn mit einem Tuch zu und ging durch den Schankraum zur Tür.

«Wo willst du hin?»

Sie drehte sich um. Es war der Rottmeister, der nur zwei Schritte entfernt auf seiner Bank saß und zu ihr hochblickte, während er eifrig löffelte.

«Muss ich jeden Schritt im Haus meines Vaters erklären?», gab sie zurück.

«Wenn ich es will, ja.» Erneut musterte er sie vom dreckigen Saum ihres Kleides bis zum Scheitel. «Aber ich will es gar nicht. Ich mag nur keine Frauen, die tun, wonach ihnen der Sinn steht. Das führt bloß zu Durcheinander.»

«Hier war es ordentlich, bevor Ihr Euch ausgebreitet habt.»

Darauf sagte er nichts, und das verwirrte sie. Eher hatte sie mit einer Zurechtweisung gerechnet. Aber was wusste sie schon, was in seinem Kopf vorging? Sie wusste nur, dass sie ihn nicht mochte. Von allen Soldaten war er derjenige, vor dem sie sich am meisten in Acht nehmen musste. Mit Ausnahme des Mannes, der den Jungen verstümmelt hatte. Vielleicht war er es ja selbst gewesen.

«Ich will das Essen meinem Vater bringen», sagte sie schließlich in dem Gefühl, eine Niederlage erlitten zu haben.

«Ich hoffe, er hat gute Zähne. Da besorge ich eine halbwegs frische Rindsleber, und das Weib verkocht sie, anstatt sie zu braten. Wie alt bist du?»

Henrietta versuchte, sich ihren Ärger nicht anmerken zu lassen. Sie hasste es, hier mit dem heißen Topf rumzustehen und warten zu müssen, dass er sie endlich gehen ließ. «Dreiundzwanzig.»

«So alt schon? Witwe?»

«Nein.»

«Wollte dich keiner? So unansehnlich bist du doch gar nicht. Kochen kannst du, oder?»

«Leidlich. Es kommt auf die Zutaten an. Aus Rüben

und Leber und sonst nichts weiß ich auch nichts zu machen. Dies hier ist kein Gasthof, auch wenn es so aussieht.»

«Ich weiß.» Er stellte seine leere Schale auf den Boden und wischte sich die Hände an der Hose ab. «Aber es gefällt mir hier, denn wenigstens gibt es genug Platz. Andere Soldaten müssen mit dem Hausherrn in einem Bett schlafen.»

«Da habt Ihr ja Glück gehabt», sagte sie kühl und wollte mit dem Ellbogen die Tür öffnen, aber er ließ sie immer noch nicht gehen.

«In der Tat war es Glück, vom Nebenbuhler deines Vaters zu hören, welch ein geräumiges Haus ihr habt. Oder hat es seine Frau erwähnt? Ich weiß es nicht mehr.»

Henrietta hielt inne. «Ihr wart in Scherers Haus?»

«Ja, wir haben es für den Maler Hartenberg in Besitz genommen. Wie viele Hoftorschlüssel besitzt ihr?»

«Drei.»

«Die wirst du uns alle aushändigen. Gib auch Jette einen.»

«Darf … darf ich jetzt gehen?»

Sven Persson nickte. Henrietta ging in den düsteren Flur und schloss mit dem Fuß die Tür hinter sich. Dann stellte sie den Topf auf der untersten Treppenstufe ab. Sie keuchte, versuchte zu ordnen, was sie soeben gehört hatte. Sven Persson war der Mann, der Anselm Scherer gezwungen hatte, sein Gemälde zu zerschneiden.

Kapitel 4

Thomas fand keinen Schlaf. Er lag auf einer Strohmatratze in seiner Kammer im Obergeschoss und dachte nach. Auf der anderen Seite der Wand hörte er die Schererin weinen. Das Mondlicht, gefiltert durch die milchigen Butzenscheiben eines Erkerfensters, fiel auf seine nackten Zehen. Am Abend hatte er sich mit Wasser gewaschen, das Anselm Scherer eigens für ihn heraufgetragen hatte. Persson hatte recht gehabt, die beiden gehorchten ohne Widerspruch. Aber Thomas konnte sich des Gefühls nicht erwehren, dass sie ihn für ihr hartes Los verantwortlich machten. Und verdenken konnte er es ihnen nicht.

Als der Nachtwächter draußen zum Morgengebet rief, beschloss er aufzustehen. Was sollte er länger hier herumliegen und den Schlaf herbeibeten? Er schlüpfte in Hemd und Beinkleid, stieg barfuß ins Erdgeschoss hinab und setzte sich in die warme Küche. Im Herd glomm noch die Holzglut vom Vortag. Kurze Zeit später tapste die Schererin herein, grüßte ihn tonlos und ging in den Hof, um ihren Nachttopf zu leeren.

Das Frühstück bestand aus lauwarmer Kohlsuppe, die Anna Scherer in drei Zinnschüsseln verteilte. Anselm Scherer kam hinzu, und so saßen sie in der düsteren Küche beieinander, im Schein des dürftigen Talglichts, und aßen schweigend. Auch das Brot, das Thomas auspackte und ihnen anbot, konnte die beiden nicht aufmuntern. Da ist ja das Leben im Tross fröhlicher, dachte er verdrossen. Dort war es zwar laut, kalt und dreckig, aber irgendjemanden gab es immer, der für gute Stimmung sorgte.

Als sie fertig waren, verschwand Anna mit den Schüsseln im Hof. Thomas wusste inzwischen, dass dort Regenfässer standen, und bat sie, ihm etwas Wasser mitzubringen. Schweigend stellte sie den gefüllten Becher vor ihm ab und ging wieder hinaus, um ihrer Arbeit nachzugehen.

«Großer Gott!», stieß Thomas hervor. «Wollen wir uns die ganze Zeit anschweigen?»

Anselm Scherer hob den Kopf und blinzelte, als sei er jetzt erst aus dem Schlaf erwacht. Seine kleinen runden Augen blickten Thomas fragend an.

«Henrietta Güntelein wird bald kommen», sagte Thomas. «Sie soll mir bei der Arbeit zur Hand gehen.»

Scherer öffnete den Mund, sagte aber kein Wort. Schließlich nickte er. «Besser, als dass ich es tue. Es ist doch ohnehin alles gleich.»

«Es hilft Euch nichts, wenn Ihr Euch selbst bemitleidet. Ihr habt zwar ein Gemälde verloren, aber Ihr seid am Leben geblieben, und Eure Frau ist unversehrt. Ihr habt nach wie vor ein Dach über dem Kopf und müsst nur einen Fremden beherbergen. In andern Häusern sieht es ganz anders aus.»

«Das Bild … die Madonna», stammelte Scherer, «so etwas werde ich nicht wieder malen können. Ich fürchte, ich habe überhaupt die Kraft zum Malen verloren.» Er stützte die Ellbogen auf den Tisch und raufte sich die Haare. Plötzlich sprudelten die Worte nur so aus ihm heraus: «Und wovon sollen wir jetzt leben? Das Gemälde hätte uns für die nächsten Jahre unseren Unterhalt finanziert. Es wird dem Kurfürsten nicht gefallen, wenn er hört, dass es zerstört ist. Aber er ist ja auch geflohen, wie so viele, und wer weiß, ob er überhaupt zurückkehrt? Ach, ich hätte auch gehen sollen! Alle Maler haben mit ihren Familien die Stadt verlassen. Sind ihren kirchlichen Auftraggebern, die in Köln Schutz vor dem Ketzerheer suchen, nachgelaufen. Bis auf Güntelein, weil der krank im Bett liegt. Und kein Geld hat, um zu fliehen. Er und seine

Tochter wären ja spätestens im Hunsrück verhungert. Als es hieß, dass die Schweden kommen, haben Anna und ich uns im Haus versteckt. Haben nur Kanonendonner gehört und dann Glockengeläut.»

Scherer atmete laut, als habe ihn die lange Rede erschöpft. Seine Frau kehrte mit den gesäuberten Schüsseln zurück und stellte sie auf ein Regalbrett. Thomas nahm den Wasserkrug und trank. Was sollte er zu den Klagen der Scherers noch sagen? Er erhob sich, es war Zeit, mit der Arbeit zu beginnen.

In der Werkstatt war es einigermaßen hell, denn die Fensterläden standen offen und ließen das Morgenlicht herein. Der Schnee, der in der Nacht gefallen war, milderte den Geruch nach Fäkalien, der von der Straße hereindrang. Thomas nahm seine Lederrolle zur Hand, legte sie auf den Boden und öffnete den Verschluss. Vorsichtig zog er drei Leinwände heraus und breitete sie auf dem Tisch aus. Das erste Bild zeigte eine alte Bäuerin beim Gansrupfen, das zweite eine mit groben Pinselstrichen gezeichnete Landschaft in satten Grüntönen, das dritte einen bärtigen Mann, der auf einem Felsen saß und zu einer Frau hochblickte. Sie trug nichts weiter als ein rotes Hüfttuch und einen korinthischen Helm.

«Minerva und Mars?», fragte Scherer, der ihm leise gefolgt war. Wie die meisten Maler verfügte er offensichtlich über ein beachtliches Maß an klassischer Bildung, denn die Mythologie bot die Gelegenheit, die Pracht nackter Körper darzustellen.

«Minerva und Odysseus.» Thomas deutete auf den Vordergrund des Bildes, wo Odysseus im Sand saß. «Dort fehlen noch Schiffsplanken, die aus dem Bild ragen. Wer fertigt für Euch die Keilrahmen an?»

«Der Tischler Wulfram», sagte Scherer. «Falls er nicht auch abgehauen ist.»

Thomas schickte ihn los, den Tischler zu holen, damit er die Bilder ausmaß. Es dauerte nicht lange, bis Wulfram erschien und mit Hilfe einer Schnur die Größe der Bilder maß. Da Thomas anbot, zu den ausgehandelten Kreuzern einen Laib Brot draufzulegen, versprach der Tischler, die fertigen Keilrahmen noch am gleichen Tag zu liefern.

«Ich brauche auch ein paar alte Bretter», sagte Thomas. «Schön alt und modrig sollen sie sein.»

Der Tischler kratzte sich an der Stirn. «Wozu denn das? Heizen lässt sich mit so was schlecht.»

Thomas lachte. «Dass Maler manchmal seltsame Wünsche haben, müsstet Ihr doch von Anselm Scherer wissen. Die Bretter sollen den Rest eines zerborstenen Schiffes darstellen.»

Wulfram versprach, in seinem Keller nachzuschauen, und verabschiedete sich.

Mittlerweile war es schon später Vormittag, und Henrietta war immer noch nicht erschienen. Thomas begann sich Sorgen zu machen. Ihm fiel ein, wie abrupt sie das Haus verlassen hatte, als er die Schweden erwähnt hatte. Der Gedanke ließ ihm keine Ruhe, und so beschloss er, sich auf den Weg zu den Günteleins zu machen.

Er setzte seinen breitkrempigen Hut auf, warf sich den Umhang um und verließ das Haus. Auch wenn er vor einigen Tagen das Günteleinsche Haus vom Großen Turm kommend aufgesucht hatte, fiel es ihm nicht schwer, den Weg von hier aus zu finden. Im Nu befand er sich auf dem weitläufigen Brunnenplatz mit dem Eckhaus.

Der Schnee war schon matschig geworden, weil sich hier allerlei Gesindel aufhielt. Der Grund dafür war nicht zu überhören: Mitten auf dem Platz stand ein schwarzes Streitross, auf dem ein Mann in prächtiger Uniform saß. Sein Kürass glänzte wie eine Speckschwarte, und an seinem schulterbreiten Spitzenkragen hatten Frauenhände wohl etliche Stunden zu schrubben gehabt. Thomas ahnte, was er hier wollte.

«Ihr Mainzer Leute», rief der Offizier mit lauter Stimme, die verriet, dass er es gewohnt war, ganze Scharen von Soldaten mitzureißen. «Wer der heiligen Sache des Königs zu ihrem Recht verhelfen will, der greife zur Waffe und folge der protestantischen Union! Gute Männer werden immer gebraucht, und sie erhalten zum Sold den Lohn des Himmels. Nach Süden geht's, nach Bayern, sobald der Winter vorbei ist …»

Thomas bezweifelte, dass man den Himmelslohn auf diese Weise erlangte. Es war nicht das erste Mal, dass er einen Kriegswerber hörte, und jedesmal gingen die Ärmsten und Hoffnungslosesten dem Geschrei auf den Leim. Er schob sich zwischen den Menschen hindurch, die den Offizier mit skeptischem und gleichzeitig fasziniertem Ausdruck beobachteten, und als er am Brunnen vorbeiging, stieß er fast mit Henrietta Güntelein zusammen.

Sie hatte gerade Wasser geschöpft und wuchtete nun den Eimer vom Brunnenrand. Ein zweiter Eimer stand gefüllt bereit. Sie drehte sich zu ihm um, und der Anflug eines Lächelns huschte über ihr Gesicht. Als sie sich aufrichtete, verschwand es aber sofort wieder. Ihr schwerer Atem kam ihm in weißen Wölkchen entgegen.

«Es tut mir leid», sagte sie abweisend. «Ich hab's nicht vergessen. Aber ich schaffe es heute nicht. Ich hatte einen Nachbarsjungen geschickt, es Euch zu sagen.»

«Es ist niemand gekommen», erwiderte er.

Sie nickte in Richtung des Werbers. «Dann hat der Bankert es wohl vergessen. Steht vielleicht da drüben und hängt an den Lippen dieses Mannes.»

Sie machte Anstalten, nach den Eimern zu greifen, aber

Thomas kam ihr zuvor. Der Eimer war groß und randvoll gefüllt, und vermutlich lief sie den Weg heute nicht zum ersten Mal. Kein Wunder, dass sie so erschöpft wirkte. Am liebsten hätte er auch den zweiten Eimer getragen, aber sie hatte ihn schon in der Hand und marschierte voraus. Es waren nur ein paar Schritte bis zum Hoftor. Ein Junge mit einem Rappen stand davor. Henrietta drückte die Klinke herunter und öffnete das Tor. Dass es nicht verschlossen war, war ein schlechtes Zeichen: Niemand ließ sein Haus freiwillig unverschlossen. Es sei denn, es wohnten Männer darin, die verlangten, jederzeit ein und aus gehen zu können, ohne nach dem Schlüssel fragen zu müssen.

Er trug den Eimer in die Gaststube, und jetzt gab es keinen Zweifel mehr. Die Schweden hockten auf ihren Bänken und vergnügten sich gerade mit Würfelspiel. Ein paar hoben flüchtig den Kopf, als er eintrat, und widmeten sich dann wieder dem Spiel; einer lüftete sogar höflich den Hut.

Zwei oder drei Gesichter waren ihm bekannt.

«Wo ist der Rottmeister?», fragte er Henrietta.

«In der Kammer dort.» Sie deutete auf eine verschlossene Tür und verschwand in einem Raum, der vermutlich die Küche war. Bevor ein Soldat Thomas aufhalten konnte, riss er die Tür auf.

Die Kammer war klein, es befanden sich nur eine Matratze, eine Truhe und ein Hocker darin, auf dem breitbeinig Sven Persson saß. Er hielt den Blick auf einen kleinen Standspiegel geheftet, der neben seinem federgeschmückten Hut auf der Truhe stand. Auf der Matratze lag eine Trossdirne. Ihr Mieder war aufgeschnürt und entblößte zwei pralle Brüste. Sie sah hoch und lächelte Thomas beschämt an, tat aber nichts, um ihren nackten Busen zu bedecken. Sven Persson ließ den Kamm sinken, mit dem er gerade seinen Bart gezwirbelt hatte, und runzelte die Stirn. Dann hellte sich seine Miene auf.

«Ah, Meister Hartenberg! Euch hätte ich hier nicht erwartet. Ist etwas nicht in Ordnung? Sagt bloß, die Scherers machen Schwierigkeiten! Das kann ich mir gar nicht vorstellen.»

«Nein, sie sind friedlich», erwiderte Thomas verwirrt. Er hatte nicht damit gerechnet, den Rottmeister mit einem Weibe anzutreffen, noch dazu Sven Persson persönlich. Dass Schweden bei den Günteleins hausten, überraschte ihn nicht, aber musste es ausgerechnet diese Rotte sein?

Persson blickte den Schweden an, der Thomas gefolgt war, und wechselte ein paar Worte mit ihm. Thomas verstand inzwischen ihre Sprache. Der Rottmeister wollte wissen, ob das Pferd bereit stand. Der Soldat nickte und verschwand in der Stube.

«Ich muss sofort zum Rapport», sagte Persson zu Thomas. «Der Quartiermeister wartet auf die Berichte der Einquartierungen.»

«Weshalb ausgerechnet dieses Haus?» Thomas wusste nicht, wie er die Frage, die ihm auf der Seele brannte, unverfänglicher stellen sollte. Sie war ihm einfach so herausgerutscht.

Persson wartete kurz, bevor er sich zu einer Antwort herabließ. «Die Scherers haben es als sehr geräumig angepriesen. Ihr wart doch dabei, erinnert Ihr Euch nicht?»

«Ich erinnere mich an vieles, aber daran nicht.»

«Nun wisst Ihr's.» Persson nahm eine brokatene Jacke vom Bettknauf und schlüpfte schwungvoll hinein. Er trug eine Lederhose und oberschenkellange Stiefel mit ausladenden Stulpen, um die Hüfte hatte er sich eine blaugelbe Schärpe geschlungen. Er sah weitaus prächtiger aus, als man es vom Anführer einer kleinen Rotte erwarten konnte. Er knöpfte die Jacke zu, befestigte seinen Degen am Gürtel und nahm den Hut von der Truhe. «Aber weshalb Ihr hier seid, weiß ich nicht. Wohl kaum, um nachzusehen, ob wir gut untergebracht sind.»

«Ich bin um Henrietta Güntelein willen hier. Ich kenne sie.»

«Tatsächlich?»

«Ja. Und ich möchte, dass …»

Persson schnitt ihm das Wort ab. «Ihr wollt, dass sie unberührt bleibt. Macht Euch keine Gedanken. Meine Truppe ist mit einem wohlgeformten Frauenkörper bestens versorgt, und wenn überhaupt, muss sich die Magd des Hauses Sorgen um ihre Unschuld machen, die ist etwas üppiger.» Er lächelte versonnen. «Versprechen kann ich Euch natürlich nichts.»

«Henrietta Güntelein ist eine ehrbare Bürgerin der Stadt und keine Kriegsbeute!»

«Ehrbar? Wie ich hörte, ist sie dem hiesigen Hexenrat knapp entkommen, so ein Weibsbild kann man kaum ehrbar nennen. Was zerbrecht Ihr Euch den Kopf über sie?»

«Ich habe sie als meine Gehilfin angestellt.»

Persson blinzelte ihn aus seinen blauen Augen an. «Ach? Sieh mal einer an! Nun, um ehrlich zu sein, glaube ich kaum, dass ihr die nötige Zeit dafür bleibt.»

«Ich benötige sie nur einige Stunden am Tag. Scherer taugt nichts, und ich brauche jemanden, der mit dem Malerhandwerk vertraut ist.» Thomas musste sich beherrschen. Es verletzte seinen Stolz, dass er vor Persson wie ein Bittsteller dastand. Aber er musste jetzt Ruhe bewahren, um Henriettas willen. «Ihr habt das Haus. Dass die Bewohner den Besatzern dienen müssen, ist meines Wissens nirgends gesetzlich geregelt.»

«Es wird so gehandhabt», schnaubte Persson, setzte energisch den Hut auf und schritt zur Tür. Bevor er sie öffnete, drehte er sich noch einmal zu Thomas um. «Aber was streiten wir uns deswegen? Wenn sie mit der Wäsche meiner Leute fertig ist, was noch ein paar Tage dauern wird, dann soll sie meinetwegen zu Euch gehen dürfen – vormittags, nachdem sie das Frühstück zubereitet hat. Dann könnt Ihr für ein paar Stunden über sie verfügen.»

Bevor er hinaustrat, konnte er sich ein Grinsen nicht verkneifen. «Es gibt doch nun wirklich ansehnlichere Weiber. Aber gut, das ist Eure Sache.»

Er ging durch den Schankraum und verschwand, ohne darauf zu achten, ob Thomas seine Kammer verließ. Die Hure hatte sich aufgesetzt und war damit beschäftigt, einhändig das Mieder zuzuschnüren. Mit einem aufmunterndem Blick gab sie ihm zu verstehen, dass es sie freuen würde, wenn er ihr half. Angewidert kehrte er in den Schankraum zurück. Die Magd schenkte den Männern gerade Wein in ihre Humpen und versuchte, ihren grabschenden Händen zu entkommen, aber es erwies sich als aussichtslos. Die blonden Kerle zerrten an ihrer Schürze und kniffen sie in die Waden. Ihr standen Tränen in den Augen. Als Thomas in die Küche trat, fand er sie leer vor.

War Henrietta ausgetreten? Oder noch einmal zum Brunnen gegangen? Thomas verließ die Küche und wollte schon draußen nachsehen gehen, als er von oben ein Knarren vernahm. Er reckte den Kopf und meinte, den wohlvertrauten Geruch von Ölfarbe und Terpentin wahrzunehmen. Kurz entschlossen ging er die Stiege hinauf bis ganz nach oben und traf dort auf Henrietta. Sie hielt eine Schale in der Hand, an ihrem kleinen Finger hing ein Krug.

Sie blieb stehen, als sie ihn bemerkte. Er wartete auf eine Zurechtweisung, doch sie schwieg.

Ihre haselnussfarbenen Haare fielen ihr in unordentlichen Locken ins Gesicht. Ihre Augen waren groß und klar. Er stellte sich einen Ährenkranz über ihrer Stirn vor, und auf der Schale, die sie in der Hand hielt, erschienen glänzende Äpfel und Weintrauben. Ihre Schultern waren vor seinem inneren Auge entblößt, wie bei ihrer ersten Begegnung.

Gott verzeih mir solche Gedanken, bat er innerlich.

Plötzlich runzelte Henrietta die Stirn. «Was seht Ihr mich so an?»

«Die Göttin Flora», murmelte er. «So wie Ihr dasteht, kam mir in den Sinn, sie zu malen.»

«Mit einer leeren Schale?» Sie lachte freudlos. «Was wolltet Ihr hier oben?»

«Nach Euch schauen.» Er stieg die restlichen Stufen hinauf und blieb vor ihr stehen. Ihre Augen suchten einen Weg an ihm vorbei.

«Ich sagte bereits, dass es mir leid tut», stammelte sie. «Ihr seht ja, wie es hier zugeht. Das ist alles so ...», sie schlug die freie Hand vor den Mund. Aber dann fasste sie sich, atmete tief durch und blickte ihn fest an. «Ich versuche, morgen zu kommen. Wenn Ihr lieber jemand anderen anstellen wollt, verstehe ich das, aber – ich würde gerne kommen.»

«Ich will niemand anderen.»

Die Erinnerung an ihre bloßen Schultern wollte nicht weichen. Es drängte ihn danach, seine Hände auf diese zarten Wölbungen zu legen. Würden sie sich so anfühlen, wie er es sich in seiner Phantasie ausgemalt hatte?

Was für unsinnige Gedanken, schalt er sich. Ich kenne sie kaum. Und sie ist eine achtbare Frau, was auch immer Persson über sie sagen mag.

«Sven Persson», fiel es ihm jäh ein. «Ich sollte es Euch nicht verschweigen. Er war es, der das Haus der Scherers meinem Besitz übergab. Er war es, der …»

«Ich weiß», unterbrach sie ihn. «Er hat es mir gesagt.»

«Habt Ihr Angst?»

«Sollte ich etwa keine haben?»

«Ich meine, habt Ihr mehr Angst vor ihm als vor den anderen Schweden?»

Sie blickte kurz zu Boden. Dann sagte sie: «Ja. Seine Leute strengen mich zwar furchtbar an, aber sie rauben mir nicht den Schlaf. Sven Persson jedoch macht mir Angst.» Jetzt sah sie auf die Schale in ihrer Hand. «Ich habe meinem Vater etwas zu essen gebracht. Wenigstens müssen wir nicht hungern. Das alles ist leichter zu ertragen, wenn einem der Magen nicht knurrt.»

Warum hatte sie das Thema gewechselt? Wollte sie sich beruhigen? Oder ihn? Er überlegte verzweifelt, was er noch sagen konnte, aber es fiel ihm nichts ein.

«Wenn Ihr morgen nicht kommt, bin ich wieder hier», sagte er schließlich.

«Danke», erwiderte sie, «das beruhigt mich.»

Er nickte ihr zu und stieg die Treppe hinab. Er war sich sicher, dass sie es ernst gemeint hatte.

Anstatt ihm nach unten zu folgen, kehrte sie in die Werkstatt zurück. Sie wollte warten, bis er ganz sicher fort war. Der Gedanke, er könne Zeuge werden, wie sie von den Schweden gescheucht oder gar befingert wurde, gefiel ihr nicht. Bisher hatten sie ihr schlimmstenfalls in die Waden gekniffen, aber wer wusste schon, ob das noch lange so bleiben würde?

Ihr Vater saß auf dem Bett und kratzte sich den Hals. «Das war kein Schwede, oder? Er sprach deutsch.» Neugierig sah er sie an.

«Es war Thomas Hartenberg. Ich habe dir doch von ihm erzählt.»

«Der Kerl, der neulich schon hier war? Was schnüffelt er hier rum?»

«Er hat sich nur Sorgen gemacht. Nichts weiter.»

«Sorgen?», erregte er sich. «Weshalb Sorgen? Wenn er nichts zu fressen hat, soll er gefälligst an der Dompforte betteln gehen!»

Henrietta seufzte. Sie setzte sich zu ihrem Vater an die Bettkante. «Ach, Vater, ich habe es dir doch erklärt. Da unten sind Schweden. Sie hausen schon seit Tagen im Schankraum. Thomas Hartenberg wollte nachsehen, ob es mir gut geht.»

«Da unten sind Schweden?», fragte er ungläubig.

«Hörst du nicht, wie sie lärmen?»

Er blinzelte mehrmals und nickte dann geistesabwesend. «Ja, ich habe fremde Männerstimmen gehört. Du hast mir von ihnen erzählt. Dass du für diesen Hartenberg arbeiten sollst, hast du auch erzählt. Jetzt erinnere ich mich.»

«Schön.» Sie strich ihm über den Kopf. «Du musst dich nicht aufregen, wenn du ihn siehst. Er ist ein guter Mensch.»

Verärgert wischte er ihre Hand beiseite. «Ich soll mich nicht aufregen, wenn meine begabte Tochter die Leinölköchin für so einen hergelaufenen Schmierfink spielen soll?»

«Ach, Vater. Niemand fragt mehr danach, ob ich malen kann. Ich muss froh sein, dass ich noch am Leben bin.»

Er sah sie düster unter seinen zerzausten Brauen an. Musste sie seinem Gedächtnis schon wieder auf die Sprünge helfen? Nein, sein Nicken verriet, dass er sich an ihre Festnahme erinnerte. Sie strich ihm leicht über die Brauen und bemerkte, dass einige Härchen an ihren

Fingerkuppen hängen blieben. Es würde nicht mehr lange dauern, bis sie ihm ganz ausfielen. Es war ein Zeichen seiner Krankheit, eines von vielen.

Schwerfällig rückte er sein Kopfkissen zurecht und legte sich in sein Bett. Dann drehte er langsam den Kopf und sah in Richtung des Gemäldes.

«Es wäre alles viel einfacher, wenn ich nur weitermalen könnte. Aber ich kann mich ja kaum auf den Beinen halten. Und den Pinsel halten – es ist zu anstrengend.»

«Ich weiß. Aber glaub mir, es wird alles besser werden.»

«Glaubst du das wirklich? Wann habe ich zuletzt an dem Gemälde gemalt? Ich kann mich kaum erinnern. Ja, doch, die Figur der Konkubine – das war eine Freude, sie zu malen. Sie ist gut geworden, nicht wahr? So eine prächtige Frau.»

«Du hast sie wunderbar gemalt.»

«Wie lange ist das her? Es muss viele Monate her sein, es war die erste Figur auf dem Bild.»

Henrietta folgte seinem Blick. Obwohl das Gemälde verhangen war, hatte sie alle Einzelheiten genau vor Augen. Sie kannte es in- und auswendig.

«An welcher Figur hast du zuletzt gemalt?», fragte er. «War es nicht die Kaiserin?»

«Ja, Vater.» Sie wurde mit einem Mal sehr traurig. «Aber lass uns nicht darüber sprechen, es tut zu sehr weh.» Sie wollte aufstehen, doch er packte ihre Hand und drückte sie so fest, dass ihre Finger schmerzten.

«Was bleibt denn von mir ohne das Bild?» Er sah sie verzweifelt an. «Nichts. Nichts! Oder sollen etwa die Porträts fetter Kaufleute mit ihren Wachteln von meinem Können zeugen? Darauf soll ich stolz sein? Wahrscheinlich haben sie längst die Bilder von den feuchten Wänden genommen und in den Ofen gesteckt, ich hätte es auch getan.»

Henrietta sah ihren Vater mitleidig an. Sie wusste genau, wie er sich fühlte.

«Wie lange soll ich noch hier liegen?», fuhr er fort. «Hier erinnert mich alles an mein Unvermögen, und außerdem friere ich. Schaff mein Bett wieder in die Kammer, ich halte es in der Werkstatt nicht mehr aus!»

«Bald», sagte sie und zog ihre Hand zurück. «Lass uns erst ein paar Tage abwarten, ob nicht doch ein Schwede heraufkommt. Und jetzt muss ich dein Geschirr in die Küche bringen. Da unten wartet noch ein Berg schmutziger Wäsche auf mich.»

Ihr Vater war zu schwach, um sie zurückzuhalten, und ließ sie wortlos gehen. Henrietta trat hinaus auf den Flur und wollte schon abschließen, entschied sich dann aber dagegen. Es gab keinen Grund zu übertriebener Sorge, denn die helle, geräumige Schankstube war viel gemütlicher als das düstere Obergeschoss. Sollte jedoch ein Schwede bemerken, dass sie eine Tür abschloss, würde er neugierig werden und sich fragen, was sich dahinter verbarg.

Als sie die Treppe hinabstieg, begegnete sie Sven Persson, der gerade auf dem Weg nach oben war. Er hielt inne und musterte sie mit einer Mischung aus Freundlichkeit und Argwohn.

«Was wollt Ihr da oben?», fragte sie scharf.

«Warum so unfreundlich?» Er trat einen Schritt zurück. «Ich will den Hausherrn aufsuchen.»

«Er ist krank.»

«Das hast du bereits gesagt. Und außerdem rieche ich es.» Er rümpfte die Nase, während er an ihr vorbei die Stiege hinaufblickte. «Das ändert jedoch nichts daran, dass er wie jeder Bürger einen Eid auf Seine Heiligkeit, König Gustav Adolf, leisten muss. Dazu muss er sich ins Rathaus begeben.»

«Das kann er nicht. Er kann nicht laufen.»

«Dann karre ihn dorthin!»

«Gibt es keine Möglichkeit, ihm den Eid hier abzunehmen?», fragte Henrietta.

Persson antwortete ihr nicht. Vielleicht hätte er ihr den Wunsch erfüllen können, aber es sah nicht so aus, als wolle er es ihr leicht machen.

«Er muss außerdem sein Vermögen offenlegen», sagte er.

«Sein Vermögen? Er hat doch gar nichts!», entgegnete sie.

«Du bist undankbar.» Perssons Stimme klang mit einem Mal ärgerlich. «Dein Haus wurde nicht niedergebrannt, nicht geplündert. Und du wurdest nicht geschändet. Was, glaubst du, geschieht nach einer Eroberung? All dies, wenn nicht noch Schlimmeres. Du kennst doch sicher die Geschichte von der Zerstörung Magdeburgs durch die kaiserliche Liga?»

Henrietta versuchte, sich daran zu erinnern, aber sie konnte sich nicht konzentrieren. Magdeburg war von Tilly zerstört worden, ja, davon hatte man im Sommer in den Straßen geredet, aber niemand hatte gewusst, was genau geschehen war. Nur, dass es schrecklich gewesen sein musste. Sie hatte ohnehin alles vergessen, als sie in den Turm geworfen worden war. Spätestens als der Henker ihr das Kleid von den Schultern gerissen hatte, unter den Augen der anderen Männer, hatte sie vergessen, dass es anderswo auch noch Leid gab.

«Achtzigtausend Reichstaler müssen die Mainzer zusammenbringen, ebenso viel der Klerus», sagte Persson. «Irgendetwas muss dein Vater auch geben, um seine Pflicht zu erfüllen.»

Henrietta unterdrückte ein Aufstöhnen. «Ich werde es ihm ausrichten», hauchte sie, ermattet von den neuen Schwierigkeiten, die nun auf sie zukamen.

«Gut.» Er drehte sich um und ging mit ihr gemeinsam die Treppe hinab. Plötzlich legte er wieder gönnerhafte Freundlichkeit an den Tag und nahm ihr das Geschirr aus der Hand. «Kümmer dich erst einmal um die Wäsche. Das da bringe ich in die Küche. Was deinen Vater betrifft, so hat das durchaus ein paar Tage Zeit. Aber vergiss es nicht!»

Sie nickte, und er verschwand in der Gaststube. Erleichtert atmete sie auf. Sie eilte zu Priska in den Hof, die mit Jörgs Hilfe bereits begonnen hatte, die dreckige Wäsche auf einen Handkarren zu laden. Als das erledigt war, machten sie sich mit ihrer stinkenden Last auf den Weg zum nächsten Waschhaus. Wahrscheinlich würden sie mehrere Häuser aufsuchen müssen, bis sie eines fanden, das nicht überfüllt war. Oder aber direkt zum Rhein gehen, wie viele andere Frauen auch, um dort die Arbeit zu verrichten.

Henrietta hasste die Waschtage wie die Pest. Die Frauen nutzten die Zusammenkunft, um Neuigkeiten auszutauschen und sich die Mäuler zu zerreißen. Ihrem Tratsch war sie auch schon vor dem Krieg ausgesetzt gewesen, da sie immer noch unverheiratet war. Mit der Bürde ihrer Anklage würde es dieses Mal nicht leichter werden. Aber vielleicht hörte sie ja auch Wissenswertes über den Eid und die Abgabenpflicht. Wie sollte ihr Vater das nur leisten? Es war unmöglich.

Sie fühlte sich unendlich müde, während sie den Karren schob und durch die schneefeuchten Straßen stapfte. Aber wer dem Turm entkommt, dachte sie, der wird auch das durchstehen.

Kapitel 5

Seid Ihr sicher, dass das eine gute Idee ist?» Henrietta sah Thomas Hartenberg zweifelnd an. Sie war erst den dritten Vormittag hier, um ihrer Arbeit als Malersmagd nachzukommen, und jetzt wollte er plötzlich, dass sie mit ihm das Heerlager aufsuchte. In seinen Augen blitzte Unternehmungslust auf, er hatte schon Umhang, Hut und Zeichenmappe in den Händen.

«Macht ihr Euch etwa Gedanken um Euren Ruf?», entgegnete er.

«Ich weiß nicht.» Henrietta hatte keine Vorstellung davon, wie es in einem solchen Heerlager aussah. Schmutzig und laut stellte sie es sich vor. Kein Ort, an dem sich eine Frau aufhalten sollte. Schon gar nicht sie. «Mir ist das Malen verboten worden. Wie kann ich mich dann da draußen als Gehilfin eines Malers zeigen? Was, wenn es Richter Belsenius zu Ohren kommt?»

«Soll es doch. Er kann Euch nichts anhaben. Erstens ist Eure Unschuld bewiesen, und zweitens haltet ihr Euch ja an das Verbot. Aber es beinhaltet nicht, dass Ihr mich nicht begleiten dürft. Wenn Ihr verschämt zu Boden blickt, ja, dann werden die Leute auf Euch aufmerksam werden. Macht Euch keine Sorgen, ich werde sagen, dass Ihr nichts Verwerfliches tut, und man wird mir glauben. Es ist vor allem wichtig, dass Ihr Euch bei Johann Eriksson Sparre in Erinnerung bringt, denn die Schweden haben das Sagen, nicht Belsenius. Und darum werdet Ihr mich jetzt zu Sparre begleiten.»

Henrietta hatte gehört, dass sich der schwedische Statthalter porträtieren lassen wollte. Und da er noch nicht in der Stadt wohnte, sondern inmitten des Heerlagers, musste Thomas Hartenberg ihn dort aufsuchen. Geheuer war es ihr nicht, doch er zerstreute ihre Bedenken: «Ein Heer, das ist nicht einfach eine Ansammlung von Männern. Ein Heer ist eine Stadt ohne Häuser.»

Gemeinsam verließen sie Mainz durch eines der vielen Tore und liefen am Ufer entlang in Richtung Süden. Von den Handelsschiffen, die seit jeher die Kais bevölkerten, war keines mehr zu sehen. Die reichen Kaufleute hatten sie beladen und waren davongesegelt, als sich herumgesprochen hatte, dass die Schweden bei Aschaffenburg aufgetaucht waren. Statt der Handelsschiffe lagen nun fremde Kähne an den Kais, und eine lange Reihe von Booten war quer über den Fluss mit einem hölzernen Steg verbunden worden. Auf diesem wackligen Übergang marschierten Kolonnen von Soldaten auf die andere Rheinseite.

«Was wollen sie dort drüben?», fragte Henrietta neugierig.

«Eine Festungsburg bauen. Wenn ich Zeit habe, möchte ich auch einmal dorthin und vom andern Ufer aus die Stadt zeichnen.»

«Wenn sie eine Burg bauen, heißt das, sie wollen hierbleiben?» Der Gedanke erschreckte sie.

«Ein Teil des Heers wird wohl bleiben. Im Tross wurde gemunkelt, dass der König die Stadt zu einer Festung machen will. Aber für den Großteil der Männer dient sie nur als Winterquartier. Irgendwann im Frühjahr geht es dann weiter nach Süden.»

«Aber können die Schweden die Stadt überhaupt halten, wenn nicht alle hier bleiben? Sind sie so stark?»

«Der König und seine engsten Vertrauten sind sehr mächtig, und das stärkt auch ein Heer.» Jetzt blieb er stehen und sah ihr in die Augen. «Henrietta, es tut mir leid, das sagen zu müssen, aber macht Euch keine Hoffnungen, dass bald ein kaiserliches Heer kommt und Mainz befreit. Wenn es das unter Wallenstein täte, von dem gerade niemand so genau weiß, ob er nun wieder in des Kaisers Gunst steht oder nicht, würde es der Stadt auch nicht besser ergehen. Es ist besser, man erwartet nicht zu viel vom Leben. Dann kann man auch nicht enttäuscht werden.»

Schweigend gingen sie nebeneinanderher, und obwohl eine traurige Stimmung herrschte, empfand Henrietta es als Trost, nicht alleine zu sein. Direkt vor der Stadtmauer mit ihren vorspringenden Bastionen begann das Heerlager, und es wirkte wahrhaftig wie eine eigene Stadt. Kaum hatten sie die Schanzen passiert, hinter denen die Schweden die Stadt belagert hatten, sah Henrietta zahllose Menschen und Pferde, zwischen denen Piken, Zeltstangen und Standarten aufragten. Bis hinauf zum Jakobsberg mit seiner nutzlosen Bastion, die der Domherr vor einigen Jahren hatte bauen lassen, hatten die Soldaten die Wiesen und Felder belagert: ein Teppich aus bunt gekleideten, lärmenden und stinkenden Menschen, Strohhütten, Zelten und Wagen. Am Hang des Jakobsbergs standen mehrere Kanonen, schwarze eiserne Rohre, die wie gewaltige Finger auf die Stadtmauer deuteten. Henrietta sah zurück und entdeckte wahrhaftig die in die Bastionen geschlagenen Lücken.

Sie hatte die Donnerschläge gehört, als sie allein im Großen Turm gesessen hatte, aber niemals hätte sie sich vorstellen können, welchen Schaden Kanonen wirklich anrichten konnten. Die Schweden hätten das alte goldene Mainz dem Erdboden gleichmachen können, wäre ihnen daran gelegen, das wusste sie. Aber sie spürte gleichzeitig, dass die Stadt nicht das Schicksal Magdeburgs teilen würde.

Und doch spendete ihr diese Sicherheit keinen Trost. Sie hatte das Bedürfnis, Thomas Hartenbergs Hand zu ergreifen, sie wünschte sich nichts sehnlicher, als dass er jetzt auf sie aufpasste. Aber er schien sich unbekümmert in dieser fremden Welt zu bewegen, und so unterdrückte sie ihre Furcht. Als sie feststellte, dass sich zwischen all den dreckigen Soldaten und Landsknechten zahllose Frauen mit ihren Kindern bewegten, fasste sie Mut. Sie trugen Wäschekörbe und Wassereimer, kochten an Lagerfeuern, gingen Feldscheren zur Hand und boten sich den Söldnern an. Sie halfen sogar, die Schanzgräben, die für die kurze Belagerung ausgehoben worden waren, wieder zuzuschaufeln. Ihre Kleidersäume schleiften über den schlammigen und mit Unrat übersäten Boden, der einmal fruchtbares Ackerland gewesen war.

«Ist das nicht unglaublich?», rief Thomas Henrietta zu. Er bemühte sich, das Getöse zu übertönen.

«Ja», rief sie zurück, und da war er es, der ihre Hand ergriff.

«Sind das denn alles Schweden?», fragte sie ihn.

«O nein, es sind auch Dänen, Finnen, Schotten und unzählige deutsche Landsknechte darunter, meist Bauern, die auf dem Weg von Pommern bis hierher ausgeplündert und dann angeworben wurden. Ihnen blieb keine Wahl – sie mussten entweder hungern oder selber zu Plünderern werden.»

Er sagte das nüchtern, aber ihr schauderte bei dem Gedanken an so viel Leid. Sie musste an Jörg denken, den geschundenen Diener in Perssons Rotte, aber sofort wurde ihre Aufmerksamkeit wieder auf die fremdartigen Soldaten gelenkt. Eine Gruppe dunkelhaariger kleiner Männer ritt auf zotteligen Ponys an ihnen vorbei, die Blicke starr nach vorne gerichtet. Noch nie hatte Henrietta solche Gesichter gesehen.

«Lappländer», erklärte Thomas. «Ihre Heimat ist am Ende der Welt, heißt es. Und dort», er deutete auf ebenfalls dunkelhaarige Männer, die vor dem Tisch eines Kriegswerbers anstanden, «hat sich auch Spanien eingefunden, die alte Besatzungsmacht.»

Ein weiterer Reitertrupp kam auf sie zu. Diese Männer waren groß und hatten hellere Haut, als Henrietta sie bei den Schweden gesehen hatte. Es mussten Finnen sein. Der Fahnenträger, ein junger Bursche, rief etwas in einer fremd klingenden Sprache, vermutlich befahl er ihnen, aus dem Weg zu gehen, also wich sie zurück und geriet in einen Menschenstrom, der den entgegengesetzten Weg nahm. Hätte Thomas sie nicht an der Hand gehalten, sie hätte ihn in diesem Augenblick verloren. Er drückte sie jetzt noch fester. Die Menge strebte auf ein Zelt zu, das alle anderen Zelte überragte. Deutsche Landsknechte versuchten, mit den Schäften ihrer Piken den Strom zu lenken, und brüllten die Leute an stehenzubleiben.

«Hier sind wir richtig», Thomas deutete auf die Zeltstangen, an deren Spitzen blaue und gelbe Bänder wehten. Schwedische Soldaten mit polierten Sturmhauben, unter denen die blonden Haare zu sehen waren, standen vor dem Zelt. Auch an ihren Piken flatterten die Farben ihrer Heimat. Es musste sich um Johann Eriksson Sparres Zelt handeln.

«Wollen die alle zu ihm?» Henrietta wies auf die zahllosen Männer und Frauen, offenbar allesamt Mainzer Bürger, die sich in Richtung Zelteingang drängten. «Wie sollen wir das schaffen? Es wird Stunden dauern, bis wir bei ihm sind.»

Ohne zu antworten, zog Thomas sie mit sich zu einem der abseits des Eingangs stehenden Wachtposten und redete mit schwedischen Worten auf ihn ein, dabei wies er auf seine Zeichenmappe. Der Soldat schien zu verstehen, deutete aber auf Henrietta und die anderen Wartenden. Erst nach einem energischen Wortwechsel ließ er zu, dass sie Thomas begleitete, und ging ihnen voraus zum Zelteingang. Mit ungerührter Miene und der Hand am Degengriff brachte er die Menschen dazu, zurückzuweichen, auch wenn sie es nur mürrisch taten. Dann hob er den Vorhang an, der den Eingang verbarg, und nickte Thomas und Henrietta zu.

Im Zeltinneren gab es mehrere Lampen, es war angenehm hell. Wolldecken waren quer durch das Zelt gespannt und verbargen den hinteren Teil, in dem vermutlich der Statthalter war. Im Vorraum saß ein alter Mann an einem Tisch, drehte einen Gänsekiel in den Fingern und sah ratlos eine alte Frau an, die vor ihm stand. Hinter ihm saß ein Soldat auf einem Schemel, einen Degen zwischen den Beinen.

«Gute Frau, was soll ich denn machen?», fragte der Schreiber. «Ich führe doch auch nur Befehle aus. Meint Ihr, ich bin freiwillig hier?»

Die Greisin, ganz in spanischem Schwarz und mit einer steifen weißen Halskrause, stieß erregt den Gehstock in den Boden.

«Was kümmert mich das?», fauchte sie. «Eure Herren haben die gesamte Offizin meines Mannes geplündert! Alles haben sie mitgenommen, die Spindelpresse, die Setzkästen mit den Lettern, die Papierwannen!»

«Euer Mann hat eine Druckerei? Warum ist er denn nicht selbst hier?», fragte der Schreiber.

«Mein Mann, Gott möge ihn strafen, ist Hals über Kopf abgehauen, kaum dass die Köpfe der Schweden aus den Gebüschen rechts des Rheins hervorgelugt hatten. Er hat mich im Stich gelassen.»

«Ich kann's ihm nicht verdenken», murmelte der Schreiber und notierte etwas auf einem Blatt Papier. «Der schwedische Statthalter hat befohlen, sämtliche Druckereiwerkzeuge nach Schweden bringen zu lassen.

Ebenso alle Bücher aus der Martinsburg und den Klöstern. Seid froh!»

«Froh?», fragte die Alte entgeistert. Ihre Augen funkelten vor Zorn.

«Ja, Ihr könnt ohnehin nichts mehr damit anfangen, und außerdem verringert das Eure Schuld. Wie viel Geld könnt Ihr aufbringen?»

«Jetzt wollt Ihr auch noch Geld?», schnaufte die Alte. «Ich weiß überhaupt nicht, wie viel ich noch habe!»

«Dann geht nach Hause, zählt nach und kommt anschließend wieder her. Wenn nicht, kann es sein, dass Ihr Euch im hiesigen Gefängnisturm wiederfindet.»

Die alte Frau presste ihre knorrige Hand auf den Mund. Plötzlich sackte sie in sich zusammen, sodass sie sich an der Tischkante festhalten musste. Gebeugt verließ sie das Zelt. Henrietta fragte sich, wie sie den beschwerlichen Weg allein auf sich genommen hatte.

Der Schreiber legte das Dokument auf einen Stapel neben sich und starrte resigniert vor sich hin. «Ich weiß doch, dass sie alle arm sind. Ich weiß es doch», sagte er mehr zu sich selbst, dann hob er den Kopf und nickte Thomas und Henrietta zu.

Thomas trat näher. «Mein Name ist Thomas Hartenberg. Der Statthalter erwartet mich. Ich bin Maler, und diese Frau ist meine Malersmagd.»

«Ach ja?» Der Schreiber neigte neugierig den Kopf zur Seite, als könne er sie so besser betrachten. «Wobei soll Eure Magd Euch denn helfen? Sie trägt ja nicht einmal Eure Mappe.» Die beiden schienen sein Interesse geweckt zu haben.

«Ich bin nicht nur deshalb hier», beeilte sich Henrietta zu sagen. «Sondern auch wegen des Eides und der Abgaben.»

«Ihr wollt verhandeln? Das ist nutzlos, das seht Ihr

doch.» Der Schreiber kratzte sich am Kopf und starrte auf den Papierberg vor sich. «Und für den Eid bin ich nicht zuständig. Da müsst Ihr morgen wiederkommen.»

«Sie wird wiederkommen», sagte Thomas. «Aber jetzt lasst uns bitte zum Statthalter. Wir möchten ihn nicht warten lassen.»

Der Schreiber seufzte, drehte sich um und richtete einige Worte auf Schwedisch an den Soldaten, der sich daraufhin von seinem Stuhl erhob und den Kopf zwischen zwei herabhängende Decken steckte. Ein gedämpfter Wortwechsel folgte, und kurz darauf nickte er ihnen zu. Er tastete Thomas nach Waffen ab, und auch Henrietta musste sich gefallen lassen, dass er ihren Rock abklopfte. Dann durften sie das Innere des Zeltes betreten.

Johann Eriksson Sparre saß auf einem Sessel und rauchte eine Tonpfeife. Die Beine hatte er auf einer Truhe übereinandergeschlagen, seine Stiefel lagen achtlos auf dem Boden, der von Teppichen bedeckt war. Er trug eine enge Hose und eine leuchtend rote Seidenschärpe, dazu ein weißes Hemd mit weit geöffnetem Spitzenkragen. Die Januarkälte schien ihm nichts auszumachen, obwohl kein Feuer brannte.

«Gott sei mit Euch, Thomas Hartenberg», sagte er freundlich und blies den Rauch aus. «Ich hatte gehofft, dass Ihr mich recht bald aufsuchen würdet. Wer ist die Frau an Eurer Seite?»

Neugierig musterte er Henrietta.

«Das ist Henrietta Güntelein», antwortete Thomas.

Sparre hob interessiert die Augenbrauen. «Die Frau, die an Weihnachten im Turm saß? Weshalb war sie noch gleich angeklagt worden?»

«Sie soll einen Teufelsdämon gemalt haben.»

«Richtig, der Tonklumpen!» Sparre verzog amüsiert

den Mund und nahm die Füße herunter. «Warum ist sie hier?»

«Sie ist meine Gehilfin.»

«Wofür braucht Ihr eine Gehilfin?», fragte er erstaunt. «Ihr habt doch das Haus eines Mainzer Malers bekommen, damit der Euch dient.»

Als Thomas nicht gleich antwortete, fuhr Sparre fort: «Ihr hattet erwähnt, dass man bei der Einnahme des Hauses etwas ruppig vorgegangen war. Was genau ist da passiert?»

Thomas schilderte ihm, was im Haus der Scherers vorgefallen war.

«Das ist bedauerlich und sollte nicht vorkommen», sagte Sparre, nachdem er Thomas' Ausführungen geduldig angehört hatte. «Eigentlich gehen wir Übergriffen auf die Bevölkerung sofort nach, wenn sie uns zu Ohren kommen.»

Henrietta nahm an, dass dies kaum mehr als eine Floskel war. Und auch Thomas hakte nicht weiter nach. Es war ihm offenbar lieber, dass sie schnell das Thema wechselten. Sparre schien die Angelegenheit schon vergessen zu haben, er deutete auf die Hocker, die auf der anderen Seite der Truhe standen, und bat seine Gäste, Platz zu nehmen. Henrietta behielt ihren Umhang an, hier drinnen war ihr fast so kalt wie draußen. Sparre nahm Weingläser und einen Krug aus der Truhe und stellte sie auf den Deckel. Während aus dem Vorraum die Stimmen des Schreibers und weiterer Bittsteller hereindrangen, die durch die vorgehängten Decken nur schwach gedämpft wurden, zog Sparre den Korken aus dem Krug.

«Ich hätte es vorgezogen, Euch an einem angenehmeren Ort zu empfangen, aber mein Quartier in der Martinsburg ist noch nicht fertig, überhaupt wird die gesamte Einquartierung des Heeres noch einige Zeit in Anspruch nehmen. Der König residiert dort bereits, aber ich bin ja nur der Statthalter des Erzstiftes Mainz. Und hat man hier draußen nicht viel mehr Gelegenheit, sich zu vergnügen? Ich kenne Mainz nicht, aber wenn ich die Kirchtürme über der Stadt emporragen sehe, dann befürchte ich, das Beten ist dort ist das einzige Vergnügen.»

«Nun ja, ein bisschen mürrisch sind die Leute schon.» Thomas nahm das Weinglas entgegen, roch kurz daran und trank. Henrietta trank schnell, der Wein schmeckte vorzüglich. Ehe sie sich's versah, hatte sie das Glas geleert.

Sparre grinste. «Seht Euch die Dame an! Säuft wie ein Schwede! Nicht so hastig, meine Gute. Katholiken kennen den Messwein doch nur vom Anschauen. Nicht dass Euch übel wird!»

Henrietta wischte sich die Tropfen vom Mund. «Ich trinke und esse, was mir angeboten wird, und das rasch», erwiderte sie kühl. «So macht man es eben, wenn einen der Hunger plagt.»

«Oh, Ihr habt Hunger?» Sparre beugte sich vor und begann in einem ledernen Sack zu graben. Er förderte ein dunkles Brot und einen verschnürten Topf zutage, stellte beides auf die Truhe und nahm ein kleines Messer zur Hand, mit dem er die Schnur zerschnitt. Er hob den Deckel. «Ein Fasan, gestern im Topf gebraten. Greift zu!»

Henrietta ließ sich das nicht zweimal sagen. Sie riss den Schenkel und ein riesiges Stück Brustfleisch ab und biss herzhaft hinein. Es war unschicklich, aber was machte das schon? Sparres Interesse an ihr schien ohnehin vorerst erschöpft, denn er wandte sich Thomas zu.

«Wie wollen wir es halten? Soll ich hier sitzen bleiben?»

«Das liegt an Euch. Und daran, welche Umgebung

Euch vorschwebt.» Thomas öffnete seine Mappe und nahm ein Blatt Papier heraus. Aus seinem Wams zog er ein flaches Kästchen und öffnete es. Es enthielt mehrere Silberstifte.

Sparre rieb sich interessiert über seinen Spitzbart. «Hoch zu Ross würde mir gefallen, aber wie könnte jemand mit meiner geringen Stellung so etwas wagen? Das steht nur dem König zu. Am liebsten würde ich vor einem Fenster mit Blick auf die Stadt sitzen. Ja, drüben vom andern Rheinufer aus, als säße ich in einem Häuschen in Kastel. Das würde mir gefallen. Aber es geht nicht, ich kann unmöglich ständig hinüberlaufen.»

«Das ist auch gar nicht nötig. Den Hintergrund füge ich später hinzu.»

Sparre blickte ihn verwundert an, überspielte dann aber sein Staunen und sagte in sachlichem Tonfall: «Einverstanden. So machen wir es.»

Wie um seine Entscheidung zu bekräftigen, schenkte er die Gläser erneut voll. Henrietta trank diesmal langsamer. Jetzt, wo sie etwas im Magen hatte, konnte sie jeden Schluck genießen. Thomas und Sparre einigten sich darauf, die Arbeit im Zelt zu beginnen. Nur den Lärm, so bedauerte Sparre, könne er ihm nicht ersparen.

«Der stört mich nicht», versicherte Thomas. «Ich hatte schon ein halbes Jahr Zeit, mich daran zu gewöhnen.» Er schlug die Beine übereinander, um eine Unterlage für die Mappe zu haben, und begann zu zeichnen. Henrietta fiel sofort auf, dass er Sparre gar nicht angewiesen hatte, sich in Positur zu setzen. Er wollte offenbar nur einen ersten Eindruck von seinem Modell gewinnen, mit seiner Gestalt vertraut werden, seine Gesichtszüge verinnerlichen. Neugierig reckte sie den Kopf. Tatsächlich hatte sie bis jetzt noch keine Zeichnung von Thomas Hartenberg gesehen. Doch auch nun konnte sie nur verfolgen, wie sich sein Handrücken geschickt hin und her bewegte und den Bleistift auf dem Papier tanzen ließ.

«Ihr habt Soße auf dem Kleid», sagte Sparre plötzlich und blickte Henrietta amüsiert an. Sie sah an sich herunter und wischte sich die Reste ab. Allmählich war sie satt, und mit einem entsagungsvollen Seufzer legte sie den abgenagten Schenkel zurück in den Topf.

«Nehmt den Fasan ruhig mit, wenn Ihr nachher geht», sagte er, und dann, an Thomas gewandt: «Wobei dient sie Euch denn? Etwa als Modell?»

«Eines Tages vielleicht», Thomas sah nur flüchtig zu ihr herüber, bevor er sich wieder seiner Zeichnung widmete. «Es gibt auch so genug zu tun, und wenn es nur das Fegen in der Werkstatt ist.»

«Ich dachte, Gehilfen müssen auch malen. Die einfachen, lästigen Sachen, die den Künstler nicht herausfordern. Einen Hintergrund zum Beispiel.»

«Das ist leider nicht möglich. Den Grund kennt ihr ja.»

«Ja natürlich. Und wenn ich Euch einen Rat geben kann: Akzeptiert das Verbot des Gerichts und passt auf sie auf. Das gilt auch für Euch, *jungfru.*»

«Mir ist nicht daran gelegen, einfache, lästige Sachen zu malen», antwortete sie. «Und ich helfe Thomas Hartenberg nicht, um Ölfarbe schnuppern zu können, sondern weil ich jeden Kreuzer brauche, den die neue Besatzungsmacht aus meinem Vater herauspressen will.»

Sparre hob die Augenbrauen. «Sagt bloß, Ihr seid gar nicht hier, um Euren Herrn zu begleiten, sondern aus demselben Grund wie all die Leute da draußen?»

«Ich bin hier, weil mein Vater nicht kommen kann. Er ist krank. Und Geld hat er schon gar nicht.»

Sparre überlegte kurz. «Güntelein … Er besitzt ein Gasthaus, nicht wahr?»

«Das wisst Ihr?»

«Ich kenne die Quartierlisten. In Eurem Haus lagert Sven Persson mit seinen Männern. Er hat zwar nur den Rang eines Rottmeisters, aber er hat sich das geräumige Quartier durch Tapferkeit verdient, das muss man ihm lassen.»

Henrietta nickte. «Ja, Sven Persson und seine Rotte sind in unserem Haus. Aber es ist keine Gaststätte. Schon seit vielen Jahren nicht mehr. Mein Vater hatte das leer stehende Haus gekauft, als seine Gemälde sehr begehrt in Mainz waren. Sogar den Kurfürsten hat er porträtiert. Er wollte aus dem Schankraum eine große Werkstatt machen.»

«Und weiter?», drängte Sparre. «Wo ist das viele Geld?»

«Es ist nichts mehr davon übrig», antwortete sie und blickte den Statthalter beschämt an. «Er war nicht gerade sparsam.»

«Man könnte auch sagen, verschwenderisch, habe ich recht? Man hört ja öfter von Künstlern, dass sie viel Geld ausgeben, um sich zu vergnügen, mit Kartenspiel, Frauen oder was auch immer.»

Sie senkte beschämt den Kopf. «Ja, leider war es so. Meine Mutter, die seiner Maßlosigkeit vielleicht Einhalt hätte gebieten können, ist früh verstorben, und als ich selbst alt genug war, um Einfluss zu nehmen, da war es längst zu spät.»

Sie bemerkte, dass Thomas seine Arbeit unterbrochen hatte. Aufmerksam hörte er ihr zu.

«Er bildete mich aus, und ich bekam auch selbst Aufträge», fuhr sie fort. «Aber die Zeiten, in denen die Bürger Geld für Gemälde ausgaben, endeten irgendwann. Ich glaube, es war vor sechs Jahren, als der Domherr plötzlich die Bastionen bauen ließ. Der Kurfürst erhob eine Kriegssteuer. Da war klar, dass der Krieg auch zu uns kommen würde. Kaum jemand wollte mehr ein Gemälde haben. Mein Vater hatte aber nichts gespart, und so begann für uns eine entbehrungsreiche Zeit. Wir bekamen nur noch selten Aufträge für Porträts.»

«Wie das Bild von der Dame mit dem Hund?», fragte Sparre. Henrietta schlug die Augen nieder. Sie betete, dass er nicht weiter nachhaken würde. Sie hätte seine Fragen nicht beantworten können.

Schon gar nicht durfte sie das große Gemälde erwähnen, das verborgen unter dem Abdecktuch in der Werkstatt auf seine Vollendung wartete. Rasch versuchte sie, zum Ende zu kommen. «Nun sind wir arm, auch wenn mein Vater noch sein Haus besitzt. Im Schankraum lärmen die Soldaten, und wir sollen auch noch dafür zahlen, dass sie da sind!»

«Achtzigtausend Reichstaler von der gesamten Bürgerschaft», bestätigte der Statthalter. «Und zwanzigtausend von den Juden. Die heulen sicher noch mehr als Euer Vater.»

«Aber wenn wir es doch nicht haben! Wollt Ihr uns das Haus nehmen und uns auf die Straße jagen? Nicht einmal betteln kann man in dieser Zeit, und der Armenkasten dürfte auch leer sein.»

Sparre beugte sich vor, verschränkte die Finger und sah plötzlich sehr nachdenklich aus. Hatte sie wirklich sein Mitleid erregt? In ihm arbeitete es, das war offensichtlich. Henrietta schickte ein Gebet an den Allmächtigen, dass ihre Worte nicht umsonst gesprochen waren.

Er lehnte sich zurück, griff nach seinem Glas und begann den Rand mit dem Daumen zu säubern. Es dauerte ewig, bis er zufrieden mit seinem Werk war. Dann nickte er. «Also gut, ich stunde Eure Schulden. Aber prahlt nicht herum mit meiner Güte, bevor ich mir nicht einen umfassenden Überblick verschafft habe, wie viel die Bürger zu zahlen imstande sind.»

«Ich danke Euch.» Sie war erleichtert. «Aber um eines muss ich Euch noch bitten.»

«Noch etwas?», brummte er lächelnd.

«Ja, der Eid. Lasst ihn mich für meinen Vater leisten.»

Er winkte ab. «Betrachtet ihn als gesprochen. Und nun lasst mich sehen, was Euer Meister hier zu Papier gebracht hat.»

Thomas hatte schon seit geraumer Zeit den Bleistift zur Seite gelegt. Nun reichte er Sparre die Zeichnung, der sie aufmerksam betrachtete. Henrietta erhaschte einen Blick auf drei Figuren, die in unterschiedlicher Haltung im Sessel saßen. Ihre Oberkörper waren nur mit wenigen Strichen skizziert, die Gesichter jedoch fein herausgearbeitet. Jede von ihnen war ein vortreffliches Abbild des Statthalters.

Sparre nickte anerkennend, ohne etwas zu sagen. Schließlich gab er Thomas die Zeichnung zurück. «Wann wollt Ihr mit der Arbeit beginnen?»

«Sobald Ihr Zeit erübrigen könnt. Und meinen Preis akzeptiert habt. Dreihundert Gulden.»

Henrietta bezweifelte, dass ihr Vater jemals so viel Geld für ein Porträt bekommen hatte. Sparre legte die Stirn in Falten, aber das war nur gespielte Skepsis. In seinen Augen blitzte es auf, und Henrietta wusste, dass er zustimmen würde.

«Euer Können ist es mir wert. Kommt morgen zur Mittagszeit. Und jetzt entschuldigt mich, ich muss mich wieder den Bedürfnissen der Mainzer Katholiken widmen.»

Thomas verstaute die Zeichnung in der Mappe und erhob sich. Henrietta stand ebenfalls auf und deutete auf den Topf. Sparre sah sie fragend an, dann verstand er, worauf sie hinauswollte.

«Oh, natürlich.» Er deckte den Topf zu und reichte ihn ihr. «Passt gut darauf auf; fünfzehn Soldaten können schlimmer als eine Heuschreckenplage sein.»

Sie dankte und drückte den Topf an sich. «Es sind vierzehn.»

«Wirklich? Dann muss ich die Quartierliste korrigieren lassen. Oder Ihr habt einen übersehen.» Er lachte und hob den Vorhang an, damit sie hindurchtreten konnten. «Schaut mal unter Eurer Bettdecke nach.»

Ihr Vater lauschte mit gerunzelter Stirn ihrer Erzählung, während er sich an dem Fasan satt aß. Es fiel ihm sichtlich schwer, zu kauen. «Ein Porträt? Für wen? Den Statthalter von Mainz? Für dreihundert Gulden? Großer Gott, das ist eine Menge Geld. Kann er denn wenigstens malen?»

Henrietta, die auf einem Schemel an seinem Bett saß, zuckte die Achseln. «Die Zeichnung war hervorragend. Aber wie er malt, weiß ich nicht. Würdest du es gerne wissen? Wenn ich ihn frage, bringt er vielleicht eines seiner Bilder her.»

Der Vater winkte mit einer schroffen Handbewegung ab, wie er es immer tat, wenn ihn etwas empörte. «Das fehlt mir gerade noch, dass der auch noch seine Sachen hierherschleppt, nein danke! Es genügt schon, dass er überhaupt hier war.»

Sie senkte beschämt den Kopf. Wie war sie überhaupt auf die Idee gekommen, ihr Vater könne sich für die Arbeiten eines anderen interessieren? Der Anblick von Thomas' Gemälde würde ihn nur quälen. Es war schlimm genug, dass er hier in der Werkstatt schlafen musste, wo ihn alles an seine Vergangenheit erinnerte.

«Ich möchte unser Bild anschauen», sagte er plötzlich. «Mach Licht und nimm das Tuch ab!»

Sie blickte in die Tiefe des Raumes, hin zu dem unseligen Bild. Auf der oberen Kante hatte sich inzwischen eine dicke Staubschicht abgesetzt. Wie sollte sie ihren Vater nur von dieser Idee abbringen?

«Es würde dich doch nur noch mehr quälen, Vater», widersprach sie. «Willst du nicht lieber schlafen? Es ist schon spät.»

«Ich kann dich nicht zwingen, es mir zu zeigen. Schließlich bin ich ein alter, schwacher Mann und ans Bett gefesselt.» Verärgert drehte er sich zur Seite. «Ich hätte dich als Kind öfter prügeln sollen.»

Henrietta wollte ihn zudecken, aber er riss ihr die Decke aus der Hand und warf sie sich über. «Hinaus mit dir! Zum Teufel, warum habe ich nicht dafür gesorgt, dass du unter die Haube kommst?»

Eilends ergriff sie den Topf, löschte das Talglicht und verließ die Werkstatt. Es war nicht das erste Mal, dass ihr Vater so zu ihr sprach, und obwohl sie wusste, dass er es nicht so meinte, verletzte sie sein Zorn immer wieder.

In der Kammer kniete Priska im Untergewand vor dem Kruzifix und betete das Paternoster. Ihre Hände waren vom Waschen gerötet. Henrietta war froh, dass sie ihr etwas Gutes tun konnte, und stellte den Topf vor sie auf den Boden. Gierig stürzte sich Priska auf die Reste des Fasans. Henrietta wusch sich den Schmutz von den Füßen und zog sich bis aufs Unterkleid aus. Auch sie tat ihre Gebetspflicht, während Priska aß, und stieg dann in ihr Bett, wo bereits ein erhitzter Stein das Fußende wärmte. Kurz darauf kroch Priska an ihre Seite und schlief rasch ein, die Hände auf ihrem wohlig gefüllten Bauch.

Henrietta fand keinen Schlaf. Unruhig drehte sie sich von einer Seite zur anderen und spürte, wie der Stein langsam kühler wurde. Der Nachtwächter sang sein

Stundenlied, dreimal, viermal, und die Männer im Erdgeschoss verstummten einer nach dem anderen.

Die Ruhe war angenehm, aber die Gedanken an die nächsten Tage plagten sie. Was würde aus ihrem Haus werden? Gewiss, der Statthalter hatte ihre Schulden, deren Höhe sie nicht einmal kannte, gestundet, aber für wie lange? Würde er irgendwann doch ihr Haus fordern? Heute hatte er es reizvoll gefunden, ihr zu helfen, aber irgendwann würde sein Mitleid ein Ende haben.

Ein dumpfes Geräusch riss sie aus ihren Gedanken. Erschrocken drehte sie sich zu Priska um, doch die schnaufte entspannt. Henrietta stieg aus dem Bett, tappte zum Fenster und öffnete es leise. Jemand war im Hof. Wahrscheinlich ein Schwede, der die Tür zum Abtritt zugeschlagen hatte. Sie würde sich nie daran gewöhnen, dass da unten nachts fremde Männer herumliefen. Gerade wollte sie das Fenster wieder schließen, als sie ein unterdrücktes Schluchzen hörte.

War es Jette? Oder der Junge? Am liebsten wäre sie zurück in ihr Bett gekrochen. Doch dann warf sie sich den Umhang über und stieg leise die Treppe hinunter.

Hinter der Tür zum Schankraum schnarchten die Soldaten um die Wette. Henrietta tastete sich durch den Flur zur Tür, die zum Hof führte. Eigentlich hätte ihr die Dunkelheit Angst machen müssen, aber dem war nicht so. Immerhin befand sie sich im Haus ihres Vaters, in dem sie von Kindesbeinen an gelebt hatte, auch wenn es nun von einer Handvoll ungehobelter Männer besetzt war.

Sie trat ins Freie. Das Mondlicht spiegelte sich im Wasser der Regenfässer und warf scharfe Schatten auf den schneebedeckten Boden. Sie sah sich um und bemerkte, wie auf der Bank gegenüber, wo ihr Vater noch im Sommer an seiner Staffelei gesessen hatte, jemand hockte und weinte.

Langsam trat sie näher. Sie verfluchte sich dafür, dass sie das Talglicht nicht mitgenommen hatte. Es war sehr dunkel im Hof.

«Jörg?»

Der Junge sprang auf und hastete an ihr vorbei ins Haus, ohne zu antworten. Die Tür zum Schankraum klappte zu, eine schläfrige Stimme rief etwas Böses auf Schwedisch, dann war Ruhe. Unschlüssig stand Henrietta ein paar Minuten im Hof und setzte sich schließlich auf die Bank. Es war angenehm, allein zu sein. Sie dachte an den herrlichen Sommer zurück, als die französische Krankheit bei ihrem Vater noch nicht erneut ausgebrochen war. Beide, Vater und Tochter, wussten, dass es bald so weit sein würde, und ihr Vater hatte noch einige Wochen voller Leidenschaft gearbeitet.

Aber was nutzte es, solchen Gedanken nachzuhängen? Henrietta beschloss aufzustehen, als sie jemanden mit einer Kerze auf sie zukommen sah. Es war die Hure.

«Hat der Bengel dich erschreckt?» Jette blieb in einiger Entfernung vor ihr stehen. «Der dumme Junge soll endlich aufhören zu heulen.»

«Es ist nicht verwunderlich, dass er verzweifelt ist, nach allem, was du über ihn erzählt hast», entgegnete Henrietta.

«Aber es nützt ihm doch nichts», brummte Jette. «Die Männer jedenfalls lachen ihn höchstens aus. Das weiß er, also heult er nur, wenn ihn niemand sieht. So langsam sollte er lernen, sich zusammenzureißen.»

«Hast du niemanden, um den du weinen musst?»

Die Hure hatte sich schon abgewendet, aber nun drehte sie sich zu Henrietta um und hielt die Kerze ganz nah an ihr Gesicht. «Nenne du mir einen Menschen, der vom Krieg verschont worden ist! Wo kämen wir denn da hin, wenn sich alle so aufführen würden? Dich hat's doch auch erwischt. Obwohl es weiß Gott Schlimmeres gibt, als ein paar Soldaten zu beherbergen.»

Henrietta wusste, dass die Boshaftigkeit der Hure nur Fassade war. «Wie ist das passiert … das mit deinem Arm?», fragte sie unvermittelt. Jette blickte sie verwundert an. Dann setzte sie sich zu ihr auf die Bank.

«War einfach Pech. Die Schweden hatten mein Dorf in Pommern geplündert. Nicht dass sie viel gefunden hätten, es gab nichts mehr. Uns knurrte der Magen, seit das kaiserliche Heer unter Wallenstein zwei Jahre zuvor durchmarschiert war. Die Kaiserlichen sind schlimmer als die Schweden, glaub mir. Ich kochte Baumrinde und sammelte Eicheln – meine Familie ist trotzdem verhungert. Also blieb mir keine andere Wahl, als mich dem Schwedentross anzuschließen. Bald geriet ich an Sven Perssons Rotte, und bei ihr bin ich dann geblieben. Es ist etwas weniger schlimm, wenn man es immer mit denselben Männern zu tun hat. Nun, der Arm …», sie hob den Stumpf an. «Den verlor ich, als plötzlich bewaffnete Bauern ein paar Trosswagen plünderten. Einer richtete seine Muskete auf einen Kerl, der etliche Schritte entfernt von mir stand. Aber diese Waffen schießen ungenauer als eine Kanone. Die Kugel traf mich und zerfetzte mir den Ellbogen. So, nun weißt du es. Soll ich dir auch noch erzählen, wie es mir in der darauf folgenden Nacht erging, als mir der Feldscher den Arm absägte? Ich habe ihn angefleht, mir Branntwein zu geben, damit ich mich vorher betrinken konnte, aber er hatte kein Erbarmen. Die nächste Schlacht stand bevor – die bei Breitenfeld –, und da verschwendet man nichts mehr an eine Trossdirne. Reicht es dir jetzt?»

Henrietta konnte nur nicken. Sie selbst wäre an Jettes Stelle vor Verzweiflung gestorben. Dagegen war das, was sie erlebt hatte, geradezu harmlos.

Plötzlich hämmerte es am Hoftor. Jette nestelte in ihrem Rock nach dem Schlüssel und schloss auf. Ein Mann stürzte herein, den Henrietta noch nie gesehen hatte, eine Ratsche schwingend, die dazu diente, das neue Jahr zu begrüßen. Er ließ sie fallen und sang etwas, was wie ein missglücktes Sauflied klang. Dann drückte er der Dirne einen lauten Kuss auf die Wange und stapfte unsicheren Schrittes in den Hof, wobei er sich neugierig umschaute. Ein Gestank von Schweiß und Wein ging von ihm aus. Er hatte dunkles Haar und war nicht ganz so hochgewachsen wie die anderen Soldaten, dennoch war sich Henrietta sicher, dass er ein Schwede war – vielleicht jener fünfzehnte Mann, von dem Johann Eriksson Sparre gesprochen hatte. Er war jung, kaum älter als zwanzig.

Als er Henrietta sah, wandte er sich fragend an Jette.

«Wer ist sie?»

«Ich bin Henrietta Güntelein, die Tochter des Hauses», antwortete Henrietta und sah ihn fest an. Unwillkürlich hielt sie den Umhang am Hals zusammen. Bisher hatte sie nur vor Sven Persson Angst gehabt, nicht vor seinen Männern. Aber jetzt ergriff sie eine böse Vorahnung. Er torkelte auf sie zu, und ehe sie sich rühren konnte, hatte er sie zu sich herangezogen. Seine Lippen pressten sich auf ihre, und seine Zunge drückte sich gewaltsam zwischen ihre Zähne. Sie schrie kurz auf, dann ließ er sie ebenso rasch wieder los. Sein Grinsen zeigte ihr, dass es ihm Spaß machte, sie zu erschrecken.

«Hast du einen Mann?», fragte er neugierig.

«Mein Vater wohnt hier», sagte sie und blickte angewidert zu Boden.

«Also nicht. Das gefällt mir.» Er wankte ein Stück näher an sie heran, und sie wich zur Mauer zurück. Da ertönte vom Korridor ein donnernder Ruf. Er fuhr herum, jäh wich das Grinsen aus seinem Gesicht. Sven Persson betrat den Hof, nur mit einer Hose und einem offenen Hemd bekleidet. Sein Blick war so eisig, dass Henrietta zusammenzuckte. Doch es war der Fremde, den er anstarrte, nicht sie. Die beiden Männer sahen sich einen Augenblick lang argwöhnisch an, dann machte Sven Persson zwei Schritte auf den anderen zu und schlug ihm mit voller Wucht aufs Ohr. Der junge Mann krümmte und erbrach sich. Persson wartete, bis er fertig war, packte ihn am Kragen seines Wamses und zerrte ihn mit sich ins Haus.

Henrietta beugte sich über eins der Regenfässer, nahm einen großen Schluck Wasser und spuckte es sofort wieder aus. Es war so kalt, dass ihr die Zähne schmerzten.

Sie wandte sich zu Jette um. «Wer war das?»

«Ole Persson. Sven Perssons junger Bruder. Ein gemeiner Bengel, der bestimmt in die Hölle kommt. Das ist immer so: Kaum haben wir ein neues Quartier gefunden, treibt es ihn sofort zu den Hurenzelten und Gauklern. Von denen hat er auch die Sprache gelernt. Nachts ist er dann so betrunken, dass er Stunden braucht, um nach Hause zu kommen. Daran wirst du dich auch gewöhnen müssen.»

Die Hure wünschte Henrietta eine gute Nacht und verließ den Hof. Henrietta starrte auf den schmutzigen Boden. Die Geräusche aus dem Schankraum verstummten langsam, doch sie wagte es trotzdem nicht, sich zu rühren. Erst als die Kälte unerträglich wurde, griff sie zu einem Lumpen, der über dem Regenfass hing, und bückte sich, um das Erbrochene aufzuwischen. Da tauchte Jörg aus dem Dunkel des Korridors auf, nahm ihr den Lappen aus der Hand und machte sich an die Arbeit. Henrietta wollte ihm danken, aber sie brachte kein Wort heraus.

Kapitel 6

Henrietta lauschte den Geräuschen des Heerlagers. Sie erinnerten an einen Jahrmarkt, den Menschen aus aller Herren Länder aufgesucht hatten, und die Vielfalt der Sprachen war die Begleitmusik zu Thomas' stiller Arbeit im Zelt des Statthalters. Sie hatte die Staffelei und den Gitternetzrahmen getragen, er die fertig gespannte Leinwand, etwa vier Fuß hoch und drei Fuß breit, und einen Beutel mit den anderen Gerätschaften. Zwei Soldaten hatten sie begleitet, um ihnen einen Weg durch die Massen zu bahnen, sodass die Leinwand keinen Schaden nahm.

Als Henrietta und Thomas eintraten, saß Sparre schon auf einem Sessel, die Hände auf den gepolsterten Lehnen. Seine Brust bedeckte ein silbern glänzender Kürass, aus dem ein Hemd mit edler Spitze hervorschaute. Eine Schärpe in den Farben Schwedens lag über seiner Brust.

«Ist es recht so, Meister Hartenberg?»

«Ihr seht prächtig aus», versicherte ihm Thomas mit heiterer Miene, «aber das wäre gar nicht nötig gewesen: Heute male ich ohnehin nur Euer Gesicht.»

«Nun ja, man muss immer gerüstet sein», gab Sparre lächelnd zurück. «Außerdem will ich nachher einen Rundgang durch die Stadt machen. Da muss ich einen guten Eindruck hinterlassen.»

Thomas wies Henrietta an, sich zwischen den Statthalter und die Staffelei zu stellen und den Gitternetzrahmen festzuhalten, damit er die Konturen seines Modells auf die Leinwand übertragen konnte. Er lobte ihre ruhige Hand, denn schon ein winziges Schwanken hätte ihm die Arbeit erschwert. Er malte schnell, und nach kurzer Zeit waren die Umrisse des Statthalters auf der Leinwand verewigt.

Sonst blieb Henrietta kaum mehr zu tun, als die Hände in den Schoß zu legen und Thomas bei der Arbeit zuzusehen. Er mischte seine Farben und begann mit dem Gesicht des Statthalters, den das Ganze offenbar erheiterte. Nur ein weiteres Mal musste sie etwas halten, nämlich einen Hut, als kurz die Sonne zwischen dem Zeltdach hervorblitzte und einen störenden Glanzfleck auf Sparres Stirn warf.

Auch wenn es angenehm war, hier zu sitzen und nichts zu tun, fragte Henrietta sich, warum Thomas sie unbedingt als seine Gehilfin haben wollte. Denn eines stand fest: Wirklich helfen konnte sie ihm nicht. Malersknechte waren nicht nur dafür zuständig, die Werkstatt sauberzuhalten oder eine Staffelei zu tragen. Nein, sie waren auch Schüler und sollten malen. Sie sollten ihre Fähigkeiten an den einfachen Teilen eines Gemäldes erproben, an groben Flächen, Möbeln und Vorhangstoffen, an einer Landschaft im Hintergrund. Sie aber war dazu verdammt, höchstens noch seine Farbpigmente mit Öl anzurühren. Und selbst das war nicht ungefährlich. Obwohl die lächerliche Aufgabe ihr Ablenkung verschaffte von den Soldaten, die in ihrem Haus lagerten, und von dem Elend in der Stadt, war ihr unwohl zumute.

«Ihr wart so schweigsam», sagte Thomas einige Stunden später auf dem Heimweg.

«Ich sollte Euch doch helfen», gab sie zurück, «und nicht unterhalten.»

Er lachte. «Das habt Ihr auch getan. Es war mit Sicherheit Eurer Anwesenheit zu verdanken, dass Sparre so gut gelaunt war, und ein geduldiges Modell macht die Arbeit erst angenehm.» Henrietta sagte nichts dazu.

In seiner Werkstatt angekommen, machte sie sich daran, die Staffelei aufzubauen. Das Porträt des Statthalters war in der Obhut des Lagers geblieben. Den Rest des Tages wollte Thomas damit verbringen, seinen *Odysseus* zu vollenden. Er hatte ihr von diesem Gemälde erzählt, aber gesehen hatte sie es bisher noch nicht. Es war unter einem Tuch verborgen. Jetzt deckte er es auf und stellte es auf die Staffelei.

«Hält es Eurem Urteil stand?», fragte er erwartungsvoll.

Dass er sein Handwerk beherrschte, hatte sie schon an den ersten Skizzen gesehen, die er von Sparre angefertigt hatte. Aber das Gemälde, das sich ihr nun offenbarte, übertraf all ihre Erwartungen. Die Gestalten des Odysseus und der Göttin waren in goldenes Licht getaucht. Ihre Haut schimmerte wie glasierter Ton; dunkel die seine und strahlend hell die ihre. Sie hielt ihr Hüfttuch, als wolle sie es jeden Moment fallen lassen und ihren geschmeidigen Körper zeigen. Seine Armmuskeln traten klar hervor, als ob es ihn danach dränge, das Tuch selbst herunterzureißen, solange sie noch zögerte. Henrietta wusste, dass Minerva eine keusche Göttin war, aber hier war sie die andere, Venus, und er der Kriegsgott Mars, dem sie gehörte.

«Wer hat Euch dafür Modell gestanden?», fragte Henrietta.

Thomas hob in gespielter Empörung die Hände. «Nun hatte ich gehofft, ein Lob einzuheimsen, aber da hätte ich wohl jemanden fragen sollen, der sich nicht für das Handwerkliche interessiert. Die Frau war eine aus dem Tross. Ich weiß nicht, wer sie war. Ich bin einfach umhergelaufen, habe mir eine herausgepickt, die meiner Vorstellung entsprach, sie gefragt und entlohnt.»

«Und für den Odysseus?»

«Irgendein welscher Landsknecht. Einer von denen,

die vor Langeweile mit ihresgleichen raufen, wenn das Heer zu lange lagert. Da ziehen sie sich die Wämser aus, und man kann schön beobachten, wie sich ihre Muskeln bewegen.»

Henrietta spürte, dass er immer noch auf etwas anderes wartete, aber stand es ihr zu, ihn zu beurteilen?

«Ihr seid ein ausgezeichneter Maler», murmelte sie. Hatte sie die richtigen Worte gewählt? Als sie sah, wie seine Augen strahlten, vergaß sie ihre Zweifel. Aber noch immer schien er auf etwas zu warten. Da sie sich nicht rührte, ging er zu einem Stapel modriger, fast schwarzer Bretter, die auf dem Boden lagen.

«Die Planken von Odysseus' Schiff», erklärte er. Henrietta half ihm, sie auf einer Truhe anzuordnen und mit mehreren Lampen auszuleuchten. Da er sie nicht entlassen hatte, setzte sie sich auf eine der anderen Truhen und sah ihm beim Malen zu.

«Ich weiß immer noch nicht, warum Ihr noch unverheiratet seid», sagte er plötzlich, ohne den Blick von der Leinwand abzuwenden.

«Ich habe ... ich bin ...» Die Frage hatte sie verwirrt. Wie war er denn jetzt darauf gekommen? «Meinem Vater lag nie daran, und mir auch nicht. Irgendwann war ich dann so alt wie jetzt.»

«So einfach war das? Was sagte Eure Mutter dazu?»

«Sie ist vor sieben Jahren gestorben, als die Pest in Mainz wütete. Ich weiß nicht ... Ich war von klein auf die Schülerin meines Vaters und interessierte mich nicht fürs Heiraten. Es hat ihn gefreut, dass ich gemeinsam mit ihm arbeitete, und er legte es nicht darauf an, mich loszuwerden. Irgendwann kam dann keiner mehr an unsere Tür, um um meine Hand anzuhalten.»

War denn überhaupt je einer gekommen und hatte das getan? Sie konnte sich nicht daran erinnern, aber sicherlich war es vorgekommen. Ein- oder zweimal war sie verliebt gewesen, in irgendeinen Burschen aus der Nachbarschaft, aber das war zur Zeit der Pest gewesen, als die Leute andere Sorgen hatten. Dann waren die Spanier gekommen und anschließend die Schweden. Es war nicht die richtige Zeit für geordnete Verhältnisse, und jetzt fragte längst niemand mehr, warum die fast vierundzwanzigjährige Tochter eines kranken Malers nicht unter der Haube war. Niemand außer Thomas Hartenberg.

Als er sie endlich heimschickte, war sie froh. Mit dem Geld, das sie heute von ihm bekommen hatte, kaufte sie unterwegs frisches Schwarzbrot und versteckte es unter ihrem Umhang, bevor sie ans Tor klopfte. Es war Jörg, der ihr öffnete. Mit dem Finger deutete er zum Korridor. Im Schankraum schien es hoch herzugehen, denn die Schweden lachten und grölten. Eine gute Gelegenheit, das Brot unbemerkt hinaufzutragen, doch sie täuschte sich. Unter all den Stimmen hörte sie ihren Vater.

Schnell drückte sie Jörg das Brot in die Hand und hastete ins Zimmer. Johannes stand im Nachthemd mitten im Raum, eine Pistole in der Hand. Er sah verwirrt aus und schien nicht zu wissen, wo er sich befand. Nur dass dieses Dutzend lachender Männer ihn rasend machte, das wusste er. Henrietta wollte zu ihm laufen, aber einer der Schweden packte sie am Arm und presste sie gewaltsam an sich. Sie fühlte seine grobe Hand auf ihrer Brust, versuchte sie wegzustoßen, doch sein Griff wurde noch härter.

«Lasst ihn doch in Ruhe!», schrie sie. «Und nehmt ihm die Pistole weg!»

«Die ist nicht geladen», sagte der Schwede hinter ihr. «Der alte Dummkopf hätte besser oben in seinem stinkenden Bett bleiben sollen.»

Sie gab den Widerstand auf, und da ließ er sie los. Als sie sich zu ihm umdrehte, sah sie, dass es Sven Persson war.

«Warum ist er heruntergekommen?», fragte sie.

Er zuckte mit den Achseln. «Wollte wohl mal nachschauen, wer hier haust. Ganz richtig im Kopf ist er nicht mehr, was?»

«Der Statthalter hat gesagt, Ihr dürft so etwas nicht tun!», rief sie erbost.

«Oho, du berufst dich auf den Statthalter? Den kenne ich gut. Glaubst du, der würde dir helfen? Aber gut», er stieß sie gegen Johannes. «Schaff ihn hinauf, bevor sein Miasma uns ansteckt.»

Sie griff nach dem Arm ihres Vaters, warf die Pistole zu Boden und begleitete ihn aus dem Schankraum. Sie konnte nur beten, dass sie es ungeschoren ins Obergeschoss schafften, und als die Tür zur Werkstatt hinter ihnen zufiel, atmete sie erleichtert auf.

«Wer waren diese Männer?», fragte Johannes, der sich ohne Widerstand zu seinem Bett führen ließ. Die Anstrengung hatte ihn erschöpft, sie konnte kaum die Kissen und die Decke richten, so rasch sank er aufs Bett. Seine krummen Beine zitterten, sie musste rasch den Topf unterhalten, damit er die Matratze nicht einnässte.

«Es waren die Schweden, Vater.»

Er sah sie einen Augenblick verständnislos an. Dann sagte er: «Es war so laut da unten, die Männer lachten und brüllten, bis ich plötzlich einen Schuss hörte. Ich stand auf, um nach dem Rechten zu sehen. Wenn nur meine Knochen nicht so schmerzen würden!»

«Vater, du musst den Lärm nicht beachten. Sie sind jetzt nicht im Krieg, da wird ihnen rasch langweilig. Ich werde dir Wachs für die Ohren geben, damit du deine Ruhe hast.» Sie umarmte ihn und sah ihm fest in die Augen. «Bitte, geh nicht wieder allein hinunter. Priska und ich bringen dich in den Hof, wann immer du willst, aber geh nicht allein. Versprich es mir.»

Er sah sie eine Weile an, dann sagte er: «Das tue ich. Aber du musst mir helfen, das Bild zu vollenden.»

Sie stellte den Topf unters Bett. «Ich darf nicht malen. Hast du das auch vergessen?» Warum machte er es ihr zusätzlich schwer? Wenn es nach ihr gegangen wäre, hätte sie schon längst wieder zum Pinsel gegriffen. Konnte denn niemand verstehen, wie sehr sie sich danach sehnte zu malen?

«Nein, das habe ich nicht vergessen. Aber wie soll ich es ohne dich schaffen?»

«Du schaffst es auch mit mir nicht. Es würde dich zu sehr anstrengen.» Sie sah die Enttäuschung auf seinem Gesicht.

«Ich kann doch nicht hier liegen und einfach so verrecken», klagte er und zog sie an sich. Henrietta legte ihren Kopf auf seine Brust. «Es muss fertig werden. Es muss im Dom hängen. Du musst es allein vollenden!»

«Ich darf nicht», wiederholte sie matt.

«Aber es erfährt doch niemand! Du wirst es fertig malen und mit *Johannes Güntelein* signieren. Und wenn der Domherr zurückkehrt, gibst du es ihm. So wie es vereinbart war. Glaubst du etwa, er wird denken, dass du es vollendet hast? Gott wird dir helfen.»

«Vater, bitte sei vernünftig! Es ist zu gefährlich. Und außerdem, wie soll ich einen Mann finden, der für den Heiligen Modell steht? Jeder, den ich frage, wird mich sofort anzeigen. Oder soll ich etwa ins Feldlager gehen und einen Landsknecht fragen? Ist es das, was du von mir verlangst?»

Unmöglich, dachte sie. Thomas Hartenberg könnte so etwas tun, aber der war ja auch imstande, seine Modelle zu bezahlen. Sie würde man auffordern, als Dirne zu zahlen – wenn man ihr Anliegen überhaupt ernst nähme. «Ich könnte ja nicht einmal zur Beichte. Und ohne Beichte kann ich nicht die Kommunion empfangen. Und da soll Gott mir helfen?»

«Sieht Gott in diesen Zeiten denn wirklich so genau hin, ob man macht, was die Pfaffen von einem verlangen? Im Kerkerturm konntest du doch auch nicht zur Messe. Da hat dir keiner den Leib Christi gebracht. Muss Gott nicht ohnehin ständig die Augen verschließen angesichts des Grauens, das auf Erden herrscht? Der Krieg wurde wegen des Glaubens begonnen. Vergiss das nicht!»

Als er zu Ende gesprochen hatte, richtete sie sich auf und blickte verwundert auf ihn hinab. «Vater, was ist mit dir? Du redest sonst nie über den Krieg.»

«Ich rede sonst Unsinn, ich weiß.» Plötzlich lächelte er sie an. «Schau, die Lutheraner sagen, man soll keine Heiligen anbeten. Wir hätten doch unser Können verschwendet, wenn wir ihrem Gebot gefolgt wären. Du malst den heiligen Magnus, das ist dein Krieg.»

Aber ich kann den Heiligen nicht malen, dachte sie verzweifelt, warum begreift er das nicht? Hier kann ich nicht mit Ton arbeiten wie bei dem kleinen Hund. Hier brauche ich ein Modell. Ein *nacktes* Modell.

«Ich werde überhaupt nichts malen», sagte sie bestimmt. «Dir wird es bald wieder besser gehen, und dann kannst du weitermalen.» Sie wusste, dass das nicht die Wahrheit war, aber sie wollte das Gespräch beenden. Sie fühlte sich mit einem Mal unendlich schwach.

«Schlaf jetzt. Ich mache dir noch einen Stein heiß.»

Auch ihr Vater hatte es aufgegeben. Er hatte die Augen geschlossen und wirkte plötzlich sehr entspannt. Sie beobachtete ihn eine Weile. Sein Atem ging ganz regelmäßig. Wie friedlich er aussah, wenn er schlief! Wenn es doch immer so wäre! Ein Klopfen riss sie aus ihren Gedanken. Sie stand auf und öffnete die Tür. Es war Priska.

«Wo warst du?», fragte Henrietta leise und deutete auf ihren schlafenden Vater. «Er war unten, und sie haben ihn ausgelacht und gedemütigt.»

Die Magd schloss die Tür hinter sich und senkte den Kopf. «Ja, ich habe es gehört. Ich wollte ihm helfen, aber ich konnte nicht. Ich war in der Kammer des Rottenführes.»

«Was hast du da drin gemacht? Sven Persson war doch draußen.»

«Aber nicht sein Bruder.»

«Du warst mit Ole Persson in der Kammer? Was hat er dir angetan?»

Priska hielt eine Hand vors Gesicht und schüttelte den Kopf. «Nicht viel. Er wollte … aber der Lärm hat ihn abgelenkt.»

Henrietta zog sie an sich. Sie wusste, dass die Magd den Vorfall heruntergespielt hatte, ihr die Einzelheiten ersparen wollte. Mit einem Mal fing Priska an ihrer Schulter an zu weinen. Was soll nur aus uns allen werden?, dachte Henrietta. Sparres Anordnung, die Einwohner in Frieden zu lassen, hatte offensichtlich keine Gültigkeit. Nicht in diesem Haus.

Vielleicht ist das alles eine Prüfung, dachte sie. Vielleicht sollen wir Gott zeigen, dass wir auch unter widrigsten Umständen unsere Aufgabe erfüllen können. Oder wenigstens bereit dazu sind.

Über Priskas Kopf hinweg starrte sie auf das Gemälde. Die ganze Zeit hatte sie sich nicht an dem Abdecktuch gestört, aber plötzlich konnte sie den Anblick nicht mehr ertragen. Sie löste sich aus der Umarmung und schritt auf das Bild zu, langsam, damit das Knarren der Dielen ihren Vater nicht weckte. Und weil sie spürte, dass sie etwas Verbotenes tat. Sie öffnete die Schnüre an den Seiten und ließ das Tuch herabgleiten. Schwer sackte es zu Boden, sie sah sich um, ob Johannes von dem Geräusch geweckt worden war. Doch er schlief immer noch.

Henrietta entzündete die drei Kerzen auf dem mannshohen Ständer, der dazu diente, die Leinwände auszuleuchten. Sie tat es ohne Hast, beinahe genussvoll zögerte sie den Moment hinaus, in dem sie das Gemälde ansah. Was, wenn es ihr nach so langer Zeit nicht mehr gefiel? Wenn sie Fehler entdeckte? Sie stellte den Ständer neben das Bild und trat dann einige Schritte zurück. Ihr Herz schlug ihr bis zum Hals. Nein, alles war wunderbar, so wie sie es in Erinnerung hatte. Jede Einzelheit war bereits in Umrissen zu sehen, auch der heilige Magnus, der vor einem hüfthohen Felsen kniete, die Hände zum Gebet erhoben, während sich ein römischer Soldat von hinten über ihn beugte und ihm ein Schwert in den Rücken stieß. Weder der Soldat noch der Heilige waren bisher gemalt, sie hatten lediglich als schwache Konturen ihren Platz gefunden. Den Raum hinter den beiden dominanten Figuren nahmen der römische Kaiser Decius mitsamt seinem Gefolge aus bunt gekleideten Figuren ein, welche die Dekadenz des heidnischen Reiches darstellten. Da war die Kaiserin, an der Henrietta zuletzt gemalt hatte. Da waren Frauen, Gaukler, Zwerge und Landsknechte, deren Pluderhosen im alten Mi-Parti-Stil zweifarbig leuchteten. Diese Schar war bis auf wenige Figuren vollendet, ein Reigen prall genährter Leiber, der sich am Tod ergötzte.

Einen Moment lang bereute Henrietta, das Bild abgedeckt zu haben. Wie sollte sie jetzt ertragen, es unvollendet zu lassen? Sie wusste, dass es nun kein Zurück mehr gab.

Teil II

15. Januar 1632 bis 24. Februar 1632

Kapitel 1

Der Winter legte eine Pause ein, der Schnee schmolz, und die Sonne trocknete die Dächer. Thomas freute sich, denn jetzt konnte er eine erste Skizze für den Hintergrund anfertigen. Sparre legte keinen Wert darauf, vor einer Stadt mit weißen Dächern abgebildet zu werden, denn Schnee, so erklärte er, gab es in seiner Heimat zuhauf, noch sehr viel mehr als hier. Thomas wollte gar nicht daran denken; er mochte schon den hiesigen Winter nicht.

Er saß auf der anderen Seite des Flusses, gegenüber der Stadt, inmitten eines kleinen Lagers, das die Schweden hier errichtet hatten, die Zeichenmappe auf den Knien. Irgendjemand hatte gesagt, der Sommer am Rhein sei angenehmer als in seiner brandenburgischen Heimat. Würde er im Sommer überhaupt noch hier sein? Ausgeschlossen war es nicht, denn Sparre würde als Statthalter sicherlich längere Zeit in Mainz verweilen. Der König würde gewiss im Frühjahr weiter nach Süden ziehen, um in Bayern die Katholiken zum Krieg zu zwingen. Bis dahin würde Thomas wohl noch nicht zum königlichen Maler aufgestiegen sein. Falls doch, würde er dem König folgen müssen.

Es war müßig, sich darüber Gedanken zu machen. Er wusste nur, dass er es bedauern würde, sein Haus in der Steingasse wieder zu verlassen. Nicht wegen der Scherers, die wie Geister durch die Räume irrten und selten ein Wort an ihn richteten. Auch nicht wegen der Werkstatt, in der es sich im Vergleich zu einem Trosswagen angenehm arbeiten ließ.

Henrietta. Es war wegen Henrietta Güntelein.

Aber konnte es sein, dass er lieber hier bei ihr war, als dem König als Hofmaler zu folgen? War er von Sinnen?

Andererseits war es genauso irrsinnig, dem Krieg hinterherzulaufen, um seine Initiatoren zu malen. Was war daran schon erstrebenswert?

Liegt nicht ohnehin alles in Gottes Hand? Was zerbreche ich mir also den Kopf?, sagte er sich und wollte sich gerade wieder seiner Zeichnung widmen, als er einen Reitertrupp über die Schiffsbrücke kommen sah. Die Holzplanken donnerten unter den Hufschlägen. Thomas erkannte den Statthalter, er saß auf einem schwarzen Schlachtross, gefolgt von zwei Soldaten. Johann Eriksson Sparre trieb das Pferd das Ufer hinauf und wechselte dabei ein paar Worte mit den Männern, die vermutlich auf dem Weg zu der neuen Bastion waren.

Als Sparre Thomas erblickte, lenkte er sein Pferd in dessen Richtung, stieg am Uferweg ab und warf einem seiner Begleiter die Zügel zu. Thomas wollte aufstehen, aber Sparre winkte ab.

«Bleibt ruhig sitzen, Meister Hartenberg. Nicht dass sich Eure Zeichnung noch in den Rhein davonmacht, nur weil Ihr höflich sein wolltet.»

Ungelenk stapfte Sparre in seinen oberschenkelhohen, mit Sporen besetzten Stiefeln durch das Gras. Er nahm den Hut ab und beugte sich dann interessiert über Thomas' Zeichnung. Sein Blick verglich das Panorama der Stadt mit den wenigen Strichen auf dem Blatt.

«Man hat mir gesagt, Ihr säßet hier schon seit dem Morgen. Dann habt Ihr wohl mehr nachgedacht als gezeichnet? Viel ist noch nicht zu sehen.»

Thomas sah Sparre verlegen an.

«Wenn man sich vor der Arbeit drückt, steckt meist eine Frau dahinter.» Sparre klopfte ihm heiter auf die

Schulter. «Die vielen Kirchtürme habt Ihr aber schon gewissenhaft gezählt und zu Papier gebracht. Ein Wald voller Kirchen ist das. Was ist das? Die Liebfrauenkirche, vermutlich. Und das Sankt Stephan. Ich habe mich schon ausgiebig in der Stadt umgesehen, denn ich muss ja wissen, wie viele verlassene Pfaffennester es gibt. Der Dom ist ein herrliches Bauwerk, der wird wohl auch zu sehen sein, oder?»

«Gewiss», antwortete Thomas.

«Und die malerischen Schiffsmühlen mitten auf dem Wasser dort: Wusstet Ihr, dass sie an alten Brückenpfeilern verankert sind, die noch aus der Zeit Karls des Großen stammen?»

«Nein, das war mir nicht bekannt.»

«Dies alles dort hinten», Sparres Finger zog Kreise über die linke Papierhälfte, wo ein von Schanzmauern umschlossenes Kloster auf einem Hügel thronte, «wird doch sicherlich von meiner Schulter verdeckt sein.»

«Ja, ich denke schon», sagte Thomas.

«Und die Flaggen? Ihr werdet die schwedischen Flaggen nicht vergessen! Eine Reminiszenz an meinen Herrn, den König, und das Haus Wasa ist notwendig. Vielleicht ein Schiff auf dem Rhein mit seinem Banner? Oder der König selbst auf einem Ross, wie er die Brücke entlangreitet? Das würde ihm sehr gefallen und könnte Euch … aber, Hartenberg, Ihr hört ja gar nicht zu.»

«Wie? O doch, verzeiht.» Thomas räusperte sich. «Ihr möchtet Flaggen über der Stadt.»

«Hartenberg, was ist es, das Euch plagt?»

Thomas sah kurz zu ihm auf, bevor er den Blick erneut über den Fluss schweifen ließ. «Henrietta Güntelein», entfuhr es ihm. Der Schwede schmunzelte. «Also doch die Frauen. Nun, sie ist nicht unansehnlich. Eine außergewöhnliche Frau. Ich vermutete schon, dass es einen Grund gibt, weshalb Ihr gerade sie zu Eurer Gehilfin gemacht habt. *Die Welt vermag die Frauen nicht zu entbehren, selbst wenn die Männer allein die Kinder bekämen,* sagte schon Martin Luther, und der wird's gewusst haben. Dass sie Euch zur Hand geht, geschieht übrigens mit meiner Billigung.»

Thomas nickte nur, und Sparre seufzte auf.

«Vielleicht kann ja diese Nachricht Euch ein wenig ablenken: Der König lädt Euch ein, ihn nach Hanau zu begleiten.»

Thomas blinzelte, als erwache er endlich aus einem tiefen Schlaf. «Was sagt Ihr da?»

«Er wird morgen früh in die Festung Hanau aufbrechen, um dort seine Gemahlin, Maria Eleonora von Brandenburg, zu empfangen. Sie wird gegen Ende des Monats dort erwartet. Er möchte, dass Ihr diesen großen Augenblick festhaltet.»

«Ich soll den Empfang malen?»

«Nun ja, sagen wir: zeichnen. Für ein Gemälde fehlt wohl die Zeit. Ich habe begeistert von Euch erzählt, und dann ist er selbst darauf gekommen, Euch den Auftrag zu geben. Jetzt freut Euch aber endlich ein bisschen!»

Thomas wollte hastig aufstehen, um dem Statthalter zum Dank die Hand zu schütteln, aber Sparre tätschelte ihm beruhigend die Schulter. «Keine Umstände, Hartenberg. Findet Euch morgen früh um acht Uhr an der Schiffsbrücke ein. Wir können gemeinsam in einer Kutsche fahren, sofern Ihr meine Gegenwart so lange ertragt. Dann werden wir noch ausreichend Gelegenheit haben, unser Gespräch über die Frauen und Luther fortzusetzen. Nun aber entschuldigt mich, ich muss zur Bastion. Grüßt mir das Objekt Eurer Träume.» Sparre setzte seinen Hut auf und stapfte die Böschung hinauf. Thomas blieb beschämt zurück. Der Statthalter musste ihn für einen Narren halten.

Aber was war auf der anderen Seite schon dabei, wenn einem ein Weibsbild gefiel? Noch dazu, wenn es sich um eine Frau mit einer künstlerischen Anlage handelte. So etwas gab es sehr selten, und er würde einer solchen Frau mit Sicherheit kein zweites Mal begegnen.

Eilig packte er seine Sachen zusammen und machte sich auf den Weg zurück in die Stadt. Da er heute nicht vorhatte, an Sparres Porträt weiterzuarbeiten, hatte er Henrietta nicht zu sich bestellt. Auch war der *Odysseus* fast fertig, und es gab nichts für sie zu tun. Und trotzdem würde er sie heute aufsuchen. Die Tatsache, dass Sven Persson bei ihr hauste, ließ ihm keine ruhige Minute.

Das Tor war nur angelehnt. Thomas stieß es auf und betrat den Hof. Aus dem Haus drangen Männerstimmen. Fast hätte er das Paar übersehen, das im Schatten der Mauer saß. Ein dunkelhaariger Mann hockte auf einem Holzstoß, eine Frau saß auf seinem Schoß. Thomas sah sofort, dass sie nur einen Arm hatte. Ihr Rücken und ihre Schulter waren entblößt. Der Mann machte sich an ihrer Vorderseite zu schaffen; wo sie ihre Hand hatte, ließ sich nur erahnen. Sie keuchte leise, er gab keinen Laut von sich. Thomas vermochte den Blick nicht abzuwenden, auch nicht, als der Mann ihn bemerkte. Er war jung, kaum älter als zwanzig. Offenbar ließ er sich von seinem Zuschauer nicht stören, im Gegenteil: Thomas hatte fast den Eindruck, als genieße er seine Anwesenheit. Er empfand eine Mischung aus Ekel und Faszination, die ihn noch kurze Zeit verharren ließ.

Endlich riss er sich los und betrat den Hausflur. Er erkannte Sven Perssons Stimme. Und Henriettas.

Unweigerlich kam ihm in den Sinn, wie Anna Scherer auf dem Tisch gelegen hatte, auf sich einen Schweden, der sie auf Befehl seines Rottmeisters beinahe vergewaltigt hätte. Thomas hatte seine Sorge, Henrietta möge das Gleiche blühen, zu unterdrücken versucht, indem er sich einredete, Persson würde sich in einem Haus, in dem er den ganzen Winter verbringen müsste, zurückhalten. Aber was, wenn er sich irrte?

«Eine seidene Schärpe!», schrie Persson. «Einfach weg?»

«Es tut mir leid.» Henriettas Stimme klang ängstlich.

«Das nützt mir nichts! Hast du eine Ahnung, wie teuer sie war? Natürlich nicht, wahrscheinlich hast du sie für einen Kanten Brot verschachert.»

Jetzt schluchzte sie.

«Sie muss mir beim Waschen am Fluss verlorengegangen sein. Vielleicht liegt sie noch dort.»

Persson stieß ein verächtliches Lachen aus. «Ja, natürlich, da liegt sie noch. Wahrscheinlich sind inzwischen tausend Leute darüber hinweggetrampelt und haben sich gesagt, oh, da liegt eine Seidenschärpe, sicher wird der Besitzer nach ihr suchen, also lassen wir sie liegen.»

«Wir haben hinter Büschen gewaschen, wo niemand vorbeikommt, abseits von den üblichen Waschplätzen. Ich werde nachschauen gehen.»

«Gar nichts wirst du!»

Ein klatschendes Geräusch war zu vernehmen. Henrietta schrie auf. Thomas wollte gerade nach der Klinke greifen, als die Tür aufflog und Henrietta ihm entgegenstürzte. Sie riss die Augen auf, offenbar hatte er sie zu Tode erschreckt, und hastete die Stiege hinauf. Thomas hatte gehofft, der Schwede hätte ihn nicht bemerkt, aber Sven Persson war bereits zur Tür gekommen und blickte ihn mit einem höhnischen Grinsen an.

«Hartenberg, was macht Ihr da in dem dunklen Flur? Kommt herein und trinkt einen Schluck Wein mit mir!»

Thomas trat ein. Zwei Schweden lagen auf dem Fußboden und schnarchten. Aus der Küche drang das Klappern von Geschirr, in einer Ecke hockte ein Junge und flickte eine Hose. Das Wortgefecht schien ihn nicht aus der Ruhe zu bringen.

«Der Statthalter war gestern hier», sagte Persson und hielt ihm einen Krug hin. «Er hat die Quartiere kontrolliert.»

«Ich weiß.» Thomas nahm einen Schluck, gerade so viel, wie es die Höflichkeit verlangte.

«Dann wisst Ihr auch, dass ich über Henrietta Günteleins Malverbot informiert bin.»

«Hat sie sich denn über das Verbot hinweggesetzt?»

«Das wollte ich Euch fragen. Ihr habt sie doch als Gehilfin angestellt.»

«Sie malt nicht. Und der Statthalter hat nichts dagegen, dass sie mir zur Hand geht. Das sollte er Ihnen ebenfalls erzählt haben.»

Sven Persson nestelte an seinem Bart und sah ihn überheblich an. Dann lächelte er. «Ja, das hat er. Nun, ich werde in den nächsten Tagen bei Euch hereinschneien. Ein wenig fühle ich mich schon verantwortlich für Euer Wohlergehen.»

«Wie Ihr wollt.» Thomas stellte den Krug auf der Bank ab und rang sich einen Gruß ab, dann verließ er die Stube. Er wollte nicht länger als nötig bleiben. Bevor er das Haus verließ, warf er noch einen Blick auf die Treppe. Und tatsächlich stand Henrietta dort und sah ihn mit müden Augen an. Ihre rechte Hand ruhte auf dem Geländer. Wieder fühlte er sich wie gelähmt. Wie oft würden sie sich noch auf dieser elenden Stiege begegnen und sich anstarren?

Großer Gott, dachte er plötzlich und betrachtete ihre Hand, auf die der Schein einer Kerze fiel. Das durfte nicht wahr sein!

Er nahm zwei Stufen auf einmal, packte sie bei der Hand und zog sie mit sich nach oben. Alle Türen bis auf eine waren verschlossen, die er öffnete, und sie betraten eine Schlafkammer, an der einen Seite stand ein ungemachtes Bett, am Fußende eine Truhe und zwei Hocker, an der Wand hing ein Kruzifix. Er schloss die Tür und drehte sich zu ihr um.

Verwundert sah sie ihn an, ohne sich seinem Blick zu entziehen. Er hob ihre Hand, um sich zu vergewissern, dass er sich nicht getäuscht hatte.

«Was ist das? Da unter Eurem Daumennagel?»

Er sah, wie sich ihre Armmuskeln anspannten. «Das ist Dreck. Ich bin ausgerutscht, draußen auf der Straße.»

«Dreck?»

«Jeder hat Dreck an den Fingern, was ist daran so bemerkenswert?»

«Sienafarbener Dreck ist höchst bemerkenswert.»

Sie verbarg den Daumen in der Faust und wollte ihre Hand zurückreißen, doch er hielt sie fest.

«Ihr habt gemalt», sagte er ihr auf den Kopf zu. Er ging zu einem der Hocker und setzte sich darauf, und da er sie immer noch festhielt, blieb ihr nichts anderes, als sich ihm gegenüber auf den zweiten Hocker zu setzen. Dann zog er sie vorsichtig an sich und strich ihr über den Handrücken. Er wartete, dass sie protestierte, doch sie sagte nichts.

Sie blickte an ihm vorbei, und er wusste es nicht zu deuten. Genauso gut hätte sie bei einem Bader sitzen können, der gerade eine unangenehme Behandlung an ihr vornahm.

Und er wusste in diesem Augenblick selbst nicht, was er mit seiner Berührung bezweckte. Er wusste nur, dass sie sich nicht mehr rückgängig machen ließ.

Seine Finger schlüpften unter den Saum ihres Ärmels

und schoben ihn langsam bis zum Ellbogen hinauf. Ihr Arm zitterte leicht, und ihre Härchen richteten sich unter seinen Fingerkuppen auf. Als ihr Unterarm freilag, drehte er ihn so, dass er die Innenseite betrachten konnte. Wahrhaftig war dort ihre Haut eine Spur dunkler. Und das kam nicht davon, dass sie bei ihm Farbpigmente angerührt hatte.

«Ich kenne das.» Es fiel ihm schwer, jetzt zu sprechen. «Wenn ich versehentlich mit dem Arm auf die Leinwand komme, und da ist noch feuchte Farbe.»

Sie drehte den Kopf zur Seite. Ihre Hand ruhte schlaff in seiner. «Es ist … nur das Porträt der Beckerin. Sie hat es doch bestellt, und ich brauche das Geld.»

Thomas wusste, dass er sie nicht abhalten konnte. Vielleicht war das Porträt ohnehin bald fertig, denn die Farbe musste für einen dunklen Hintergrund bestimmt sein. Es gab keinen Grund mehr, ihre Hand festzuhalten.

«Wenn Ihr nur auf Euch achtgebt.» Er ließ sie los und erhob sich.

Sie nickte.

Er ging zur Tür, langsam, da er hoffte, sie würde noch ein Wort an ihn richten. Doch sie schwieg. Er trat hinaus und schloss die Tür hinter sich. Für einen kurzen Augenblick lauschte er, um zu erfahren, was sie nun tat, doch sie schien sitzen zu bleiben. Und da es ihr auffallen würde, wenn keine Schritte kämen, ging er die Stiege hinab. Die Tür zum Schankraum war gottlob zu, und auch im Hof saß niemand mehr. Thomas betrat die Gasse und machte sich auf den Weg zum Haus der Scherers. Doch seine Schritte waren mühsam, denn der Boden war schlammig und seine Gedanken schwer.

Würde es ihm jemals vergönnt sein, sie malen zu sehen? Wahrscheinlich nie, denn warum sollte man das Verbot aufheben? Und in seiner Gegenwart würde sie es sicher nicht tun. Wie war der Fleck wohl auf ihren Arm gekommen? Er sah sie vor sich, wie sie auf einem Malschemel saß, den Oberkörper vorgebeugt, das Gesicht angespannt. Wie sie den Malstock beiseite stellte, da er im Weg war, und freihändig ein hauchfeines Detail malte, eine Wimper vielleicht, oder einen Lichtpunkt auf der Unterlippe der Beckerin. Und wie sie nicht bemerkte, dass ihre Haut eine bereits gemalte Fläche berührte. Er sah die zart geschwungenen Linien ihres bloßen Armes vor sich. Wie gerne würde er jetzt diesen Hautton anmischen und ihn malen, aber es blieb ihm nur die Erinnerung daran, wie sich die Härchen unter seiner Berührung aufgestellt hatten.

Als er am Brunnen vorbeikam, sah er einige Frauen bei der Arbeit. Es schien, als hätten sie sich an die Anwesenheit der Eroberer gewöhnt; sie schöpften Wasser, widersetzten sich dem Verbot, an öffentlichen Brunnen zu waschen, schwatzten miteinander und scherten sich nicht um die Anwesenheit untätiger Soldaten und Landsknechte. Nur die Bettler trieben sie mit harschen Worten weiter. Eine der Frauen war Henrietta ähnlich, jedenfalls auf den ersten Blick, und sie bemerkte, dass er sie ansah. Sie lächelte und bot ihm aus einem hölzernen Becher einen Schluck Wasser an. Die Frauen machten Scherze, als er zu ihnen kam und trank, aber da er ihr Lächeln nicht erwiderte, konzentrierten sie sich bald wieder auf ihre Arbeit. Auch die junge Frau wartete nicht mehr auf ein Zeichen von ihm und fuhr fort, eine weiße Schürze mit der Bürste zu bearbeiten.

Er wollte schon weitergehen, als ihm eine Idee kam.

«Kennt ihr Anna Becker?»

Die junge Frau, die ihn an Henrietta erinnerte, sah auf. «Hier gibt's viele, die so heißen.»

«Sie ist die Frau eines reichen Händlers.»

Sie zuckte mit den Achseln und sah zu den anderen, aber die hatten gar nicht hingehört. Thomas hakte nicht nach, er wusste selbst nicht, weshalb er gefragt hatte. Als er weiterging, überlegte er, wie Henrietta dieser Frau das Porträt verkaufen wollte. Die Beckerin wusste sicher von dem Verbot und würde kaum wagen, das Bild bei sich aufzuhängen, wollte sie nicht selber im Großen Turm landen. Das musste Henrietta doch bewusst sein?

Er war sich sicher, dass es ihr bewusst war. Und das verwirrte ihn noch mehr.

Henrietta saß immer noch gedankenverloren an dem Ort, wo Thomas sie zurückgelassen hatte. Nun war also zu all den Sorgen noch eine weitere hinzugekommen: Perssons Respekt vor ihr schwand von Tag zu Tag. Nicht nur, dass er mit ihr sprach, als sei sie eine niedere Dienstmagd, nun hatte er sie auch noch geohrfeigt. Danach hatte er sie angewiesen, die gesamte Kleidung der Soldaten zu flicken, und damit würde sie mindestens drei Tage beschäftigt sein.

Der einzige Vorteil daran war, dass sie sich nicht im Untergeschoss aufhalten musste. Aber die eigene Stube war ihr unheimlich geworden. Auch wenn sich die Rotte hier nie aufhielt, konnte jederzeit einer der Perssons hereinkommen. Und schon die Vorstellung, mit einem von beiden allein zu sein, ließ sie erschaudern.

Sie wurde aus ihren Gedanken gerissen, als Ole mit Jette eintrat. Es war klar, was gleich folgen würde, und sie hielten sich nicht lange zurück. Ole zog Jette in die Kammer, setzte sich auf die Bank und wartete begierig darauf, dass die Hure ihrer Arbeit nachkam. Keiner der beiden machte Anstalten, die Tür zu schließen, und Henrietta konnte sich nicht zügeln: Immer wieder warf sie verstohlene Blicke in die Kammer.

Obwohl Jette eine Dirne war, mochte Henrietta sie. Oft wirkte sie kühl und abweisend, doch sie hatte sich etwas Menschliches bewahrt. Einmal hatte Henrietta beobachtet, wie einer aus der Rotte, ein Großer mit langen blonden Locken, sie im dunklen Flur an sich gezogen und ihr an den Busen gelangt hatte. Dabei hatte Henriettas Herz wie wild angefangen zu pochen, und zwischen den Schenkeln hatte sie dieses warme Prickeln verspürt, das ihr nicht fremd war. Sie kannte es von den Nächten, in denen sie sich berührte.

Als sie Ole und Jette jetzt in der Kammer sah, blieb dieses Gefühl aus. Jette saß rittlings auf ihm, hatte den Kopf auf seine Schulter gestützt. Ihr Körper wirkte schlaff, sie sah nicht aus, als ob sie Lust empfand. Oles Gesichtszüge waren angespannt, während er seine Hüfte bewegte. Er hatte die Lippen aufeinandergepresst, in regelmäßigen Abständen entfuhr ihm ein angestrengtes Zischen. Sah so das Gesicht eines Mannes aus, der eine Frau begehrte? Henrietta fühlte sich eher an den Metzger erinnert, wenn er ein Schwein schlachtete.

Sie zog leise ein Kohlestück und ein Blatt Papier aus ihrer Rocktasche, glättete es auf dem Tisch, auf dem die Näharbeiten ausgebreitet lagen, und begann zu zeichnen. Sie wollte diesen angestrengten, beinahe zornigen Ausdruck in allen Einzelheiten festhalten, bis hin zu den Schweißtropfen, die sich auf der Stirn des Mannes bildeten. Tagelang hatte sie darauf gewartet, einen der Männer beobachten und zeichnen zu können, denn sie brauchte die Vorlage für den römischen Soldaten, der den Märtyrer erstach. Heute Morgen hatte sie zwei Männer beobachtet, die im Hof mit ihren Degen übten, aber es hatte nur lächerlich gewirkt. Jetzt endlich hatte sie gefunden, was sie brauchte.

Plötzlich stieß Jette Ole von sich und stand auf. Mit einem Grunzen zog er sie zurück. Widerstandslos und mit leerem Gesichtsausdruck begann sie, ihre Hand zwischen seinen Beinen hin und her zu bewegen. Kurze Zeit später verebbte das Grunzen, und sie wischte die Hand an seinem Hosenbein ab. Dann ließ sie sich neben ihn auf die Bank sinken, lehnte sich an die Wand und atmete erschöpft.

Als es klopfte, ließ Henrietta rasch die Zeichnung unter einem der Hemden verschwinden. Es war Jörg, er trug einen Wäschekorb. Sein Blick fiel in die Kammer, und er blieb mit offenem Mund stehen.

«Scher dich fort, wenn du keine Prügel willst!», schrie Ole ihn an.

Jörg stellte mit hochrotem Kopf den Korb vor Henrietta ab. Sie hatte gerade noch rechtzeitig nach dem Hemd gegriffen, bevor Sven Persson eintrat. Jörg hastete an ihm vorbei nach draußen, aber der Rottmeister würdigte weder ihn noch Henrietta eines Blickes, sondern sah stirnrunzelnd in die Kammer. Ole war gerade dabei, sich die Hose zuzumachen, und kam dann aus der Kammer. Die beiden Brüder wechselten einige heftige Worte in ihrer Sprache. Henrietta tat so, als konzentriere sie sich auf ihre Näharbeit, aber sie konnte beobachten, wie Ole den Kopf gebeugt hielt und von seinem Bruder eine Ohrfeige bekam. Dann trottete er aus der Stube. Sie war sich sicher, dass die Brüder wegen Jette gestritten hatten.

Als Ole fort war, kam Sven auf sie zu. Ihre Finger bewegten die Nadel von allein, sie betete, dass er nicht auf die Idee kam, das Hemd hochzuheben, unter dem ihre Zeichnung lag.

Seine Finger gruben sich in den Wäschekorb, den Jörg gebracht hatte.

«Dass dir nicht nochmal etwas abhanden kommt!»

Sie presste die Lippen zusammen und hielt den Blick auf ihre Handarbeit geheftet.

«Du sollst antworten, wenn ich mit dir spreche!» Er nahm ihr Kinn zwischen Daumen und Zeigefinger und hob es an. Henrietta bemühte sich, ihn demütig anzusehen, und nickte. Er schien zufrieden, denn er ließ sie los.

Kaum war er draußen, trat Jette aus der Kammer. Sie war noch dabei, ihr Mieder zuzuschnüren.

«Hast du uns zugesehen?», fragte sie. Ihre Augen funkelten.

«Es ist nicht so, dass ich eine andere Wahl gehabt hätte», log Henrietta. «Warum haben die beiden gestritten? Gefällt es dem Herrn Rottmeister nicht, dass sein kleiner Bruder sich amüsiert?»

Jette lachte und beugte sich vor, damit Henrietta ihr half, das Mieder zuzuschnüren.

«Ole gefällt es nicht, dass er nicht auch ein Weib für sich hat. Er möchte mich nicht mit seinem großen Bruder teilen, und der hat ihm geraten, sich woanders zu bedienen.»

Henrietta wusste, was das für sie bedeutete: Was sollte Ole jetzt noch davon abhalten, es bei Priska oder ihr zu versuchen, wenn sein Bruder ihn sogar dazu ermutigte?

Jette schien ihre Gedanken zu erahnen. «Mach dir keine Sorgen, man gewöhnt sich daran. Es ist nicht so schlimm wie Hunger zu leiden oder nicht zu wissen, ob man in der nächsten Nacht ein Dach über dem Kopf hat. Und mit dem richtigen Mann kann es sogar angenehm sein. Auch wenn ich zugeben muss, dass das bei Ole Persson nicht der Fall ist.» Sie rieb sich die Hand an ihrem Kleid ab und trat zur Tür. «Heute musst du mir nicht beim Kochen helfen. Aber ich schicke nachher Jörg hoch, wenn wir die Männer bedienen müssen.»

Jette verschwand, und Henrietta war froh, wieder allein

zu sein. Sie zog die Zeichnung hervor und betrachtete den Gesichtsausdruck des Schweden. Ob sie jemals einen Mann in einer solchen Situation erleben würde? Wollte sie das überhaupt? Auch wenn sie selbst unerfahren war, konnte sie sich zusammenreimen, was Jette mit ihrer Hand zwischen Oles Oberschenkeln getrieben hatte.

Sie schüttelte sich, steckte die Zeichnung in den Rock und widmete sich wieder ihrer Handarbeit. Warum machte sie sich überhaupt Gedanken darüber? Sie hatte doch gar keinen Mann. Vielleicht war das in diesen Zeiten auch besser so. Hätte sie einen, hätte er sich womöglich schon längst dem Heer angeschlossen oder marodierenden Räuberbanden. Vielleicht wäre er auch schon gestorben. Und welch ein Segen, dass sie keine Kinder hatte! Wäre es nicht auch für Jörgs Eltern besser gewesen, wenn sie ihn nie zur Welt gebracht hätten?

Bei dem Gedanken stach sie sich in den Finger und musste einen Schrei unterdrücken. Wenigstens war es ihr nicht vorherbestimmt, als Magd zu enden. Sie konnte ihrer wahren Berufung folgen, wenn auch nur nachts und in aller Heimlichkeit. Irgendwann würde das Martyrium des Magnus, *ihr* Martyrium, im Dom hängen, auch dann noch, wenn der Krieg längst vorbei wäre. Doch bis es so weit war, gab es noch viel zu tun. Schon am nächsten Morgen hatte sie eine weitere Hürde zu nehmen.

Sie brach früh zu den Scherers auf, in der Hoffnung, Thomas Hartenberg würde noch schlafen, wenn sie dort eintraf. Sie wollte nicht, dass er Fragen stellte.

«Du bist früh dran», sagte Anna, als sie ihr öffnete. «Der Meister ist noch oben in seiner Kammer.»

Henrietta schob sich in den schmalen Flur und drückte leise die Tür hinter sich zu. «Ich möchte die Pistole wiederhaben.»

«Ach?», sagte Anna und wischte sich die Schweißperlen von der Stirn. Sie war aus der Küche gekommen, wo sie offenbar gerade Feuer gemacht hatte. «Hast jetzt wieder Geld, nicht wahr?»

Henrietta sah Anna misstrauisch an. Sie hatte plötzlich den Verdacht, Anna könne die Pistole verkauft haben.

«Deshalb kommst du also so früh», sagte Anna schließlich. «Damit er's nicht mitbekommt.»

«Denk, was du willst», antwortete Henrietta trotzig.

«Das tu ich auch. Ich sehe doch, wie rot du wirst. Wie solltest du ihm auch erklären, dass du eine Waffe besitzt? Aber du sollst sie natürlich bekommen, ich bin ja froh, wenn du die Schulden deines Vaters begleichst.»

Anna streckte die Hand aus, und Henrietta holte ihre winzige Geldkatze aus dem Rock hervor. Sie gab Anna drei Gulden. Die Waffe war mit Sicherheit mehr wert, aber Johannes hatte damals keine andere Wahl gehabt: Er hatte Henrietta mit der Pistole, die er einst von einem Bewunderer geschenkt bekommen hatte, zu Anselm Scherer geschickt und dafür Farbpigmente und Öl bekommen. Ein Jahr lag das nun zurück, und Henrietta hatte bis vor kurzem geglaubt, ihr Vater werde die Pistole nie wieder auslösen können. Doch jetzt hatte sie die Gulden von dem Geld abgezweigt, das sie bei Thomas verdiente.

Nur dass sie keineswegs vorhatte, die Waffe ihrem Vater zurückzugeben.

Anna wischte sich die Hände an ihrer grauen Schürze ab und öffnete die schmale Tür, die zum Keller führte. Bevor sie hinabstieg, sah sie Henrietta abschätzig an. Wie kalt sie doch geworden ist, dachte Henrietta und erschauderte. Kurze Zeit später kehrte Anna mit einem schmutzigen Bündel zurück. Gerade wollte Henrietta es entgegennehmen, als sie hörte, wie die Stiege knarrte.

Thomas Hartenberg war die Treppe heruntergekommen. Seine Augen leuchteten, als er sie sah.

«So früh heute?» Es konnte ihm nicht entgehen, wie erschrocken sie wirkte. Sofort fiel sein Blick auf das von Staub und Spinnweben bedeckte Bündel.

«Was ist das?»

Henrietta riss das Bündel an sich. «Eine italienische Radschlosspistole», antwortete sie und sah Anna dabei wütend an.

«Gehört sie etwa Euch?», fragte er verwundert. «Und Persson hat sie nicht gefunden? Seine Leute haben hier doch alles auf den Kopf gestellt!»

«Sie war gut versteckt. So gut wie die Madonna», sagte Anna und machte auf dem Absatz kehrt.

Henrietta stopfte das Bündel in ihren Beutel und knotete ihn zu. Sie wagte kaum, Thomas in die Augen zu sehen. «Darf ich kurz nach Hause gehen? Ich bin bald wieder da.»

«Natürlich», sagte er. «Ihr seid doch ohnehin zu früh. Ich möchte erst noch in Ruhe frühstücken. Habt Ihr schon etwas zu Euch genommen?»

«Ja», sagte sie hastig und eilte zur Tür hinaus. Das fehlte noch, dass er am Küchentisch anfing, ihr Fragen zu stellen. Aber jetzt würde sie vermutlich ohnehin nicht mehr darum herumkommen, ihm Rede und Antwort zu stehen.

Kapitel 2

Wann war es das letzte Mal gewesen, dass ihm vor dem Einschlafen nicht Henriettas Bild erschienen war? Dass es ihn nicht in den Fingern gejuckt hatte, so wie jetzt, als er sich daran erinnerte, wie er sanft ihren Handrücken gestreichelt hatte? Der Fleck auf ihrem Arm, war er nur ein Vorwand gewesen, sie zu berühren? Er sah sie vor sich, sie hatte die Augen geschlossen, der Atem wich aus ihrem leicht geöffneten Mund und kitzelte sein Gesicht, ein zarter Hauch, mit dem sie ihn zu bitten schien, sie in die Arme zu nehmen. Schlimmer noch, er sah sie im Turm sitzen, die Schultern entblößt, sie selbst verletzt, verzweifelt, bedroht.

Dann erinnerte er sich an ihre geröteten Wangen, als er sie mit der Pistole bei den Scherers ertappt hatte. So erhitzt, so schamvoll. War der helle Beutel nicht ein eigentümlicher Kontrast zu ihren zartroten Fingerspitzen gewesen?

Du bist wahrhaftig ein Narr, schalt er sich. Statt Henrietta in Gedanken wieder und wieder zu malen, solltest du besser überlegen, was es mit der Waffe auf sich haben könnte.

Wollte sie sich damit vor den Männern in ihrem Haus schützen? Oder ihr bettlägeriger Vater? Vielleicht hatte sie auch vor, sie zu verkaufen; das war naheliegender. Damit könnte sie die hohen Schulden, die ihr Vater wie jeder Mainzer Bürger hatte, ein wenig senken. Vielleicht verfolgte sie aber auch einen ganz anderen Zweck. Er würde sie danach fragen, wenn sich die Gelegenheit bot.

Früh am nächsten Morgen machte er sich nach einem kargen Frühstück auf den Weg zur Schiffsbrücke. Sie war in dichten Nebel gehüllt und schwankte leicht, das Getrappel verriet eine große Zahl von Pferden, die die Equipage des Königs hinüber auf die andere Rheinseite zogen. Die achtspännige Kutsche des Statthalters stand am Kai, die Lakaien warteten schon darauf, endlich aufzuspringen, und der Kutscher wippte ungeduldig mit der Peitsche in der Hand.

Thomas fühlte sich beklommen. Er hatte dem Statthalter eine unangenehme Nachricht zu überbringen.

«Bin ich zu spät?», fragte er, als er den prächtigen Aufzug sah. Er bedauerte es ein wenig, die Abfahrt des Königs und seines Trosses verpasst zu haben. Sparre sah ihn durchs Fenster der Kutsche an und gab seinem Lakai ein Zeichen, er möge den Verschlag öffnen.

«Nein, nein. Aber Ihr habt ja gar nichts bei Euch! Keine Zeichenmappen, kein Gepäck, nichts.»

«Verzeiht.» Thomas schluckte den Kloß in seinem Hals herunter. «Ich bin nur gekommen, um Euch mitzuteilen, dass ich nicht mit nach Hanau kommen kann. Es tut mir leid.»

Der Statthalter sah ihn erstaunt an. «Aber warum habt Ihr mir das nicht gesagt, als ich Euch gefragt habe?», rief er verwundert.

Thomas konnte sich in diesem Augenblick kaum etwas Unangenehmeres vorstellen, als diesen Mann, der ihm so wohlgesinnt war, zu enttäuschen.

Er hatte lange darüber nachgedacht, ob er es verantworten konnte, Henrietta für mehrere Tage allein zu lassen. Wochen gar, wenn es stimmte, dass die Königin erst Ende des Monats erwartet wurde. Nicht dass er Henrietta eine große Hilfe war, aber wenigstens sahen sie sich jeden Tag, und er konnte halbwegs sicherstellen, dass es ihr zumindest für diesen Tag gutging. Allein der Gedanke, sich in Hanau die Zeit totzuschlagen bis zu dem kurzen Moment, in dem die Königin ihren Gatten wiedertraf, war ihm zuwider.

Er konnte es nicht. Selbst wenn er damit seinen Auftrag aufs Spiel setzte: Er konnte Mainz jetzt nicht verlassen. Und noch weniger konnte er dem Statthalter eine vernünftige Erklärung geben.

«Ich muss hier bleiben», sagte er schließlich. «Bitte lasst es damit gut sein.»

«Nun ja», brummte Sparre, «es geht mich ja nichts an. Ich hoffe nur, die Arbeit an meinem Porträt ist der Grund. Oder wenigstens einer der Gründe. Vermutlich werdet Ihr jetzt ausreichend Zeit haben, Euch mit dem Hintergrund zu beschäftigen?»

«Gewiss», sagte Thomas schnell. Er war erleichtert, dass Sparres Stimme einen milderen Ton angenommen hatte.

«Dann hoffen wir mal, dass das Wetter mitspielt. Ihr wisst ja – keine schneebedeckten Dächer!» Sparre gab seinem Kutscher ein Zeichen, der schwang die Peitsche, und das Gefährt setzte sich in Bewegung. Thomas trat zurück und machte eine tiefe Verbeugung. Nachdenklich blieb er noch eine Weile stehen und sah zu, wie die Kutsche auf der rumpelnden Brücke verschwand.

Anschließend zog Thomas den Hut tief ins Gesicht und schlenderte zurück in die Stadt. Diese Schweden waren so undurchschaubare Menschen, man wusste nie, was in ihnen vorging. Ob der Statthalter jetzt einen Groll gegen ihn hegte? Würde er ihm ein zweites Mal anbieten, den König zu porträtieren? Thomas wusste, dass nun alles von diesem Gemälde abhing; es musste so gut werden, dass der Statthalter die peinliche Begebenheit vergaß.

Zurück in der Werkstatt, betrachtete er lange, was er bis jetzt auf die Leinwand gebracht hatte. Der Kopf des Statthalters war vollendet, Thomas war zufrieden damit.

Nun musste er als Nächstes den Spitzenkragen in Angriff nehmen, bloß dass ihm dafür ein Modell fehlte, das ihn trug. Er würde sich zuerst dem Hintergrund widmen.

Das Wetter war schlecht an diesem Tag, es schneite unaufhörlich. Henrietta erschien pünktlich, mit zerstochenen Fingern und übermüdet. Sie sprachen nur über Belangloses, die Frage nach der Pistole blieb ungestellt. Da es weiter nichts zu tun gab, in ihrem Haus aber viel Arbeit auf sie wartete, entließ er sie frühzeitig.

Es hatte ihm wehgetan, sie so erschöpft zu sehen. Er hatte sie nicht auch noch in Verlegenheit bringen wollen, daher hatte er den Zwischenfall im Haus der Scherers nicht erwähnt. Vielleicht hatte er sie auch nur nicht zum Lügen zwingen wollen. Er würde Anna Scherer nach der Waffe fragen, wenn sich die Gelegenheit bot.

«Schererin?», begann er, als Anna ihm Brot und Käse in die Werkstatt brachte. Sie stellte den Teller auf dem Arbeitstisch ab und sah ihn mit abweisendem Blick an.

«Ja?», fragte sie schließlich, da er schwieg.

«Nichts, schon gut. Bitte lasst mich allein.»

Sie nickte unbeteiligt und ging hinaus. Er starrte auf das harte Stück Brot und den noch härteren Käse auf seinem Teller und seufzte. Die Schererin konnte er nicht fragen. Wenn überhaupt, dann musste er sich an ihren Mann wenden. Er war der Zugänglichere von beiden.

Anselm Scherer saß im Keller beim Schein der Öllampe und schnitzte. Er sah nicht auf, als Thomas eintrat. Die Späne ließ er achtlos zu Boden fallen, während er das Messer in das Holz gleiten ließ.

«Der Vorteil an Holz ist, dass es nicht so schnell kaputtgeht», murmelte er. «Und wenn es nichts wird, kann man es immer noch zum Feuermachen gebrauchen.»

Geschickt bearbeitete Scherer sein Material. Keine

Madonna war es, die da entstand, sondern ein Kind, ein Engel vielleicht.

Thomas setzte sich auf einen alten Schemel. Es war kalt und feucht hier unten. Wo mochte die Pistole die ganze Zeit gelegen haben? Das Bündel hatte nicht ausgesehen, als wäre es in einer Truhe aufbewahrt worden. Außerdem gab es hier nicht einmal eine Kiste. Wahrscheinlich hatte Anna es irgendwo hinter ein paar losen Steinen des Mauerwerks versteckt. Doch was immer es damit auf sich hatte, Thomas wusste auf einmal, dass er auch den Scherer nicht danach fragen würde. Es gab nur einen Menschen, den er darauf ansprechen konnte, und das war Henrietta.

«Meister Scherer, kennt Ihr Anna Becker?», fragte er und sah den Maler an.

Anselm Scherer runzelte die Stirn. Er legte das Messer beiseite, tauchte einen Lumpen in einen Eimer mit Sand und begann das Holz abzureiben. «Becker ... Es gibt viele hier, die so heißen.»

«Ja, das weiß ich. Sie ist eine Händlersgattin.»

«Und womit handelt ihr Mann?»

«Mit Tuchen, glaube ich.»

«Ah. Dann kann's nur die vom Johannes Becker sein. Der wohnt in der Augustinergasse, in der Nähe des Doms.»

«Ihr wisst, dass Henrietta den Auftrag bekommen hat, die Beckerin zu porträtieren?»

Anselm kratzte sich das unrasierte Kinn. «Ja, das habe ich gehört. Aber das ist schon länger her, oder? War das nicht auch der Grund, weshalb sie in den Großen Turm gesperrt wurde?»

«Ja, das war es.»

«Verstanden habe ich es ja nicht», brummte der Alte. «Früher hat sie viele Porträts gemalt, und sie ist deswegen nie in Schwierigkeiten gekommen. Aber was weiß ich, was in ihrem Kopf vorgeht. Die Günteleins waren schon immer eine merkwürdige Familie. Mit denen sollte man keinen Umgang haben, wenn's sich vermeiden lässt.»

Er nahm das Messer wieder zur Hand, und mit einem Mal sah es so aus, als würde er die kleine Figur nicht vollenden, sondern verschandeln. Thomas sah ihm noch eine Weile zu, aber es war alles gesagt. Er erhob sich und ließ den alten Scherer allein. Er würde sich sofort an Johannes Becker, den Tuchhändler, wenden. Er wollte die Frau sehen, die von Henrietta porträtiert worden war.

Kurze Zeit später stand Thomas vor Beckers Haus in der Augustinergasse. Eine Magd öffnete ihm und sah ihn misstrauisch an. Erst als er ihr sagte, er interessiere sich für Tuche, ließ sie ihn hinein.

Es war ein geräumiges Patrizierhaus mit einer großen Stube, ähnlich dem der Günteleins. Jedoch deutete hier nichts auf die Anwesenheit von Soldaten. Wer reich genug war, der konnte auf seine Kontributionszahlung noch etwas drauflegen und wurde in Ruhe gelassen.

«So nehmt doch Platz.» Der Tuchhändler kam in die Stube gerauscht und begrüßte Thomas freundlich. Kurz darauf brachte die Magd eine Kanne Wasser und bot Thomas davon an. Während er trank, beobachtete er, wie Johannes Becker auf der Türschwelle kurz mit einer jungen Frau sprach.

War sie die Frau auf Henriettas Porträt?

Nein, das konnte nicht sein, sie war fast noch ein Kind. Sie reckte sich auf die Zehenspitzen und drückte dem Händler einen Kuss auf die Wange. Der schob sie lachend aus der Stube.

«Meine Tochter will immer dabei sein, wenn jemand kommt, um sich meine Stoffe anzuschauen. Sie ist so eitel. Ich weiß nicht, woher sie das hat.»

Vermutlich von ihrem Vater, dachte Thomas und betrachtete die Vielfalt von Spitzen, Schleifen und Rosetten, mit denen Wams und Hose des Händlers verziert waren.

«Verzeiht, ich habe mich noch gar nicht vorgestellt», sagte er jetzt zu dem Händler. «Ich bin Maler und porträtiere derzeit den schwedischen Statthalter Johann Eriksson Sparre. Für dieses Gemälde suche ich nach einem geeigneten Vorhangstoff.»

«Ah.» Johannes Becker war sichtlich beeindruckt. «Es ist schon ewig her, dass ich einen Maler als Kunden hatte. Wer hat heute noch Geld für Kunstwerke? Ja, kurz nach der Pest, da wollte jeder saufen und prassen, als bringe das einen geradewegs ins Himmelreich. Da trugen selbst die einfachen Leute gute Tuche. Doch schon bald mussten sie ihre feine Kleidung billig auf dem Markt verkaufen. Aber was schwätze ich da, das wollt Ihr sicher nicht hören.»

O doch, dachte Thomas. Redet nur weiter.

«Habt Ihr jemals selbst ein Porträt in Auftrag gegeben?», fragte er. Die Gelegenheit schien günstig.

Becker hob abwehrend die Hände. «Wollt Ihr mir etwa Eure Dienste anbieten? Nein, nein, ich zweifle nicht an Euren Fähigkeiten, aber das ist nichts für mich.»

«Aber vielleicht für Eure Frau?»

«Gewiss nicht noch ein zweites Mal. Und nun lasst uns mal sehen, was wir für Euch haben», wechselte Becker das Thema und nestelte ein Band aus seinem Wams, an dem ein Schlüssel hing. Er ging zu einer schmalen Tür und schloss auf. Dahinter befand sich eine Kammer voller Regale, die bis zur Decke reichten. Scheinbar unzählige Stoffballen lagerten hier, und Thomas war so angetan, dass er die Enttäuschung über das mäßige Ergebnis seiner Fragen kurzzeitig vergaß.

«Welcher Stoff schwebt Euch vor?» Der Händler zog

einen Ballen feinsten Brokatstoffs heraus und legte ihn auf einen Tisch. «Diesen hier nimmt man gewöhnlich für Prunkgewänder. Ich kann mir vorstellen, dass die Vorhänge des Statthalters gewiss nicht aus Lumpen sind.»

«Allmächtiger, nein.» Thomas deutete auf einen grünglänzenden Atlasballen ohne Muster. «Eher so etwas in der Art.»

«Eine gute Wahl», pflichtete Becker bei, trug den Ballen heran, entrollte ihn und nahm etwas von dem Tuch in die Hand. Der edle Stoff türmte sich unter seinen Fingern zu einer verlockenden Pracht. Thomas strich über die samtene Oberfläche. Geld spielte keine Rolle, Sparre würde ihm die Kosten ohne mit der Wimper zu zucken erstatten.

«Vier Fuß genügen», sagte Thomas und deutete mit den Händen das Maß an.

«Kleine Füße habt Ihr», brummte Becker und zog eine Schere aus der Tischschublade. «Oder kleine Fenster. Aber wie Ihr wollt.»

Kurz darauf nahm Thomas ein sorgfältig zusammengelegtes Bündel in Empfang. Er hätte sich gerne noch länger in der Kammer aufgehalten, um die Pracht der verschiedenen Stoffe zu bewundern, aber er konnte dem Händler keine Zeit mehr stehlen. Also nahm er den Stoff in Empfang und ging in die Stube zurück. Vielleicht sollte er Becker einfach auf das Porträt ansprechen, auch wenn er ihn damit in eine unangenehme Situation bringen würde. Wer wollte schon mit einer Malerin in Verbindung gebracht werden, die beschuldigt worden war, eine Unholdin zu sein? Bestimmt hatte Johannes Becker Henrietta den Auftrag entzogen, als er von der Anklage gehört hatte.

Da öffnete sich die Tür, und eine Frau blickte in die Stube. Sie trug die Haube eines Eheweibes. Ein pelzbesetztes Matinee verhüllte ihren Körper, nur der Rock aus weinrotem Samt war darunter zu sehen.

«Oh, du hast einen Kunden», murmelte sie und lächelte Thomas höflich an. «Ich schaue später noch einmal herein.»

«Ihr müsst nicht warten», sagte Thomas. «Ich wollte ohnehin gerade gehen.»

Es war offenbar selten geworden, dass Käufer zu ihnen kamen, denn sie betrachtete ihn eine Spur länger, als es angemessen gewesen wäre. Dann schien sie sich davon überzeugt zu haben, dass er keine Bedrohung darstellte, nickte ihm freundlich zu und verließ den Raum.

«Eure Frau?», fragte Thomas.

Johannes Becker nickte, nicht ohne Stolz. Thomas bezahlte den Stoff, verabschiedete sich und trat hinaus in die Gasse. Dort blieb er eine Weile stehen und sann über die Begegnung nach.

War das die Frau auf dem Porträt gewesen, die Henrietta in den Kerker gebracht hatte? Er rief sich das Bild in Erinnerung, verglich es mit der Beckerin und kam zu dem Schluss, dass eine gewisse Ähnlichkeit bestand. Mehr jedoch nicht.

Die Frau auf dem Bild war jünger.

Henrietta gefiel es sichtlich, dabei zu sein, wenn Thomas malte. Nun, da sie selbst wieder den Pinsel schwang, tat es ihr wohl weniger weh, ihm zuzusehen. Im Gegenteil, sie beobachtete jede seiner Handbewegungen genau, achtete darauf, wie er die Farbe auftrug, wie er die Übergänge gestaltete, Schatten vertiefte, Glanzpunkte setzte und all dies. Dabei lauschte sie gebannt seinen Erzählungen über italienische oder niederländische Maler, die in ihren Heimatstädten berühmte, hochgeachtete und oft sehr wohlhabende Edelmänner waren. Thomas' Heimat, so schien es ihr, war für derlei Geschichten empfänglicher als das katholische Mainz.

Heute half sie ihm, den Stoff vor dem Fenster der Werkstatt zu befestigen und zu drapieren. Sie war angetan von seiner Wahl und zupfte lange daran herum, bis der edle Atlas zu ihrer beider Zufriedenheit Falten warf. Als Anna Scherer kurz in der Werkstatt auftauchte, um ihm Bier zu bringen, wies Thomas sie ausdrücklich darauf hin, den Vorhang in keinem Fall zu berühren.

«Ich bin die Frau eines Malers, meint Ihr, ich wüsste das nicht?», erwiderte sie beleidigt, machte auf dem Absatz kehrt und verschwand wieder in der Küche, wo sie sich derzeit am wohlsten zu fühlen schien.

«Warum wollte Gott nicht, dass man mir das Güntelein'sche Haus zuwies?», brummte er, als sie draußen war. Henrietta blickte ihn erstaunt an. Dann lachte sie. Es freute ihn, dass sie trotz der widrigen Umstände noch so fröhlich sein konnte, und nun verzog sich auch sein Mund zu einem Grinsen.

«Es schmeichelt mir, dass Euch mein Haus begehrenswerter erscheint», sagte sie und schaute plötzlich verlegen zur Seite. «Aber was Gott sich dabei gedacht hat, werden wir wohl erst im Himmel erfahren. Wenn wir dort überhaupt eines Tages sein werden.»

Dort werde ich wohl auch erst erfahren, was es mit dem Porträt der Beckerin auf sich hat, dachte er. Lange hatte er überlegt, ob er Henrietta einfach darauf ansprechen sollte. Auf das Porträt, das sie beinahe auf den Scheiterhaufen gebracht hätte, und auf die Pistole. Doch dann hatte er sich entschlossen, es einstweilen auf sich beruhen zu lassen. Vielleicht würde sie eines Tages genug Vertrauen haben, um es ihm zu erklären. Vielleicht gab es aber auch gar nichts zu erklären, weil alle Ungereimtheiten lediglich ein Produkt seiner Phantasie waren.

Sie überprüften gemeinsam, ob alle Zutaten vorhanden waren, die er benötigte, um das Grün anzumischen, und stellten fest, dass einiges fehlte. Thomas hatte sich bereits bei Anselm Scherer erkundigt, wo er Farben kaufen konnte, es war in diesen Zeiten gar nicht so einfach. Er freute sich darüber, dass er einen Grund hatte, mit Henrietta in die Stadt zu gehen.

«Ich soll mit Euch Farben kaufen gehen?», sagte sie zweifelnd. «Am Dom, wo sich alle Welt trifft? Das wird wieder Gerede geben.»

«Wer sich verbirgt, liefert erst recht Grund dazu», widersprach er. «Das wisst Ihr doch.»

Sie schien froh zu sein, dass er ihre Bedenken in den Wind schlug. Als sie den Brandplatz betraten, hakte sie sich bei ihm unter. Er freute sich über diese Geste, auch wenn der Grund dafür die Menschenmassen waren, welche die Plätze und Gassen rund um den Dom bevölkerten. Nur die Händler in ihren Büdchen und Gaden, die den Platz umsäumten, schienen sich an dem fremden Volk zu erfreuen. Gauklertruppen und Bettler, die der Tross in die Stadt geschwemmt hatte, umlagerten die Dompforten, und selbst Huren konnte man im Schatten der Kirche ihren Geschäften nachgehen sehen. Nur ein Ort blieb von dem Treiben unberührt: das Kaufhaus, das in Friedenszeiten für den Reichtum der Stadt gesorgt hatte. Es war ein mächtiger alter Bau, der von einem Zinnenwehrgang geschützt war, als gelte es, Räuberbanden abzuwehren. Jeder Händler, der zu Schiff die Stadt passierte, hatte hier für drei Tage Station machen und seine Waren den Mainzern feilbieten müssen, so berichtete Henrietta, und die Stadt hatte prächtig daran verdient. Jetzt jedoch hausten im Kaufhaus hochrangige Offiziere.

«Hier gab es einst Unmengen an Zutaten für Farben – Öle, Schwefel, Kiefernharz, Farbpigmente», erzählte sie mit glänzenden Augen. «Sogar Azurit aus Italien. Als Kind war ich ein paar Mal mit meinem Vater hier. Aber dann hat er sich dem Zunftzwang widersetzt und durfte das Kaufhaus nie wieder betreten.»

Wahrscheinlich erzählte sie so viel, um sich abzulenken. Es stimmte ihn froh, sie heiter zu sehen. Sie kamen an einer wackligen Bühne vorüber, auf der eine Schauspielertruppe die Kriegsgegner aufs Korn nahm. Ein Mann mit einer Krone auf dem Haupt kniete vor einer aus Ziegeln errichteten Wanne, in der ein magerer, nackter Kerl hockte. Sie keiften sich an, und die Zuschauer erkannten sofort, dass es sich bei der Szene um den Kaiser handelte, der seinen Generalissimus Wallenstein anflehte, wieder für ihn zu kämpfen. Ein Junge verteilte unter den Zuschauern eine Zeitung, in der berichtet wurde, dass Wallenstein nach seinem Zerwürfnis mit der kaiserlichen Liga wieder in des Kaisers Sold stand und ein neues gewaltiges Heer aufgestellt hatte. Thomas kaufte ein Exemplar und blätterte darin herum. Bis auf diese Episode war nur wenig vom Krieg die Rede. Es ging wie in den meisten Blättern mehr um wundersame Begebenheiten. Hier wurde sogar von Italien berichtet: Ein Ausbruch des Vesuv sollte viele tausend Menschen das Leben gekostet haben.

«Italien?» Henrietta reckte neugierig den Kopf. «Darüber schreiben sie?»

«Habt Ihr noch nie eine Zeitung gelesen?»

«Ganz selten, und wenn, ist es schon lange her. Wir hatten nie das nötige Geld dazu, und die Schausteller erzählen einem doch ohnehin das Wichtigste.»

«Anscheinend sind die Schreiber den Darstellern immer ein Stück voraus, wo es doch eigentlich umgekehrt sein sollte. Ich habe noch ein paar alte Zeitungen, die zeige ich Euch bei Gelegenheit. Aber jetzt seht Euch mal das Titelblatt an!» Es zeigte den Holzschnitt eines Teufels, der über einer Stadt schwebte. «Manchmal gibt es schon erstaunliche Illustrationen. Was für große Talente sich oft dahinter verbergen! In anderen Zeiten würden solche Künstler für Fürstenhöfe arbeiten; heute aber müssen sie sich mit hämischen Zeichnungen über Wasser halten oder die Kulissen für Gauklertruppen malen. Hätte Sparre mich nicht entdeckt, müsste ich mein Brot vielleicht auch auf diese Weise verdienen.»

Ob es klug war, ihr die anderen Zeitungen zu zeigen? Würde es nicht allzu sehr ihre Sehnsucht wecken und sie traurig stimmen? Aber was machte es schon? Sie träumte doch ohnehin von fernen Orten, auch ohne sein Zutun. Er hatte ihr auch schon viel von italienischen Künstlern erzählt, und sie hatte ihm immer mit funkelnden Augen zugehört.

Den Blick auf die Illustration geheftet, schlenderten sie in eine schmale Gasse, an deren Ende die Apotheke lag, zu der Thomas wollte. Als sie davorstanden und Henrietta aufsah, erstarrte sie plötzlich. Sie zog die Hand aus seinem Arm und blieb wie angewurzelt stehen.

«Was habt Ihr?», fragte er verwundert. Ihre Heiterkeit war wie weggeblasen.

«Wusstet Ihr das nicht?», fragte sie. «Es gibt nicht nur diese eine Apotheke in der Stadt. Es kann kein Zufall sein, dass Ihr mich gerade hierher geführt habt.»

Hilflos sah er sie an. Was war in sie gefahren? Bevor er etwas sagen konnte, machte sie kehrt, raffte ihr Kleid und rannte den Weg zurück, bis sie von der Menschenmenge auf dem Brandplatz verschluckt wurde.

Er lief ihr hinterher, aber es war aussichtslos. In dem Gewimmel würde er sie nie finden. Also ging er zurück zur Apotheke und klopfte an die Tür des dreistöckigen Fachwerkhauses.

Während er wartete, dass geöffnet wurde, kam ihm ein Gedanke: Es musste dieser Apotheker gewesen sein, der sie angezeigt hatte.

Henrietta hatte überlegt, ob sie direkt nach Hause laufen sollte. Aber dort würde sie bestimmt keine Ruhe finden. Es war besser, im Haus der Scherers auf ihn zu warten. Anna öffnete ihr, wunderte sich offensichtlich, dass sie allein war, stellte aber keine Fragen. Als Thomas nach einer guten halben Stunde zurückkehrte und sie in der Werkstatt vorfand, drückte seine Miene Erleichterung aus. Rasch legte er Hut und Umhang ab und setzte sich auf einen Hocker ihr gegenüber.

«Ich hatte gehofft, Euch hier anzutreffen.» Er ergriff ihre Hände, aber sie zog sie weg. Er sollte es nicht wagen, sie noch einmal anzurühren.

Thomas seufzte, erhob sich und begann, in der Werkstatt auf und ab zu gehen.

«Ich wusste es nicht», stieß er endlich hervor. «Scherer hatte mir den Apotheker Hanß Melchior Jahn genannt, als ich ihn fragte, wo ich Farben und Öle kaufen könne. Er sagte, er sei der Einzige in der Stadt, der sich noch in Frankfurt mit Material für Künstler eindecke. Alle anderen wollten davon nichts mehr wissen oder seien ohnehin schon über alle Berge. Deswegen bin ich zu ihm gegangen, es hatte nichts mit Euch zu tun!»

Er wartete, doch sie schwieg.

«Ich dachte, es gefällt Euch, mich zu begleiten.» Er blieb vor ihr stehen. «Es war purer Zufall, ich schwöre es! Als ich Euch davonlaufen sah, wurde mir klar, dass es ein Fehler gewesen war, Euch mitzunehmen. Ich habe es mir allerdings nicht nehmen lassen, Jahn über Euch auszufragen.»

Sie hob den Kopf. «Ihr habt was?»

«Ich habe ihm erzählt, dass ich von einer Familie Güntelein gehört hätte und dass es heiße, die Tochter male. Er machte nicht den Eindruck, als wisse er, dass Ihr mir dient.»

«Großer Gott», murmelte Henrietta.

Thomas setzte sich wieder zu ihr. «Er hat mir erzählt, dass er Eurem Vater Graue Salbe verkauft hat, zur Linderung seiner Krankheit.»

Was Jahn Abscheuliches über sie und Johannes erzählt haben mochte, fragte sie sich. Doch sie wusste es auch so. Eine Weile saßen sie da, ohne ein Wort zu sagen, dann brach Henrietta das Schweigen.

«Er war der Einzige, der meinem Vater noch etwas verkaufen wollte. Mit allen anderen hat er sich im Laufe der Zeit überworfen. Als wir arm wurden, war nur noch er bereit, das letzte Geld aus uns herauszupressen. Er hat dabei nie einen Hehl daraus gemacht, dass er uns verachtete.» Nachdenklich sah sie ihn an. Plötzlich hob sich ihre Stimme. «Und nun? Werdet Ihr mich jetzt auch verachten? Bin ich nun auch in Euren Augen eine Unholdin, die man besser aus dem Haus jagt? Oder was erhofftet Ihr Euch von so jemandem über mich zu hören?» Ihr waren Tränen in die Augen getreten.

«Nein, Henrietta!» Er griff erneut nach ihrer Hand. «Vielleicht wollte ich nur mehr über Euch erfahren. Vielleicht habe ich ihn deshalb auf Euch angesprochen. Ich bin neugierig auf jede Einzelheit aus Eurem Leben, denn Ihr seid …»

Ehe sie reagieren konnte, hatte er ihren Kopf in beide Hände genommen und ihn sanft an sich gezogen. Henrietta zuckte kurz zusammen, doch sie wehrte sich nicht. Sie spürte etwas Weiches auf ihren Lippen, sein vollkommener Mund küsste sie, erst ganz vorsichtig, dann fordernder. Seine Zunge bahnte sich einen Weg durch ihre Lippen und drang in sie. Sie ließ es geschehen und begann nun, seine Zunge zu liebkosen. Ein sanftes Spiel setzte ein, das ihr einen wohligen Schauer nach dem nächsten bescherte. Ihr Herz pochte heftig. Plötzlich spürte sie seine Hand auf ihrer Brust. Sie stöhnte und sehnte sich danach, dass er so fest zupackte, wie es der Schwede bei Jette getan hatte, um ihren plötzlich schmerzenden Brustspitzen Erleichterung zu verschaffen.

Mit einem Mal wurde ihr bewusst, was sie sich soeben gewünscht hatte, und ihr Körper versteifte sich. Sofort ließ er sie los, und sie wusste nicht, ob sie enttäuscht oder erleichtert sein sollte. Es war alles so schnell gegangen, viel zu kurz, und doch eine Ewigkeit. Vorsichtig berührte sie ihre Lippen, um zu prüfen, ob sie sich noch genauso anfühlten wie zuvor.

«War ich zu forsch?», fragte er besorgt, doch als sie beschämt lächelte, musste auch er grinsen.

«Nein, es war …»

Es klopfte an der Tür. Thomas stand schnell auf, und schon hatte Anna den Kopf hereingesteckt. Ob sie bemerkt hatte, dass etwas anders war als sonst? Und wenn schon, dachte Henrietta trotzig, was schert es mich? Ich darf nicht malen, aber den Maler zu küssen, hat mir niemand verboten. Und plötzlich fühlte sie sich sehr glücklich.

«Ob Ihr den Jahn gefunden habt, soll ich fragen», sagte Anna und blieb auf der Schwelle stehen.

«Ja.»

Sie nickte und schloss die Tür wieder. Thomas blickte Henrietta an und zog die Schultern hoch. Jetzt war er wieder ihr freundlicher Herr und sie die Magd. Annas Erscheinen hatte den Zauber des Augenblicks verfliegen lassen.

«Wann wird Jahn kommen, um Eure Bestellungen zu

liefern?», fragte Henrietta. «Ich möchte dann nicht hier sein.»

«Er wird nachher Leinöl und Terpentin bringen, das hat er vorrätig. Auch Elfenbein für die Schatten, glücklicherweise, denn ich möchte ungern länger als nötig mit der Arbeit am Vorhang warten. Das Ultramarin kann er erst liefern, wenn er aus Frankfurt zurückkommt. An Petri Stuhlfeier soll ich wieder kommen und nachfragen, hat er gesagt, und als ich nicht wusste, was er meinte, wurde er still. Anscheinend mag er keine Protestanten.»

«Das ist in fünf Wochen», sagte sie lächelnd.

«Ihr müsst selbstverständlich nicht bleiben. Er wird irgendwann um die zwölfte Stunde kommen, aber vielleicht ist es besser, wenn Ihr jetzt schon geht, falls er doch früher kommt.» Er kramte in einer Truhe und zog drei, vier verknitterte Zeitungen hervor. «Die wollte ich Euch noch geben, wie versprochen. Und das hier.»

Er gab ihr ein verschlossenes Tiegelchen. Es war die Graue Salbe.

«Für meinen Vater?», fragte sie erstaunt.

«Ja. Ich glaube, Jahn hat dafür wesentlich weniger verlangt als damals von Euch.»

Sie bedankte sich, wickelte den Tiegel in die Zeitungen und erhob sich. Beim Abschied gelang es ihr nicht, ihm in die Augen zu sehen, aber das machte nichts. Auf dem Heimweg fühlte sie sich beschwingt wie schon seit langer Zeit nicht mehr.

«Meine Augen werden vom Lesen auch nicht besser», sagte ihr Vater, als sie bei ihm am Bett saß. Er legte die Bibel beseite, auch ein Relikt aus besseren Zeiten, und beäugte den fremden Tiegel, den Henrietta in der Hand hielt. Teure Quecksilbersalbe. Er hob den Deckel und verzog das Gesicht. Die Salbe stank erbärmlich.

«Woher hast du das? Doch nicht etwa vom Apotheker? Ich will nichts mehr mit ihm zu schaffen haben!»

«Thomas Hartenberg hat sie mir gegeben», antwortete sie.

«Aha. Hat der Kerl etwa ein Auge auf dich geworfen?»

Ich glaube ja, dachte Henrietta. Sie musste ein Lächeln unterdrücken. Johannes schnaufte verächtlich.

«Muss ich ihm jetzt dankbar sein? Zur Hölle mit dem Apotheker, der mich hier verrecken lässt! Ach was, ich bin froh, dass ich ihn nicht mehr sehen muss, außerdem hat er gestunken wie ein läufiger Marder.» Er stellte den Tiegel naserümpfend auf seiner Bibel ab. Dann legte er seine Hand auf ihre und drückte sie. «Tochter, sag, malst du?»

Sie senkte den Blick. Seit zwei Wochen schlief er wieder in seiner Kammer. Als er das Gemälde gesehen hatte, hatte er sie angefleht, die Werkstatt verlassen zu dürfen. Er konnte den Anblick nicht ertragen – nicht wenn er dazu verdammt war, ihr beim Malen zuzusehen. Doch auch wenn er es nicht sah, wurde er unruhig. Er weinte sich in den Schlaf und begann wirr von der Zeit zu reden, als seine Frau noch gelebt hatte. Als er ein geachteter Künstler gewesen war, der die hohen Ratsherren kannte, selbst den Kurfürsten. Er verfluchte seinen Auftraggeber Adolf von Waldenburg, wünschte ihm die Pest an den Hals. Dann wieder malte er sich die Zukunft in goldenen Farben aus, wenn die Kaiserlichen den Schweden erst den Garaus gemacht hätten, der Domherr wieder Einzug in die Stadt gehalten hätte und nach seinem Gemälde verlangen würde.

Henrietta schienen das vage Hoffnungen zu sein. Wer wusste schon, wer als Nächster über Mainz herrschen würde? Vielleicht kamen nach den Schweden andere Besatzer. Der Krieg währte schon so lange, und auch wenn sie wenig davon verstand, so ahnte sie doch, dass das Grauen nicht allzu bald vorbei sein würde. Die Schweden erschienen ihr so selbstbewusst und stark – wer sollte sie vertreiben? Der Generalissimus Wallenstein, dessen Namen sie ab und zu fallen hörte? Gerüchten zufolge litt er an derselben Krankheit wie ihr Vater. Wie konnte so jemand den Löwen aus dem Norden besiegen? Und selbst wenn, würde es etwas ändern?

«Ja, Vater, ich male seit zwei Wochen wieder. Ich habe die Kaiserin vollendet.»

«Habe ich sie schon gesehen?»

«Ja, und sie hat dir gefallen. Möchtest du sie noch einmal sehen?»

Er schüttelte den Kopf und bat sie, ihn zuzudecken. Henrietta rieb ihn mit der Salbe ein, brachte ihm eine heiße Bettpfanne und wickelte ihn fest in seine Decke. Wie so oft fragte sie sich, ob die Salbe überhaupt half. Aber Beten war ohnehin das Einzige, das sie für ihn tun konnte.

Als sie das Zimmer des Vaters verlassen hatte, beschloss sie, einen Spaziergang zum Rheinufer zu machen. Es herrschte Trubel, Lastkähne wurden unter schwedischer Aufsicht mit Kränen entladen. Landsknechte spazierten umher, mit waffenstarrenden Bandelieren und Frauen an der Hand. Henrietta fing sich die eine oder andere Bemerkung ein, doch sie gelangte unbehelligt bis an die Stelle, wo sie die Kleider der Schweden gewaschen hatte. Sie suchte sich ein Plätzchen, wo niemand war, und betrachtete den Rhein, der friedlich seine Bahn zog, völlig unbeeindruckt von dem, was in der Stadt vor sich ging. Irgendwann zog sie die Zeitungen aus ihrer Rocktasche und schlug sie auf.

Wahrhaftig, das waren wundersame Blätter, die so viele Geschichten erzählten, dass es kaum zu glauben war.

Ein Gelehrter hatte einen Merkurdurchgang beobachtet, und obwohl sie den Bericht mehrmals las, begriff sie nicht ganz, was damit gemeint war. In Köln, dem Ort, an den das Mainzer Domkapitel geflüchtet war, hatte man wegen der gallischen Krankheit sämtliche Badstuben geschlossen. Auch der Krieg fand seine Erwähnung, da war von Gräueltaten im sterbenden Magdeburg die Rede, und ein Schauer des Entsetzens lief ihr über den Rücken. Tilly habe dem reformatorischen Magdeburg die Hochzeit mit dem katholischen Kaiser aufgezwungen, hieß es, und die Hochzeitsnacht sei eine Nacht des Todes und der Raserei gewesen. Die Elbe habe sich an der Stelle, wo die Toten sich häuften, gestaut, und wer nicht ertrank, der sei verbrannt worden; das Feuer sei meilenweit zu sehen gewesen. Eine Zeichnung zeigte den Schwedenkönig, der das Schwert gegen den katholischen Drachen schwang. Sein Atem hatte die Stadt in Brand gesteckt.

Sollte sie dankbar sein, dass es Mainz, das katholische Gegenstück zu diesen Beispielen, so viel besser getroffen hatte?

Sie blätterte rasch weiter und fand einen Bericht, der sie verwunderte: Ein Wanderer erzählte von einem Gemälde in einer Kirche des heiligen Paulus in Rom, das eine Frau im Auftrag des Papstes gemalt haben soll. Im Auftrag des Papstes! Henrietta konnte es kaum glauben. Das Bild zeige die Steinigung des heiligen Stephan, so hieß es, und zeuge von großem künstlerischen Talent. Der Papst soll die Malerin in Bologna entdeckt haben, wo Frauen nicht nur unbehelligt malen durften, sondern sogar gefördert wurden.

Das hatte Thomas ihr also zeigen wollen. Ahnte er, dass auch sie an einem Heiligengemälde arbeitete? Nein, das konnte nicht sein. Sie hatte alles getan, um es vor ihm geheim zu halten, und sie würde auch in Zukunft darauf achten, dass er es nicht erfuhr.

Warum war es hier nicht so wie in dieser fremden Stadt? Nur weil sie woanders geboren war, in einem Land, das vom Krieg zerfressen war, musste sie um ihr Leben fürchten, wenn sie ihrer Leidenschaft nachging. Dort jedoch – dort wären die Menschen stolz auf sie gewesen! Es war ungerecht, aber was konnte sie schon dagegen ausrichten?

Sie schloss die Augen, und Thomas' warmer Mund kam ihr in den Sinn. Eine Welle der Erregung durchströmte sie. Sie blieb noch lange so sitzen und gab sich der Erinnerung an jenen Augenblick hin, in dem sie einander so nahe gekommen waren, wie sie noch niemals zuvor einem Mann nahe gekommen war.

Kapitel 3

Wann würde der Tag kommen, da die Welt das Gemälde zu Gesicht bekam? Henrietta stellte sich vor, wie die Menschen am Bild des heiligen Magnus beteten, wie sie zu ihm aufschauten und die Standhaftigkeit des Märtyrers bewunderten, der tapfer sein Los ertrug. Sie sollten auf den Herrn vertrauen, so wie er es getan hatte. Sein bloßer Leib sollte eine Huldigung an den Schöpfer sein, seine Haltung Dankbarkeit ausdrücken, denn der Tod war nur ein Schritt auf dem Weg zu Gott und der Schmerz ein Zeichen der Demut.

Würde ihr Vater noch einmal so weit genesen, dass er diese Figur zu malen imstande war? Was, wenn er es nicht mehr schaffte?

Sie mochte nicht daran denken. Die erste der drei noch fehlenden Figuren, die Kaiserin, war vollendet. Herennia Etruscilla stand am rechten Bildrand, ihr Blick war nach unten gerichtet, dorthin, wo später der Märtyrer knien würde. Sie war gekleidet wie eine Edeldame – nicht in ein antikes Gewand, sondern in ein Atlaskleid mit tiefem Ausschnitt nach französischer Mode. Johannes hatte es vor einigen Jahren eigens für dieses Gemälde gekauft. Auf dem Unterarm der Kaiserin saß ein kleiner Schoßhund.

Henrietta musste lächeln, als sie sich vorstellte, dass jener Hund, der sie in den Kerker gebracht hatte, eines Tages im Dom zu sehen sein würde.

«Ich weiß ja, dass ich albern aussehe», brummte Priska, die auf einem Hocker saß und unglücklich dreinschaute. Sie trug ein Lederkoller, darüber einen Kürass, und an den Beinen Stiefel mit ausladenden Stulpen. «Aber es war deine Idee, mich in Soldatenkleider zu stecken, also lach mich nicht aus!»

«Du siehst wunderbar aus, fast ein bisschen furchterregend. Dass deine Schultern für einen Mann zu schmal sind und deine Hüften zu breit, kann ich ausgleichen. Ich hoffe es zumindest. Was bleibt mir anderes übrig? Die Schweden kann ich schlecht bitten, mir Modell zu stehen.»

«Warum wartest du nicht, bis sie fort sind? Vorher kommt der Domherr ohnehin nicht zurück.»

«Weil ich nicht weiß, wann sie fort sein werden. Vielleicht wird es Jahre dauern. Soll mein Vater vorher sterben? Die Krüge sind mit Öl, Firnis und Terpentin gefüllt. Die Farben sind angerührt. Mein Vater hat alles vorbereitet, schon vor Monaten, als es ihm noch gut ging. Wie hätte ich auch unter den Augen der Schweden Leinöl aufkochen können? Das Wenige, das fehlt, kann ich von Thomas Hartenberg besorgen. Ich brauche im Grunde nur noch zum Pinsel zu greifen. Warum soll ich warten? Was, wenn *ich* sterbe?»

«Du stirbst nicht, höchstens, wenn sie dich beim Malen erwischen.»

«Ach, Priska, heutzutage weiß man doch nicht, was am nächsten Tag geschieht. Aber es ist nicht nur das. Ich verspüre den Wunsch, das Gemälde zu vollenden, seit ich Thomas Hartenberg bei der Arbeit zugesehen habe. Ich kann nicht länger warten und auf die Zukunft vertrauen.»

Henrietta ging zur Magd und strich ihr über die Wange. «Mach dir keine Sorgen. Ich werde nur nachts malen. Es fehlen noch zwei Figuren und ein Teil des Vordergrundes. Die Kaiserin ist fertig; jetzt folgt der Soldat, der den Heiligen tötet. Was den Magnus betrifft, so hoffe ich, dass Vater noch einmal zu Kräften kommt und ihn selbst malen wird.»

«Glaubst du das wirklich?»

Henrietta überhörte die Frage. «Wo ist das Schwert?»

«Noch eingepackt», Priska deutete mit dem Kopf auf eine lange Truhe. «Ich mag es nicht anfassen.»

«Aber du musst!» Henrietta kniete sich vor die Truhe und öffnete sie. Unter allerlei Stoffen und Kleidungsstücken lag die Waffe in Leinen gewickelt. Sie nahm sie vorsichtig heraus und legte sie vor sich hin. Es war ein Zweihänder, fast drei Ellen lang, mit reich verziertem Griff, den zwei Männerhände leicht umfassen konnten. Auch das Schwert gehörte zu den Gegenständen, die ihr Vater eigens für das *Martyrium* gehortet hatte, ebenso wie die Soldatenkleidung und die Radschlosspistole, die Priska am Bandelier tragen sollte.

Sie schlug das Leinen zurück und reichte Priska die Waffe. Die Magd nahm sie zögerlich entgegen und ächzte unter ihrem Gewicht.

«Deine Hände sind rau wie die eines Mannes und voller Schwielen. Ich versuche sie etwas größer und grober zu malen. Das Wams und die Hemdsärmel polstern wir aus.»

Sie stand auf und half Priska, sich in Positur zu stellen. Die Magd hielt das Schwert mit beiden Händen fest, drückte die Spitze auf den Boden und neigte sich vor. Der Griff schwebte jetzt dicht vor ihrem Gesicht. Henrietta ordnete rasch die Talglampen richtig an und trat einen Schritt zurück.

«So muss es sein, genau so. Den rechten Fuß setze vor, und jetzt geh ein wenig in die Knie. Schau nach unten, da liegt das Opfer. Ja, so ist es gut. Merk dir die Haltung!»

«Ich kann unmöglich die ganze Zeit dieses Schwert halten», protestierte Priska.

Henrietta nahm es ihr vorsichtig aus der Hand und wickelte es sorgsam ein. «Das ist auch nicht nötig, ich brauche es erst, wenn ich es male. Bis dahin kannst du dich genauso gut mit einem Besenstiel hinstellen.» Sie verstaute die Waffe wieder in der Truhe und schloss den Deckel. Dann nahm sie aus einer anderen Truhe ein ebenso sorgfältig verpacktes Bündel und wickelte es aus. Zum Vorschein kam eine rote Seidenschärpe.

«Die Schärpe fehlte leider in der Sammlung meines Vaters», sagte sie achselzuckend. «Es soll Sven Persson zur Ehre gereichen, dass sie auf dem Gemälde verewigt wird. Nur wird er es leider nie erfahren.»

Bei dem Gedanken, dass die Schweden das kostbare Band entdecken könnten, wurde ihr ganz anders. Aber daran durfte sie jetzt nicht denken. Sie durfte überhaupt nicht daran denken, welche Folgen ihr Handeln haben könnte, sonst wäre sie zu keinem Handstreich mehr fähig.

In den folgenden zwei Wochen malte sie jede Nacht an dem Soldaten. Es fiel ihr schwer, ihre Müdigkeit vor Thomas zu verbergen. Sie schob sie darauf, dass sie den ganzen Tag von den Schweden gescheucht wurde. Die ließen sie jedoch weitgehend in Ruhe, da es außer Kochen und Putzen im Moment nicht viel zu tun gab. Die Männer vertrieben sich die Zeit mit Kartenspielen, Würfeln und Saufen. Abends zogen sie durch die Stadt, von wo sie Frauen mitbrachten und herumreichten. Sven Persson schien die meiste Zeit mit Jette in seiner Kammer zu liegen und seine Männer sich selbst zu überlassen. Morgens gingen die Soldaten dann geschlossen zum Frühgebet auf den Brunnenplatz, wo sich sämtliche Einquartierte der umliegenden Gassen einfanden, und auch nachmittags verließen sie ab und zu das Haus. Ob sie draußen herumhurten, auf dem Heeresplatz zum Appell erscheinen mussten oder Kampfübungen machten, wusste Henrietta nicht, und sie fragte auch nicht danach. Ab und zu drückte einer ihr ein zerrissenes Hemd oder eine Hose in die Hand, und dann setzte sie sich in eine Ecke und nähte. Solange die Männer sie in Ruhe ließen, war ihr alles recht.

Ole Persson war der einzige, der ihr Sorgen bereitete. Eines Abends ging es im Hof hoch her, die Soldaten trugen Bänke hinaus und machten ein Feuer, um ein Ferkel zu braten. Jörg musste stundenlang den Spieß drehen, bis seine Arme vor Erschöpfung zitterten und ihm der Schweiß herunterlief. Ein Bierfass wurde herangerollt, Weinkrüge und Körbe mit Brot herbeigeschafft. Der Grund der Feier, so hieß es, war die Erlaubnis, auf Partei zu gehen. So nannten die Männer das Ausplündern armer Bauern im Umland. Der Abend bedeutete für Henrietta und Priska eine elende Plackerei; ständig wurden sie grob angefasst, während sie die Becher vollschenkten und das Fleisch verteilten. Die Männer sangen schwedische Lieder und spielten Flöte dazu. Die Stundenrufe des Nachtwächters gingen in all dem Lärm unter. Gegen Mitternacht schliefen sie endlich ein. Sven war mit Jette im Haus verschwunden.

Nur Ole Persson war noch wach und verlangte nach einem weiteren Starkbier. Henrietta füllte seinen Krug, er nahm ihn lächelnd entgegen.

«Braves Mädchen», sagte er mit erschöpfter Stimme. «Du und die wohlgeformte Magd, ihr wart fleißig. Das ist zu loben. Weißt du was? Ich bringe dir vom Beutezug etwas Schönes mit. Was möchtest du haben?»

«Nichts.» Sie wandte sich ab und war froh, dass er sie nicht zurückhielt.

«Und du?», rief er nun Priska zu. «Bist du auch so genügsam?»

Priska nickte nur. Sie sah sehr müde aus.

«Weiber! Da will man euch etwas Gutes tun und erntet noch nicht einmal Dank dafür! Ihr hättet durchgefickt werden sollen wie Jette! Die hat danach jedenfalls begriffen, wer ihr Herr ist. Tut nicht so ehrenhaft! Papistische Metzen, alle beide!» Sein Blick fiel auf Jörg, der in einer Ecke kauerte. Er schleuderte den Krug in seine Richtung und traf den Jungen am Kopf.

«Verschwinde, sonst halte ich mich an dich!», krächzte Ole und streckte sich auf der Bank aus, kaum dass der Junge aufgesprungen und ins Haus gerannt war. Nur wenige Augenblicke später stimmte Ole in das Schnarchen der Männer ein, und Henrietta und Priska eilten hinauf in ihre Kammer. Sie waren es gewohnt, beschimpft zu werden, aber es beunruhigte Henrietta, dass er den ganzen Abend die Finger von Jette gelassen hatte. Er hatte sich offenbar für eine eigene Gefährtin entschieden.

«Dieser Gesichtsausdruck ist wunderbar! Als hättest du wirklich einem Mann beim Töten zugesehen.» Johannes deutete auf den Kopf des römischen Soldaten. «Wie seine Augen leuchten! Aber ist das Weiß nicht etwas zu hell in dem Schatten, den der Hut wirft? Nein, lass es so. Wahrhaftig, Tochter, ich habe meine Mühe an dir nicht verschwendet.»

Henrietta seufzte erleichtert. Sie ahnte, dass gut war, was sie bisher gemalt hatte, aber wirklich sicher war sie nicht, dazu fehlte ihr der nötige Abstand. Erst nach einigen Monaten würde sie ihre Arbeit selbst beurteilen können. Aber dem Urteil ihres Vaters vertraute sie, trotz seiner geistigen Verwirrung.

Er schlurfte mit krummen Beinen ein Stück zurück und wieder nach vorne, neigte den Kopf und kratzte sich am Bart. Irgendetwas gefiel ihm doch noch nicht. Endlich sprach er es aus. Er zeigte auf den Hemdsärmel des Soldaten. «Der ist zu schmal. Dem traut man nicht zu, so ein großes Schwert zu halten. Geschweige denn, damit zuzustoßen. Man steckt nun einmal keine Frauen in Soldatengewänder.»

Sie nahm den Tadel schweigend hin. Er hatte recht. Sie hatte den Arm zu wenig ausgepolstert.

«Und die Hände: Sie sind zu fein für einen Soldaten. Sie sind nicht misslungen, aber Männerhände sehen anders aus.» Nachdenklich sah er auf seine eigenen Hände, die von der Krankheit gezeichnet waren. «Du brauchst einen Mann, der dir Modell steht. So wird das nichts.»

Kurz entschlossen nahm Henrietta einen Lumpen und wischte die Farbe an den beanstandeten Stellen fort. Der Arm des Soldaten bereitete ihr keine Sorgen, der würde ihr beim zweiten Versuch gelingen. Aber die Hände? Kaum etwas war schwieriger zu malen. Höchstens noch die Füße, aber die steckten ja in Stiefeln. Sollte sie sich mit Handschuhen behelfen? Nein, das würde ihr die Sache nicht erleichtern. Sie musste ja die bloße Haut zeichnen und Knöchel.

«Ich mache es selbst», sagte Johannes plötzlich. «Du kannst die Hände nicht malen.»

«Aber Vater», sie setzte sich zu ihm und nahm vorsichtig seine steife Hand. «Wirst du denn den Pinsel führen können? Kannst du überhaupt so lange vor der Leinwand stehen?»

Er schien zwischen Tatendrang und Verzweiflung zu schwanken. Er wollte aufbrausen, dann wieder bebten seine Lippen, als kämen ihm gleich die Tränen. Schließlich nickte er tapfer. «Ich kann es vielleicht nicht, aber ich muss es wenigstens versuchen. Vielleicht ist es das Einzige, was ich noch tun kann, bevor ich hier oben verrecke.»

«Aber du hast auch kein Modell! Verlangst du etwa von mir, dass ich auf die Straße gehe und irgendjemanden frage?»

«Für Geld macht es jeder», brummte er. «Du hast doch jetzt welches.»

Sie schüttelte den Kopf. Er verstand einfach nicht, dass seine Forderung unmöglich zu erfüllen war.

«Ich will aber, dass du es tust!», herrschte er sie an. «Du hast doch die Pistole zurückkaufen können, also bezahlt dein Maler dich ordentlich. Oder nicht?»

Sie stand auf, bevor er sie an der Schulter packen konnte. Jetzt sah er sie mit flehendem Blick an, sie kämpfte mit den Tränen.

«Du hast doch Geld», wiederholte er kläglich.

Nein, sie hatte nicht viel, aber darum ging es nicht. Vermutlich würde ihr ein Mann von der Straße für einen Kanten Brot Modell stehen. Doch wie sollte sie da draußen einen Menschen finden, dem sie vertrauen konnte? Jemanden, von dem sie sicher sein konnte, dass er schweigen würde?

Es war unmöglich.

Und was, wenn nun der heilige Magnus aus dem Mund ihres Vaters sprach? Hieß es nicht, dass Menschen, die nicht mehr klar bei Verstand waren, zum Sprachrohr Gottes wurden?

Sie musste eine Lösung finden, auch wenn ihr schleierhaft war, auf welche Weise. Sie war überzeugt, dass Gott ihr nur so viel aufbürdete, wie sie auch bewältigen konnte. Sie wollte glauben, dass er Gefallen an dem Gemälde fand und ihr beistehen würde. Gleichzeitig war ihr dieser Gedanke nicht geheuer, denn sie handelte ja ohne den Schutz der Kirche. Weder konnte sie beichten noch die heilige Kommunion empfangen. Sonntags huschte sie verstohlen in die Kirche, nachdem die Messe schon begonnen hatte, und blieb beim Eingang stehen, damit niemand auf sie aufmerksam wurde. Dabei kam ihr zugute, dass manche Kirchen auf Geheiß des Königs lutheranisch geworden waren und die Katholiken andere Gotteshäuser aufsuchen mussten.

Sie ertappte sich dabei, wie sie in der Stadt und auch im Gottesdienst Ausschau nach den Männern hielt. Sie sah sich genau ihre Körper an, aber meist war es schwierig, unter den Umhängen etwas zu erkennen, und es ließ sich lediglich am Gang erahnen, wie ein Körper beschaffen war. Wenn sie dann einen sah, von dem sie dachte, er könne geeignet sein, bedauerte sie sofort, dass sie ihn ziehen lassen musste.

Wie leicht war es doch für Thomas, ein Modell zu finden, dachte sie, wenn sie tagsüber bei ihm war und ihm bei der Arbeit zusah. Er musste einfach einen Landsknecht ansprechen, und für die Hände des Soldaten konnte er mit Hilfe von Spiegeln seine eigenen als Modell benutzen.

Nachdem ihr die Sache Tage später immer noch keine Ruhe ließ, traf sie eine Entscheidung.

Der Tag des Parteigangs war herangerückt, und die Männer waren guter Dinge. Bis auf zwei oder drei waren die Soldaten alle kräftig gebaut, jeder von ihnen wäre als Modell geeignet. Und es gab sogar den einen oder anderen, der die Frauen mit etwas Respekt behandelte. Einer von ihnen war der Mann, der Jette an den Busen gelangt hatte. Von dem wusste Henrietta auch, dass er gut Deutsch sprach.

«Jörg», wandte sie sich an den Sachsenjungen, als sie gemeinsam im Hof Geschirr wuschen. «Der Schwede, der Birger heißt, wie gut kennst du ihn?»

Jörg machte mit der Hand eine vage Bewegung.

«Also weder gut noch schlecht», schloss sie daraus. Er nickte.

«Glaubst du, man kann ihm vertrauen?»

Der Junge runzelte die Stirn und zuckte mit den Achseln. Dann zeigte er mit dem Daumen auf sich, womit er ihr offenbar andeuten wollte, wem sie auf jeden Fall vertrauen konnte. Sie lächelte.

«Ich brauche einen starken Mann, verstehst du?», sagte sie. Er hob enttäuscht die Schultern.

Sie beschloss, es zu versuchen. Was hatte sie schon zu verlieren? Sie bat Jörg, ihn zu holen, und kurz darauf erschien Birger. Er war so groß, dass er als einziger der Männer den Kopf einziehen musste, wenn er durch die Tür ins Haus ging. Seine langen blonden Locken bewegten sich bei jedem Schritt. Sein Hemd stand fast bis zur Mitte offen; die Kälte schien ihm nichts auszumachen. Seine glänzenden Finger verrieten, dass er gerade damit beschäftigt gewesen war, die Schusswaffen zu ölen.

«*Jungfru* Henrietta», sagte er freundlich. «Du hast mich ja noch nie rufen lassen. Welche Bürde soll ich dir abnehmen?»

«Ich brauche Eure Hilfe», sagte sie. «Ich suche jemanden, der eine Arbeit für mich erledigt. Es ist nichts Schwieriges, und ich bezahle dafür zwei Gulden. Aber die betreffende Person muss schweigen können. Kennt Ihr so einen Mann?»

«Ja, mich», sagte er sofort. Das war die Antwort, auf die sie gehofft hatte. «Was soll ich tun?»

«Erst müsst Ihr mir versprechen, dass Ihr schweigen werdet.»

«Natürlich werde ich das.»

«Schwört Ihr's auf die Bibel?»

Er hob verwundert die Augenbrauen, dann grinste er breit und trat näher. «Jetzt verstehe ich dich», sagte er mit gedämpfter Stimme. «Aber dafür musst du mir doch kein Geld geben! Ich besorge es dir auch so, ganz heimlich, niemand wird es mitbekommen. Ich hatte mich ohnehin schon gewundert, dass du dich für keinen von uns interessiert hast. Schön, dass du deine Meinung geändert hast. Komm heute Nacht mit mir, ich kenne eine Schenke, die saubere Zimmer hat. Du kannst ja das Zimmer bezahlen, mir musst du nichts geben.»

Er stand jetzt ganz dicht bei ihr und hatte die Hand auf ihre Schulter gelegt. Sie zwang sich, nicht zurückzuweichen. Wenn sie ihm jetzt zeigte, dass er ihr nicht gefiel, würde er sich niemals auf ihr Geschäft einlassen.

Das ist sehr freundlich von Euch, aber es geht mir um etwas anderes», sagte sie und versuchte, ihren Ekel zu überwinden. «Ihr sollt meinem Vater helfen.»

«Dem Alten? Ich denke, es geht um dich!» Er sah sie verächtlich an, und sein Griff wurde jetzt stärker. Plötzlich spürte sie, dass es ein Fehler gewesen war, sich an ihn zu wenden. Jetzt war auch noch Ole zu ihnen getreten.

«Was glotzt du so blöd?», rief Birger auf Deutsch, damit sie es verstand. «Einen Haderlumpen wie dich mag sie halt nicht. Hast du deshalb gedacht, sie will für immer einsam bleiben?»

Ole war verblüfft über Birgers heftige Reaktion. Dann fing er mit einem Mal an zu lachen. «Dich wird sie auch nicht wollen, spätestens wenn du deine stinkende Hose herunterlässt. Wart's nur ab. Aber du hast recht, ich hatte gedacht, sie würde für immer eine Jungfrau bleiben wollen. Falls sie überhaupt noch eine ist.»

Henrietta nutzte Birgers kurzzeitige Verblüffung und rannte an Ole vorbei ins Haus. Wie hatte sie glauben können, dass einer dieser Männer ihr helfen konnte? Auch in Birgers Augen war sie nichts als eine Hausmagd, die nur dazu gut war, zu arbeiten und Männern ihren Körper zur Verfügung zu stellen. Eilig hastete sie ins Obergeschoss, aber sie hörte, dass ihr jemand folgte. Es war Ole. Er war noch nie hier oben gewesen. Wenn sie wollte, dass er ihr nicht auch noch in die Werkstatt folgte, musste sie stehen bleiben.

«Vergiss doch Birger, der ist ein Halunke.» Schon war er bei ihr und zog sie an sich. «Die Kammer in der Stube ist gerade leer, komm mit. Hier oben riecht es seltsam, und du willst sicher nicht, dass dein kranker Vater uns hört.»

Allmächtiger Gott, was hatte sie nur angerichtet? Ihr wurde schwindlig.

«Lasst mich», bat sie verzweifelt. «Ich will es nicht. Weder von Euch noch von Birger noch von sonst jemandem.»

«Was soll denn jetzt wieder dieses Gezeter? Meinst du, damit kannst du mich loswerden? Ich wette, du kannst es gar nicht erwarten, dass dich endlich mal einer richtig anpackt.»

Und schon fühlte sie seine Lippen auf ihrem Mund und seine harte Hand zwischen ihren Beinen. Unwillkürlich biss sie zu; er wich erschrocken zurück und fasste sich an die blutende Lippe.

«Du Schlampe», sagte er und starrte sie zornig an. Offenbar war ihm die Lust vergangen.

Wütend stapfte er die Treppe hinunter. Sie hastete in ihre Kammer, lehnte sich von innen gegen die Tür und sank schluchzend zu Boden. Wie hatte sie nur so blauäugig sein können? Jetzt hatte sie nicht nur Birger, sondern auch Ole gegen sich. Vor beiden konnte sie nun nicht mehr sicher sein.

Mindestens eine halbe Stunde hatte sie so in ihrer Kammer gehockt, als sie plötzlich einen unterdrückten Schrei hörte. Priska? Sie hastete hinunter und fand die Stube leer vor, doch in der Kammer kniete Ole auf dem Boden und hatte unter sich zwei entblößte, zappelnde Schenkel.

Henrietta packte ihn am Kragen, doch er versetzte ihr einen Hieb in den Magen, ohne sich nach ihr umzudrehen. Sie fiel zu Boden und krümmte sich vor Schmerzen. Als sie es schaffte, sich aufzuraffen, sah sie Priskas bleiches Gesicht über Oles Schulter.

«Hilf mir», keuchte die Magd, die Augen vor Entsetzen weit aufgerissen. Ole drückte sie mit dem Knie zu Boden, während er an den Bändern seiner Hose zerrte.

«Du kommst auch noch dran!», drohte er zwischen zwei Atemstößen. Sein Gesicht war schweißgebadet, er wirkte wie vom Wahnsinn befallen.

Henrietta eilte ins Erdgeschoss. Irgendjemand würde Ole doch zur Vernunft bringen! Jette vielleicht? Sie lief in die Stube und in die Küche, aber Jette war nicht da.

Drei Männer hockten auf den Bänken, spielten Karten und tranken Starkbier. Birger saß gelangweilt in einer Ecke und sah sie fragend an. Nein, den würde sie bestimmt nicht fragen. Eher noch Sven Persson, falls er da war. Sie lief zu seiner Kammer, riss die Tür auf, und wahrhaftig, er saß auf dem Bett, hatte die Beine übereinandergeschlagen und las in einer Zeitung. Es war die gleiche, die Thomas gekauft hatte, Henrietta erkannte das Titelbild wieder.

Persson ließ die Zeitung sinken und sah sie stirnrunzelnd an.

«Euer Bruder ist gerade dabei, Priska Gewalt anzutun. Ihr müsst ihn zurückhalten, schnell!», rief sie und deutete nach oben. «Bitte!», setzte sie hinzu.

Ohne weitere Fragen zu stellen, stand Sven Persson auf. Sie trat zur Seite, damit er vorbeikonnte, doch er verschloss die Tür, nahm den Schlüssel an sich und setzte sich wieder hin. In aller Ruhe griff er erneut zur Zeitung.

Von oben erklang ein lauter Schrei.

«Bitte!», wiederholte sie und legte die Hand auf die Klinke. Was hatte er vor? Würde er jetzt mit ihr tun, was sein Bruder oben mit Priska tat?

«Fang bloß nicht an zu weinen», sagte er schließlich. «Und fang auch nicht an, dich auf Heeresdisziplin und ähnliche weltfremde Dinge zu berufen, die der König oder sein Kanzler oder wer auch immer angeordnet hat. Die Wirklichkeit sieht anders aus. Und du und deine Magd, ihr seid schon viel zu lange verschont worden. Was beschwerst du dich eigentlich? Ihr habt viel mehr zu essen, seit wir hier sind. Ich lasse dir alle Freiheiten, obwohl du einen schlechten Ruf in der Gegend hast. Ole ist doch eine gute Partie: Immerhin ist er sauber und hat keine Krankheiten. Ich glaube, er hat nicht einmal Flöhe zur Zeit.»

«Aber er tut es nur, weil ich ihn abgewiesen habe. Priska kann nichts dafür», entgegnete sie.

«Und er kann nichts dafür, dass er gerade keine Gefährtin hat. Es war nicht meine Idee, dass er von Jette die Hände lassen soll. Er mag es einfach nicht, dass sie nicht ihm allein gehört. Mich hätte es nicht gestört, sie mit ihm zu teilen. Ich glaube nur, er möchte sich ein bisschen von mir abnabeln.» Jetzt lächelte er, und er wirkte für kurze Zeit weniger kalt als sonst. «Ich bin ja eher ein Vater für ihn als ein Bruder.»

«Die Probleme Eures Bruders interessieren mich nicht», erwiderte Henrietta erbost. «Er soll von Priska ablassen, und von mir auch!»

Entnervt sah er an die Zimmerdecke. «Mit der Magd wird er es gleich tun, davon kann ihn niemand abhalten. Von Euch wird er dann erst einmal nichts wollen. Aber selbst wenn – wie käme ich dazu, ihm diesen Soldatenlohn zu verwehren?»

«Dann lasst mich jetzt wenigstens wieder gehen», presste sie mühsam hervor.

Er zuckte nur die Schultern. «Damit du wieder hinaufrennst und das Haus zusammenschreist? Du bleibst jetzt hier sitzen. Nimm dir den Hocker, wenn du dich nicht aufs Bett setzen magst!»

Ihr blieb nichts anderes übrig, als ihm zu gehorchen. Auch wenn er sie erst mal in Ruhe zu lassen schien, zitterte sie vor Angst. Sein Blick erinnerte sie an den Henker, der ihre Körpermale geprüft hatte. Es kam ihr vor, als sei eine Ewigkeit vergangen, als er ihr endlich den Schlüssel zuwarf, dabei war es sicherlich nur eine halbe Stunde gewesen.

Sofort eilte sie in die Kammer. Priska kniete vor einer Waschschüssel und versuchte sich mit einem Lumpen die Scham zu reinigen. Ihr Körper bebte, sie gab ein lautloses Schluchzen von sich. Henrietta hockte sich neben sie und drückte sie an sich. «Es tut mir leid, Priska», murmelte sie. «Es tut mir so leid.»

So schlimm dieser Tag auch gewesen war, er hatte alles verändert. Das spürte Henrietta ganz deutlich, als sie am nächsten Morgen zu Thomas ging. Sie hatte ein so starkes Verlangen nach ihm, es war, als ob ihr Körper den grausamen Ereignissen des Vortages trotzen wollte. Sie war nur eine schutzlose Frau, und so wie Priska und Jette würde sie früher oder später die Gräuel des Krieges am eigenen Leibe zu spüren bekommen. Es war nur noch eine Frage der Zeit. Das Einzige, was ihr blieb, war zu wählen, welcher Mann es zuerst sein würde.

Aber es gab noch einen anderen Grund, weshalb sie Thomas dazu bringen wollte, sie zu nehmen: Sie wollte ihn nackt sehen.

Er empfing sie freudestrahlend und teilte ihr mit, dass der Apotheker Jahn die Zutaten für das Grün geliefert hatte. Die Farbpigmente hatte er bereits mit Leinöl angerührt. Auf seine Bitte hin mischte sie die Paste noch einmal durch. Dann machte er sich daran, mit dunkler Farbe die Linien des Faltenwurfs auf das Bildnis des Statthalters zu malen.

«Ihr wirkt heute so in Euch gekehrt», sagte er nach einer Weile, ohne den Blick von seiner Arbeit zu heben. «Ist etwas anders als sonst?»

Ja, dachte sie und hoffte, er möge jetzt nicht genauer nachfragen.

«Es ist … schwierig daheim. Das wisst Ihr ja.»

«Ja, das weiß ich. Aber ich hoffe doch, es ist nicht schwieriger als sonst?» Jetzt sah er sie forschend an. «Ich mache mir Sorgen um Euch. Wenn irgendetwas geschehen ist, das Euch …»

Er sprach den Satz nicht zu Ende, denn er hatte begriffen. Er hatte ihr von den Augen ablesen können, was geschehen war. Sie überlegte, ob sie ihm alles erzählen sollte, aber vielleicht wäre es Priska nicht recht gewesen. Und außerdem riskierte sie, dass er dann noch öfter bei ihr zu Hause auftauchte, was die Situation erneut eskalieren lassen könnte. Was, wenn er mit den Perssons in Streit geriet?

«Mir ist nichts passiert.»

Sie hatte es zögerlich gesagt. Er legte den Pinsel beiseite und sah sie scharf an. Wenn er jetzt bloß schweigen würde!

«Ihr könnt hier wohnen», sagte er plötzlich. «Niemand kann Euch zwingen, den Soldaten als Trossmagd zu dienen.»

Erstaunt sah sie ihn an. Auf den Gedanken war sie noch gar nicht gekommen. Aber es ging nicht, sie konnte unmöglich ihren Vater und Priska und das Gemälde zurücklassen. Das Haus selbst bedeutete ihr wenig – auch wenn die Schweden es eines Tages verließen, würde sie ewig daran denken, was dort geschehen war. Beim Anblick der kleinen Schlafkammer würde sie immer vor Augen haben, wie Jette auf dem gierigen Ole Persson gesessen hatte. Sie hatte den Raum schon nicht mehr gemocht, seit ihre Mutter dort hatte liegen müssen, als die ersten Anzeichen der Pest aufgetaucht waren. Wenige Tage nur, dann waren die Beulen groß wie Äpfel geworden, und Johannes hatte sie ins Pesthaus bringen lassen.

Wenn sie es recht bedachte, konnte sie das Haus nur noch hassen.

«Ist schon gut, ich habe verstanden», sagte Thomas. «Es sieht ja fast so aus, als wolltet Ihr Eure Empörung über meine Frage an der Farbe auslassen.»

Sie stellte die Schale beiseite und verließ den Raum,

um sich im Hof mit kaltem Wasser das Gesicht zu waschen. Sie dankte Gott, dass sie in diesem Augenblick weder Anna noch Anselm begegnete. Vermutlich waren sie im Keller, wie so oft. Bevor sie in die Werkstatt zurückkehrte, holte sie tief Luft.

Thomas war gerade dabei, einen Klecks der frisch angerührten Farbe auf seiner Palette zu verteilen und sie mit Weiß, Schwarz, Umbra und Ocker zu mischen. Die Staffelei richtete er nach dem Fenster aus, wo der Vorhang hing, und stellte einen mannshohen Lampenständer seitlich davor. So wurde der Vorhang von innen beleuchtet. Als sie hereinkam, schwieg er. Offensichtlich hatte er verstanden, dass sie nicht mehr über ihr Zuhause sprechen wollte.

«Um diese Tageszeit fällt das Licht genau richtig herein», sagte er dann. «Und heute ist es auch nicht so bewölkt wie sonst, das muss ich ausnutzen. Erzählt mir doch von den Zeitungen. Habt Ihr darin gelesen?»

«Ja», sagte sie, dankbar, dass er ein anderes Thema angeschnitten hatte. «Und es schmerzt mich sehr, was ich gelesen habe. Hier werde ich nur gescheucht und gescholten, und anderswo dürfte ich unbehelligt arbeiten. Es ist so ungerecht. Ach, wenn ich noch einmal geboren werde, dann möchte ich in Bologna leben!»

«Ich wollte nicht, dass Ihr Euch grämt. Ich wollte, dass Ihr ein wenig träumt.»

«Könntet Ihr es denn ertragen, nur in Euren Träumen zu malen?»

Er drehte sich nicht zu ihr um. Konzentriert ließ er den Pinsel zwischen der Palette, dem daran befestigten Näpfchen für das Malmittel und der Leinwand hin und her wandern. Dicke, dunkelgrüne Striche tauchten links über dem Kopf des Statthalters auf. «Malt Ihr denn wirklich nur in Euren Träumen?», fragte er zurück.

Sie zuckte zusammen, doch Gott sei Dank sah er es nicht. Was sollte sie darauf auch sagen, er ahnte doch bestimmt die Wahrheit.

«Warum darf ich es nicht?», murmelte sie. «Warum? Anderswo dürfen sie es.»

«Ja, die Welt ist ungerecht. In Italien gibt es Künstlerinnen, die sehr bewundert werden. Die Malerin, die in der Zeitung erwähnt wird, wurde regelrecht verehrt. Hier hingegen sieht man doch überall nur Gräueltaten. Wie soll die Kunst da gedeihen? Die Herzöge und Landesfürsten haben kein Geld. Und wenn sie welches hätten, würden sie sich trotzdem nicht für Gemälde interessieren. Sie sind viel zu sehr damit beschäftigt, sich bei den Mächtigen einzuschmeicheln.»

Plötzlich fragte sie sich, was er zu tun gedachte, sollte eines Tages das Reich in der Hand eines einzigen Herrschers liegen und der Krieg vorbei sein. Würde er dem König nach Schweden folgen? In seine brandenburgische Heimat zurückkehren? Sie stellte sich vor, wie sie mit ihm in eine ganz andere Richtung aufbrach, nach Süden, in die verheißungsvolle Stadt Bologna. Aber tausend Dinge sprachen dagegen, und dass sie eine Aufgabe zu vollenden hatte, deretwegen sie ihn belügen musste, war nur eines davon.

Es war so, wie er gesagt hatte: Es blieb ihr nur zu träumen. Er hatte es ihr von den Augen abgelesen. War sie so leicht zu durchschauen? Jetzt drehte er sich zu ihr um und erstarrte. Er schien zu überlegen, ob er sich nicht täuschte. Dann legte er Palette und Pinsel beiseite und stand auf.

Henrietta erhob sich ebenfalls und sah ihn an. Eine Mischung aus Furcht und Begehren überkam sie. Sie stieß vor Aufregung gegen den Tisch und blieb dann stehen. Thomas zog einen Hocker heran und setzte sich vor sie.

Wie er sie ansah ... als habe er nur darauf gewartet. War ihre Miene ein offenes Buch? Sie erschrak. Was, wenn er nun auch alles andere zu lesen imstande war? Hätte er sie jetzt ein zweites Mal gefragt, ob sie malte, sie hätte ihm alles erzählt. Das musste sie ohnehin eines Tages, wenn sie ihn bitten wollte, Modell für den Heiligen zu stehen. Trotzdem hoffte sie, dass sie ihre Arme gut von den Farbspuren gesäubert hatte. Sie war verwirrt, in ihren Ohren pulsierte das Blut, ihr war schwindlig, aber auf eine wunderbare Art und Weise.

Dann saß sie auf dem Tisch, und sie wusste nicht, wie sie dorthin gekommen war. Hatte sie sich selbst darauf gesetzt? Oder hatte er sie hinaufgehoben? Ihre Beine, noch vom Rock bedeckt, waren gespreizt. Ihre Brüste drückten gegen das Mieder, sie drängten danach, von dem engen Stoff befreit zu werden und sich ihm entgegenzustrecken. Von ihm gepackt zu werden. Kaum nahm sie wahr, wie ihr Atem schneller wurde, als sie seine Finger auf ihren Waden spürte. Die Berührung ließ sie vor Wonne erzittern, es war wie an jenem Tag in ihrer Kammer, als er ihren Arm betastet hatte. Wie sehr hatte sie sich seitdem danach gesehnt, ihn noch einmal zu spüren. Schon bahnte sich der nächste lustvolle Augenblick an, ein noch schönerer. Seine Hände glitten langsam ihre Schenkel hinauf und schoben ihren Rock hoch. Bald ragten ihre Beine wie zwei helle Felsspitzen zwischen seinem Kopf hervor. Nein, sie hatte nur wenige Vorstellungen davon, wie sich ein Mann einer Frau nähern konnte, aber sie hätte nie vermutet, dass er es auf diese Weise tun könnte.

Seine Haare verdeckten, was er tat. Er spreizte ihre Schenkel so weit, wie es nicht einmal schicklich war, wenn sie sich allein in ihrer Kammer reinigte. Seine Daumen öffneten ihr Inneres, und dann verschwand seine Zunge darin wie ein munteres Tier, das einen Bau aufgestöbert hatte. Sie schloss die Augen und ließ sich auf den Tisch sinken, um ihm ihren Unterleib entgegenzustrecken, und die Art, wie sie es tat, lustvoll und enthemmt, ließ sie verwundert über sich selbst lachen. Ja, sie wollte lachen darüber, wie herrlich es war.

Etwas anderes, Größeres drang plötzlich in sie ein. Sie schaute auf. Thomas blickte von weit oben auf sie herab. Sie sah zu, wie sein Gesicht allmählich jenen Ausdruck anzunehmen begann, den sie bei Ole gesehen hatte. Es faszinierte sie fast noch mehr als die Fülle, die plötzlich von innen gegen sie drückte. Aber sie sann nicht mehr lange darüber nach.

Er nahm sie bald darauf ein zweites Mal. Sie wollte ihn nackt sehen, und das konnte sie nur, indem sie sich ihm erneut hingab. Sie schnürte ihr Mieder auf und ließ ihn an ihren Brüsten saugen. So natürlich kam es ihr vor, dass sie sich fragte, was daran falsch sein konnte. Der Rock sank zu Boden, ebenso das Unterkleid. Er schloss die Tür ab, zog sich aus und polsterte den Boden mit seinen Kleidern. Dann zog er sie sanft, aber bestimmt, hinunter. Hart war es dennoch, doch es machte ihr nichts aus. Es war wunderbar, sein Gewicht zu spüren, sich ihm zu unterwerfen. Sie wollte ewig so sein.

Nachdem sie ein zweites Mal gemeinsam den Augenblick höchster Lust erlebt hatten, blieben sie eine Weile reglos ineinander liegen. Dann rollte er sich zur Seite, blickte sie glücklich an und schloss die Augen. Kurz darauf war er eingeschlafen, und auch sie verspürte eine Müdigkeit, die so ganz anders war als sonst. Aber sie durfte jetzt nicht schlafen, ihr blieb nicht viel Zeit. Leise stand sie auf, schlüpfte in ihr Unterkleid und setzte sich hin, um ihn in Ruhe zu betrachten.

Sein Körper wäre eines Heiligen würdig, dachte sie. Es könnte so einfach sein.

Sie suchte sich ein Blatt Papier und einen Kohlestummel. Dabei fand sie eine Zeichnung, die drei Menschen zeigte: einen Mann, eine Frau und ein Kind. Nackt und verstümmelt hingen sie in einem Stall vom Dachstuhl, und unten hockten Soldaten und würfelten um ihre Kleidung. Es war eine grobe Zeichnung, die grauenvollen Einzelheiten waren nur angedeutet, doch umso nachhaltiger war ihre Wirkung. Ob er diese Szene mit eigenen Augen gesehen hatte, irgendwann auf seinem Weg von der Mark Brandenburg hierher? Ihr wurde kalt, sie legte die Zeichnung rasch wieder zurück und nahm das Kohlestück zur Hand.

Wie viel schöner war es doch, Thomas zu betrachten! Er lag auf der Seite, die Hand unter der Wange, das linke Bein war angewinkelt und bedeckte seine Scham. Seine Haut war hell, bis auf ein paar Male am Körper und seine Fußsohlen. Am Ellbogen hatte er eine Brandnarbe, vielleicht vom Ölkochen. Sie ließ den Kohlestummel übers Papier tanzen. Es war ihr in diesem Moment gleichgültig, dass er jeden Augenblick aufwachen und sie dabei sehen konnte. Sie hätte sogar Ölfarbe zur Hand genommen, aber die passenden Farben waren nicht bereitet, und außerdem durfte sie sich nicht an seinen Materialien vergreifen.

Plötzlich kam ihr eine ganz andere Lösung in den Sinn. Was, wenn *er* den Heiligen malte? Das konnte er sogar hier tun, ohne es verheimlichen zu müssen. Und sie wäre alle Sorgen mit einem Schlag los.

Aber dann wäre es auch sein Bild, nicht mehr ihres und das ihres Vaters. Und selbst wenn er es tatsächlich täte, was sie nicht glaubte, so hatte er doch einen ganz anderen Stil. Niemals würde er sich verbiegen, auch nicht, um ihr einen Gefallen zu tun. Sie selbst würde es auch nicht tun. Aber ihn bitten, für den Heiligen Modell zu stehen, das erschien ihr mit einem Mal nicht mehr so abwegig.

Sie legte das Kohlestück beiseite und betrachtete ihr Werk. Dann ließ sie das Blatt sinken, denn eine plötzliche Erkenntnis lastete schwer auf ihren Schultern: Sie war die Einzige, die das Bild vollenden konnte. Nicht ihr Vater, er war dazu nicht imstande. Auch nicht Thomas. Sie musste es selbst tun, und nun, da sie darüber nachdachte, wurde ihr klar, dass sie diesen Entschluss in ihrem Innersten längst gefasst hatte.

Kapitel 4

Thomas saß, nur mit seiner Hose bekleidet, am Tisch und betrachtete die Zeichnung, die sie ihm hinterlassen hatte. Er wusste, dass sie ihm etwas damit sagen wollte. Dass sie ihn begehrte? Nein, so etwas drückte man nicht mit einem Bild aus. Sie wollte ihm zeigen, dass sie das Verbot übertrat. Nicht mit dieser Zeichnung, sie war nur die Vorstufe. Nein, sie malte heimlich, und das sicher nicht am Porträt der Beckerin.

Sie war gegangen, als er noch geschlafen hatte. Das Klacken des Schlüssels hatte ihn geweckt, aber bevor er reagieren konnte, war sie fort gewesen. Ihr Duft hing noch im Raum, gemeinsam mit dem schweren Geruch des Liebesspiels. Er öffnete ein Fenster und sog die winterliche Luft tief ein. Was mochte sie hinausgetrieben haben, bevor sie sich noch einmal in die Augen blicken konnten? Bereute sie, was zwischen ihnen geschehen war? Er konnte es sich nicht vorstellen. Wie die Lust ihre Gesichtszüge verändert hatte, wie sie gestöhnt hatte, als er in sie gedrungen war: Er war sich sicher, dass sie den Liebesakt in vollen Zügen genossen hatte.

Er zog sich an und ging hinaus, ohne Umhang und Hut. Die Kälte machte ihm nichts aus. Ihm war danach, ein wenig herumzustreunen, und wäre es wärmer gewesen, so wäre er an den Fluss gelaufen und hätte sich vor Freude hineingestürzt. So ging er nur am Ufer spazieren, entlang der Stadtmauer. Anschließend schlenderte er durch die Stadt und ergötzte sich am prallen Leben: an den Schaustellern auf ihren Karren, den Landsknechten, deren Kleidung so bunt wie zerschlissen war, an dem Durcheinander der Bettelleute und Dirnen. Einer kniff er in die dargebotene Brust und warf ihr dafür einen blanken Gulden zu, nahm anderswo einen Humpen Starkbier zu sich, schaute nach den Gauklern und den tanzenden Jongleresses mit ihrem im Takt schwingenden Haar. Doch nichts vermochte ihn von seinen Gedanken an Henrietta abzubringen. Allmählich wich die Freude seiner üblichen Sorge um sie. Nur dass die Sorge jetzt, nachdem sie sich geliebt hatten, noch größer war. Wie konnte er die ständige Bedrohung, die von Persson und seinen Männern ausging, länger ertragen? Sie hatte es ausgeschlagen, bei ihm zu wohnen, was er verstand. Und was, wenn er nun zu ihr zog? Nein, das war unsinnig, ihr Vater würde es nicht dulden, die Schweden erst recht nicht, und sie selbst wohl auch nicht. Es blieb ihm nichts anderes übrig, als weiterhin dafür zu sorgen, dass sie sich täglich sahen.

Sein Weg führte ihn auf dem Domplatz. Hier hatten sich zahlreiche Menschen versammelt, die dicht aneinander gedrängt alle in eine Richtung starren. Gewöhnlich gab es dafür zwei Gründe: Entweder war eine hohe

Persönlichkeit in der Stadt, oder ein Verurteilter wurde öffentlich zur Schau gestellt. Das Hufgetrappel in der Ferne wies gottlob auf Ersteres hin.

«Der König!», rief ein Mann, als Thomas fragte, wer da gekommen sei. Gustav Adolf war also aus Hanau zurückgekehrt. Der Mann wirkte glücklich – vielleicht war er ein Protestant, der unter den Schweden endlich seinen Glauben ausüben durfte. Plötzlich wichen die Menschen zurück, Hellebardenspitzen tauchten über den Köpfen auf, und ein in Gelb und Blau gekleidetes Leibregiment bahnte dem König den Weg.

Thomas hatte Gustav Adolf bisher nur von weitem, aber stets zu Pferd gesehen, so wie heute. Die Menschen verstummten, als er herangeritten kam, flankiert von seinen Leibgardisten. Wer ihn hasste oder verehrte, ließ sich nicht sagen, alle waren vor Ehrfurcht erstarrt. Dabei war an seinem Aussehen nichts Besonderes. Er war groß, wie viele Schweden, füllig und hatte breite Schultern. Er trug den üblichen modischen Spitzbart, und auch seine Kleidung war nicht außergewöhnlich: ein Koller aus hellem Leder mit einer roten Schärpe darüber, ein federgeschmückter Hut, gespornte Stiefel, aus denen weiße Spitzen ragten.

Und doch wirkte er anders als andere Edelleute oder Haudegen. Etwas ging von ihm aus, das nur schwer zu beschreiben und vermutlich noch schwerer zu malen war. Thomas fragte sich unwillkürlich, ob er ihn je zufriedenstellen könnte, sollte es eines Tages dazu kommen, dass er ihn porträtierte. Sein Gesicht war ebenmäßig, fast schön, und seine Haare von glänzendem Rotblond – nichts, das einem begabten Maler schlaflose Nächte bereiten konnte. Doch diese Aura, die ihn umgab, wie sollte man sie wiedergeben?

Thomas erinnerte sich an eine Geschichte, in der

ein Meuchelmörder gezwungen wurde, den König zu töten. Als er die Pistole ansetzte, war er nicht imstande abzudrücken. Auch erzählte man sich, dass der König, als er an der Küste Usedoms ankam, auf der Laufplanke seines Schiffes gestolpert sei, aber fast alle, die es sahen, hätten bei ihrem Leben geschworen, dass er in die Knie gegangen sei, um zu beten. Wahrscheinlich entsprach dies der Wahrheit, und der Sturz war nur eine Geschichte, die die Papisten verbreitet hatten. Jetzt, da der Löwe des Nordens, der Gideon aus Mitternacht, vorbeiritt, nur wenige Armlängen entfernt, war Thomas bereit, alles zu glauben, was seine Anhänger über ihn erzählten. Er hätte sich sogar getraut, ihn zu bitten, seine Truppen in den Kasernen zu überwachen, damit Übergriffe wie die der Perssons ein Ende hatten.

Doch das Gefühl von Zuversicht, das der König ausstrahlte, verging so schnell, wie es gekommen war. Gustav Adolf verschwand in den Massen, und Thomas blieb resigniert zurück.

Mittlerweile schlugen die Kirchenglocken drei Uhr, und er hatte noch nicht gearbeitet. Wenn der König wieder hier war, dann war es ebenfalls Sparre, und der würde sich früher oder später nach dem Gemälde erkundigen – falls Thomas ihn nicht durch seine Weigerung, ihn nach Hanau zu begleiten, vergällt hatte. Aber das würde er schon noch früh genug herausfinden, und der Tag war einfach zu schön, um nur ans Arbeiten zu denken. Hatte Henrietta nicht erwähnt, dass Persson und seine Leute auf Beutezug gehen wollten, heute noch?

Er schlug den Weg zu ihrem Haus ein. Das Tor stand offen, anscheinend waren die Männer schon fort. Sein Herz pochte vor Aufregung, aber als er in den Hof treten wollte, vernahm er ein Geräusch, das ihn beunruhigte. Im Schatten des innen liegenden Söllers sah er, wie sich zwei Menschen bewegten. Er traute seinen Augen nicht – eine Frau lag auf dem blanken Pflaster, die Haare zeigten wüst in alle Richtungen. Mit den Armen versuchte sie, einen Mann abzuwehren, der auf ihr lag.

«Ole Persson!», schrie Thomas. Sofort flog der Kopf des Mannes hoch, und es war wahrhaftig Ole. Unter ihm lag – Henrietta. Genauso hatte sie noch am Morgen in der Werkstatt auf dem Tisch gelegen, den Rock weit über den Knien. Aber wie anders sah sie nun aus: entsetzlich! Sie reckte den Kopf und schien ihn zu suchen, doch ihr Gesicht war nass, die Augen tränenfeucht.

«Mach endlich das Tor zu, Weib!», brüllte Ole. Wie meinte er das? Henrietta lag doch unter ihm! Thomas war wie benebelt. Mechanisch griff er nach einem großen Stein, der am Boden lag, und schleuderte ihn mit aller Kraft auf Ole. Ein Schrei war zu hören. Der Schwede erstarrte und hob die Hand, als wolle er sich an den Kopf greifen. Mehr sah Thomas nicht, denn plötzlich wurde das Tor von innen geschlossen. Er rannte dagegen und hämmerte gegen das Holz, doch es blieb verschlossen. Er schrie Henriettas Namen.

Ole Persson bäumte sich auf und presste die Zähne zusammen. Sein Kopf zitterte, als habe er ein Beißholz im Mund und der Feldscher bohre sich ihm tief ins Fleisch. Henrietta streckte die Hände aus und stieß ihn weg. Ganz sicher würde er gleich wieder zur Besinnung kommen und sie schlagen. Doch er kippte seitwärts um und blieb regungslos liegen, mit geschlossenen Augen.

Sie kämpfte sich hoch. Priska hatte das Hoftor geschlossen. Jemand hämmerte dagegen, aber vielleicht bildete sie sich das nur ein. Sie war noch immer benommen und wusste nicht, was geschehen war. Die Schweden hatten ihre Piken, Partisanen und Musketen geschultert und waren laut singend losgezogen. Sogar Jette und Jörg hatten sich ihnen angeschlossen, wie ein kleiner Tross, der den Herren zur Beute folgte. Henrietta hatte schon befürchtet, dass man sie und Priska ebenfalls zwingen wollte mitzukommen, doch die Männer hatten sie in Ruhe gelassen. Sie sollten Hof und Küche für das Festmahl am Abend vorbereiten.

Dass Ole zurückgeblieben war, hatten sie erst bemerkt, als sie schon bei der Arbeit waren. Priska war zum Brunnen gegangen, um Wasser herbeizuschaffen, und Henrietta hatte Geschirr gespült. Auf einmal war er auf den Hof gestürzt und hatte sich ohne Vorwarnung über Henrietta hergemacht. So gierig war er gewesen, dass er sich nicht einmal am offenen Hoftor zu stören schien. Sie hatte gar nicht mitbekommen, wie sie zu Boden gegangen war. Erst als er über ihr war, hatte sie begriffen, was geschah. Sein Hosenlatz hing herunter und offenbarte seinen schmutzigen, großen Prügel. Wie hatte er ihn nur so rasch freilegen können? Wie hatte er es geschafft, sie festzuhalten, ihr gleichzeitig den Rock hochzuschieben und ihr die Beine zu spreizen? Besaß er denn zehn Hände? Sie hatte gezappelt und sich gewehrt, aber sie war so hilflos wie ein Käfer, der auf dem Rücken lag. Plötzlich war Priska neben ihm aufgetaucht und hatte ihn am Kragen gepackt, aber er hatte sie einfach fortgestoßen.

Dann hatte Henrietta das Geräusch gehört, und es war vorbei. Ein Stein lag neben Ole. Henrietta hob ihn verwundert auf. Sie rüttelte an Oles Schulter, erst zögerlich, dann fester. Er rührte sich nicht.

«Ist er tot?» Priska kam näher. Henrietta beugte sich zu Ole hinab und versuchte seinem Atem zu lauschen.

«Sei vorsichtig», murmelte Priska. «Der tut vielleicht nur so.»

Henrietta drehte ihn auf den Rücken. Er ließ sich

leicht bewegen. Sie legte das Ohr an seine Brust. Sein Herz schlug langsam und regelmäßig. «Er ist nicht tot.»

«Ist er nicht?» Priskas Stimme wurde schrill. «Er soll es aber! Er hat es verdient! Elendes Schwein!»

Die Magd trat ihm in die Seite. Er reagierte nicht, stöhnte nicht einmal. «Verrecken soll er, das Schwein! Verrecken!» Sie trat erneut gegen seinen Körper, Henrietta sah ihr zu. Es war eine Genugtuung, am liebsten hätte sie es ihr gleichgetan. Doch dann hielt sie Priska zurück.

«Nicht. Das gibt blaue Flecken.»

Priska sank erschöpft auf die Knie. «Großer Gott, was wird er mit uns tun, wenn er aufwacht? Wir sollten ihn auf sein Lager legen. Vielleicht denkt er dann, er hat alles nur geträumt. Wir könnten ihm Branntwein einflößen, davon haben die Schweden doch genug herangeschafft. Morgen erinnert er sich an nichts mehr.»

«Schau doch», Henrietta wies auf seine Stirn. «Alles rot und geschwollen. Er blutet. Und da, dieser Schatten, den seine Stirn wirft. Das sieht nach einer gefährlichen Verletzung aus.»

Priska beugte sich über ihn und sah dann Henrietta an.

«Das ist nicht nur sein Tod, sondern auch unserer. Wenn die Schweden zurückkommen, bringen sie uns um.»

Henrietta sprang auf. Noch immer hämmerte jemand ans Tor, aber irgendetwas in ihr wusste, dass es nicht die Schweden waren. Wenn sie Glück hatten, würden sie erst in der Nacht zurückkehren. Sie packte Ole am Kragen und zog ihn zum Hauseingang.

«Wohin willst du ihn schleppen?», rief Priska und deutete dann zum Hoftor. «Er muss fort, am besten in den Rhein!»

«Durch die Stadt, am hellichten Tag? Komm schon, hilf mir, ihn hinauf in die Werkstatt zu schaffen!»

«Was soll er denn dort? Gott steh uns bei!»

Henrietta hatte eine Entscheidung getroffen. Ole Persson würde seinem restlichen, elenden Leben einen Sinn geben und Modell für den heiligen Magnus stehen. Sein Schädel hatte schwere Blessuren, und es war nur eine Frage der Zeit, bis er starb. Sein Herz schlug kräftig und gab nicht auf, aber sein Kopf hatte dem Schlag nichts entgegenzusetzen vermocht. Wenn sie sich nicht täuschte, dann war Ole Persson nur noch ein atmender Körper.

Sie schleifte ihn zur Stiege, fasste ihn an den Schultern und befahl Priska, seine Beine zu nehmen. «Wir müssen behutsam sein. Vielleicht stirbt er uns schon auf dem Weg hinauf, wenn wir zu heftige Bewegungen machen.»

«Du bist wahnsinnig, Henrietta Güntelein!»

Das kann sein, dachte Henrietta. Es fühlt sich jedenfalls so an.

Der Weg nach oben war eine elende Schlepperei. Ole war groß und schwer, sie konnten ihn nur mit großer Mühe tragen. Als sie den Treppenabsatz erreichten, deutete Henrietta mit dem Kinn auf die Kammer ihres Vaters. Sie mussten jetzt leise sein. Henrietta öffnete bedächtig die Werkstatttür, mit letzter Kraft zerrten sie Ole in die Mitte des Raums und sanken keuchend auf die Knie. Dann entkleideten sie ihn, bis er nackt vor ihnen lag. Das Kleiderbündel verstaute Henrietta ganz unten in einer der Truhen.

«Ich schaue schnell nach, ob wir im Hof keine Spuren hinterlassen haben», sagte sie und hastete die Stiege hinunter. Im Hof wischte sie das Blut auf. Sonst verriet nichts, was sich soeben ereignet hatte. Nur der Stein. Sie steckte ihn rasch ein und wollte zurück ins Haus, als ihr etwas auffiel: Es war ruhig geworden. Jetzt erst erinnerte sie sich wieder, dass jemand ans Hoftor gehämmert und nach ihr geschrien hatte. Und dass die Stimme ihr bekannt vorgekommen war.

Sie ging langsam zum Tor und horchte auf. Obwohl sie keinen Laut vernahm, war sie plötzlich sicher, dass Thomas noch draußen stand. Sie musste ihm aufmachen, bevor er wieder anfing, nach ihr zu rufen, oder auf den Gedanken kam, das Tor einzutreten.

Sie drehte den Schlüssel, atmete tief ein und öffnete das Tor. Thomas stürzte an ihr vorbei, drehte sich um, lief zu ihr zurück und packte sie an der Schulter.

«Ole Persson!», schrie er. Seine Hände betasteten ihr Gesicht, sein Blick wanderte an ihr auf und ab. «Was hat er dir angetan?»

«Es ist nichts geschehen. Er hat mich nur belästigt, und dann ...»

«Belästigt? Er wollte dir Gewalt antun!»

Ihr entging nicht, dass er sie nicht mehr in der Höflichkeitsform anredete. Wie sehr mir das gefällt, dachte sie und vergaß für einen Moment alles andere. Sie machte einen Schritt auf ihn zu und umarmte ihn. Er drückte sie fest an sich und streichelte ihr Haar.

«Ich werde ihm beibringen, dass er das nicht noch einmal versuchen soll», flüsterte er ihr ins Ohr.

«Aber nicht jetzt. Er hat sich hingelegt, um seinen Rausch auszuschlafen. Und das dauert für gewöhnlich sehr lange. Für heute musst du dir keine Gedanken mehr machen. Vertage es besser auf morgen.»

Sie konnte kaum glauben, dass ihr die Lüge so leicht über die Lippen gekommen war. Innerlich bebte sie, und sie dachte, dass er es ihr anmerken musste, doch er streichelte sie ruhig weiter.

«Und nun?», fragte er nach einer Weile. «Du willst doch nicht etwa immer noch hierbleiben? Komm mit zu mir. Meinetwegen bring deine Magd und deinen Vater mit. Es ist mir alles recht.»

«Nein.» Sie löste sich von ihm. «Hier im Haus … ist so viel mehr, das ich nicht aufgeben kann.»

«Was, Henrietta? Was hast du zu verlieren?»

Ohne zu antworten, drängte sie ihn zum Tor. «Es ist alles gut. Mach dir keine Sorgen. Ich bin morgen früh wieder bei dir.»

Widerwillig wich er auf die Straße zurück. Was verbarg ihm diese Frau? Sie reckte sich, um ihm einen raschen Kuss zu geben, dann schloss sie das Tor. Sie konnte nur hoffen, dass er jetzt ging und sich bis morgen geduldete. Bis dahin würde ihr hoffentlich einfallen, wie sie ihn beruhigen konnte.

Sie wartete, ob er noch einmal klopfen würde, aber es blieb still, bis sie seine Schritte draußen auf dem Pflaster hörte. Sie wandte sich um und eilte hinauf in die Werkstatt.

Ole lag genauso da wie zuvor. Priska saß in einiger Entfernung auf einem Stuhl und ließ ihn nicht aus den Augen.

«Wirst du mir jetzt verraten, was das sollte? Willst du ihn hier etwa pflegen?»

«Nein. Ole Persson ist tot, er weiß es nur noch nicht. Ich werde ihn malen.»

«Du bist verrückt! Er soll der heilige Magnus sein? Ist das nicht zu viel Ehre für diesen Haderlumpen? Den Soldaten hätte er darstellen sollen, das wäre angemessener gewesen.»

«Nun, das warst aber du, daran sehen wir doch, dass es hier nicht um die Ehre geht. Du warst dir nicht zu schade, also wird sich der Heilige auch nicht zu schade sein. Hoffen wir es. Bis auf seinen Oberkörper hatte ich ihn noch nicht nackt gesehen. Ich konnte nur erahnen, dass er einen ansehnlichen Körper hat. Das hat er doch, findest du nicht? So sehnig und muskulös. Könnte ich einen besseren finden?»

Priska schüttelte nur ungläubig den Kopf, aber sie schwieg.

Henrietta nahm aus einer Truhe ein Laken und riss es in Streifen. Sie verband Ole die Stirn, damit die Wunde aufhörte zu bluten. Glücklicherweise war die Blutung ohnehin nur schwach. Was nun folgte, war weitaus schwieriger. Sie musste den Körper in die richtige Position bringen. Sie verknotete die Stoffstreifen, schlang sie ihm um Handgelenke und Oberarme. Dann stellte sie sich auf einen Stuhl, warf die Streifen um einen Dachbalken und zog Ole mit aller Kraft so weit hoch, bis er saß. Priska half ihr dabei. Als sie ihn aus einigen Schritten Entfernung betrachtete, stellte sie fest, dass er nicht lebendig aussah, sondern bewusstlos, was er ja auch war.

«Ich sage doch, es ist eine verrückte Idee», klagte Priska. «Lass ihn uns in den Hof zurückbringen und das Tor öffnen. Sie werden glauben, er sei mit einem Fremden in Händel geraten.»

Henrietta achtete nicht auf ihre Worte und winkelte Oles rechtes Bein an, sodass er darauf kniete. Das linke winkelte sie seitwärts an und zog den Fuß ein Stück nach hinten. Den leicht vorgeneigten Oberkörper stützte sie mit einem Hocker ab. Die Arme ruhten halbwegs sicher in den Schlaufen. Sie fesselte die Handgelenke, was ihr ein Gefühl von Sicherheit gab, obwohl das nicht nötig war. Der Kopf lag auf der Brust, dagegen konnte sie nichts machen.

«Den wirst du halten, wenn er an der Reihe ist», sagte sie zu Priska.

Die Magd zuckte zusammen. «Ich rühre ihn nicht an!», stieß sie hervor.

«Bitte, Priska! Ohne dich schaffe ich es nicht, du musst seine Haltung korrigieren. Nur ganz leicht, damit er die Spannung hält. Glaub mir, ich lasse dich nicht mit ihm allein.»

«Aber versprich mir, dass du ihn nach jeder Sitzung knebelst und fesselst.»

«Das verspreche ich dir.»

«Hast du dir schon überlegt, wie wir ihn verschwinden lassen können, wenn du fertig bist? Die Gelegenheit, ihn rechtzeitig wegzuschaffen, haben wir verpasst.»

«Wenn ich mir darüber jetzt Gedanken machen würde, müsste ich sofort das Haus verlassen und nie mehr zurückkehren. Und du ebenfalls.»

«Lieber Gott, mach, dass das alles schnell vorübergeht!» Priska sah an die Decke und schlug ein Kreuz.

Es gibt noch viel mehr, wofür wir beten müssen, dachte Henrietta und begann, die Farben anzumischen. Sie würde den Körper nicht unmittelbar auf das *Martyrium* malen, dazu war ihr die männliche Anatomie zu fremd. Besser war es, die Figur zuerst auf einem kleineren Bild zu erproben, so wie sie es mit der Kaiserin getan hatte. Sie bestrich das Gitternetz mit Farbe, drückte es auf die Leinwand, die lose auf dem Tisch lag, und begann, die Umrisse ihres Modells zu zeichnen.

Thomas wanderte in der Cruzenachgasse auf und ab, er ging vom Brunnenplatz am Haus der Günteleins vorbei und wieder zurück. Aber von Henrietta war nichts mehr zu hören. Irgendwann blieb ihm nichts übrig, als hinzunehmen, dass sie ihn weggeschickt hatte, und er machte sich auf den Heimweg. Die Arbeit würde ihn ein wenig ablenken, so hoffte er.

Was hielt sie nur in diesem Haus? War es, weil sie dort aufgewachsen war? Er hatte sein Vaterhaus in Flammen aufgehen sehen, und nicht nur das: Er hatte auch seine Heimat verloren. Vielleicht sollte er mehr Verständnis für sie aufbringen, wusste er doch, wie sie sich fühlte, doch das Gegenteil war der Fall. Im großen Krieg gab es keine Heimat. Alles konnte einem jederzeit entrissen werden, selbst das eigene Leben. Früher oder später tauchten in jedem Winkel des Reichs plündernde Soldaten auf, hungrige Bauern oder die Pest. Besser, man löste sich beizeiten von dem Wunsch, etwas zu besitzen, ein Haus oder auch nur einen Flecken Erde. Besser, man steckte es selbst rechtzeitig in Brand, dann konnte man sich wenigstens am Feuer wärmen.

Hatte sie sich ihm deshalb hingegeben? Weil sie wusste, dass der Tag nahe war, da die Schweden sie nicht mehr schonen würden?

Wie sollte er den Tag überstehen, bis sie endlich wieder bei ihm war? Bis er sie davon überzeugen konnte, zu ihm zu ziehen? Wie sollte er arbeiten, wenn er ständig Angst um sie haben musste? Thomas hatte sich noch nie in seinem Leben so hilflos gefühlt.

Als er bei Scherers Haus ankam, sah er eine Kutsche vor der Tür stehen. Es war der Statthalter. Johann Eriksson Sparre ließ sich von seinem Lakai den Schlag öffnen, als er Thomas kommen sah, und stieg aus. Er klopfte seinen Umhang glatt und zog den Hut.

«Ich war gerade in der Nähe», sagte er ohne ein Wort des Grußes. «Wir mussten einen Umweg nehmen, weil wir nicht durch die kleinen Gassen kamen. Das Reiten ist einfach nichts für mich, und wenn mir der König noch so ein großes Vorbild ist. Ihr hättet sehen sollen, wie erhaben er aussah, als er durch die Menge ritt!»

«Ich habe ihn gestern gesehen», erwiderte Thomas.

Sparre musterte ihn lange. War er beleidigt darüber, dass Thomas so wenig Begeisterung zeigte? Aber so war es nun mal. Selbst wenn Gustav Adolf ein von Gott gesandter Heiliger war, war er nicht imstande, ihm seine Sorge um Henrietta zu nehmen.

«Nun gut.» Sparre winkte ab und deutete auf die Haustür. «Darf ich mir mein Porträt ansehen?»

«Gewiss.» Thomas öffnete und bat ihn herein. Er wäre jetzt gerne alleine gewesen, aber hatte er eine Wahl? Dieser Auftrag war wichtig für ihn, und er durfte es sich mit dem Statthalter nicht verderben.

Das Bildnis stand an seinem Platz auf der Staffelei. Sparre blieb am Eingang zur Werkstatt stehen. Er war sichtlich beeindruckt.

«Nun, wie ich sehe, ist der Hintergrund bereits fertig. Das Mainz auf dem Bild sieht wahrhaftig prächtiger aus als in Wirklichkeit, kein Schnee liegt auf den Dächern. Und der grüne Vorhang – sehr edel. Ich bin zufrieden mit Euch. Wann werdet Ihr fertig sein?»

«Das liegt an Euch. Wie Ihr seht, fehlt nur noch Euer Rumpf, alles andere ist vollendet, sofern Ihr nichts zu bemängeln habt», erwiderte Thomas.

«Oh, durchaus nicht. Ich schicke Euch jemanden vorbei, der meine Statur hat. Er kann Euch an meiner Stelle Modell stehen. Das ist doch möglich, oder?»

«Natürlich …», Thomas zögerte. «Aber werdet Ihr jemanden finden?»

«Selbstverständlich. Ich schicke ihn morgen Mittag vorbei. Nun muss ich aber weiter.» Sparre lüpfte zum Abschied den Hut und verließ das Haus. Thomas ging in den Hof, um sich einen Krug Wasser zu holen. War der Statthalter nicht arg schnell mit seinem Entschluss gewesen, ihm nicht mehr Modell zu stehen? Hatte es damit zu tun, dass er, Thomas, seiner Einladung nach Hanau nicht gefolgt war? Hatte er seine Stellung als Hofmaler bereits verspielt?

Und wenn's so ist, dachte er, was soll mich das jetzt noch kümmern?

Kapitel 5

«Vater, ich muss dir etwas zeigen.» Henrietta beugte sich über Johannes und streichelte ihm die Wange. Den ganzen Tag hatte er geschlafen, selbst die Schreie unten im Hof hatten ihn nicht geweckt. Sie war froh darüber, denn bei dem Gedanken, er hätte ohne Vorwarnung gesehen, wie sie Ole in die Werkstatt geschleppt hatten, graute es ihr. Trotzdem wusste sie, dass sie es ihrem Vater nicht verheimlichen konnte.

«Ich habe ein Modell», platzte es aus ihr heraus.

Er drehte sich schwerfällig auf den Rücken und sah sie fragend an. «Etwa den Maler?»

«Nein, einen anderen. Kannst du dich noch daran erinnern, dass du mir früher mal von einem Maler erzählt hast, der ins Spital ging, um nach toten Körpern Ausschau zu halten, die ihn als Modell für seine Pietà dienen konnten?»

Er schüttelte den Kopf. Sie erinnerte sich selbst nur noch schwach, und vielleicht entsprach die Geschichte auch gar nicht der Wahrheit. Aber sie brauchte jetzt eine solche Geschichte, mehr als alles andere.

Vorsichtig ging sie zur Tür und legte die Hand auf die Klinke. Sie presste die Lippen zusammen und öffnete. Ole lag bäuchlings am Boden. Wie Priska es gefordert hatte, steckte ein Knebel in seinem Mund, Hände und Füße waren gefesselt. Über seinen Beinen lag eine Decke. Johannes' Augen weiteten sich, als er ihn sah. Er richtete sich langsam auf, reckte den Kopf und winkte Henrietta, ihm aus dem Bett zu helfen. Dann wankte er mit ihrer Hilfe in die Werkstatt.

«Er ist nicht tot», sagte sie. «Er ist bewusstlos, aber ich glaube, er wird nie wieder aufwachen. Er hat eine schwere Kopfverletzung erlitten.»

«Ich kenne ihn», hauchte Johannes jetzt. «Das ist einer von den Männern, die unten hausen. Wer hat ihn erschlagen?»

Allmächtiger, bitte lass es ihn hinnehmen, dachte sie verzweifelt. Ich kann ihm das nicht erklären.

«Das ist nicht wichtig, Vater.»

«Nicht … wichtig?» Er sackte vor Ole auf die Knie und starrte ihn aus der Nähe an. «Verrückt ist das! Du schleppst einen Toten hierher, und woher du ihn hast, ist nicht wichtig? Aber bei Gott, was für ein vollkommener Körper! Diese Schweden sind wirklich ansehnliche Burschen.»

«Schau her.» Sie zeigte ihm die Ölstudie, die sie von Ole angefertigt hatte. Johannes nahm das Stück Leinwand entgegen. Es war noch feucht. Sein Blick wanderte zwischen Ole und seinem Abbild hin und her. «Das hier ist nicht gut», sagte er und deutete auf das linke Bein. «Hier, die Art und Weise, wie er auf seinem Bein sitzt, das sieht gedrungen aus. Er sollte den Fuß ein wenig zur Seite strecken, sodass er nur leicht sein Gesäß berührt.»

Sie begriff sofort, was er meinte. Entschlossen nahm sie einen Lappen, tunkte ihn in Terpentin und wischte das Gemalte an der betreffenden Stelle fort.

«Ich kann das nicht glauben», flüsterte er. «Du zeigst mir einen Toten …»

«Er ist nicht tot.»

«Bei allen Heiligen, hör auf so zu tun, als sei es das Normalste der Welt, dass du mir einen Toten in die Werkstatt schleppst! Was bist du nur für eine Frau? Erschlägst einen Mann, ziehst ihn aus und …», erschöpft ließ er sich auf einen Stuhl sinken.

Seltsam, dachte sie, bei Thomas hätte ich mich jetzt ausgeweint, aber in der Gegenwart meines armen Vaters fühle ich mich stark.

«Hast du nicht eben selbst daran gedacht, ihn zu malen, als du ihn dort liegen sahst?», fragte sie ihn. «Es hat alles genau so kommen sollen. Was macht es für einen Unterschied, ob einer der Schweden stirbt oder nicht? *Sie* waren es, die hier eingedrungen sind. Wir haben sie wahrlich nicht eingeladen. Es ist Krieg, Vater, Krieg!»

Eine Weile sahen sie sich schweigend an. Schließlich fragte er: «Wer hat den Schweden erschlagen?»

Sie senkte den Blick.

«War es Priska?»

«Irgendjemand war es. Es spielt doch keine Rolle, Vater.»

«Na gut. Vielleicht ist es wirklich gleich. Und du glaubst, sie werden ihn hier oben nicht finden?»

Henrietta sah ihn erleichtert an. Wie froh sie war, dass er nachgab und dringlicheren Überlegungen den Vorrang gab. Wäre er nicht krank gewesen, hätte er die Schweden vermutlich gleich am ersten Tag aus dem Haus gejagt, und weder Sven Persson noch sonst jemand hätte es gewagt zurückzukehren.

«Warum sollten sie? Sie waren noch nie hier oben, nur am ersten Tag. Sie glauben nämlich, dass deine Krankheit ansteckend ist. Dass dies hier eine Malerwerkstatt ist, dürfte ihnen gar nicht klar sein. Und selbst wenn, weshalb sollten sie auf den Gedanken kommen, ihn hier zu suchen? Er ist ein liederlicher Mensch, der herumgehurt hat, sie werden ihn an entsprechenden Orten in der Stadt vermuten.»

«Aber wenn er doch aufwacht und hinunterläuft?»

«Schau dir seine Stirn an! Der wacht nicht wieder auf.»

Johannes machte plötzlich einen müden Eindruck. «Dann bleibt also nur zu hoffen, dass alles so ist, wie du denkst.»

«Tagsüber decken wir ihn zu und legen ihn hinter das Gemälde.» Diese Idee war ihr erst in diesem Moment gekommen.

«Ich kann noch immer nicht glauben, dass du das gemacht hast», murmelte Johannes und rieb sich die Augen. Mit einem Mal musste er grinsen. «Eine Teufelsmalerin bist du! Du bist tatsächlich imstande, das Bild zu vollenden. Wenn der Domherr wüsste, auf welche Weise sein Gemälde entsteht, würde ihn auf der Stelle der Blitz treffen. Aber jetzt hilf mir ins Bett und bete für mich, dass ich nicht von dem da träume.» Er deutete mit dem Finger auf Ole.

Nachdem Henrietta ihrem Vater ins Bett geholfen hatte, kehrte sie in die Werkstatt zurück. Sie hörte, wie Priska unten irgendwelchen Arbeiten nachging, wahrscheinlich um sich abzulenken, und überlegte kurz, ihr zur Hand zu gehen. Doch dann schob sie Oles Fuß in die vom Vater vorgeschlagene Position und begann zu malen. Selbst wenn sie mir alles nehmen, dachte sie, während sie den Pinsel über die Leinwand gleiten ließ, sie werden mich niemals davon abhalten zu malen.

Mitten in der Nacht kehrte die Rotte zurück. Henrietta und Priska saßen in der Werkstatt. Sie mussten nach unten gehen, denn die Soldaten konnten jeden Augenblick nach ihnen verlangen. Henrietta hatte eine zweite kleine Fassung von Oles Körper gemalt, aber sie war nicht zufrieden mit ihrer Arbeit. Jetzt machte sich bemerkbar, dass sie niemals einen Akt hatte malen dürfen. Ihr Vater hatte es ihr nicht erlaubt, allerdings war es ihr früher auch gar nicht in den Sinn gekommen.

Sorgfältig säuberte sie ihre Hände und überprüfte ihr Kleid, dann ging sie die Stiege hinunter. Priska folgte ihr und hielt Henrietta bei der Hand.

Als die Männer zurückgekehrt waren, hatten sie ihre Beutesäcke und Waffen abgelegt, im Hof an die Mauer gelehnt, und sich die schmutzverkrusteten Stiefel ausgezogen. Den Durst löschten sie mit Wasser, das Henrietta ihnen eilends eingeschenkt hatte.

«Beeil dich», rief Birger und wedelte mit seinem leeren Zinnkrug. «Soll ich verdursten? Warum schaut die Magd so blass aus?»

«Ich bin müde», hauchte Priska.

Er knurrte etwas Verächtliches. Jette, die auf einer der Bänke saß und sich die wunden Füße rieb, winkte ab. «Lass sie in Ruhe. Ole hat sie gestern rangenommen, und heute sicherlich auch.»

«Ach, ist der Halunke deshalb hiergeblieben? Das wusste ich gar nicht. Ich dachte, er sei nur zu faul zum Laufen.»

Birger plapperte weiter, während er sich wie die anderen auf seinem Lager ausstreckte. Seinen Erzählungen entnahm Henrietta, dass die Rotte nach Wackernheim gewandert war, einem Dorf westlich von Mainz, und dort die leer stehenden Häuser und Katen durchstöbert hatte. Dabei waren sie auf Menschen in ihren Kellerverstecken gestoßen. Birger wechselte irgendwann ins Schwedische, und Henrietta war froh, dass sie die Einzelheiten nicht hören musste.

Sven Persson knöpfte sein Wams auf und warf es zu Boden. Er schien zu überlegen, ob er Jette zu sich holen sollte, ging dann aber allein in Richtung seiner Kammer.

Er öffnete die Tür, hielt inne und drehte sich plötzlich zu Henrietta um.

«Wo ist mein Bruder?»

Obwohl sie auf die Frage vorbereitet gewesen war, musste sie schlucken.

«Er hat gegen Abend das Haus verlassen», sagte sie, ohne den Blick zu heben.

Er sah sie nachdenklich an. «Hätte er sich doch denken können, dass er's nicht den ganzen Tag hier aushält.»

«Der ist bestimmt hinaus ins Trosslager, um sich die Zeit zu vertreiben», warf Birger ein, bevor er sich auf die Seite drehte und langsam zu schnarchen anfing. Auch die anderen wurden jetzt ruhiger. Jette kroch auf einen Strohsack und rollte sich darauf zusammen.

Persson wandte sich noch ein letztes Mal an Henrietta, bevor er in seiner Kammer verschwand. «Geh in den Hof zu Jörg und räum die Beutesäcke aus! Und komm bloß nicht auf den Gedanken, etwas davon einzustecken! Wenn du was brauchst, frag vorher! Die Waffen musst du nicht säubern, das macht der Bursche.» Er verschwand und schloss die Tür.

Sie ging hinaus in den Hof, wo Jörg schon damit beschäftigt war, die Klingen der Piken und Partisanen zu reinigen. Gottlob waren sie nur mit Erde beschmutzt. Als er sie sah, blickte er sie nur kurz aus müden Augen an. In den Säcken und Tüchern befand sich wahllos zusammengewürfeltes Beutegut. Hühner mit abgeschlagenen Köpfen, zwei Bibeln, ein Säckchen mit wertlosem Kippergeld, ein erdverkrusteter Gulden, ein silbernes Kruzifix und sechs kleine, mit Jagdszenen verzierte Zinnbecher. Und Kleider von Männern und Frauen. Einiges war zerrissen; Henrietta konnte sich nicht vorstellen, dass die Schweden es einfach aus den Truhen oder Schränken genommen hatten. Blut klebte nicht daran, aber unwillkürlich musste sie sich vorstellen, wie jetzt in Wackernheim nackte Körper an einem Holzbalken baumelten, so ähnlich, wie sie es auf Thomas' Zeichnung gesehen hatte.

Sie trug die Kleider hinauf in die Stube, denn das alles würde sie nähen müssen. Als sie zurückkehrte, war Priska schon damit beschäftigt, die Hühner zu rupfen. Henrietta half ihr, während Jörg die Federn zusammenkehrte. Er wirkte noch trauriger als sonst. Vielleicht hatte ihn der Ausflug in die Wackernheimer Katen an sein eigenes Zuhause erinnert, von dem er nicht einmal wusste, ob es noch existierte.

So schlecht es uns geht, mit ihm wollte ich nicht tauschen, dachte Henrietta. Dieser Gedanke ging ihr noch im Bett durch den Kopf, doch es war Ole, der sie im Traum heimsuchte. Er war aufgestanden, ein von Maden zerfressener Leichnam, und näherte sich ihr langsam. Plötzlich kam Sven hereingestürzt und packte seinen Bruder an der Kehle. Schwer atmend wachte sie auf. So furchtbar war der Traum gewesen, dass sie kämpfen musste, richtig wach zu werden.

«Priska?», flüsterte sie.

«Ja?», kam es sofort.

«Kannst du nicht schlafen?»

«Ich liege schon die ganze Zeit wach. Der Gedanke, dass Ole in der Werkstatt liegt, macht mich ganz krank.»

«Meinst du, du schaffst es, morgen vor den Soldaten unbefangener zu wirken? Ich hatte das Gefühl, sie haben dir etwas angemerkt.»

Sie stieß einen langen Seufzer aus. «Ich hoffe es.»

Henrietta tastete nach Priskas Hand und streichelte sie. «Wir schaffen es, glaub mir! Sie haben keinen Augenblick daran gezweifelt, dass er weggegangen ist, um sich zu amüsieren. Wahrscheinlich werden sie ihn erst in ein paar Tagen vermissen.»

«Wenn er doch nur bis dahin tot wäre!»

«Und dann?»

«Irgendwann müssen wir ihn fortschaffen, egal, ob tot oder lebendig», stöhnte Priska, und es hörte sich an, als zupfe sie mit ihren Zähnen an der Bettdecke.

Darüber hatte sich Henrietta auch schon den Kopf zermartert. Vielleicht würde die Rotte ein weiteres Mal auf Beutezug gehen, und dann konnten sie Ole in Leinen wickeln und aus dem Haus tragen, sobald es dunkel war. Irgendwohin, weit weg. Wenn sie jemand dabei sähe, würde er wahrscheinlich denken, dass sie einen verstorbenen Angehörigen zum Friedhof trugen. Oder dass sie den Toten auf der Straße gefunden hätten und ihn nun nach Hause schaffen würden. Wahrscheinlich aber würde sich niemand etwas denken. Der Anblick von Toten war in dieser Zeit wahrlich nichts Außergewöhnliches.

Und falls die Soldaten doch nicht mehr auf Beutezug gingen, mussten sie vielleicht Jette oder Jörg einweihen, damit sie die Männer ablenkten. Vielleicht konnten sie sie mit Starkbier und Branntwein betrunken machen, sodass sie alle in einen tiefen Schlaf fallen würden.

«Es finden sich Möglichkeiten», sagte sie leise. «Wir müssen nur immer daran denken, dass wir sicher sind. Sie haben keinen Grund, ihn oben zu vermuten. Er *kann* nur in der Stadt oder im Heereslager sein. Wenn Sven Persson das nächste Mal nach ihm fragt, werde ich sagen, ich hätte ihn in der Stadt gesehen.»

«Das ist gut», murmelte Priska. «Ich bin froh, dass du so stark bist. Allein würde ich das nie durchstehen.»

Allein wärst du auch gar nicht in diese Situation geraten, dachte Henrietta. Nicht zum ersten Mal plagten sie Gewissensbisse der Magd gegenüber. Und wenn sie es genauer betrachtete, fühlte sie sich nicht nur Priska gegenüber schuldig. Sie hatte Thomas nicht die Wahrheit gesagt. Sie hatte ihm nicht verraten, dass sie sich über das Verbot hinwegsetzte und heimlich das Gemälde vollendete, das ihr Vater begonnen hatte. Es war ein heiliges Werk, aber die Hände, die es hervorbrachten, waren unrein. Beichte und Bußsakrament waren ihr verwehrt. Vielleicht musste sie das Bild unter all den Schwierigkeiten, der Angst und dem Leid malen, um das aufzuwiegen? Vielleicht würde Gott es deshalb gutheißen und sie letztlich doch dafür belohnen.

Sie fand den Gedanken tröstlich.

Henrietta fürchtete sich vor dem Wiedersehen mit Thomas. Gleichzeitig sehnte sie sich danach, bei ihm zu sein und die Schweden für einige Stunden zu vergessen. Beim Frühstück hatten die Männer wieder über Ole gesprochen, aber ohne einen Verdacht zu hegen. Er habe ein elendes Glück, dass er sich bei seiner Herumhurerei noch nicht die Lustseuche eingefangen habe, hatte einer der Männer gesagt. Selbst Sven Persson hatte daraufhin in das Lachen eingestimmt.

Priska war an diesem Morgen ruhiger als noch in der Nacht. Wie es schien, war ihr inzwischen bewusst geworden, dass sich ihre Lage gebessert hatte: Zwar lag in der Werkstatt hinter dem Bild ein halbtoter Schwede, doch dafür musste sie nicht mehr fürchten, vergewaltigt zu werden. So war es Henrietta leichter gefallen, sie zurückzulassen.

Als sie Thomas' Werkstatt betrat, musste sie staunen. Dort saß ein Mann, der in Gestalt und Kleidung dem Statthalter ähnlich sah. Er lächelte sie an und machte eine galante Verbeugung.

«Ich bin der Sekretär des Statthalters und habe die

Ehre, meinen Herrn zu vertreten», erklärte er. Offensichtlich gefiel es ihm, sich von Thomas instruieren zu lassen, er befolgte artig seine Anweisungen. Henrietta setzte sich hin und beobachtete Thomas bei der Arbeit. Sie wusste nicht, ob sie froh oder betrübt über die Anwesenheit des Sekretärs sein sollte, denn er hielt Thomas davon ab, mit ihr zu sprechen – oder sie zu lieben. Der Sekretär redete munter drauflos, als bemerke er nichts von der Spannung, die zwischen Thomas und ihr lag.

«Ist das anstrengend, wenn man sich die ganze Zeit nicht bewegen darf! Ach, ich kann nur schwer stillsitzen, also schimpft nicht mit mir, Meister Hartenberg. Werdet Ihr denn auch meine Hände malen? Ich weiß gar nicht, ob sie denen meines Herrn ähnlich sind. Zum Glück darf ich sie in den Schoß legen und muss nichts halten. Was ist mit der Dame, weshalb ist sie hier? Hübsch schaut sie aus. Ein bisschen müde vielleicht. Muss es Euch nicht langweilen, dass Ihr einen wie mich malt anstatt sie? Also, wäre ich ein Maler, wüsste ich, was mir lieber wäre. Nun schaut Euch an, wie müde sie ist! Sicher ist mein Geplapper schuld daran …»

Sie war in der Tat müde, aber der Mann konnte ja nicht ahnen, weshalb. Sie saß auf der Bank, kämpfte mit ihren Gedanken und ließ sich von dem Gerede einlullen. Sie nahm noch wahr, dass ihr Kopf wegsackte, dann war sie eingeschlafen.

Als sie erwachte, diesmal nach einem erfrischenden, traumlosen Schlaf, fand sie sich in einer Kammer wieder. Im ersten Moment glaubte sie, in ihrer eigenen Kammer zu liegen, doch diese war größer, und die Strohmatratze fühlte sich anders an. Es musste eine Schlafkammer im Haus der Scherers sein. Sie blickte sich um und sah auf einer Truhe Männerkleidung liegen. Dicke Socken waren in Knäueln auf dem Boden verstreut. Ein paar Zeichnungen hingen an der Wand, sie zeigten unterschiedliche Motive: Frauen an einem Brunnen, eine Mühle mit einem Wasserrad, eine schlafende Katze, spielende Kinder. Es war Thomas' Kammer, daran bestand kein Zweifel. Wo war er jetzt? Immer noch in seiner Werkstatt? Sie drehte sich auf die Seite, schloss die Augen und drückte die Nase in das Kissen, das ganz leicht seinen Duft verströmte.

Dann war es Annas Stimme, die sie aus der Ferne weckte, mürrisch wie immer. Treppenstufen knarrten, die Stimme wurde lauter. Plötzlich hatte Henrietta das Gefühl, Anna hätte den Kopf hereingesteckt und sich dann wieder entfernt.

«In seinem Bett, wie unschicklich!»

«Sei ruhig, Weib. Sie ist ja angezogen.»

«Ja, ja. Soll sie doch einen Bankert von ihm kriegen oder Läuse oder was auch immer!»

«Was bist du doch herzlos. Als ob sie Schuld hätte an unserer Lage.»

Einige Zeit später wehte der Geruch von Gemüsesuppe herein. Henrietta sah durch die halbgeöffneten Augen Anselm eintreten und eine dampfende Schale auf dem Hocker neben ihrem Bett abstellen. Sofort begann ihr Magen zu knurren, doch nicht stark genug, um den Wunsch weiterzuschlafen zu verdrängen. Anselm lächelte kurz verlegen und verschwand dann leise. Es war wieder angenehm still. Dieses Zimmer erschien Henrietta wie ein Hort des Friedens, wie ein himmlisches Lager, das sie niemals wieder verlassen wollte. Sie dämmerte vor sich hin, bis sie spürte, dass jemand sie ansah. Sie wollte hochfahren, doch Thomas drückte sie sanft ins Kissen zurück.

«Jetzt eilt es nicht mehr», sagte er leise. «Die Suppe ist ohnehin fast kalt.»

Sie blickte ihn lange an. «Ist der Sekretär weg?»

«Ja. Er hat dauernd nach dir gefragt. Und ich konnte ihm nicht erklären, warum du so müde bist. Ich kann es ja selber nur vermuten.»

Das kannst du nicht, dachte sie.

«Haben dich die Schweden heute Nacht wirklich in Ruhe gelassen?», fragte er, immer noch in sanftem Tonfall, als habe er Angst, sie zu verletzen.

«Ja, wirklich. Ich bin müde, weil ich so viel schuften musste. Sie waren auf Beutezug und hatten allerlei Zeug angeschleppt, um das Priska und ich uns kümmern mussten.»

«Heute noch gehe ich zu Ole Persson. Er soll es nicht noch einmal wagen, sich an dir zu vergehen! Davon kannst du mich nicht abhalten.»

«Er ist gar nicht da. Vergnügt sich irgendwo, jedenfalls glaubt das sein Bruder. Es kann Tage dauern, bis er sich wieder blicken lässt.»

«Dann dauert es halt Tage. Ungeschoren kommt er nur davon, wenn er sich auf ewig davonstiehlt.»

Sie nickte nur. So weit würde es glücklicherweise nicht mehr kommen.

«Henrietta», er strich ihr über die Wange. «Es kann so nicht weitergehen. Ole wird dir wieder zusetzen. Wenn nicht er, dann ein anderer. Warum willst du nicht hierbleiben? Es ist Platz genug für euch, und ob die Schererin herumzetert oder nicht, soll dich nicht kümmern.»

Es schmerzte sie, dass er den wunderbaren Augenblick durch sein Drängen zerstörte. Aber sie hatte ja gewusst, dass er es nicht auf sich beruhen lassen würde.

«Mein Vater … Es ist nicht leicht mit ihm. Du weißt, ich kann ihn nicht allein lassen. Er müsste mitkommen. Hättest du keine Angst, dass du dich ansteckst?»

«Vielleicht ein wenig.» Dann schüttelte er den Kopf. «Nein, das würde ich hinnehmen. Dich hat er doch auch nicht angesteckt. Oder er hat es, und du mich inzwischen auch. Ich verstehe davon nichts. Ich weiß nur, dass er kein Hinderungsgrund ist. Nicht für mich. Was hält dich zurück?»

Ja, was? Wie gerne würde sie ihm die Wahrheit sagen. Aber es ging nicht. Er würde sie mit aller Gewalt von ihrem Plan abzubringen versuchen. Er war zwar ein verständnisvoller Mann, aber hier wäre seine Grenze erreicht. Kein vernünftiger Mensch konnte das verstehen.

«Ich kann einfach nicht hierbleiben. Es tut mir leid, aber ich kann dir nichts anderes sagen.»

Seufzend zog er seine Hand zurück. Sein Blick fiel auf die Schale, und er starrte lange hinein, als läge dort die Lösung seines Problems. Er nahm den Löffel und rührte darin herum.

«Hast du wenigstens noch Zeit, deine Suppe zu essen? Es ist Mittag, vielleicht wartet Persson schon darauf, dass du ihm sein Mahl bereitest.»

Wollte er sie auf diese Art reizen? Sie musste tatsächlich bald gehen, aber viel lieber wäre es ihr gewesen, wenn er die Zeit nutzen würde, sie in die Arme zu nehmen. Sie setzte sich auf und begann die Suppe in sich hineinzulöffeln. Sie war wässrig und enthielt nur Rüben und ein bisschen knorpeliges Rindfleisch, aber es war besser als nichts.

«Eins verspreche ich dir», sagte er. «Wenn ich Ole Persson irgendwo begegne, schlage ich ihn tot.»

Beinahe hätte sie sich an der Brühe verschluckt. Er hatte offensichtlich nicht die leiseste Ahnung, dass er das schon längst getan hatte.

«Bete lieber für seine Seele», murmelte sie und erntete einen verständnislosen Blick von ihm.

Sie erhob sich. Er rückte ein Stück beiseite, damit sie aufstehen konnte. Sie strich sich den zerknitterten Rock glatt. Jäh zog er sie an sich und küsste sie heftig. Und ebenso rasch schob er sie wieder von sich.

«Sei morgen wieder hier», sagte er rau. «Es ist mir gleich, ob du die Hände in den Schoß legst oder wieder schläfst. Wenn du nicht kommst, komme ich zu dir.»

«Ich komme», flüsterte sie und umschlang seinen Nacken.

Kapitel 6

Sie kam in den nächsten Tagen zur üblichen Tageszeit, doch sie wirkte erschöpft wie nie zuvor. Sie gab sich Mühe, die Müdigkeit zu verbergen, aber es gelang ihr in den seltensten Fällen, und oft schlief sie einfach im Sitzen ein.

Den schwedischen Sekretär, der bei den Scherers nach wie vor ein und aus ging, um Thomas Modell zu stehen, erheiterte das. Er erwies sich als zappeliges Modell, das ständig korrigiert werden musste, aber er war ein umgänglicher Mensch. Er schien Henrietta zu mögen. Einmal brachte er ihr sogar ein Geschenk mit, einen kostbaren Spitzenkragen, der aus den königlichen Kleidertruhen stammte, wie er behauptete.

«Im höfischen Frankreich», erzählte er, «ist das die neueste Mode: Die Damen tragen die Spitzenkragen der Männer. Und französische Mode macht die Frauen besonders begehrenswert, da Frankreich ein treuer Verbündeter Gustav Adolfs ist. Probiert es nur aus!»

Sie lächelte freundlich und bedankte sich, aber sie schien mit ihren Gedanken ganz woanders zu sein. Thomas fiel auf, dass sie kaum noch von ihrem Zuhause erzählte. Und wenn, dann immer nur die gleichen Geschichten, vom Nähen und Kochen, von Jettes Erlebnissen als Trosshure. Aber irgendetwas verheimlichte sie ihm, das spürte er. Warum hatte sie sich für ein erbärmliches Dasein entschieden, wenn sie es bei ihm viel besser haben konnte? Thomas zerbrach sich den Kopf darüber, aber er hatte schon lange aufgegeben, sie danach zu fragen. Mehr als ein Gähnen bekam er ohnehin nicht zur Antwort.

Wenigstens war sie jeden Tag bei ihm, sodass er sich von ihrer Unversehrtheit überzeugen konnte. Er sah sie ganz genau an, suchte nach Spuren von Schlägen, fand aber nur ein einziges Mal winzige Farbspritzer an ihren Händen. Das kam ihm seltsam vor, denn offensichtlich waren es nicht die Farben, die er verwendete. Er sprach sie trotzdem nicht darauf an, und als er kurze Zeit später wieder hinschaute, hatte sie die Spuren abgewischt. Sie würde ihm ohnehin nicht erzählen, was sie da malte, und die Lüge vom Porträt der Beckerin konnte er schon nicht mehr hören.

In diesen Tagen schliefen sie nicht miteinander. Sie ermutigte ihn nicht, und von sich aus wollte er nicht tätig werden. Es drängte ihn danach, aber er fürchtete, sie zu verschrecken. Was, wenn sie doch von Ole vergewaltigt worden war? Auf ihre Erzählungen vermochte er sich keinen Reim zu machen: Es hörte sich an, als spreche sie die Wahrheit, wenn sie sagte, dass Ole ihr nichts getan habe, und doch hatte er den Eindruck, dass sie ihn nur beruhigen wollte. Mit ihren immer gleichen Antworten erreichte sie allerdings eher das Gegenteil.

Nach zehn Tagen stand die letzte Sitzung mit Sparres Sekretär an. Es fehlten nur noch die Spitzenmanschetten an den Ärmeln. Henrietta hob die Palette aus der Wasserwanne, füllte die Tiegelchen mit Malmittel und Terpentin und legte die Pinsel zurecht, allerfeinste Marderhaarpinsel für die hauchdünnen Linien der Spitze. Bisher hatte sie fasziniert beobachtet, wie er den Kragen malte, und er nahm an, dass sie es auch diesmal tun würde. Stattdessen setzte sie sich auf ihre Bank und sah nicht einmal hin, als er sich an die Arbeit machte.

«Leg dich in meine Kammer», sagte er schroff. Er konnte es nicht mehr ertragen, sie so zu sehen. Sie schreckte hoch, und tatsächlich verließ sie die Werkstatt und stieg die Treppe zur Kammer hinauf.

«So sehr spannt Ihr sie doch gar nicht ein, dass sie müde sein muss», sagte der Sekretär. «Ist sie nachts etwa auf Vergnügungen aus?»

Thomas ignorierte die Frage und begann zu malen, doch er konnte sich nicht konzentrieren. Die Linien der Spitze gerieten ihm zu grob, die Schattierungen zu dunkel. Schließlich legte er den Pinsel beiseite.

«Bitte entschuldigt mich», murmelte er und stand auf.

«Schaut nur nach ihr», sagte der Schwede. «Ich habe es nicht eilig.»

Thomas ging hinauf, ohne zu wissen, was er sie dieses Mal fragen wollte. Vielleicht schlief sie aber auch nur, das wäre wohl das Beste, dann könnte er einfach ein wenig bei ihr sitzen und sie betrachten.

Zu seinem großen Entsetzen fand er sie jedoch weinend vor.

«Was ist mit dir?»

Er setzte sich auf die Bettkante und berührte leicht ihren Rücken. Sie wandte sich ihm zu. Ihre Augen waren verquollen und nass, ihr Gesicht erhitzt.

«Es ist nichts.» Sie rieb sich mit dem Handrücken über die Augen, schien zu überlegen, ob sie sich aufsetzen sollte, und sank dann wieder ins Kissen zurück. Nun lag sie auf dem Rücken, doch sie drehte den Kopf von ihm weg.

Was immer dich plagt, warum vertraust du es mir nicht an?, fragte er sie in Gedanken. Und gab sich selbst die Antwort: Weil eine ehrbare Frau wie sie solch schändliche Sachen nicht einfach herausposaunt.

War es so? Musste sie den Perssons nun auch dienen wie eine Trosshure?

Jeden Tag hatte er nach Ole gefragt, und jedes Mal hatte sie gesagt, er sei noch nicht zurückgekehrt. Log sie ihn an? Nein, das glaubte er nicht, denn es ließe sich ja leicht überprüfen, er brauchte nur einen Mann aus der Rotte zu fragen. Aber Ole war ihm leider nicht der einzige Dorn im Auge: Vielleicht war Sven Persson Jettes längst überdrüssig geworden und versuchte es nun mit Henrietta. Oder ein anderer bedrängte sie inzwischen, obwohl sie immer beteuert hatte, dass sie sich ihr gegenüber halbwegs anständig benahmen.

Wer immer es war, es musste einen geben. Nicht umsonst war sie so übermüdet und wortkarg.

«Ruh dich ruhig aus», er strich ihr übers Haar und küsste sie aufs Ohr. «Ich muss eben etwas erledigen.»

Er kehrte in die Werkstatt zurück und nahm rasch Umhang und Hut von der Truhe.

«Verzeiht, wenn ich Euch bitten muss, morgen noch einmal wiederzukommen», sagte er zu dem Sekretär, der verblüfft zusah, wie Thomas sich ausgehfertig machte. «Heute will mir einfach nichts gelingen. Wisst Ihr, wo sich der Statthalter zur Zeit aufhält?»

«In der Martinsburg. Ihr werdet Euch doch nicht bei ihm beschweren wollen?»

«O nein, es hat nichts mit Euch zu tun. Ich freue mich darauf, morgen das Porträt mit Eurer Hilfe fertigzustellen.» Thomas warf einen kurzen Blick auf den Arbeitstisch. Die Pinsel würden eintrocknen und die angemischte Farbe auf der Palette ebenfalls. Aber ihm stand jetzt nicht der Sinn danach, sich darum zu kümmern. Er hob den Hut zum Gruß und eilte aus dem Haus.

Kurze Zeit später stand er am Tor der Martinsburg, einer Festung mit vielen Türmen und Erkern dicht am Rheinufer. Über dem Tor hing das Stadtwappen, zwei silberne, durch ein Kreuz verbundene Räder auf rotem Grund, halb bedeckt von einer schwedischen Flagge. Er würde seine ganze Überredungskunst aufbieten müssen, um hineingelassen zu werden. Doch zu seiner großen Verwunderung genügte der Hinweis auf seine Tätigkeit als Hofmaler.

Der Wachtposten rief einen deutschen Burgdiener, der Thomas durch die Gänge und Stiegenhäuser der Burg führte. Kaum wurde der alte Mann gewahr, dass Thomas kein Schwede war, begann er zu lamentieren, wie schrecklich es sei, einer Ketzerregierung dienen zu müssen. Thomas ließ die Tirade über sich ergehen, er war nur froh, dass er ohne große Schwierigkeiten zum Statthalter gelassen wurde. Schließlich blieben sie an einer Tür stehen, der Diener klopfte, und es öffnete ihnen ein Mann.

«Ihr wollt zu Johann Eriksson Sparre?», fragte er abweisend. «Der Herr Statthalter hat eigentlich keine Zeit, aber ich werde sehen, was ich tun kann.»

Thomas betrat einen Vorraum, in dem nichts weiter als ein Schreibtisch und einige Stühle standen. Er sah aus dem Fenster auf einen Bach, der sich am Fuß der Burg entlangwand und unter der Burgmauer hindurch in den Rhein ergoss. Nicht weit dahinter erhob sich die äußerste Bastion der Stadtmauer. Schwedische Soldaten spazierten auf dem Wehrgang.

Ketzer sind das, dachte er voller Wut. So einer bin ich auch. Aber sind die wahren Ketzer nicht die, die zulassen, dass die Frauen in ihren Häusern drangsaliert werden?

Johann Eriksson Sparre kam aus seinem Arbeitszimmer und wies den Diener zurecht. «Immer diese Unterbrechungen! Musst du mir denn mit jedem Unsinn kommen?» Sein Blick fiel auf Thomas. «Meister Hartenberg?», fragte er erstaunt. «Was ist? Seid Ihr mit meinem Ersatz etwa nicht zufrieden?»

Er kam näher und reichte ihm die Hand.

«Was bin ich wieder unhöflich, verzeiht. Was führt Euch zu mir? Geht die Arbeit nicht voran?»

«Doch, Euer Sekretär hat sich alle Mühe gegeben. Morgen wird das Bild vollendet sein.»

«Sehr schön. Was ist dann der Grund für Euer Kommen?» Thomas ahnte, dass er den Statthalter umsonst aufgesucht hatte, aber er wollte es zumindest versuchen.

«Es geht um Henrietta Güntelein.»

Sparre blickte ihn verwundert an und lachte. «Das hätte ich mir denken können! Aber was habe ich mit Euren Herzensangelegenheiten zu schaffen? Als Statthalter hat man ja so manche Aufgabe, aber Kuppelei gehört meines Wissens nicht dazu.»

«Ich bin gekommen, um Euch zu bitten, Perssons Rotte ein anderes Quartier zuzuweisen.»

«Ach!», sagte Sparre und schwieg einen Augenblick. Thomas stellte sich vor, wie er sich die Angelegenheit durch den Kopf gehen ließ und schließlich zu einer Entscheidung kam. Die ungünstig ausfiel. «Abgesehen davon, dass ich dafür gar nicht zuständig bin – warum sollte ich das tun?»

«Weil Ihr im Interesse des Königs handelt. Ich habe bei meiner eigenen Einquartierung mit ansehen müssen, wie die Bewohner behandelt wurden. Das allein war schon ein Fall für das Militärgericht. Dem König liegt daran, dass sich seine Leute hier in der Stadt gut benehmen. Das habt Ihr selbst gesagt. Also sage ich Euch, dass dies im Haus der Günteleins nicht der Fall ist.»

«So ist das nun einmal», erwiderte Sparre unbeeindruckt. «Insgesamt ist der Großteil der Bevölkerung durchaus zufrieden. Mit dem Heer kam immerhin mehr Nahrung in die Stadt. Gewiss, die Leute beklagen sich bei mir über die Höhe der Kontributionen, und ich komme ihnen entgegen, indem ich die Schulden stunde. Wie ich es übrigens auch bei Henrietta Güntelein getan habe. Es mag hart für eine Frau sein, eine Jungfer zumal, mit Soldaten unter einem Dach zu wohnen, aber da ist sie weiß Gott nicht die Einzige. Mit welchem Recht sollte ich sie davon befreien und andere nicht? Weil Ihr sie liebt?»

«Nein, weil die Perssons sie bedrohen», antwortete Thomas fest.

«Würde sie das denn bestätigen, wenn ich sie danach fragte?»

«Ich fürchte, nicht.» Er wusste, dass er schlechte Karten hatte.

Sparre breitete hilflos die Arme aus. «Dann kann ich erst recht nichts machen. Was in ihrem Haus geschieht, ist vielleicht keine Seltenheit. Allerdings redet niemand darüber, und die betroffenen Frauen und Töchter sind froh, dass sie für ihre Dienste mit gutem Essen belohnt werden. Seid Ihr sicher, dass die Günteleinin nicht auch so denkt?»

Thomas musste an sich halten, um einigermaßen ruhig zu antworten. «Sie denkt nicht so. Sie weint vor Furcht!»

«So? Ich hatte nicht den Eindruck, dass sie ein ängstlicher Mensch ist.» Er ging langsam hinter den Schreibtisch, als überlege er, ob er sich die Zeit nehmen sollte, sich hinzusetzen. Er entschied sich aber dagegen. «Eure Sorge ist verständlich. Ich mag diese bemerkenswerte Frau ja auch, wirklich! Aber die Rotte ausquartieren? Weil wir beiden Dummköpfe eine Frau mögen? Und nicht einmal irgendeine, sondern eine, die im Gefängnis saß? Ihr dürft nicht vergessen, was für einen Ruf sie hier in der Stadt hat, Hartenberg!»

«Was soll das denn jetzt heißen?», fiel Thomas ihm ins Wort. Er war kurz davor, die Fassung zu verlieren. «Dass Ihr in dem Tonklumpen plötzlich doch einen Teufel gesehen habt?»

«Hartenberg, ich bitte Euch! Ich wollte damit sagen, dass eine Frau mit schlechtem Leumund nicht ihr Haus für sich behalten darf, wenn es ihren Nachbarn nicht erlaubt wird. Was gäbe denn das für ein Gerede? Aber das ist nicht alles: Wisst Ihr, dass sich die Persson-Brüder in der Schlacht bei Breitenfeld hervorgetan haben? Sie gehörten zu den Reiterregimentern, die unter Führung des Königs den Kaiserlichen in die Flanke fielen, als die schon glaubten, unsere sächsischen Verbündeten aufgerieben zu haben. Perssons Rotte hätte beinahe Tilly gefangengenommen! Wäre es ihr gelungen, säße sie jetzt wohl an den schönsten Futterplätzen im Kloster auf dem Jakobsberg. Glaubt Ihr immer noch, ich könnte sie einfach aus Johannes Günteleins Haus weisen? Selbst wenn ich es wollte …»

«Aber Ihr wollt es ja gar nicht.»

«So ist es.»

Thomas war außer sich. Was scherten ihn die Heldentaten der Perssons? Am liebsten hätte er sich sofort in den Trubel auf dem Domplatz gestürzt, um an irgendjemandem seinen Ärger auszulassen. Aber damit hätte er Henrietta auch nicht geholfen.

«Könnt Ihr mir wenigstens sagen, ob die Rotte das Haus im Frühjahr verlassen wird, wenn das Heer weiterzieht?»

«Hofft nicht darauf. Die Stadt wird zu einer Festung ausgebaut, die einmal zwanzigtausend Soldaten beherbergen soll. Ob diese Rotte dazugehören wird, weiß ich nicht. Ich vermute es aber, und wenn es so ist, dann werden sie noch lange in Günteleins Haus bleiben.»

Dann weiß ich nicht, wie sich die Lage jemals ändern soll, dachte Thomas betrübt.

Sparre wandte sich seinem Schreibtisch zu. «Wenn Ihr mich nun entschuldigt. Ich habe zu tun.»

Thomas blieb nichts übrig, als zu gehen.

Im Haus der Scherers wartete niemand auf ihn. Henrietta war inzwischen fort, der Sekretär ebenfalls. In der Küche saß Anna Scherer und starrte ins Leere. Ihr Mann hatte sich vermutlich wieder in den Keller zurückgezogen, er fragte nicht danach. Enttäuscht setzte er sich in seine Werkstatt und betrachtete sein Werk. Es sollte Sparre gefallen, jetzt erst recht! Aber wer wusste schon, ob der Statthalter überhaupt noch Interesse daran hatte? Nach Thomas' Besuch in der Martinsburg war er ihm mit Sicherheit nicht gerade wohlgesinnt. Vielleicht konnte Henrietta jetzt gar nicht mehr zu ihm ziehen, selbst wenn sie wollte. Sparre würde Persson nicht seines Quartiers verweisen. Wer wusste schon, ob Thomas das seine behalten würde?

Henrietta war glücklich. Der heilige Magnus schaute ehrfürchtig in den Himmel, sein Blick zeugte von Ergebenheit und Entschlossenheit. Und von Schmerz. Wie war es ihr nur gelungen, diese unterschiedlichen Züge in einem Gesichtsausdruck zu vereinen? Ole hatte ihr hier nicht als Vorbild gedient, sein Blick war ausdruckslos, alles Lebendige schon daraus entwichen. Und auch die anderen Schweden hatten sie nicht inspiriert. Wie auch? Den Männern aus der Rotte war die Stumpfheit ja förmlich ins Gesicht geschrieben. Jörg hingegen verkörperte zwar eine Art von Schmerz, aber nicht das Geistige, Erhabene, das sie zum Ausdruck bringen wollte. Und Thomas? War sein Blick in letzter Zeit nicht von Tag zu Tag trauriger geworden? Sie verspürte einen Stich, als sie daran dachte, denn ihr war klar, dass die Schuld daran bei ihr lag. Aber sie konnte ihm die Wahrheit nicht sagen, auch wenn sie wusste, dass er sich das Allerschlimmste ausmalte. Sie musste jetzt alles tun, damit sie ihre Arbeit ungestört beenden konnte. Das allein zählte, und was danach kam, würde eben kommen. Vielleicht hatte Thomas dann längst die Geduld verloren und würde mit ihr brechen. Oder es würde gar nicht erst so weit kommen, da Priska und sie vorher erwischt würden. Aber das machte ihr im Moment nichts aus.

Sie saß vor dem Gemälde und konnte sich nicht sattsehen. Die Schultern des Soldaten hatte sie neu gemalt, sie wirkten jetzt kräftiger. Das Schwert glänzte in aller Pracht, ebenso die Silberbeschläge der Pistole. Die Kaiserin blickte hochmütig auf den Heiligen herab, ihr Hündchen auf dem Arm. Kaiser Decius wirkte, als ahne er, dass er für seine Gräueltaten in einer anderen Welt würde büßen müssen. Seine Untergebenen standen dicht bei ihm und blickten erstaunt auf den alles beherrschenden nackten Mann im Vordergrund. Noch war außer dem Kopf nicht viel zu sehen: die betenden Hände und die Arme bis zu den Schultern. Dies alles war ihr wunderbar gelungen, und sie hätte am liebsten weitergemalt, berauscht von dem Gefühl, Großes geschaffen zu haben. Doch es war schon längst Mittag und viel zu gefährlich.

Außerdem wollte sie Perssons Schärpe zurück an ihren Platz bringen, jetzt, wo sie sie nicht mehr brauchte. Sie nahm sie aus einer der Truhen, faltete sie zusammen und brachte sie hinunter in die Stube. Es war schlimm genug, dass sie so viel lügen musste, sie wollte sich nicht auch noch mit Diebesgut belasten.

In dem Moment, als sie die Stube betrat, kam Persson

aus der Kammer. Sein Blick fiel sofort auf den leuchtend roten Stoff.

«Hast sie ja doch noch gefunden», brummte er und nahm ihr die Schärpe aus der Hand. Dann ging er an ihr vorbei, doch sie musste ihn nach Ole fragen.

«Was ist mit Eurem Bruder? Kommt er nicht mehr zurück?»

«Das hättest du wohl gern.» Er blieb an der Tür stehen, drehte sich zu ihr um und musterte sie mit seinen kalten Augen. «Der bleibt öfter für ein paar Tage weg.» Dann verließ er die Stube.

Ihr war klar, dass er die Angelegenheit nicht so gelassen betrachtete, wie er tat. Immerhin war Ole sein Bruder, es konnte ihm nicht gleichgültig sein, dass er nun schon seit Tagen verschwunden war.

Als sie ins Erdgeschoss ging, bemerkte sie, dass draußen große Aufregung herrschte. Jette stand am Durchlass zum Hof und reckte den Kopf.

«Was ist los?», fragte Henrietta.

Jette drehte sich nur kurz um und legte den Finger auf den Mund. Henrietta trat dicht neben sie. Draußen unter dem Söller standen die Männer und in ihrer Mitte eine alte Frau. Es war die Nachbarin von gegenüber, sie zitterte und blickte ängstlich von einem zum andern.

«Ich weiß nichts», beteuerte sie. «Ich habe ihn schon seit zwei Wochen nicht gesehen.»

Die Männer wechselten einige Worte auf Schwedisch.

«Du hängst den ganzen Tag drüben am Fenster», sagte Sven Persson daraufhin zu dem Weib. «Du musst ihn doch gesehen haben!»

«Hab ich aber nicht», widersprach die Alte.

Henrietta wurde es unbehaglich zumute. Das Hoftor hatte an jenem Tag offen gestanden. Die Frau saß zwar keineswegs den ganzen Tag am Fenster, denn auch sie hatte Soldaten im Haus, die bedient werden wollten. Doch sie bekam mehr mit von dem, was in der Gasse geschah, als viele andere. Andererseits waren Geschrei und Raufhändel in diesen Zeiten nichts Außergewöhnliches.

«Und sonst weißt du von niemandem, der ihn hat weggehen sehen?»

«Nein, wenn ich's Euch doch sage! Für mich seht Ihr alle gleich aus. Und wenn ich es wüsste, würde ich es sofort wieder vergessen. Ich will nichts zu schaffen haben mit Eurem Haus, in dem ein verrückter Maler und seine merkwürdige Tochter hausen. Wollte ich noch nie! Und jetzt lasst mich gehen, sonst schrei ich die ganze Gasse zusammen, dass man's bis zum Domplatz hört!»

«Was die alte Krähe noch krächzen kann», lachte Birger. Persson machte eine ungeduldige Handbewegung. «Schafft sie hinaus. Das Gekeife ist ja unerträglich.»

Einer der Soldaten gab der Alten am Tor einen Tritt, sodass sie auf die Gasse in den Morast fiel.

«So wird das nichts», brummte Persson und verfiel dann wieder ins Schwedische. Er schien seinen Männern Anweisungen zu geben.

«Vorhin hat er noch so getan, als sei es ihm gleich, dass Ole fort ist», sagte Henrietta leise zu Jette, die mit den Achseln zuckte.

«Das würde er vor dir auch nicht zeigen. Ich glaube nicht, dass er sich wirklich Sorgen macht, aber es sind schon zehn Tage, dass Ole von niemandem gesehen wurde. Sven schickt jetzt ein paar Männer los, die ihn suchen sollen. Irgendwo muss er ja stecken. Ich würde vermuten, dass er Karten gespielt hat und an die falschen Leute geraten ist.»

«Wie kommst du darauf?»

«Was denn sonst? Den Trupp verlassen hat er jedenfalls nicht, denn dazu hätte er nicht den geringsten Grund,

und außerdem hat er weder Umhang noch Hut oder Waffen mitgenommen. Und das bei der Kälte. Das macht er nur, wenn er sich irgendwo warm trinken kann, und dann spielt er gewöhnlich auch.»

«Hast du Angst um ihn?»

Jette warf ihr einen verächtlichen Blick zu. «Wieso sollte ich? Es ist mir völlig egal, was mit ihm passiert.»

«Ist dir sein Bruder auch gleichgültig?»

«Ja … fast. Warum fragst du danach?»

«Nur so», antwortete Henrietta. Langsam wurde es brenzlig für sie. Wenn Perssons Männer sich jetzt auf die Suche machten, könnte es sein, dass sie sich auch das Haus gründlich vornahmen. Sie musste sich beeilen.

Das Porträt des Statthalters war vollendet. Thomas bedauerte, dass Henrietta ihm bei seinen letzten Pinselstrichen nicht zusehen konnte, sie hatte einen Nachbarsjungen geschickt, der sie für den Tag entschuldigt hatte. Einen Grund hatte der Bub nicht genannt, aber Thomas nahm an, dass sie wieder zu müde war. Er hoffte zumindest, dass es weiter nichts war, und nahm sich vor, mittags bei ihr vorbeizuschauen. Vorher wollte er noch zum Apotheker, um das Ultramarin abzuholen, auch wenn ihn das Gefühl beschlich, dass er viel Geld für etwas ausgab, das er so bald nicht brauchen würde. Dennoch freute er sich darauf, es gab kaum etwas Edleres und Schöneres als das blaue Pigment, das aus dem kostbaren Lapislazuli gewonnen wurde. Er verabschiedete sich von Sparres Sekretär, der das Werk in höchsten Tönen gelobt hatte, und machte sich auf den Weg. Verwundert bemerkte er, dass auf den Straßen eine ausgelassene Stimmung herrschte, die ihn befremdete. Als er in der Stube des Apothekers war, fragte er ihn danach.

«Es ist Fastnacht», sagte Hanß Melchior Jahn. «Ein

heidnischer Mummenschanz, dem man besser fernbleiben sollte. Diese gottlosen Menschen da draußen können es gar nicht erwarten. Sie tanzen mit dem Teufel und meinen, dass der Herr ihnen am Aschermittwoch alles verzeiht.»

«Ihr habt mit diesem Brauch nichts zu schaffen?»

«Gott bewahre, ich bin Protestant! Wusstet Ihr das nicht? Ich öffne Euch rasch die Durchreiche.»

Er huschte durch eine Tür, hinter der sich, wie Thomas von seinem ersten Besuch wusste, die Offizin befand, ein Raum voller Regale und Schränke, aus denen es in betäubender Intensität nach Kräutern, Ölen und Fetten roch.

«Ich hätte mich doch nie mit einem wie dem alten Günteleinabgegeben», nahm Jahn den Faden wieder auf, als er hinter der Durchreiche stand, «wenn die Katholiken sich herabgelassen hätten, meine kleine Apotheke aufzusuchen. Die haben doch auf mich herabgeschaut. Aber jetzt ist alles anders, dem König sei Dank.»

«Habt Ihr das Ultramarin?»

Jahn wiegte den Kopf, anscheinend war er enttäuscht, dass Thomas nicht darauf einging. Thomas hatte wenig Lust, sich mit ihm zu unterhalten, nicht nur, weil er inzwischen wusste, dass er derjenige war, der Henrietta verraten hatte. Jahn neigte, ähnlich wie der schwedische Sekretär, zum Schwatzen, bloß fehlte ihm dessen angenehmes Wesen. In seinem schwarzen Rock und der Halskrause erinnerte er ihn an Richter Belsenius, er war nur etwas kleiner und schmaler und ging gebeugt. Seine feinen gelben Finger strichen leicht über die Regale, auf denen unzählige Tontöpfe, Schütten und Glaskolben standen. Hinter einem Stapel schwerer Marmorschalen zog er ein kleines Ledersäckchen hervor, legte es auf den Rezepturtisch und öffnete es vorsichtig.

Bedächtig schüttete er das tiefblaue Pulver in die Waagschale, legte die Gewichte in die andere und notierte sich den Preis.

Danach schüttete er das Pulver zurück ins Säckchen, verschnürte es sorgfältig und ging damit zur Durchreiche. Thomas zahlte kommentarlos, auch wenn er nicht nachvollziehen konnte, wie der Apotheker auf einen so hohen Betrag gekommen war.

«Wollt Ihr sonst noch etwas?», fragte Jahn. «Bleiweiß, Kreppkörnchen für leuchtendes Rot, Pergament zum Abdecken Eurer Farbtöpfe?»

«Danke, nein», antwortete Thomas.

«Vielleicht Thymianpastillen gegen Erkältung? Wenn der Frühling naht, packt's einen besonders rasch.»

Plötzlich huschte eine Gestalt an Thomas vorbei und durch die Tür zur Offizin. Sie hatte einen leisen Gruß gehaucht, den er fast überhört hätte. Nun betrat sie das Zimmer, es war eine junge Frau in einem erdfarbenen Umhang. Sie hielt zwei Krüge, die sie auf dem Rezepturtisch abstellte.

Thomas sah zu, wie sie die Kapuze ihres Umhangs abnahm und ihre dunklen, zu einem strengen Zopf geflochtenen Haare offenbarte. Der Apotheker dankte ihr mit einem kurzen Nicken und schenkte ihr weiter keine Beachtung.

«Anna Becker?», platzte Thomas heraus. Die Frau drehte sich um und sah ihn fragend an.

«Das ist meine Tochter», sagte Jahn. «Sie heißt Maria.»

Maria senkte den Blick. Es war ihr offensichtlich unangenehm, dass Thomas sie beobachtete.

«Verzeiht», sagte Thomas plötzlich. «Mir war so, als … Es ist nichts.»

Er lüpfte seinen Hut, nahm den Beutel mit der Farbe an sich und trat auf die Straße. Dort blieb er stehen. Diese Frau … Es bestand kein Zweifel: Sie war die Frau auf Henriettas Porträt.

Er ging ein paar Schritte, immer noch verwirrt von der Begegnung im Haus des Apothekers, als er plötzlich eine Hand auf seinem Arm spürte. Er drehte sich zu ihr um und sah sie an. Es war Jahns Tochter.

Sie hatte ein edles Gesicht, das ihr Alter nur schwer schätzen ließ. Fünfzehn vielleicht, höchstens achtzehn. Ihr Kinn war ein wenig kantig, ihre Lippen schmal. Aber sie hatte wunderbare große Augen mit fein geschwungenen Brauen und eine schmale, gerade Nase. Alles in ihrem Gesicht harmonierte vollkommen. Er konnte verstehen, dass Henrietta sie hatte malen wollen.

«Ihr seid der Maler, der Henrietta Güntelein in seine Dienste genommen hat, nicht wahr?», fragte sie so leise, dass er sie gerade verstand.

«Und Ihr habt ihr Modell gestanden?»

«Ja. Ich dachte mir schon, dass Ihr mich deshalb so angestarrt habt. Aber drinnen konnte ich es nicht sagen, denn mein Vater weiß davon nichts.» Sie wandte den Blick ab. Thomas war nicht entgangen, dass sie rot geworden war.

«Aber warum denn nicht? Ist es etwa wegen des schlechten Rufs der Günteleins? Der Vater hat sein Geld verprasst und sich die Lustseuche geholt, und die Tochter malte, statt sich einen Ehemann zu nehmen. Und papistisch sind sie auch noch. Obwohl das in dieser Stadt nicht gerade als Nachteil galt – bis der König hier einzog.»

Sie senkte beschämt den Kopf und nickte.

«Können wir irgendwo in Ruhe reden?», fragte er. «Ein paar Häuser weiter ist ein Gasthaus.»

«Das ist unmöglich», erwiderte sie schnell. «Was werden die Leute sagen, wenn ich mit einem fremden Mann in einer Gaststube auftauche? Hier wimmelt es doch nur so von Menschen, die sich das Maul zerreißen. Viel hab ich ohnehin nicht zu erzählen. Henrietta Güntelein kam irgendwann im vorigen Sommer zum ersten Mal in die Apotheke, um die Graue Salbe für ihren Vater zu kaufen. Mein Vater sagte ihr, er verkaufe Quecksilbersalbe nicht einfach so, ob denn ein Doktor sie ihr verordnet habe. Sie erklärte ihm, für Ärzte sei kein Geld übrig, und was zu tun sei, das wisse sie auch so. Mein Vater wollte es sich aber nicht nehmen lassen, den Patienten selbst aufzusuchen, denn er ist ein gewissenhafter Mensch.»

Oder einer, der weiß, wie man für Hausbesuche auch noch ein paar Heller herausschlägt, dachte Thomas.

«Er erzählte mir natürlich, dass Johannes Güntelein Maler ist. Irgendwann im Herbst begleitete ich ihn dann bei seinem Hausbesuch, weil ich neugierig war. Dort sah ich Henrietta zum ersten Mal, und ich merkte sofort, wie seltsam sie mich ansah. Tags darauf suchte sie mich auf und bat mich darum, mich porträtieren zu dürfen. Ich wollte erst nicht, zumal sie kaum etwas zahlen konnte, aber als sie mir sagte, mein Gesicht habe ihr ein Engel geschickt, fühlte ich mich geschmeichelt und wurde neugierig, also willigte ich schließlich ein. Es hat nur einige Nachmittage gedauert, sie hat mein Gesicht und meine Hände gemalt. Auf meinem Arm sollte ein Schoßhündchen sitzen, das sie später dazu malte. Ein paar Wochen danach erfuhr ich, dass sie eingesperrt wurde, weil dieser Hund ein Teufelsdämon sein sollte. Geglaubt habe ich das nicht.»

«Es stimmte auch nicht.»

«Ich habe auch gehört, dass sie vor Gericht ausgesagt hat, es sei das Porträt einer Tuchhändlerin. Wahrscheinlich hat sie das getan, um mir großen Ärger zu ersparen. Dafür bin ich ihr sehr dankbar, auch wenn ich bisher keine Gelegenheit hatte, es ihr zu sagen. Bitte richtet ihr das aus.» Sie schob sich verlegen eine Locke in die Kapuze, die sich aus ihrem Zopf gelöst hatte. «Bitte sagt ihr auch, das es mir leidtut, dass mein Vater sie so in Bedrängnis gebracht hat. Aber versprecht mir, dass Ihr sonst mit niemandem darüber redet!»

«Ich verspreche es», sagte Thomas.

Maria lächelte erleichtert. Ihr schien ein Stein vom Herzen zu fallen. «Ich bin wirklich sehr froh, dass Ihr gekommen seid. Gott sei es gedankt. Lebt wohl.»

Und schon huschte sie zurück in Richtung der Apotheke und ließ ihn auf der belebten Gasse zurück. Er hatte an die merkwürdige Entstehungsgeschichte des Porträts keinen Gedanken mehr verschwenden wollen, und nun war ihm die Lösung des Rätsels einfach in den Schoß gefallen. Er lächelte, während er auf die Gaststube zusteuerte, um sich einen kurpfälzischen Wein zu gönnen. Doch sofort verflog seine Heiterkeit, als er Richter Belsenius an einem der Tische erblickte.

Auf der anderen Seite des Schankraumes scharten sich ein paar Schweden um einen Mann, der ein schwarzes Gewand trug. Seinen Worten entnahm Thomas, dass er von Sternbildern sprach. Vermutlich ein Astrologe. Belsenius sah sich die Szene aus einiger Entfernung mit ärgerlicher Miene an.

Am liebsten hätte Thomas auf dem Absatz kehrtgemacht, aber Belsenius hatte ihn schon gesehen und winkte ihn zu sich.

«Schaut Euch das an», sagte Belsenius, bevor Thomas ihn grüßen konnte. «Ist dieser heidnische Unsinn weit verbreitet im Heer? Ihr müsst das doch wissen.»

«Soldaten sind immer abergläubisch. Luther sagte, die Astrologie sei ein Dreck, und ich bin geneigt, mich ihm anzuschließen.» Thomas deutete auf einen Stuhl. «Darf ich mich setzen?»

Belsenius nickte. Thomas setzte sich und legte den Hut beiseite. Eine alte Frau kam und fragte ihn, ob er etwas essen wolle. Er bat nur um ein Bier, und sie verschwand in der Küche. Kurze Zeit später erschien sie wieder am Tisch, stellte Thomas den Krug hin und schenkte Belsenius Wein nach.

Der Richter trank einen Schluck, den er nicht zu genießen schien, und sagte: «Der König soll gesagt haben, es stehe jedem Mainzer Bürger frei, seinem ‹falschen› Glauben zu folgen. Solche Selbstgefälligkeit macht mich wütend. Als König hat er leider das Recht dazu. Bitte tut Ihr es ihm nicht gleich.»

Thomas war erstaunt. «Wirke ich denn so selbstgefällig?»

Der Richter blickte an ihm vorbei. «Damals im Großen Turm schon. Die Sache lief in geregelten Bahnen, und dann kamt Ihr und habt diesen Tonklumpen angeschleppt. Über die Zurechtweisung des Statthalters ärgere ich mich heute noch.»

«Dann ärgert Euch. Es war meine Aufgabe, die Wahrheit ans Licht zu bringen. In einem Tonklumpen einen Teufel zu vermuten, ist doch auch heidnischer Unsinn. Die Soldaten ritzen Kreuze in Musketenkugeln und tragen sie als Amulette, weil sie glauben, es mache ihren Körper fest. Sie glauben es auch dann noch, wenn sie die Amulette der Soldaten tragen, die sie zuvor getötet haben. Das grenzt doch an Wahnsinn.»

«Es ist nicht verwunderlich, wenn Gott sie nicht vor dem Tod bewahrt», sagte der Richter. «Er wendet sich von ihnen ab und lässt sie ins Verderben stürzen, so wie er es mit seinem Volk am Fuße des Sinai getan hat.»

«Davon verstehe ich nichts», erwiderte Thomas.

«Dann solltet Ihr die Bibel lesen und nicht nur Euren Luther.»

Thomas antwortete darauf nicht mehr. Er starrte nachdenklich in seinen Krug. Der Richter beobachtete weiter die Soldaten, die nun darum zu streiten schienen, wie viel Lohn das Horoskop wert war.

Als Thomas den letzten Schluck getrunken hatte, fragte er unvermittelt: «Gilt das Verbot für Henrietta Güntelein noch?»

«Was?», fragte der Richter entgeistert.

«Dass sie nicht mehr malen darf.»

Belsenius zupfte an seiner Halskrause, als brauche er mehr Luft zum Nachdenken. «Oh. Natürlich gilt es noch, es wird ihr Leben lang gelten. Das wisst Ihr doch. Malt sie etwa wieder?»

«Nein.» Thomas bereute mit einem Mal, das Verbot angesprochen zu haben.

«Wie könnt Ihr das wissen? Sie steht doch nicht etwa den ganzen Tag in Euren Diensten? Ich habe ohnehin den Eindruck, dass sie dadurch nur verführt wird.»

«Keineswegs. Als Maler habe ich einen Blick dafür. Ich würde meine Hand dafür ins Feuer legen, dass sie nicht malt.»

«So. Na schön, dann gebt gut auf sie acht, und auch auf Eure Hand. Den spanischen Stiefel wird sie so schnell nicht vergessen. Wenn der sie nicht zur Vernunft gebracht hat, werdet Ihr es auch nicht schaffen.»

«Das ist doch alles Irrsinn», brauste Thomas auf, lauter als beabsichtigt. «Eine Frau als Unholdin zu verdächtigen, nur weil mit irgendjemandem die Phantasie durchgangen ist!»

«Ach, Ihr meint den Jahn dort drüben?» Belsenius deutete mit dem Kopf in Richtung der Gasse. «Als ob es nur an dem gelegen hätte», sagte er verächtlich.

«Was meint Ihr damit?»

Belsenius lächelte, offenbar erfreut, dass er ihm eine

Überraschung bereiten konnte. «Hat sie es Euch nicht erzählt?»

Thomas griff verlegen nach seinem leeren Humpen. So würde er an diesem Vormittag also zwei Geheimnisse erfahren. Er fürchtete nur, das zweite war weit heikler als das erste.

«So sprecht.»

«Vor einigen Jahren gab der Domherr Adolf von Waldenburg dem Maler Johannes Güntelein den Auftrag für ein Heiligengemälde: *Das Martyrium des heiligen Magnus.* Die Geschichte erzählt, dass der heilige Magnus von den Schergen des römischen Kaisers Decius gefoltert wurde, damit er heidnische Götzen anbetete. Der Heilige jedoch zog den Tod durch das Schwert vor. Güntelein fertigte einen Entwurf an, der vom Domherrn abgesegnet wurde, und begann mit der Arbeit. Nun war es aber so, dass er seine Tochter ausgebildet und diese bereits einige wohlhabende Bürger porträtiert hatte. Das kam dem Domherrn zu Ohren, er ließ sich eine Auswahl ihrer Arbeiten zeigen und erkannte, dass sie ihrem Vater in nichts nachstand. Ihre Bilder hätten genauso gut von ihm stammen können. Das beunruhigte Waldenburg, denn er wollte nicht, dass eine Frau an dem Heiligengemälde mitarbeitete. Er forderte von Vater und Tochter, dass nur er daran malte und sie sich auf Porträts und andere harmlose Bildnisse beschränkte. Aber als Waldenburg eines Tages die Werkstatt aufsuchte, ertappte er die Tochter dabei, wie sie vor der Leinwand kniete und die Blumen im Vordergrund malte. Es waren Lilien. Sie behauptete, nur diese Lilien gemalt zu haben; er war sehr zornig und wollte Güntelein den Auftrag entziehen, entschied sich dann aber doch dagegen. Er wusste selbst, dass es niemanden in der Umgebung gab, der besser malte.»

Thomas sah den Richter nachdenklich an.

«Offenbar hat sie Euch wirklich nichts davon erzählt.»

«Warum sollte sie? Und außerdem: Was hat das alles mit Jahns Verrat zu tun?»

«Versteht Ihr denn nicht? Man kann dieser Frau nicht beikommen, indem man ihr einfach etwas verbietet! Sie schert sich nicht um Verbote! Findet Ihr es denn nicht bemerkenswert, dass Jahn sofort argwöhnte, sie habe sich mit dem Teufel eingelassen? Er wird seine Gründe dafür gehabt haben.»

«Es sagt mehr über Jahn aus als über Henrietta Güntelein», entgegnete Thomas scharf.

«Sie hat sich ihren Ruf selbst zuzuschreiben. Es gibt noch eine andere Geschichte», fuhr der Richter fort, Thomas' Bemerkung ignorierend.

«Welche denn?», fragte Thomas. Er fühlte sich plötzlich müde.

«Ihr Vater ist krank, das wisst Ihr sicher.»

«Ja.»

«Habt Ihr Euch nicht gefragt, warum er nicht im Siechenhaus liegt?»

«Nein.»

«Es wurden mehrere Versuche unternommen, ihn abzuholen, aber sie hat ihn nicht herausgegeben. Sie schrie wie eine Besessene, als der Büttel am Tor stand. Irgendwann ließ man sie gewähren, unter der Voraussetzung, dass er das Haus nicht verlässt.»

«Ist das nicht verständlich? Es ist doch ihr Vater», gab Thomas zu bedenken.

«Sicher. Jetzt, da so viele Soldaten in der Stadt sind und ihre Krankheiten reinschleppen, spielt es auch keine Rolle mehr. Aber Ihr seht daran, dass sie sich nichts sagen lässt. Um ihres eigenen Seelenheils willen müsste sie strenger behandelt werden, damit sie's endlich begreift. Noch ist es nicht zu spät für sie, unter die Haube zu kommen und von ihrer unheilvollen Vergangenheit Abstand zu nehmen. Mit Verlaub, dass ausgerechnet Ihr, ein Maler, sie in Eurem Hause beschäftigt, ist dem nicht gerade zuträglich.»

Thomas holte aus seiner Geldkatze einen Heller hervor und legte ihn auf den Tisch. Dann stand er auf.

«Sie dient mir mit Sparres Erlaubnis, das wisst Ihr ja. Und nun entschuldigt mich.»

Der Richter lächelte kühl. «Ach ja, Sparre. Ihr fühlt Euch anscheinend wohl bei den Schweden. Der König schützt den Statthalter, der Statthalter schützt Euch, und Ihr schützt die Frau.»

«Und Gott schützt den König.»

Belsenius schlug mit der flachen Hand auf den Tisch, dass sein Weinglas wackelte. Ein paar Schweden schauten flüchtig auf. «Leider kann ich Euch nicht sagen, was ich von solcher Blasphemie halte», zischte er. «Aber seid gewiss: An irgendeinem Glied wird diese Kette reißen.»

«Mag sein. Aber nicht bei Henrietta Güntelein.» Thomas rückte seinen Hut zurecht, nickte zum Abschied und verließ die Gaststube. Er wollte keinen Augenblick länger in der Gegenwart des Richters verweilen. Auch deshalb nicht, weil Belsenius dann vielleicht dahintergekommen wäre, dass er gelogen hatte.

Henrietta malte, er hatte es längst gewusst. Jetzt wusste er auch, woran sie malte: an dem *Martyrium des heiligen Magnus.*

Kapitel 7

Priska kam in die Werkstatt gelaufen, um Henrietta zu sagen, dass Thomas vor dem Tor auf sie wartete. Schnell legte Henrietta die Palette ins Wasser, prüfte Hände und Arme und eilte hinunter. Es gefiel ihr, dass Thomas sich jeden Tag von neuem davon überzeugen wollte, dass alles in Ordnung war. Sie hoffte nur, dass er nicht mit ihr nach oben gehen wollte. Auch wenn sie sich insgeheim nichts mehr wünschte, als mit ihm in ihrer Kammer zu liegen.

Sie schlüpfte durchs Tor, glücklicherweise war gerade keiner der Männer zu sehen. Thomas ging ungeduldig auf und ab, und als er sie erblickte, kam er auf sie zu und nahm ihre Hand.

«Müde siehst du heute nicht aus. Warum bist du nicht gekommen?», fragte er mit einem vorwurfsvollen Unterton.

«Ich hatte keine Zeit.»

«Warum bist du so einsilbig? Stört dich, dass ich hier bin?»

Es stört mich nie, und es stört mich derzeit immer, dachte sie. «Nein, nein. Aber ich war erschöpft.» Betreten blickte sie zu Boden.

«Du riechst nach Farbe.» Er sah sie mit einem durchdringenden Blick an. «Du malst.»

«Das … das ist die Graue Salbe», stotterte sie.

«Lass uns nicht darum herumreden. Ich weiß, dass du malst, und ich weiß auch, woran.»

Sie spürte, wie ihr die Farbe aus dem Gesicht wich. Wie konnte er das wissen? Er ließ ihre Hände los, umfasste sanft ihr Gesicht und flüsterte ihr etwas ins Ohr. Dann verschwand er. Henrietta konnte sich des Gefühls nicht erwehren, dass er zornig war. Sie eilte zu Priska und erklärte ihr, sie müsse für ein paar Stunden fort.

«Jetzt hat er's rausgefunden», sagte die Magd. «Das konnte ja auch nicht lange gutgehen.»

«Er wird schweigen, und was genau hier geschieht, weiß niemand. Mach dir keine Sorgen, ich bleibe nicht lange weg.»

Er hatte ihr ins Ohr geflüstert, dass er unten am Rhein auf sie warte, wo die Frauen die Wäsche wuschen. Sie eilte zum Fluss. Plötzlich verspürte sie eine unerträgliche Sehnsucht nach ihm. Was, wenn er ihr nicht verzeihen würde? Was, wenn er nun mit ihr brach, weil sie ihm nicht die Wahrheit gesagt hatte?

Sie sah ihn auf einem Stein am Ufer sitzen, etwas abseits des Waschplatzes. Sie hatte sich eigens ein Bündel Wäsche mitgenommen, um bei den Frauen keinen falschen Eindruck zu hinterlassen. Aber sie beachteten sie kaum.

«Lass uns ein Stück gehen», sagte Thomas.

Schweigend liefen sie eine Weile nebeneinanderher. Henrietta war froh, dass sie etwas in der Hand hatte. Sie wollte sich jetzt nicht bei ihm unterhaken.

«Wie hast du es herausgefunden?», fragte sie endlich, als sie die Stille nicht mehr ertragen konnte.

Er ging weiter, den Blick nach vorne gerichtet. «Dass du malst, wusste ich schon länger, und ich ahnte auch, dass es nicht das Porträt der Beckerin war. Seit heute weiß ich, was es ist, ich war in der Apotheke.»

Großer Gott, dachte Henrietta. Sie hatte gewusst, dass er irgendwann wieder dort hingehen würde, um das Ultramarin zu holen, aber an Maria hatte sie nicht mehr gedacht.

«Anschließend traf ich zufällig Belsenius, der mir von dem Auftrag des Domherrn Adolf von Waldenburg erzählte. Das *Martyrium.* Den Rest konnte ich mir zusammenreimen. Maria stand dir Modell für eine der Frauenfiguren auf dem Bild. Du konntest nur nicht wagen, sie direkt auf das *Martyrium* zu malen. Niemand durfte wissen, dass du das Verbot des Domherrn missachtet hast.»

«Es ist nichts dabei, in einem frühen Stadium Ölstudien anzufertigen», verteidigte sie sich matt.

«Nein, da hast du recht.» Und nach einer Pause sagte er: «Ich soll dir von Maria Jahn sagen, dass sie dir dankbar ist, dass du sie vor Gericht nicht verraten hast.»

Sie seufzte. Es hatte keinen Sinn mehr, es abzustreiten. «Als ich vom Gericht gefragt wurde, wen das Bild darstellt, habe ich gesagt, es sei die Beckerin. Sie ist auch sehr schön, aber auf eine andere Weise. Und ich erinnerte mich an sie, weil ihr Mann mir letztes Jahr den Auftrag gegeben hatte, sie zu malen. Ich hatte sogar schon damit begonnen, doch dann verbot mir der Domherr, am *Martyrium* zu malen. Der Tuchhändler erfuhr davon und entzog mir prompt den Auftrag. Daran erinnerte ich mich, als ich mich vor Belsenius rechtfertigen musste. Ich konnte nicht lange darüber nachdenken, denn er drängte mich zu einer raschen Antwort.»

«Und du meinst, es wäre später niemandem aufgefallen, dass gar nicht die Beckerin auf dem *Martyrium* verewigt ist?»

«Ich hatte nicht darüber nachgedacht», erwiderte sie. «Es ist nicht so einfach, klar zu denken, wenn einem der Kerker bevorsteht.»

«Verzeih.»

Wieder breitete sich Schweigen aus, und sie waren fast schon an der Martinsburg angelangt. Thomas blieb stehen, blickte zur Burg und dann zu ihr.

«Ich bin froh, dass ich jetzt alles weiß», sagte er. «Diese

Ungewissheit war unerträglich für mich. Kann ich das Bild sehen?»

Sie erschrak. Damit hatte sie nicht gerechnet. Was sollte sie jetzt tun? Ihm die ganze Wahrheit sagen? Dass Ole Persson ihr auf eine höchst sonderbare Weise half, das Bild zu vollenden? Würde Thomas nicht ohnehin als Nächstes fragen, wer für den Heiligen Modell stand?

«Ich weiß nicht ...», sagte sie leise. «Vielleicht, wenn es fertig ist.»

Da blitzte Zorn in seinen Augen auf.

«Es soll nicht fertig werden», sagte er heftig. «Wenn du auch nur einen Funken Vernunft besitzt, wirst du es jetzt sein lassen.»

«Was?»

«Das Malen!» Er packte sie am Arm. «Du landest auf dem Scheiterhaufen, das weißt du! Die Perssons wissen, dass du nicht malen darfst, und du tust es dennoch. Mein Gott, nimm endlich Vernunft an!» Er ließ sie los und fasste sich an die Stirn. «Du malst nachts, während sie schlafen. Darum bist du vormittags so müde. Wie verrückt kann man denn sein? Du musst aufhören!»

Sie spürte, wie ihr die Tränen in die Augen schossen, und wandte sich ab, damit er nicht sah, dass sie sich übers Gesicht wischte. Beinahe hätte ich es ihm gesagt, dachte sie. Wie hätte er darauf reagiert? Er würde mich wahrscheinlich nie wieder nach Hause lassen.

«Es tut mir leid», hörte sie ihn sagen. Er stand jetzt ganz dicht hinter ihr. «Es muss schlimm sein, nicht malen zu dürfen. Aber das Leben zu verlieren ist noch schlimmer. Irgendwann kommen bessere Zeiten, und dann wirst du den Pinsel wieder führen dürfen. Glaub mir, Henrietta!»

Sie fuhr herum. «*Irgendwann*? Irgendwann wird mein Vater tot sein, irgendwann ich auch, und dann soll ich nichts auf Erden vollbracht haben? Nein, so nicht, Thomas. Ich habe damit angefangen, und ich werde es vollenden. Glaubst du, ich hätte nicht lange darüber nachgedacht? Glaubst du, du kannst einfach in mein Leben treten und mich davon abbringen?»

«Es macht mich krank vor Sorge.»

«Ach ja? Du denkst offenbar nur an dich! Du magst mich, du möchtest, dass ich bei dir wohne, damit du dir keine Sorgen ...»

«Ich liebe dich», schnitt er ihr das Wort ab.

Ihr fehlten die Worte. Wie sehr hatte sie sich gewünscht, diesen Satz von ihm zu hören. Jetzt aber war es falsch, einfach falsch. Schluchzend wandte sie sich ab, raffte den Rock und wollte davonlaufen. Er fasste sie am Arm, um sie zurückzuhalten. Aber sie wollte nicht.

«Ich werde nicht mehr kommen», sagte sie. «Du weißt ja, mir fehlt die Zeit.»

«Henrietta ...»

Sie riss sich von ihm los und eilte weiter, und dieses Mal folgte er ihr nicht.

Kaum war sie in ihrer Kammer angelangt, warf sie sich aufs Bett und ließ ihren Tränen freien Lauf. Irgendwann versiegten sie, doch die trüben Gedanken blieben. Sie drehte sich auf den Rücken, starrte an die Zimmerdecke und dachte sehnsüchtig daran, wie er sie geliebt hatte. Damals hatte sie kurz überlegt, ihn darum zu bitten, für den heiligen Magnus Modell zu stehen. Nun wusste sie, er hätte abgelehnt. Und diese Erkenntnis erschütterte sie.

Und doch war sie sich sicher, dass er sie liebte. In ihm hätte sie einen fürsorglichen Mann finden können, der sich nicht für ihren Ruf interessierte. Sie könnte ihm beim Malen zusehen, könnte ihm helfen und täglich seine Gegenwart genießen.

So wie es die ganze letzte Zeit war, dachte sie. Und, hat es mich befriedigt?

«Gott, warum muss alles so schwierig sein?», murmelte sie. «Warum bin ich nicht anderswo geboren, wo alles einfacher ist?»

Sie holte unter dem Bett die Zeitung hervor, in der der Artikel über die Malerin von Bologna stand. Sie las den Bericht wieder und wieder, und vor ihrem Auge entstand das faszinierende Bild einer Stadt, die sie niemals sehen würde. Warm war es in Italien, das wusste sie. Sie sah sich vor einer Kirche sitzen und zeichnen, Thomas auf einem Mäuerchen, den Hut ins Gesicht gezogen, damit sein Gesicht vor den Sonnenstrahlen geschützt war.

Plötzlich trat Priska leise in die Kammer und riss sie aus ihren Gedanken. Schnell packte Henrietta die Zeitung weg, setzte sich gerade hin und erzählte der Magd, was vorgefallen war.

«Ehrlich gesagt bin ich froh, dass du nicht zu ihm gehst», murmelte Priska, als Henrietta zum Ende gekommen war. «Ich hasse es, mit Ole allein zu sein. Vorhin hat er gebrummt.»

«Gebrummt?»

«Ja, so.» Priska machte ein schnarchendes Geräusch. «Ich habe mich zu Tode erschrocken.»

«Das hat sicher nichts zu bedeuten.»

«Woher willst du das wissen?»

Henrietta zuckte die Achseln. Ihr war jetzt nicht danach, sich über Ole Gedanken zu machen.

«Und er hat geweint.» Priska deutete in Richtung der mittleren Kammer. «Dein Vater, meine ich.»

Henrietta erhob sich und betrat leise die Schlafkammer ihres Vaters. Johannes lag auf der Seite, die Decke zu seinen Füßen. Schweiß bedeckte seine Stirn. Sie trat vorsichtig an sein Bett und berührte seine Wange. Fieber schien er nicht zu haben. Plötzlich blinzelte er, wälzte sich auf den Rücken und sah sie an, als überlege er, wen er da vor sich hatte.

«Das Bild», sagte er unvermittelt. «Kommst du voran?»

Sie nickte. «Ist dir nicht wohl?»

«Ich habe schlecht geschlafen. Ich habe von dem Schweden in der Kammer nebenan geträumt. Und dann sah ich deine Mutter. Nicht im Traum, sie war wirklich hier. Sie hat mir eine heiße Bettpfanne gebracht und mich zugedeckt. Ich sagte zu ihr, dass ich die Hitze nicht mag, aber es hat sie nicht interessiert.»

«Vater, das war Priska.»

«Nein, das war deine Mutter. Ich habe sie doch gesehen.»

«Du weißt aber, dass sie schon lange tot ist.»

«Weiß ich, aber sie war's trotzdem.»

«Na schön.» Sie begann, die Decke zusammenzufalten. «Ich bringe dir gleich eine frische Decke. Sie ist ja völlig verschwitzt.»

«Vielleicht wird es Frühling?» Er schielte zum Fenster. «Ja, bring mir die Decke, aber ich will keine Bettpfanne mehr und keinen heißen Stein. Immer diese Schwitzerei. Der Kamin genügt mir.»

«Es ist doch wegen der Salbe. Sie wirkt nur, wenn du es warm hast.»

«Ach, die Salbe! Nutzloses Zeug, das uns nur gutes Geld kostet.»

Darauf sagte sie nichts, ein andermal würde er sicher einsichtiger sein. Sie wollte aufstehen, um die Decke zu holen, doch er hielt ihre Hand fest.

«Ich werde sterben.»

«Vater, was sagst du da …»

«Gewiss wird der Herr mich bald zu sich holen. Und wenn er mich vorher durchs Fegefeuer schickt, schreckt mich das auch nicht ab. Da ist's sicher nicht schlimmer als hier im irdischen Jammertal.»

Er sprach selten über den Tod, und es verwirrte sie. Aber sie konnte ihn nicht trösten, denn es klang einleuchtend, was er sagte. Sie fragte sich, was sie empfinden würde, wenn er jetzt stürbe, in diesem Moment. Sie wusste es nicht. Sie fühlte sich nur noch leer und müde.

«Magst du denn etwas essen? Ich sehe nach, was unten in der Küche ist.»

Er nickte und schloss die Augen. Bevor sie hinunterging, warf sie einen kurzen Blick in die Werkstatt. Ole lag noch so da, wie sie ihn zurückgelassen hatte, halb zugedeckt. Er hatte die Augen halb geschlossen, sein Anblick ließ sie erschaudern.

Bald ist das alles vorbei, und du hast deine Ruhe, dachte sie und deckte ihn ganz zu, damit sie ihn nicht mehr ansehen musste. Irgendwann ist es für uns alle vorbei.

An der Tür blieb sie noch einmal kurz stehen und blickte auf das Bild zurück. Es fehlte noch so viel, doch das, was bereits zu sehen war, gefiel ihr. Es drängte sie danach, weiterzumalen. Ihr Vater sprach vom Tod, mit Thomas hatte sie sich überworfen: Die Malerei war das Einzige, was ihr jetzt noch blieb.

«So ist das mit der Liebe. Sie kommt und geht, wann sie will.» Jette stellte den Eimer am Brunnen ab und warf Henrietta das Seil zu. Henrietta zog das Wasser herauf und goss es in die Kübel, die sie mitgebracht hatten. Woher wusste Jette, dass sie Kummer hatte? Wahrscheinlich hatte sie aus dem Fenster geschaut und sie verzweifelt ins Haus laufen sehen.

Und was sollte sie dazu sagen? Die Liebe war ja nicht gegangen, sie war nur in Gefahr, aufgrund äußerer Umstände. Das Ergebnis war jedoch das Gleiche.

Sie setzte sich auf das Mäuerchen. Jette ließ sich neben ihr nieder und zog den Rock bis über die Knie. Es war warm heute, der erste Tag, der vom nahenden Frühling kündete, auch wenn hier und da noch Schnee lag und keine Knospe zu sehen war.

«Ich habe einmal wirklich geliebt», fing Jette plötzlich an. «So etwas passiert ja selten. Aber der Krieg hat ihn mir genommen.»

«Du hast gesagt, deine Familie sei verhungert.»

«Habe ich das? Ich weiß nicht, die Kinder starben nacheinander, ohne dass ich hätte sagen können, woran. Vielleicht war's der Hunger. Aber mein Mann hatte überlebt.»

«Bitte», seufzte Henrietta. «Nach einer weiteren Schauergeschichte steht mir nicht der Sinn.»

Jette lachte und begann mit ihrer einzigen Hand im Wasser herumzuspielen. «Ach, das ist keine Schauergeschichte. Nachdem die Kaiserlichen durch unser Dorf gezogen waren und wir nur noch eine geplünderte Kate besaßen, entschied sich mein Mann, sich ihnen anzuschließen. Viele taten das, die Not trieb sie dazu. Er wollte, dass ich ihn begleite, als sein Trossweib. Die Kinder waren ja schon tot, nichts hielt mich daheim. Doch ich weigerte mich. Es kam mir schrecklich vor, in einem Heereszug mitzumarschieren, ohne Heimat, ohne zu wissen, was der nächste Tag bringt. Also ging er ohne mich. Er versprach mir wiederzukommen, aber er hat wohl so wenig daran geglaubt wie ich. Ich hungerte allein weiter, bis es nicht mehr ging. Inzwischen waren die Schweden gekommen, sie waren meine einzige Rettung. Wäre ich damals nur ein wenig klüger gewesen, würde ich vielleicht heute noch an der Seite meines Mannes durch die Lande ziehen.»

«Und das soll keine Schauergeschichte sein!», sagte Henrietta.

«Nenn es, wie du magst. Bei dir und dem Hartenberg ist's doch im Grunde das Gleiche. Ihr liebt euch, aber ihr seid gerade dabei, in verschiedene Richtungen zu gehen.»

«Was weißt denn du?», rief Henrietta. «Du hast wohl gesehen, dass ich verweint nach Hause kam, aber sonst weißt du nichts.»

«Das genügt doch. Mir fehlt vielleicht ein Arm, aber meinen Verstand hab ich noch. Außerdem bist du heute Vormittag nicht zu ihm gegangen. Und ich wette, du wirst es morgen und übermorgen auch nicht tun.»

Henrietta schwieg. Was immer geschehen würde, niemals sollte es so weit kommen, dass sie von ihrem Leid erzählte und dabei lachte, so wie es Jette tat. Was mochte in ihrem Innern vorgehen? Konnte sie überhaupt noch lieben? Wie elend musste jeder Tag sein, wenn man Derartiges erlebt hatte und nicht einmal mehr fähig war zu weinen.

«Ich gehe nicht zu ihm, weil er keine Arbeit mehr für mich hat», sagte sie. «Er hat das Porträt des Statthalters vollendet.»

«Und jetzt legt er die Hände in den Schoß?»

«Weiß ich nicht. Er wird mir schon sagen, wenn er mich wieder braucht.»

«Ein Sturesel bist du … Was ist das?» Sie horchte auf.

Von hinten kamen Schritte, ein Schatten fiel auf Henrietta, und plötzlich kippte einer der Kübel um und ergoss sich über ihre Füße. Drei Handwerksburschen, aufgeputzt für den Mummenschanz der bevorstehenden Fastnacht, waren dicht an ihr vorbeigerannt. Nach ein paar Schritten drehten sie sich zu ihr um.

«Teufelsmalerin! Teufelsmalerin!», schrien sie.

Henrietta ergriff einen Kübel und schleuderte ihnen das Wasser hinterher, doch die Entfernung war zu groß.

Die Burschen lachten und rannten in Richtung Dom weiter.

«Dummbeutel, elende!», fauchte Henrietta ihnen nach. So etwas hatte sie noch nicht erlebt, auch wenn sie um ihren Ruf hier im Viertel wusste.

«Was feiern die denn?», fragte Jette. «Solche Burschen sieht man ja andauernd.»

«Die letzten Tage vor der Fastenzeit. Die dauert dann bis Palmsonntag.»

«Fasten? Freiwillig?» Jette lachte böse. «Die feiern am Dom, ja? Das schau ich mir an! Zeigst du es mir?»

Henrietta schüttelte den Kopf. Ihr war nicht nach Feiern zumute. Voriges Jahr war ihr Vater noch kräftig genug gewesen, um sich mit ihr das Treiben anzuschauen. Sie hatten Kuchen gegessen, Wein getrunken und in die zotigen Lieder eingestimmt. Dieses Mal war alles anders. Dieses Mal hätte sie in Thomas' Begleitung gehen können.

Thomas erinnerte sich nur schwach an den Trubel rund um den Dom, wo Gaukler, Narren, Handwerksburschen und als Mönche verkleidete Frauen ihr Unwesen trieben. Es hatte ihn dorthin gezogen, weil er sich Ablenkung verschaffen wollte. An den bronzenen Toren des Doms hatte ihn eine Frau plötzlich mit sich gezerrt und in eines der Zelte geschleppt, die offenbar eigens für diese Tage aufgebaut waren. Das Treiben hier unterschied sich jedoch kaum von den Marketenderzelten des Trosses: Weiber, Branntwein und Starkbier, Horoskope, Handleserei und was es an abergläubischem Unsinn sonst noch gab. Die Hure drückte ihn auf den spärlich mit Stroh bestreuten Boden und öffnete seine Geldkatze, doch als sie sah, dass nichts mehr darin war, versuchte sie ihn mit Fußtritten aus dem Zelt zu jagen. Er war zu betrunken und bewegte sich nicht von der Stelle, sodass sie es aufgab und ihn allein ließ. Er verschlief den Abend, eingehüllt vom Duft nach köstlichem Braten und den Geräuschen der ausgelassenen Menschen, die sich gebärdeten, als stünde das Weltenende bevor, und vielleicht, so dachte er im Traum, war es auch so.

Irgendwann in der Nacht wachte er auf und kroch zum Zelteingang. Ein Mann lag davor, eingehüllt in eine Mönchskutte, daneben einer, der aussah wie ein Pfaffe. Thomas vermochte nicht zu sagen, ob sie waren, wonach sie aussahen, oder ob sie sich verkleidet hatten. Sie stanken nach billigem Wein und Erbrochenem. Er sah sich um, die letzten Feiernden tanzten im Licht der Fackeln, Paare hockten Arm in Arm auf Karren. Etliche Zelte waren beschädigt, als seien Furien darüber hinweggefegt. Eine einarmige Frau stand an der Mauer des Doms, eingerahmt von zwei Landsknechten, die ihr Bier einflößten. Einer hielt ihre Hand fest, während der andere ihr den Humpen an die Lippen hielt. Sie ließ es mit sich geschehen, lachte und hustete.

Thomas fröstelte. Er ließ sich zurück in sein Nachtlager sinken und legte den Kopf aufs Stroh, das noch von seinem Körper gewärmt war. Er wünschte sich nichts mehr, als in einen tiefen Schlaf zu fallen und nie wieder aufzuwachen.

Plötzlich flog ihm das Zelttuch ins Gesicht. Er hob den Kopf. Eine Frau war eingetreten und hockte sich neben ihn. Ihr Brusttuch klebte ihr nass am Busen und stank wie eine ganze Klosterbrauerei. Sie streckte die Hand nach ihm aus und zerrte an seinem Wams.

«Meister Hartenberg! Wahrhaftig, Ihr seid's. Ihr werdet Euch noch den Tod holen bei der Kälte. Soll ich nach jemandem schicken, der Euch holt?»

«Wer soll das denn sein?», brummte er. «Der alte Scherer vielleicht?»

«Weiß ich doch nicht. Setzt Euch wenigstens auf.»

Sie hörte nicht auf, an seinem Wams zu zerren, also gehorchte er. Sobald er saß, spürte er die Kälte in den Gliedern, ihm wurde übel. Er sah sich das Weib genauer an und erkannte die Hure aus dem Haus der Günteleins.

«Ihr habt wohl ganz schön getrunken, was?» Jette grinste ihn an. «Ich hab es vorgezogen, mir auf Kosten anderer Männer den Bauch vollzuschlagen. Schaut her.» Sie nahm ein zu einem Bündel gerolltes Tuch von ihrer Hüfte und schlug es auf. Er fand bemerkenswert, wie geschickt sie mit nur einer Hand hantierte. Ein fettes Bratenstück kam zum Vorschein, sie riss etwas davon ab und hielt es ihm hin.

«Seh ich so erbärmlich aus, dass Ihr mir etwas zu essen anbieten müsst?», brummte er. Sie lachte herzhaft.

«Ach, ich weiß doch, was Euch dazu bewogen hat, hier Zerstreuung zu suchen. Männer betrinken sich halt, wenn sie Probleme mit ihrem Weibe haben.»

Thomas nahm jetzt doch von dem Fleisch und aß hastig. Sofort verschwand die Übelkeit. «Hat sie es Euch also erzählt», sagte er zwischen zwei Bissen.

«Nein, aber ich weiß, wie eine Frau aussieht, wenn sie Liebeskummer hat.»

«Das hilft mir auch nichts», entgegnete er.

«Ihr seid weinerlich, Meister Hartenberg. Und mir steht nicht der Sinn danach, die Nacht mit einer Memme zu verbringen.»

Jette stand auf, strich sich über den fleckigen Rock und zwängte sich in gebückter Haltung aus dem Zelt, ohne ihn noch eines Blickes zu würdigen. Die Nacht verbringen?, wiederholte er in Gedanken ihre Worte. Meinte sie seine Gesellschaft, oder hatte sie tatsächlich beabsichtigt, ihm ihre Liebesdienste anzubieten? Er lachte und stöhnte zugleich auf, denn sein Schädel schmerzte. Hatte er wirklich dieses Zelt betreten, um mit irgendeiner Frau zu schlafen, noch dazu hier auf dem dreckigen Stroh, inmitten einer Meute feiernder Menschen?

Er konnte sich nicht einmal daran erinnern, wie die Hure ausgesehen hatte, der er hierher gefolgt war. Stattdessen sah er Henrietta vor sich. Sie hatte bestimmt geweint. Das hatte Jette zwar nicht gesagt, aber er zweifelte nicht daran. Henrietta, du leichtsinniges, zorniges, dummes Weib!, dachte er inbrünstig, und dann: Mein Gott! Was tue ich hier noch? Was schert mich diese dumme Fastnacht? Ich muss malen.

Eilends trat er aus dem Zelt, schenkte den Feiernden keine Beachtung mehr, sondern wankte nach Hause, um all die Einzelheiten, die er vor Augen hatte, in einem Schaffensrausch festzuhalten.

Oles Hände zu malen war ein Geduldspiel. Für den betenden Heiligen hatte sie seine Hände nur zusammenbinden und die Fingerkuppen aneinanderlegen müssen, und schon hatte sich der Schwede als gottesfürchtiger Mann erwiesen, den der Todesstoß nicht mehr schreckte. Doch die Hände des Soldaten, der den Stoß ausführte, waren ungleich schwerer zu malen. Henrietta setzte Ole zu diesem Zweck auf und fixierte einen Besenstiel zwischen seinen Beinen. Die Handgelenke band sie mit einem Stoffstreifen daran fest. Das war nicht weiter schwierig, doch die Finger lagen schlaff am Stock und dachten nicht daran, zuzupacken. So musste Priska jeden Finger einzeln darum legen und festdrücken, während Henrietta arbeitete.

«Ich hasse es, ihm so nahe zu sein», murmelte Priska.

«Ich male doch schon, so schnell ich kann!» Henrietta kniete vor einer Truhe, auf die sie ein Stück Leinwand gelegt hatte. Wie bei den anderen Figuren wählte sie den

Umweg über eine Ölstudie, um diese dann später in das Bild zu kopieren. Obwohl sie sich beeilen musste, konnte sie es sich nicht verkneifen, immer wieder einen Blick auf die große Leinwand zu werfen, wo der Heilige in seiner nackten Pracht bereits fast vollendet war. Was sie sah, ließ ihr Herz höher schlagen. Es fehlten nur noch die Hände, die Füße und ein Teil des Vordergrundes unterhalb der Figur.

Sie bemerkte nicht, wie ihr Vater aus seiner Kammer trat und ihr über die Schulter blickte.

«Sehr schön, mein Kind», er tätschelte ihren Kopf. «Hilfst du mir, meine Beine einzureiben, wenn du fertig bist? Sie schmerzen heute besonders stark.»

Sie drehte sich zu ihm um. Er sah noch schlechter aus als sonst. Neue Pusteln hatten sich gebildet, diesmal am Hals und an den Ohren. Und vor kurzem war ihm ein Schneidezahn ausgefallen.

«Ich komme gleich», sagte sie.

«Nein, nein. Mach du das erst einmal fertig.» Er schlurfte zurück zur Tür, dort hielt er inne und schaute sie liebevoll an. «Ich kann auch deine Mutter bitten, sie sitzt an meinem Bett und liest mir aus der Schrift vor.»

Er kehrte in die Kammer zurück und schloss die Tür. Henrietta überlegte kurz, ob sie ihm folgen sollte, doch nun schüttelte sie den Kopf, um sich wieder auf ihre Arbeit zu konzentrieren. Wenn ihr Vater auf diese Weise von der Krankheit heimgesucht wurde, war es wenigstens tröstlich, dass er sich nicht einsam fühlte. Es war ihr zwar ein wenig unheimlich, aber wenn sie ehrlich war, fand sie Oles Anwesenheit wesentlich unheimlicher.

Nachdem sie die Hände zu ihrer Zufriedenheit vollendet hatte, versteckte sie Ole mit Priskas Hilfe wieder hinter der Leinwand, deckte ihn zu und legte sich noch zwei, drei Stunden schlafen, bevor das Angelusläuten früh am Morgen erklang. Das Frühstück zuzubereiten und die Männer zu bedienen ging ihr inzwischen leicht von der Hand. Sie störte sich nicht mehr an den Anzüglichkeiten, mit denen sie und Priska belästigt wurden, denn es zählte für sie nur noch eins: das Gemälde zu vollenden. Selbst wenn einer der Schweden sie anfasste, schob sie ihn nur halbherzig weg, als verscheuche sie eine Fliege. Während sie den Männern Wasser und Dünnbier ausschenkte, dachte sie fieberhaft nach, wie sie Ole loswerden konnte. Sie würde ihn bald nicht mehr brauchen. Bedauerlicherweise wirkten die Männer in diesen Tagen nicht besonders unternehmungslustig. Vermutlich waren die Schweden es gewohnt, lange Winter einfach auszusitzen.

Als sie in Sven Perssons Kammer ging, um ihm das Frühstück zu servieren, lag dieser mit nacktem Oberkörper und nur mit seiner Hose bekleidet da. Die Kälte schien ihm nichts auszumachen. Henrietta stellte ihm eine Schale mit Milchbrei hin und schenkte Dünnbier in seinen Humpen. Sein Blick ruhte auf ihr, und wie immer hatte sie das Gefühl, er könne ihre Gedanken lesen. Sie musste aufpassen, dass ihre Hand nicht anfing zu zittern.

«Um diese Zeit warst du sonst schon fort», sagte er plötzlich. «Ich mag es ja, wenn du hier bist, aber was ist los?»

«Thomas Hartenberg hat zur Zeit nichts für mich zu tun.»

Er grinste und zog die Beine an. «Das glaube ich nicht. Los, setz dich und erzähl mir die Wahrheit.»

«Ich habe keine Zeit.»

«Nein? Du hattest täglich Zeit, mehrere Stunden außer Haus zu sein. Also setz dich!»

Am liebsten hätte sie die Schale über ihm ausgekippt und wäre weggerannt, aber sie riss sich zusammen. Sie wartete darauf, dass sich das schreckliche Gefühl, ausgeliefert zu sein, einstellte, doch es blieb aus. Stattdessen hatte sich eine eigenartige Kälte in ihr ausgebreitet, als könne kein Soldat der Welt ihr noch etwas anhaben. Ob es daran lag, dass sie das Gemälde fast vollendet hatte? Oder dass jemand sie liebte, auch wenn sie diese Liebe gerade nicht leben konnte? Sie wusste es nicht genau, aber sie spürte sehr wohl, dass Persson sich an etwas störte.

«Ich sag's dir», begann er und lächelte anzüglich. «Du bist zu diesem Maler gegangen, um mit ihm zu poussieren. Oder Schlimmeres. Und jetzt bleibst du fort, weil ihr euch zerstritten habt.»

Das konnte er nur von Jette wissen. Henrietta blickte zur Seite, damit er nicht sah, wie enttäuscht sie war. Nicht weil er nun davon wusste, sondern weil es jetzt noch einen Menschen weniger gab, dem sie vertrauen konnte.

Er fasste sie am Arm, überlegte es sich dann aber anders und ließ sie los.

«Ach, sei nicht traurig, schönes Weib, Männer gibt es reichlich, auch im Krieg. Der Statthalter hat mir übrigens erzählt, dass Hartenberg bei ihm war und ihn gebeten hat, mich hier hinauswerfen zu lassen.»

Erstaunt sah sie ihn an: «Wie bitte?»

Er warf den Kopf zurück und lachte. «Wusste ich's doch, dass er dir das nicht erzählt hat. Ja, so war es. Hält sich für etwas Besseres und meint, dem Statthalter Anweisungen geben zu können, dieser liebeskranke Dummkopf! Damals schon hat er sich eingemischt, als ich ihn in sein Quartier gebracht habe. Aber ich lasse mich nicht von ihm zum Narren halten, und von dir auch nicht. Also hör zu: Wenn er sich darauf besinnen sollte, deine Dienste wieder in Anspruch zu nehmen – und das wird er –, wirst du nicht zu ihm gehen. Ich erlaube es dir nicht mehr. Falls dir das nicht passt und du dich bei Sparre beklagen möchtest, nur zu, du wirst ja sehen, was du davon hast. Und sollte Hartenberg hier auftauchen und Forderungen stellen, nehme ich ihn mir persönlich zur Brust. Verstanden?»

Sie nickte langsam.

«Du kannst gehen», er machte eine herablassende Handbewegung. «Und sieh nach, wie weit Jörg mit meinen Stiefeln ist!»

Sie ging in den Hof, wo Jörg auf der Bank saß und die juchtenledernen Stiefel putzte, die vor Dreck strotzten. Persson war offenbar zu Pferd unterwegs gewesen. Henrietta setzte sich neben ihn und sah ihm eine Weile zu. Sie wartete auf ein Lächeln, und es kam auch, für einen flüchtigen Moment.

«Sind die anderen auch ausgeritten?», fragte sie vorsichtig. Ihres Wissens hatten nur die Persson-Brüder Pferde, aber vielleicht hatte sich das ja geändert.

Jörg hob die vier Finger einer Hand.

«Sie haben Ole zu viert gesucht, ja?»

Er nickte.

«Werden sie denn nicht mal alle gemeinsam losziehen und ihn suchen?»

Er schien kurz darüber nachzudenken, warum sie das fragte, und schüttelte den Kopf.

«Glaubst du, sie finden ihn?»

Jörgs Augen blitzten hasserfüllt auf, er strich sich über den Hals und machte ein gurgelndes Geräusch. Dann senkte er den Kopf und widmete sich wieder seiner Arbeit.

Ja, ich verstehe, dass du ihn dir an den Galgen wünschst, dachte Henrietta. Wie gern würde ich dir sagen, dass ihn seine Strafe schon ereilt hat.

«Sven Persson möchte seine Stiefel haben», sagte sie,

stand auf und wollte in die Küche gehen. An der Treppe blieb sie stehen, weil sie hastige Schritte hörte. Priska? Henrietta ging nach oben, und tatsächlich, die Magd kam ihr entgegen, mit schreckensbleichem Gesicht. Sie deutete nach oben.

«Ole», hauchte sie nur.

Henrietta eilte ins oberste Stockwerk und zog sie mit sich. Die Tür zur Werkstatt war nur angelehnt. Sie stieß sie auf und sah den nackten Ole am Boden knien. Mit der rechten Hand hielt er sich an einem Schrank fest, die linke tastete in der Luft, als suche er Halt. Er schien nichts um sich herum wahrzunehmen, starrte nur ins Leere. Sein Mund stand offen, Speichel und Erbrochenes klebten ihm am Kinn und auf der Brust. Jetzt erinnerte er eher an einen anderen Heiligen: den heiligen Antonius, wie er von Teufelsdämonen heimgesucht wurde. Priskas Finger bohrten sich in Henriettas Schulter.

«Ist das nicht grauenhaft? So schaut kein Mensch!»

Henrietta war wie erstarrt. Niemals hatte sie damit gerechnet, dass Ole wieder zum Leben erwachen könnte. Aber war er wirklich wach? Er bewegte sich und atmete laut, dennoch sah er nicht lebendig aus.

Plötzlich stieß er ein keuchendes Geräusch aus, vielleicht der Versuch eines Schreis. Er stand jetzt auf beiden Beinen. Priska heulte auf, und Henrietta stellte sich darauf ein, dass gleich der Tumult ausbrechen würde, der sämtliche Schweden in die Werkstatt locken würde.

«Was sollen wir tun?», jammerte Priska. «Sieh doch, er geht! Er geht!»

Ole machte einen Schritt. Und noch einen. Wohin er ging, schien er selbst nicht zu wissen. Er streckte die Arme zur Seite, immerhin war er imstande, das Gleichgewicht zu halten. Dann schien es ihr, als kehre für einen winzigen Augenblick sein Bewusstsein zurück. Nicht lange, doch es genügte, dass er seine Richtung änderte, direkt auf die beiden Frauen zu.

«Was jetzt?», rief Priska. «Er will nach unten.»

«Er kann nicht an uns vorbei», versuchte Henrietta sie zu beruhigen.

«Nein? Ich rühre ihn nicht an! So tu doch etwas!»

Henrietta schüttelte verzweifelt den Kopf. Sie wusste auch nicht, was sie tun sollte. Sie war wie gelähmt. Immer noch stand er, und entweder würde er gleich hinfallen oder sie wahrhaftig beiseiteschieben und die Treppe hinuntersteigen. Da tat er einen weiteren Schritt. Priska bückte sich, um etwas aufzuheben, schob sich an Henrietta vorbei und holte mit einem Mal aus. Mit voller Wucht schmetterte sie ihm einen Gegenstand an den Kopf. Es war ein Tontopf, der nur noch einen Rest von Leinöl enthielt.

«Nein!», zischte Henrietta. Sie wollte schreien, doch sie beherrschte sich.

Die Magd hatte Ole an der Stirn getroffen. Er sackte zusammen und fiel zu Boden. Der Spuk war vorbei.

«Er ist tot, nicht wahr?», flüsterte Priska und sank neben ihr auf die Knie. Sie starrte auf den Topf und stellte ihn beiseite. «Sag mir, ist er tot?»

Henrietta beobachtete Oles Brustkorb und wartete darauf, dass er sich bewegte. Endlose Augenblicke verstrichen, doch es geschah nichts. Vorsichtig tastete sie seinen Hals ab, fand aber seinen Puls nicht, und auch, als sie sich überwand, den Kopf auf seine Brust zu legen, konnte sie nichts hören.

«Ja, er ist tot.»

Priska schlug ein Kreuzzeichen. «Was hab ich nur getan? Sag, dass er es verdient hat!»

«Vielleicht, Priska. Aber es hätte noch nicht passieren dürfen. Ist dir nicht klar, was das bedeutet?»

«Was meinst du?»

«Er ist tot. Tot! So versteh doch … Er hätte noch leben müssen.»

«Warum?» Priska begann heftig zu zittern, als begreife sie erst jetzt, was geschehen war. Henrietta zog sie an sich und versuchte, sie zu beruhigen. Sie strich ihr über die Wange und sah sie an, dabei spürte sie, wie ihr selbst die Tränen herunterrannen.

«Uns bleibt nicht mehr viel Zeit, bevor die Leiche anfängt zu stinken. Zwei, drei Tage vielleicht. Gut, dass es hier so kalt ist. Aber vorher muss ich noch seine Füße malen. Dann müssen wir ihn so schnell wie möglich loswerden.»

Priskas Augen weiteten sich. Sie hatte verstanden. Drei Tage, in denen sich entscheiden würde, ob sie davonkamen oder sterben mussten.

Teil III

26. Februar 1632 bis 28. Februar 1632

Kapitel 1

Thomas schaute in den düsteren Himmel. Es war Ende Februar und wieder kalt geworden. Vorbei waren die paar wärmeren Tage, die den Schnee hatten schmelzen lassen. Jetzt fielen wieder weiße Flocken vom Himmel, dichter als zuvor. Es bereitete ihm kein Vergnügen, draußen herumzuwandern, und auch nicht, im klammen Haus zu hocken, wo es nur in der Küche wirklich warm wurde. Er hatte die Wahl, bei den Scherers zu sitzen oder allein in seiner Werkstatt. Dort starrten ihn zwei Porträts an: das des Statthalters und das, welches er in der Fastnacht eilends von Henrietta hingeworfen hatte. In wenigen groben Pinselstrichen war sie entstanden, mitsamt vor Zorn funkelnden Augen. Es war nicht angenehm, ihren Blick auf sich zu spüren, selbst wenn es nur gemalt war. Besser war es, sie leibhaftig zu sehen, und er wollte zu ihr gehen, doch er konnte sich nicht überwinden. In Gedanken haderte er mit ihr, warf ihr vor, dass sie ihr Leben riskierte. Dann wieder schimpfte er mit sich selbst, weil er nicht imstande war, sich in ihre Lage zu versetzen. Musste er, der Maler, sie nicht am besten verstehen? Würde er um eines Kunstwerks willen nicht auch sein Leben aufs Spiel setzen? Ach was, nicht um irgendeines Kunstwerks willen: Dieses *Martyrium* war Henriettas Lebenswerk, auch wenn später nur die Signatur ihres Vaters darauf stand.

Ich hätte ihr nicht sagen dürfen, dass sie aufhören soll, dachte er. Auch wenn ich mir nichts mehr wünsche, als dass sie es tut. Wenn sie erwischt wird und wieder im Großen Turm landet, werde ich mir nie verzeihen, dass ich es nicht verhindert habe.

Doch er konnte es weder billigen noch verhindern. Es fiel ihm schwer, es einzusehen, aber sie bestimmte selbst über ihr Schicksal.

Mit solch düsteren Gedanken lief er durch die Stadt, die angesichts des erneut angebrochenen Winters wie gelähmt wirkte. Oder lag es an der Fastenzeit? Vielleicht war es hier jedes Jahr im Februar so trist. Selbst die Bettler und Dirnen fehlten vor den Türen des Doms. Die Kaufleute und Kleinhändler in ihren Buden rund um den Brandplatz sahen mürrisch aus und taten wenig, um die Vorbeieilenden anzulocken. Von Soldaten und Landsknechten mitsamt ihren weiblichen Anhängseln war wenig zu sehen, sodass man sich für einen kurzen Moment der Illusion hingeben konnte, das Heer sei abgezogen.

Dann trieb ihn das seltsame Gefühl in sein Haus, Henrietta könne auf ihn warten. Dort war jedoch alles wie gewohnt. Anna brachte ihm wortlos eine Suppe, die er ebenso schweigsam auslöffelte. Schließlich entschloss er sich dazu, sich in seine Werkstatt zurückzuziehen und einige Stellen an seinem *Odysseus* zu überarbeiten. Es gab eigentlich nichts zu verbessern. Doch es fehlte ihm die Kraft, um über eine neue Arbeit nachzudenken.

Er hörte, wie es draußen klopfte und Anna die Haustür öffnete. Kurz darauf kam sie an die Werkstatttür.

«Ihr sollt das Haus nicht verlassen», sagte sie zu ihm.

«Wer sagt das?», fragte er verwundert.

«Weiß nicht. Sah aus wie ein Soldat.»

«Ihr habt ihn nicht gefragt?»

«Was schert's mich denn?», brummte sie und schloss die Tür. Kopfschüttelnd machte er sich wieder an die Arbeit.

Sollte doch da kommen, was wolle. Es beunruhigte ihn nicht einmal, als er einige Stunden später Hufklappern vernahm und es kurz darauf erneut an der Tür klopfte. Er hörte, wie Anna jemanden hereinließ.

Thomas drehte sich auf seinem Malschemel um. Es überraschte ihn nicht, Johann Eriksson Sparre an der Türschwelle zu sehen. Er zog seinen Hut und schüttelte den Schnee ab. Er war nicht allein. Hinter ihm stand ein Mann, der von einem ganzen Rattenschwanz von Soldaten gefolgt zu werden schien.

Es war der König.

Thomas stand unwillkürlich auf und legte Pinsel und Palette beiseite. Konnte das wahr sein? Es war doch völlig unmöglich, dass der König höchstpersönlich hier in seiner Werkstatt erschien! Doch es war tatsächlich jener Mann, den er vor einer Weile hatte vorbeireiten sehen.

Sparre lief mit ausgebreiteten Händen auf den *Odysseus* zu. «Der Mann ist ein Naturtalent. Habe ich Euch zu viel versprochen?», sagte er auf Schwedisch.

Der König zog seinen Hut und schüttelte die gewellten blonden Haare aus. «Gewiss nicht. Aber wo ist Euer Porträt?»

Thomas rang mühsam um Fassung. Das Porträt hatte er mit einem Tuch abgedeckt und auf einer Truhe an die Wand gelehnt, damit es vor Staub geschützt war. Er nahm das Tuch ab und drehte das Bild um. Der König näherte sich, zog dabei die Handschuhe aus und stemmte die Hände in die Seiten. Plötzlich war Thomas überzeugt davon, dass das Bild misslungen war. Der grüne Vorhang passte nicht zur Kleidung. Die Haare hingen glanzlos an den Seiten herunter, das Gesicht hatte kaum Ähnlichkeit mit Sparre. Auch der Lichteinfall war nicht korrekt. Und der Mainzer Hintergrund eine wahllose Ansammlung von Kirchtürmen.

«Könnt Ihr auch ein Pferd malen?», fragte ihn Gustav Adolf da auf Deutsch.

«Gewiss.»

«Auch mit mir darauf?»

«Auf einem Pferd? Eher auf einem Gestell, ein Pferd würde wohl kaum die nötige Geduld aufbringen, um mir Modell zu stehen.»

Der König winkte ab, als wolle er damit sagen, dass er solche Einzelheiten jetzt nicht zu klären beabsichtige. Er schob sich einen Hocker zurecht, setzte sich breitbeinig darauf und betrachtete lange das Gemälde. Als Thomas sich in der Werkstatt umsah, hatte er kurz das Gefühl, als sei sie voller Lakaien, Soldaten und Leibwächter, doch sie warteten noch im Flur. Es war allein die Anwesenheit des Königs, die den Raum ausfüllte. Er saß auf dem Schemel wie ein gewöhnlicher Soldat, und doch zeugte jeder Zoll seines Körpers von seiner königlichen Aura. Thomas wusste beim besten Willen nicht, wie er *das* malen sollte.

Nach einer Weile wandte sich der König an ihn. «Es gefällt mir außerordentlich gut. Mein Statthalter hat tatsächlich nicht zu viel versprochen. Kann ich noch mehr Eurer Arbeiten sehen?» Er wartete keine Antwort ab, sondern begann die Zeichnungen auf dem Tisch zu sichten. Dabei stieß er auf das lose Leinwandstück, das Henrietta zeigte. Mit einem Laut der Anerkennung nahm er es hoch.

«Wer ist das?»

«Eine … meine Malersmagd.»

«Sehr schön. Diese grobe Pinselführung erinnert mich an einen Holländer. Hams … Hals? Na, egal. Habt Ihr irgendetwas in Arbeit, das Euch derzeit aufhält?»

«Nein.»

Gustav Adolf legte Henriettas Bildnis beiseite, stand auf und begann sich die Handschuhe überzustreifen.

«Sparre erzählte mir, dass Ihr ihn draußen im Lager gemalt habt. Zum Teil jedenfalls. Es ist also kein Problem für Euch, im Freien zu malen?»

«Durchaus nicht.» Thomas ahnte, dass er gleich etwas zu hören bekam, was ihm nicht gefiel.

«Schön. Ein Großteil des Heeres wird, wie Ihr sicher wisst, in ein paar Wochen weiterziehen, und das wohl kaum ohne mich. Und ohne Euch ebenso wenig, wenn Ihr meinen Auftrag annehmt. Wollt Ihr?»

Thomas räusperte sich verlegen.

«Na, was denn?», brummte Gustav Adolf. «Hierher seid Ihr doch auch marschiert und habt es überlebt.»

«Das … das ist nicht das Problem. Aber ein Gemälde in einem Tross zu transportieren …»

«Ja?»

«Nun, es ist ja nach jeder Sitzung feucht, man kann es nicht abdecken. Es könnte beschädigt werden. Oder nass. Die Leinwand verzieht sich, wenn sie auf der Rückseite feucht wird.»

«Alles eine Frage der Organisation», wischte Gustav Adolf seine Einwände beiseite. «Ihr bekommt, was Ihr braucht, und selber schleppen müsst Ihr das feuchte Bild auch nicht. Bis morgen werdet Ihr sicher eine Entscheidung getroffen haben. Ich schicke mittags jemanden vorbei, dem Ihr sie mitteilen könnt.»

Er hob zum Gruß den Hut und verließ die Werkstatt. Sparre folgte ihm, blieb aber an der Tür noch einmal stehen.

«Es ist Eure Sache», sagte er zu Thomas. «Aber wenn Ihr ablehnt, war meine Protektion umsonst, das ist Euch hoffentlich klar. Dass Ihr nicht mit nach Hanau wolltet, war schon peinlich genug. Und Euer dreistes Erscheinen in der Martinsburg hat mir auch missfallen. Seltsam, ich dachte anfangs, Ihr seid einer, über den es nie etwas zu klagen gibt. Bitte enttäuscht mich nicht noch einmal. Wann kann ich mein Porträt holen lassen?»

Thomas wusste nicht, was er antworten sollte. Einige Stellen waren noch feucht, und mit Firnis überziehen musste er das Bild auch noch, aber er konnte im Moment nicht sagen, wie viele Tage er noch brauchen würde.

«Hat Euch der König so aus der Fassung gebracht? Wie auch immer, schickt es einfach, wenn es so weit ist.»

Sparre nickte ihm zu und verließ den Raum. Thomas atmete erleichtert auf, als die Haustür zufiel. Nein, es war nicht das plötzliche Auftauchen des sagenhaften Helden aus Mitternacht, das ihn so verwirrt hatte. Es war Henrietta, wie immer. Wie konnte er mit dem Heer weiterziehen, wenn er nicht einmal imstande gewesen war, für einige Wochen nach Hanau zu fahren?

Und mit mir kommen wird sie nicht, dachte er.

«Wer war das?», fragte Anselm. Er war eingetreten, ohne dass Thomas ihn bemerkt hatte.

Thomas drehte sich zu ihm um. «So viele Leute, und keiner hat Euch etwas gesagt?»

«Nein.»

«Es war der schwedische König. Er will, dass ich mit ihm ziehe.»

«Mein Gott», murmelte Anselm. «Darauf muss ich etwas trinken.»

Er schlurfte in die Küche. Thomas folgte ihm, denn auch ihm stand plötzlich der Sinn danach. Anselm holte aus einem Schrankfach zwei winzige Zinnbecher und eine Tonflasche und schenkte beiden ein. Thomas kippte den Inhalt herunter, ohne zu fragen, was er trank. Es schmeckte scharf und ekelhaft.

«Was geschieht denn mit unserem Haus?», fragte Anselm und schenkte nach. «Bekommen wir es endlich zurück? Oder werden andere einquartiert?»

«Ich weiß es nicht. Ich weiß ja nicht einmal, ob ich gehen werde.»

Die Tür zum Hof öffnete sich, und Anna trat ein.

«Du hast den Aufzug des Königs verpasst», brummte Anselm, ohne sie anzusehen.

Die Schererin war aschfahl, ihre Finger hatten sich in die Schürze gekrallt, sie waren ganz weiß.

«Ich bin weggelaufen, als plötzlich all die Soldaten hereinkamen», flüsterte sie. «Ich wollte es nicht noch einmal erleben.»

Nun sah Anselm sein Weib an, und er schien zu begreifen. «Sie sind weg, beruhige dich. Meister Hartenberg wird bald mit dem König aufbrechen, um ihn zu porträtieren.»

Sie trat näher, schaute auf die Becher, als überlege sie, sich ebenfalls zu bedienen. Dann rauschte sie an ihnen vorbei.

«Das glaubst du?», fauchte sie noch auf der Türschwelle. «Der geht nicht weg!»

Dann waren nur noch ihre wütenden Schritte auf der Treppe zu hören. Thomas trank auch den zweiten Becher in einem Zug leer. Sie hatte vermutlich die Wahrheit gesprochen. Oder doch nicht? Wie konnte er diese einmalige Gelegenheit in den Wind schlagen? Nie mehr würde er als Maler ein Bein auf die Erde bekommen, jedenfalls nicht in dieser Stadt.

Es kann noch so viel geschehen, bis der König aufbricht, dachte er. Ich sollte zunächst davon ausgehen, dass ich gehe. Und Henrietta fragen, ob sie mir folgt. Auch wenn ich weiß, dass sie ablehnen wird, fragen muss ich sie.

Thomas war voller Zuversicht, als er sich in Richtung Cruzenachstraße aufmachte. Der Auftrag des Königs veränderte alles, und es musste auch ihren Ärger vertreiben, wenn sie davon hörte. Er erwartete keineswegs, dass sie sich für ihn freute, wenn sie weiterhin zurückstehen musste. Aber was es bedeutete, einen König zu malen – nicht irgendeinen, sondern diesen –, das würde ihr klar sein. Er konnte ein berühmter Maler werden. Es hatte es selbst noch nicht richtig verstanden.

Sie konnte mit ihm gehen und endlich frei sein. Bedroht war sie doch nur hier in Mainz. Dort draußen, im Tross des Heerzuges, hätte das Verbot keine Bedeutung mehr. Andererseits würde sie dort auch kaum malen können.

Plötzlich erschien ihm die Frage, ob sie ihm zu folgen bereit war, derart lächerlich, dass er fast wieder umkehrte. Ein Vagabundendasein war unmöglich einem eigenen Haus vorzuziehen, selbst dann nicht, wenn es von lästigen Schweden besetzt war. Im Tross war das Leben auch nicht sicherer.

Er war schon fast am Brunnen, als er von weitem Priska sah. Sie füllte gerade Wasser in einen Kübel, als sie ihn erblickte. Prompt entglitt ihr der Kübel, und das Wasser schwappte einer anderen Frau über die Füße, die erbost losschimpfte. Priska schien es gar nicht zu hören. Sie starrte ihn an, als sei er eine Erscheinung. Eine böse Erscheinung.

«Ihr wollt zu ihr, ja?», platzte sie heraus. «Das geht nicht. Nein, nein, das geht nicht.»

Wie fahrig sie ist, dachte er verwundert.

«Priska, geht es dir gut?»

«Ja, ja. Ihr wollt zu ihr, stimmt's?»

«Mein Gott, ja. Natürlich.»

«Es geht nicht, es geht nicht», wiederholte sie.

Was mochte nur mit dieser Frau los sein? Hatten die Schweden ihr Gewalt angetan, und sie war darüber verrückt geworden?

Er eilte zum Haus und wollte an die Tür klopfen, als er spürte, dass er beobachtet wurde. Er legte den Kopf in den Nacken und sah Henrietta an einem der Fenster im Obergeschoss. Von dort aus ließ sich nur die Gasse überblicken, also war es wohl Zufall, dass sie gerade jetzt am Fenster war. Sie wirkte wie versteinert. Dann zuckte ihr Oberkörper zurück.

«Bitte lass mich rein», rief er gedämpft, bevor sie ganz verschwand. «Ich muss mit dir reden.»

«Nein.» Bei diesem einen Wort schien sie es bewenden lassen zu wollen, doch dann fügte sie hinzu: «Es gibt nur Ärger, wenn du das Haus betrittst.»

«Mit wem? Mit Sven Persson?»

«Ja.»

«Das ist mir gleich!», rief er hinauf, lauter als beabsichtigt. Was scherte ihn dieser Mann?

«Du musst gehen. Bitte.»

Sie war schon fast nicht mehr zu sehen. Er trat zwei Schritte zurück.

«Dann komm heraus. Oder triff dich mit mir am Fluss. Henrietta, bitte, es gibt Wichtiges zu bereden.»

«Es geht nicht. Vielleicht ... in einigen Tagen. Aber vielleicht auch nicht. Hoffe nicht darauf.» Sie verschwand, und was folgte, war nur noch das Klacken des Fensterladens. Fassungslos starrte er hinauf, wartete, dass sie noch einmal erschien, aber nichts tat sich.

Das kann einfach nicht wahr sein, dachte er. Was geschieht in diesem verfluchten Haus?

Am liebsten hätte er den Türschlegel mit aller Gewalt gegen das Tor gehämmert. Doch musste er auf der anderen Seite ihren Wunsch nicht respektieren? Was würde Persson tun, wenn er sich doch Einlass verschaffte? An ihr würde er es auslassen, nicht an ihm. Er durfte es nicht wagen.

Ich bringe dich um, Persson, dachte er. Eines Tages bringe ich dich um.

Er wandte sich ab und sah Priska an der Hausecke stehen. Sie presste sich dicht an die Wand, als er an ihr vorüberging. Er beachtete sie nicht mehr, sondern ging zum Brunnen, um sich eiskaltes Wasser ins Gesicht zu spritzen. Vielleicht würde er dann endlich aufwachen und erkennen, dass das alles nur ein Albtraum war.

Was um alles in der Welt, so fragte er sich, sollte er Gustav Adolfs Gesandtem sagen, wenn er morgen eine Entscheidung von ihm hören wollte?

Das Fenster war zu. Sie hatte ihn fortgeschickt. Schluchzend sank Henrietta auf die Bank, die unter dem Fenster stand. Alles in ihr hatte danach gedrängt, ihn hereinzurufen. Oder hinauszulaufen. Ihm alles zu sagen. Doch damit hätte sie nur eine Katastrophe heraufbeschworen. Nicht einmal auf später hatte sie ihn vertrösten können, denn was wusste sie schon über ihre Zukunft? Sie konnte nur hoffen, dass es ihr gelang, die Leiche wegzuschaffen, aber planen konnte sie gar nichts. Sie musste alles dem Herrn überlassen. Er würde wissen, ob er sie aus ihrer schwierigen Lage rettete oder der Strafe zuführte.

Und Thomas? Er liebte sie, das war offensichtlich, doch es war umsonst. Was hatte er wohl mit ihr besprechen wollen? Was konnte auf einmal so dringend sein?

«Warum weinst du, Weib?», flüsterte ihr Vater plötzlich. «Doch nicht etwa meinetwegen?»

Henrietta hob den Rock, um sich die Tränen fortzuwischen. Weib? Hielt er sie etwa für ihre Mutter?

«Um dich weine ich auch», sagte sie und beugte sich vor, um ihm über den kahlen Kopf zu streichen. Er drückte ihre Hand fest an sich. Beinahe hätte sie seine Pusteln berührt, aber das war ihr nun auch fast egal.

«Deine Hand ist so zart», sagte er. «Wie früher.»

«Vater, ich bin's. Nicht Mutter.»

«So zart … wie früher.»

Sie entzog ihm die Hand und stand auf. Es war Zeit, sich unten blicken zu lassen.

«Komm wieder, Weib. Ja?»

«Ja.»

Sie ging in die Küche und half, das Abendessen zu bereiten. Jette beobachtete jede ihrer Bewegungen, während sie selbst nur dasaß und nichts tat.

«Ist es jetzt endgültig aus mit dir und dem Maler?», fragte sie schließlich.

«Was geht's dich an?», antwortete Henrietta müde. Sie füllte die Näpfe der Männer mit Kohlsuppe, in der wenig Dörrfleisch und einige Brotstücke schwammen. Jetzt im Spätwinter gab es auch für die Soldaten selten etwas Besseres.

Die Hure lachte. «Eigentlich gar nichts. Aber wenn du meinen Rat willst: Geh zu ihm und lass dich mal kräftig von ihm rannehmen, dann sieht die Welt schon viel besser aus.»

«Dein Herr hat es mir verboten», fauchte Henrietta, nahm zwei Näpfe und trug sie in den Schankraum. Einen stellte sie vor Sven Persson ab, der breitbeinig auf einer Bank saß und mit gerunzelter Stirn ins Leere starrte. Er sah nur kurz auf, als sie kam, sagte aber kein Wort. Wahrscheinlich dachte er über seinen Bruder nach. Henrietta überlegte, ob sie nach ihm fragen sollte, wagte es aber nicht. Auch die anderen Männer wirkten müde und missgestimmt. Offenbar machte es ihnen langsam zu schaffen, dass einer aus ihrer Mitte einfach verschwunden war.

Zurück in der Küche, fragte sie Jette leise, ob die Männer noch einmal planten, gemeinsam loszuziehen, um

Ole zu suchen. Oder auf Parteigang, um das karge Essen aufzubessern.

«Glaub ich nicht», sagte Jette, während sie ihre Suppe schlürfte. «Wo sollen sie denn noch suchen? Und plündern? Nein, die haben aufgegeben und warten jetzt auf den Frühling.»

Priska erschien, und gemeinsam trugen sie Suppe für sich und den Vater hinauf ins Obergeschoss. Henrietta half Johannes, sich im Bett aufzusetzen und zu essen. Er sprach sie weiterhin als sein Weib an, aber sie verzichtete darauf, ihn zu verbessern. Später gesellte sie sich zu Priska in die Schlafkammer, um mit ihr gemeinsam zu essen.

In letzter Zeit wirkte die Magd mal fahrig, mal ganz ruhig, als könne sie sich nicht entscheiden, ob Oles Tod etwas Gutes für sie bedeutete oder nicht. In der Gegenwart der Schweden war sie oft nervös, aber es schien ihnen nicht aufzufallen. Glücklicherweise machte keiner von ihnen Anstalten, sich an ihr zu vergehen.

«Geht's dir gut?», fragte Henrietta.

Priska fuhr hoch und stieß einen tiefen Seufzer aus. «Geht so.»

Nachdem sie die Suppe aufgegessen hatte, stellte Henrietta ihre Schale beiseite und ging in die Werkstatt. Ihre Hausarbeit war getan, sie konnte jetzt einigermaßen gefahrlos malen.

Der tote Ole saß am Boden, die Hände am Deckenbalken festgebunden, den Kopf auf der Brust. Henrietta kniete sich vor ihn und roch an ihm. Noch stank er nicht allzu sehr, dafür sah er umso furchtbarer aus: eine Masse nackten Fleisches, weiter nichts. Sein Körper war weiß, bis auf die Füße, deren Unterseiten blaurote Totenflecke aufwiesen. Die Nasenspitze wirkte knitterig, ebenso die Ohren. Henrietta schob eine Haarsträhne beiseite, um das Gesicht des Toten genauer zu betrachten: Es war kein

Gesicht mehr. Es war eine lederne Maske, die jemand getragen und dann achtlos an einen Nagel gehängt hatte.

«Armer Sven, er vermisst dich so», murmelte sie. «Aber er wird dich bald wiedersehen. Bald wird er zu dir kommen, da bin ich mir sicher.»

Nur noch die Füße, sagte sie sich, nur noch die Füße. Und danach mag kommen, was will. Nur dass es dann endlich vorbei ist.

Das Malen vertrieb ihre Angst. Henrietta sah nicht mehr die Leiche vor sich, sondern nur noch die Füße und die Schwierigkeiten, die sie bereiteten. Der rechte Fuß, von dem kaum mehr als die Zehen zu sehen waren, gelang ihr gut, doch der andere im Vordergrund des Bildes missriet zunächst. Die dunklen Flecken erschwerten ihr die Arbeit, doch sie wollte nicht aufgeben, ihr rann die Zeit davon.

Wie viele Stunden hatte sie jetzt schon gearbeitet? Sie wusste es nicht. Von einer großen Müdigkeit befallen, streckte sie sich neben Ole auf dem Boden aus. Nur kurz die Augen schließen, dachte sie, das schadet nicht. Nur kurz …

Die Tür zur Kammer ihres Vaters ging knarrend auf, und Johannes Güntelein kam mit gebeugtem Rücken herein.

«Ist dir nicht gut?», fragte er besorgt. Meinte er jetzt Henrietta oder ihre Mutter?

Sie setzte sich auf, rieb sich die Augen und sah zu ihm hoch.

«Doch. Was ist mit dir, kannst du nicht schlafen?»

Er antwortete nicht, sondern betrachtete den Leichnam und schüttelte den Kopf. Dann ging er in seine Kammer zurück. Es schien, als sei er gekommen, um ihr etwas zu sagen. Aber er hatte es wohl vergessen, als er den

Toten gesehen hatte. Armer Vater, dachte Henrietta, es wird immer schlimmer mit dir.

Sie durfte ihm jetzt nicht folgen, sie musste ihre Müdigkeit bekämpfen. Immer noch lag sie am Boden, und die Augen fielen ihr wieder zu. Wie aus weiter Ferne hörte sie Schritte auf der Stiege. Jemand kam herein und stieß ängstliche, wirre Worte hervor. Mal glaubte sie, es sei ihr Vater, dann hatte sie Thomas vor Augen, der in die Werkstatt gestürmt kam, um sie zur Rede zu stellen. Sie wusste, dass sie in einem Zustand des Halbschlafs war, aber es gelang ihr weder, ganz einzuschlafen noch aufzuwachen und aufzustehen. Die Arbeit musste getan werden, und ihr blieb nicht mehr viel Zeit.

«Henrietta!»

Sie riss den Kopf hoch und öffnete die Augen. Priska stand in der Tür und deutete hinter sich. Henrietta war sofort hellwach. Ihr Vater war nach unten gelaufen.

Sie sprang auf. «Großer Gott, was will er da unten? Mitten in der Nacht?»

Da hörte sie ihn schreien.

Sie riss sich die Schürze fort, wischte sich damit über Gesicht und Hände, um mögliche Farbspuren zu beseitigen, raffte den Rock und hastete hinunter. Die Männer waren wach, sie hörte sie reden und herumlaufen. Als sie unten war, sah sie die Tür zum Schankraum offenstehen. Es brannte Licht. Ihr Vater kniete auf dem Boden und hielt die Hände erhoben, als wolle er sich schützen.

Sie musste zu ihm, doch eine Hand hielt sie zurück. Sie versuchte sich loszureißen, aber ihr fehlte die Kraft. Als sich die Kammer öffnete und Persson heraustrat, hörte sie auf, sich zu wehren. Er wirkte, als habe er sich die Hose in aller Eile hochgezogen; sein Oberkörper war nackt. Er blickte in die Runde der Männer, die fast alle noch wach waren. Nur zwei oder drei lagen zwischen den Bänken und schnarchten.

Persson fragte etwas auf Schwedisch, ein anderer antwortete und deutete auf Johannes. Angewidert sah Persson auf den kranken Mann und richtete dann das Wort an Henrietta.

«Warum ist der Alte hier unten? Ich habe dir gesagt, dass ich ihn hier nicht sehen will.»

«Ich … ich bringe ihn sofort wieder hoch», stotterte sie, noch immer völlig benommen.

Johannes hatte die Finger verschränkt, es sah aus, als wolle er beten. Er schaute Persson an, doch er schien ihn nicht zu erkennen. «Ich wollte in die Kirche», sagte er mit zittriger Stimme. «Meine Beine tun so weh, ich hätte nicht hinfallen dürfen.»

«In die Kirche? Mitten in der Nacht? Im Unterhemd? Der Kerl ist wirklich verrückt!»

«Ich habe den heiligen Magnus gesehen. Ja, ich habe ihn gesehen. Und er sah aus wie Euer Bruder.»

Henrietta hätte am liebsten laut losgelacht. Oder geschrien. Welch ein Irrsinn, dachte sie.

Sven Persson hob fragend die Brauen. Er schien eine Weile nachdenken zu müssen. Dann trat er näher an Johannes heran.

«Mein Bruder?»

Johannes nickte.

Henrietta wollte sich losreißen, aber die Hand hielt sie immer noch fest. Sie konnte nicht entkommen.

Bitte schweig jetzt, dachte sie verzweifelt. «Er muss geträumt haben», warf sie ein, völlig überhastet. Sie stockte, als Persson sie scharf ansah.

«Weibsbilder, die ständig dazwischenreden, kann ich gar nicht leiden. Wirst du es einmal schaffen, den Mund zu halten?»

Henrietta wollte nicken, doch stattdessen zuckte sie zusammen. Ihr war zum Heulen zumute, und es gelang ihr nur mit großer Mühe, gegen die Tränen anzukämpfen. Was für einen Eindruck musste Persson jetzt von ihr haben? Er musste sie ja für ebenso verrückt halten.

«Sie schafft es bestimmt nicht», brummte Persson und rief dem Mann, der sie festhielt, etwas zu, was sie nicht verstand. Jäh fühlte sie sich aus dem Raum gezogen und auf die Treppe gestoßen. Sie wollte wieder zurück, doch der Soldat gab ihr unmissverständlich zu verstehen, dass sie hinaufzugehen hatte. Schließlich fügte sie sich und stieg mit schweren Beinen die Stiege hoch. Im ersten Stock blieb sie stehen und lauschte, doch es waren nur Wortfetzen zu hören. Und sie wollte es auch nicht hören. Sie kehrte in die Werkstatt zurück, wo Priska immer noch an derselben Stelle stand wie zuvor.

«Ich glaube, es ist vorbei», sagte Henrietta.

«Vorbei?», hauchte Priska. Das Blut wich aus ihrem Gesicht, und Henrietta befürchtete, ohnmächtig zu werden.

«Wir wollen uns hinlegen und ausruhen.» Henrietta zog sie mit sich in die Schlafkammer. «Und beten.»

Priska sank zu Boden und starrte ins Leere. Vielleicht betete sie wirklich. Henrietta vermochte sie nicht zu trösten. Stattdessen machte sie sich Vorwürfe. Hätte sie nicht wissen müssen, dass es so weit kommen würde?

Vielleicht sollte sie die Zeit nutzen, um an dem Gemälde weiterzumalen? Nein, zu sehr würden ihr die Finger zittern. Schließlich zog sie die Zeitungen unter dem Bett hervor, schlug den Bericht über die Malerin aus Bologna auf und begann zu träumen. Nach einer Weile faltete sie das Papier zusammen, steckte es in ihr Brusttuch und setzte sich aufs Bett. Eine furchtbare Angst befiel sie, schlimmer als je zuvor. Sie umschlang die Knie und begann sich zu wiegen, als könne sie das von dem übermächtigen Gefühl ablenken, wahnsinnig zu werden. Ihr rannen die Tränen übers Gesicht, und sie wollte heulen wie ein Wolf in der Nacht, so laut sie konnte, doch sie hatte den Saum ihres Rockes im Mund und biss sich daran fest.

Kapitel 2

Als Henrietta Schritte auf der Stiege hörte, richtete sie sich im Bett auf. Sie war tatsächlich eingeschlafen und hatte entsetzliche Dinge geträumt, an die sie sich gar nicht erinnern mochte. Aber die Wirklichkeit war auch nicht besser. Sie hastete aus dem Zimmer und blickte auf die Treppe. Brachten sie ihren Vater zurück? Nein, es war nur Birger. Er gähnte, roch nach Schlaf und trug ein zerknittertes Hemd, offenbar hatte er es sich schnell übergeworfen. Er winkte sie zu sich und machte dann kehrt. Henrietta lief mit pochendem Herzen die Treppe hinab. Was erwartete sie als Nächstes?

Die Tür der Wohnstube stand offen, und sie sah Sven Persson im Sessel sitzen, immer noch nur mit einer Hose bekleidet. Den nackten Fuß hatte er aufs Knie gelegt, seine Hände ruhten schwer auf den Lehnen, er sah aus, als müsse er gegen die Müdigkeit ankämpfen. Als sie eintrat, blickte er sie unheilvoll an.

«Was ist mit meinem Vater?», fragte sie sofort.

«Ich werd's dir sagen, aber wehe, du machst Geschrei!»

Warum haben sie nicht die Werkstatt gestürmt?, fragte sie sich. Und warum sollte ich Geschrei machen?

Ihre Gedanken rasten. Perssons Miene wurde noch finsterer, und er winkte sie ungeduldig auf einen Stuhl. Wie von selbst trat sie zurück und ließ sich darauf sinken.

«Mein Vater …»

«Wie kam es eigentlich dazu, dass er nicht ins Siechenhaus musste?»

Sie blinzelte ihn an. Warum fragte er ausgerechnet jetzt danach? Seit er hier war, hatte ihn das nicht interessiert.

«Meine Mutter starb an der Pest, die vor sieben Jahren hier in Mainz wütete», presste sie schließlich hervor. «Sie kam ins Siechenhaus, und danach sah ich sie nie wieder. Ich konnte es nicht ertragen, meinen Vater auch so sterben zu sehen. Ich hab mich geweigert, ihn herauszugeben. Wo ist er jetzt?»

Persson seufzte. «Er ist noch unten, aber ich werde gleich zwei Männer mit ihm losschicken, damit sie ihn dem Gericht übergeben. Seine Äußerungen waren ziemlich wirr, aber er scheint zu wissen, dass mein Bruder tot ist. Wir haben versucht, ihm klare Worte zu entlocken, aber es ist mir zu heikel mit ihm, du verstehst?»

Sie schüttelte den Kopf.

Er lehnte sich vor. Seine Haltung erinnerte sie an die Männer im Großen Turm, die sie beim Verhör ohne jede Gefühlsregung angestarrt hatten.

«Er muss einer Folter ausgesetzt werden, damit er endlich klar spricht. Dazu fehlt uns die Erfahrung. Was, wenn er uns unter den Händen weggestorben wäre? So etwas ist nichts für Soldaten, damit sollen sich Leute beschäftigen, die davon etwas verstehen. Außerdem ist seine Krankheit ansteckend. Mir ist nicht danach, mich länger als nötig mit ihm zu befassen.»

Henrietta presste die Finger an die Schläfen. Die Konturen des Zimmers wackelten und schienen sich aufzulösen. Übelkeit kroch ihr die Kehle hinauf, und sie war sich sicher, dass sie gleich in Ohnmacht fiel. Plötzlich tauchte ein Becher mit Wasser vor ihrem Gesicht auf. Sie griff danach und trank hastig, und sofort sah sie wieder klar. Jette stand vor ihr und schaute sie mitleidig an.

«Danke», murmelte Henrietta und stand auf. Die Hure nahm den Becher entgegen und setzte sich abseits auf eine Truhe. Persson schien sich an ihrer Anwesenheit nicht zu stören.

«Wohin willst du?», fragte er Henrietta.

«Hinunter.»

«Du wartest. Setz dich.»

«Ich will zu ihm!»

«Setz dich!»

Sie sank zurück auf den Stuhl. «Es ist doch so kalt im Großen Turm», entfuhr es ihr. Sie war sich sicher, dass ihr Vater dort enden würde. Es konnte für ihn nur diesen einen Ort des Schreckens geben.

«Die Männer werden ihm einen Umhang und eine Decke mitgeben.»

«Was hat er gesagt?»

Persson hielt das Kinn auf seine Hand gestützt und musterte sie neugierig. Es schien ihn zu verwundern, dass es ihr in dieser Situation gelang, ihm in die Augen zu sehen.

«Er hat gesagt, er hat einen Heiligen gesehen, der aussah wie mein Bruder.»

«Das … das habe ich noch mitbekommen.»

«Ich habe eine Weile gebraucht, bis ich begriff, dass er von einer Wahnvorstellung redete. Aber wie kam er auf meinen Bruder?»

«Ich weiß es nicht», hauchte sie.

«Wirklich nicht?»

Sein Blick wollte sie erdrücken, doch sie wich ihm nicht aus. Wusste er alles? Und wenn ja, hielt er sie nur hin? Was erwartete er jetzt von ihr?

«Ich weiß es nicht», wiederholte sie.

Persson nickte nach einer Weile. Offenbar hatte er tatsächlich immer noch keine Ahnung von dem, was im zweiten Stock vor sich gegangen war.

«Er deutete an, dass Thomas Hartenberg Ole getötet hat.»

«Das ist doch Unsinn. Warum hätte er das tun sollen?»

«Du findest, es hätte dafür keinen Grund gegeben? Ole hat dir doch nachgestellt. Und du hast dich an Hartenbergs Schulter ausgeweint, das weiß hier jeder. Ich finde, das erklärt einiges.»

Es fiel ihr schwer, sich unter Perssons strengem Blick zu konzentrieren, aber sie musste es versuchen. Wie war ihr Vater bloß auf Thomas gekommen? Als sie ihm Ole gezeigt hatte, da hatte er gefragt, wer ihn getötet hatte. Nicht sie und nicht Priska, hatte sie geantwortet, sondern *irgendjemand.* Da musste er sofort an Thomas Hartenberg gedacht haben. An wen sonst?

«Aber wie hätte mein Vater davon wissen können?»

«Das ist eine gute Frage, die er mir leider nicht beantworten konnte. Oder wollte. Ich habe ja gesagt, wir sind jetzt an dem Punkt, wo nur noch eine Tortur weiterhilft. Vielleicht haben Ole und Hartenberg sich auf der Gasse gestritten, und dein Vater hat es von seinem Fenster aus beobachtet.»

«Mein Vater weiß nichts! Ihr sagt selbst, er ist wirr im Kopf. Warum lasst Ihr ihn nicht in Ruhe? Ihr werdet auch mit Gewalt nichts aus ihm herausbekommen. Er ist alt und krank.»

«Da bittest du den Falschen. Sobald er aus dem Haus ist, habe ich nichts mehr mit ihm zu tun.»

Ihr fehlten die Worte. Er musste ihren Vater nicht wegschicken, das wusste er genau, aber offensichtlich bereitete es ihm Freude, sie zu quälen.

Persson stand auf. «Das genügt. Ich schicke die Männer jetzt los. Wenn du ihn noch einmal sehen willst, komm mit.»

Er stieg die Treppe hinunter, und sie folgte ihm. Wahrhaftig, Johannes stand, gestützt von zwei Männern, im kalten Hof, den Umhang unordentlich um die Schultern gelegt, die Füße in Holzpantoffeln. Er hatte Mühe, sich auf den Beinen zu halten, der Schweiß stand ihm auf der Stirn, trotz der nächtlichen Kälte. Er schien zu überlegen, warum er hier stand. Henrietta rannte an Persson vorbei und warf sich ihm in die Arme. Er sah sie verblüfft an und lächelte.

«Was machst du denn hier? Solltest du nicht schlafen?»

Er war entrückt, das sah sie in seinem Blick. Vielleicht war es ein Segen für ihn. Die Krankheit hatte ihn besiegt, nicht Persson und seine Männer. Warum war es ihm nicht vergönnt, im Bett zu sterben? Warum noch diese Qualen?

Persson ließ ihr nur wenig Zeit, bald zog er sie von ihrem Vater weg und winkte den Männern zu, Johannes fortzubringen.

Henrietta wollte sich von Persson losreißen, aber es gelang ihr nicht. Ihr Blick fiel auf Jette, die, eingehüllt in eine Decke, den Hof betrat.

«Kannst du nicht ein gutes Wort für meinen Vater einlegen?», rief Henrietta ihr zu. «Bitte doch deinen Herrn, ihn hier zu lassen!»

Jette schüttelte unmerklich den Kopf. Es tat ihr leid, das war ihr anzusehen, doch sie rührte sich nicht. Henrietta wollte den Männern, die soeben mit ihrem Vater durchs Tor traten, hinterherlaufen. Hatte sie nicht genau das verhindern wollen? Ob ihr Vater ins Siechenhaus oder in den Turm gebracht wurde, war gleich, beides bedeutete sein Ende. Und sie war völlig machtlos.

«Vater! O Gott, Vater, nein, bitte!»

Er sah über die Schulter zurück. «Schrei doch nicht so, Kind, es ist alles gut.»

Das Tor fiel zu. Sie schlug die Hände vors Gesicht und heulte laut auf. Ihr armer Vater – im kalten, dreckigen Verlies, und sie war schuld daran. Sie und ihr aberwitziger Ehrgeiz, das Bild zu vollenden. Sie krümmte sich vor Schmerz, schließlich sank sie auf die Knie und gab sich unter Perssons Blick der Verzweiflung hin. Durch den Tränenschleier sah sie, wie er ins Haus zurückkehrte. Kurz darauf folgte ihm Jette.

Sie wusste nicht, wie viel Zeit vergangen war, aber irgendwann war es heller geworden. Ihre Beine waren taub vor Kälte. Priska fiel ihr ein, wie mochte sie diese schrecklichen Stunden verbracht haben? Henrietta kämpfte sich auf die Beine, sie wollte nur noch hinauf und sich in ihrem Bett wärmen. Da sah sie Jörg vor sich stehen. Er hatte alles mit angesehen, sie sah es in seinem Gesicht. Sie zog ihn an sich, er presste den Kopf an ihre Brust und weinte fast lautlos. Er kannte ihr Schicksal.

Thomas saß wie betäubt in seiner Werkstatt, die Hände auf den Knien. Vor einer Stunde war der Gesandte des Königs gegangen. Er hatte ihn gefragt, ob er Gustav Adolf nach Süden folgen wollte. Irgendwann in den nächsten Wochen, der genaue Zeitpunkt stand noch nicht fest. Aber es war gleich, ob morgen oder erst in einigen Monaten. Es war gleich, denn so oder so würde Thomas ohne Henrietta gehen müssen.

Und nichts auf der Welt erschien ihm sinnloser als ein Dasein ohne sie.

Er hatte die Frage des Gesandten verneint, und der hatte ihn daraufhin angestarrt, als sei er von Sinnen.

Wortlos war er gegangen, und Thomas machte sich keine Illusionen mehr: Seine Laufbahn als Künstler hatte an diesem Punkt ein Ende gefunden.

Und das eigentlich Schlimme ist, dachte er, dass ich gar nicht weiß, was Henrietta will. Vielleicht habe ich den Auftrag umsonst ausgeschlagen.

Wie mochte es ihr heute ergehen? Würde sie ihn wieder wegschicken, wenn er zu ihr ging? Er war sich unschlüssig, er kam sich vor, als steckten sein Füße in tiefstem Morast und kämen nicht mehr vor und nicht mehr zurück. Endlich nahm er seine Zeichenmappe und machte sich auf den Weg zum Fluss. Vielleicht war Henrietta ja dort und wartete auf ihn. Er konnte die Hoffnung nicht aufgeben, auch wenn sie noch so vage war. Als er an der Stelle war, wo sie sich das letzte Mal gesehen hatten, fand er nur Leere vor. Er sah dem Treiben auf dem Rhein zu, den Waschfrauen und den Soldaten, die müßig herumschlenderten, ging an der Martinsburg vorbei, folgte einem Weg den Hügel hinauf, setzte sich auf eine Bank und begann die Landschaft zu zeichnen.

Es nützte nichts. Er konnte sich nicht konzentrieren. Keine Minute verging, in der er nicht an Henrietta dachte.

Er sah, wie ein Mann und eine Frau mit zwei Jungen den Hang hochkamen. Der Mann zog einen Karren, die Kinder schoben ihn an, und die Frau lief nebenher, an einem Strick hielt sie eine Ziege. Sie sahen Thomas misstrauisch an, schienen zu überlegen, ob sie einen Bogen um ihn machen sollten, doch da er auf dem weit und breit einzigen Platz saß, an dem man bequem Rast machen konnte, gesellten sie sich zu ihm.

Der Mann zog einen Schlauch aus dem Karren, und nachdem alle getrunken hatten, hielt er ihn Thomas hin.

«Ihr seht gesund aus», sagte er. Andernfalls, so vermutete Thomas, hätte er ihm das Wasser wohl nicht angeboten.

Thomas trank, denn ihn plagte längst der Durst. «Warum auch nicht?»

«Ja, junge und starke Leute, die überstehen so etwas», der Mann deutete hinter sich in Richtung Stadt.

«Was überstehen sie?»

«Eine Soldatenplage und was sie so mit sich bringt. Dreck, Ungeziefer, Krankheiten.»

Thomas verstand nicht ganz, aber er hatte keine Lust, sich darüber Gedanken zu machen. «Ihr verlasst die Stadt?», fragte er, mehr aus Höflichkeit, und reichte dem Mann den Schlauch zurück.

«Ja, wir gehen nach Bingen.»

«Meint Ihr, dort herrscht kein Krieg?»

«Krieg schon. Aber nicht die Pest. In unserer Nachbarschaft hat es einen erwischt. Das geht jetzt wieder los, und mir reicht weiß Gott, was ich es vor sieben Jahren erlebt habe.» Der Fremde stopfte den Schlauch unter die Plane und machte seiner Familie ein Zeichen, dass es weiterging. Zum Abschied lüpfte er seinen löchrigen Schlapphut.

Thomas blickte ihnen nach. Die Pest war also in der Stadt. Das war nicht weiter verwunderlich, in den engen Winterquartieren drohte sie jederzeit auszubrechen. Wenn er es genau betrachtete, erschien ihm diese Nachricht als ein vergleichsweise milder Schrecken.

Er packte seine Mappe zusammen und machte sich auf den Rückweg. Als er an seinem Haus ankam, sah er zwei Soldaten vor der offenen Tür stehen. War Sparre schon da, um sich bei ihm zu beschweren? Thomas wappnete sich gegen den Schwall von Vorwürfen, der ihn jetzt erwartete, doch als er in die Werkstatt trat, sah er zu seiner Verwunderung Sven Persson. Er wanderte mit auf dem Rücken verschränkten Händen im Raum auf und ab.

Ohne Hast wandte sich der Rottmeister ihm zu, als sei es selbstverständlich, dass er sich ungefragt hier aufhielt.

«Ich suche meinen Bruder», sagte er.

«Den werdet Ihr hier nicht finden», antwortete Thomas, legte Hut und Mappe ab und fragte sich, was das hier werden würde.

Persson ging am Tisch vorbei auf Thomas zu und musterte ihn von oben bis unten. Breitbeinig blieb er vor ihm stehen. «Na schön, Meister Hartenberg. Sparen wir uns die überflüssigen Worte. Johannes Güntelein ist der Meinung, dass Ihr etwas mit dem Verschwinden meines Bruders zu tun habt. Was habt Ihr dazu zu sagen?»

«Dass er nicht mehr ganz richtig im Kopf ist. Und das wisst Ihr auch. Was habe ich damit zu tun, wenn Euer Bruder nicht auf sich aufpassen kann? Wann ist er denn verschwunden?»

«Wisst Ihr das wirklich nicht?», fauchte Persson ihn an. Thomas war angewidert von der Unhöflichkeit des Schweden, für die es keinen Grund gab.

«Selbst wenn ich es wüsste, hätte ich keine Lust, mir Gedanken darüber zu machen. Wollt Ihr Euch nun überflüssige Worte sparen oder nicht?»

«Er ist seit sechzehn Tagen fort. Und allem Anschein nach ist er tot.»

«Und dem Anschein nach habe ich ihn getötet? Wollt Ihr mir das sagen?»

Persson trat jetzt so dicht an ihn heran, dass Thomas zu ihm aufschauen musste. Verdammt, dachte er, warum sind die Schweden bloß so große Burschen?

«Ich sage nichts, Hartenberg. Nur der alte Güntelein,

der hat etwas gesagt. Und ich bin hier, um herauszufinden, was es damit auf sich hat.»

Persson wandte sich ab und begann wieder, auf und ab zu gehen. Dann blieb er stehen und sah Thomas an, als sei ihm etwas Wichtiges aufgefallen. Thomas hatte nicht die leiseste Vorstellung, was es sein könnte. Er hatte überhaupt keine Vorstellung davon, was vorgefallen war. Vor sechzehn Tagen? Also war Ole Persson am 11. Februar verschwunden. Was hatte er, Thomas, an diesem Tag gemacht?

Es war der Tag, an dem ich mit Henrietta schlief, fiel ihm jäh ein. Der Tag, als ich zu ihr ging und sah, wie Ole sie im Hof vergewaltigen wollte. Ich habe einen Stein auf ihn geworfen, dann ist das Tor zugefallen. Und seitdem ist Ole verschwunden.

Aber wie war Johannes Güntelein darauf gekommen, dass er, Thomas, etwas damit zu tun hatte?

«Ich fürchte, ich kann Euch nicht weiterhelfen», sagte Thomas schließlich. «Ich verstehe ja, dass Ihr nach einem Sündenbock sucht. Aber Ihr wisst im Grunde nichts. Was wollt Ihr also tun?»

Persson verschränkte die Arme vor der Brust und rieb sich mit dem Daumen das Kinn. «Ihr habt recht, ich weiß es nicht. Und selbst wenn ich es wüsste, könnte ich vermutlich nicht beweisen, dass Ihr es wart. Dennoch sagt mir mein Gefühl, dass Ihr nicht so unwissend seid, wie Ihr tut. Schließlich war mein Bruder so etwas wie Euer Rivale.»

«Mein … Rivale?» Thomas hätte beinahe laut aufgelacht. «Er war ein läufiger Bock, der sich an Henrietta Güntelein vergehen wollte! Weiter nichts!»

«Wagt es nicht, so über ihn zu sprechen», schrie Persson, und seine Hand fuhr an sein Bandelier, an dem Degen und Messer hingen. Doch er beherrschte sich und atmete tief ein.

«Es gibt jemanden, der sich viel besser um Euch kümmern kann als ich. Ihn wird die ganze Angelegenheit sicher brennend interessieren. Ihr wisst, wen ich meine.»

Thomas wusste, dass er den Statthalter meinte, aber er sagte nichts. Es war einfach zu lächerlich. Er konnte sich nicht vorstellen, dass Sparre sich noch für ihn interessierte, jetzt, wo er den König brüskiert hatte. Da konnte ihm Perssons Drohung nun auch nicht mehr schaden.

Der Schwede schien verärgert darüber, dass er nicht die erwünschte Wirkung erzielt hatte. Er verließ die Werkstatt ohne ein Wort des Abschieds. Nachdem er fort war, blickte Thomas sich nachdenklich um. Wie viele Erinnerungen er mit diesem Raum verband: das furchtbare Auftreten der Rotte, die zärtlichen Stunden mit Henrietta. Und viel, viel Arbeit, an die er gern zurückdachte. Wie viel Zeit blieb ihm noch?

Henrietta war einfach aus dem Haus gelaufen, hin zum Turm. Dort angekommen, fragte sie den Wachtposten, ob sie Johannes Güntelein sehen dürfe. Der Mann nickte und forderte die letzten Heller von ihr, die sie noch besaß. Er führte sie in den Turm und verriegelte die Tür hinter sich. Auf der Treppe kam ihnen ausgerechnet Richter Belsenius entgegen. Er klopfte sich gerade gedankenverloren den Staub von seiner schwarzen Schaube und bemerkte die beiden erst, als sie nur noch wenige Stufen trennten. Der Richter blieb stehen, sah den Wachmann fragend an und nickte ihm dann zu, bevor dieser etwas sagen konnte.

«Ich weiß, ich weiß, das ist die Günteleinin, und sie will zu ihrem Vater.»

Henrietta zog den Umhang fester um ihre Schultern. Mit allem hatte sie gerechnet, nur nicht damit, dass sie ausgerechnet dem Richter Belsenius in die Arme laufen würde. Als sie ihn sah, kehrte die Erinnerung machtvoll zurück. Sein herablassender Tonfall, seine ausdruckslose Miene, die kalten Augen, all das war ihr nur allzu präsent.

«Soll ich sie wieder hinausbringen?», fragte der Wachtposten. Belsenius aber deutete mit einer verächtlichen Miene an, dass es ihm völlig unbegreiflich war, wie er sie überhaupt hatte hereinlassen können.

«Ich gehe nicht!», rief Henrietta, bevor er etwas sagen konnte. «Ich gehe nicht, bevor ich nicht meinen Vater gesehen habe.»

«Da gibt es nicht viel zu sehen», winkte Belsenius ab. «Ich habe mir soeben einen Eindruck von ihm verschafft, und es sieht so aus, als verschwende man an ihm seine Mühe. Er redet nur wirres Zeug, wenn er überhaupt etwas sagt. Ich kann gar nicht glauben, dass ein so kranker Mann die ganze Zeit in Eurem Haus war. Er hätte längst ins Siechenhaus gehört. Nun wird er wohl hier im Turm sterben.»

Die Geschehnisse der letzten Nacht hatten ihren Vater offenbar vollends in den Wahnsinn getrieben. Oder Belsenius wollte sie nur quälen, um sie dann unverrichteter Dinge einfach wegzuschicken.

«Ich will ihn trotzdem sehen», beharrte sie mit fester Stimme. Ihr Mut ließ den Richter verwundert die Brauen heben.

«Ich soll eine Frau, die mit dem Teufel im Bunde steht, einfach so zu ihm lassen? Was habt Ihr da unter dem Arm?» Er deutete auf ihren Umhang.

Sie schlug ihn zurück, denn sie hatte nichts zu verbergen. Es war ein Beutel mit Brot und einem Topf Suppe.

«Nur etwas zu essen, weiter nichts.»

«Ach ja? Kein Tonklumpen, der sich in einen Dämon verwandelt?»

Der Wachtposten blickte sie erschrocken an und wich zwei Stufen zurück. Henrietta hingegen trat jetzt noch näher an Belsenius heran.

«So schaut doch nach! Ich muss den Teufel nicht so sehr fürchten wie Ihr, denn ich weiß ja, dass sich hinter ihm einfach nur ein Tonklumpen verbergen kann.»

Belsenius' Gesicht wurde bleich, und er hob abwehrend die Hand, als fürchte er tatsächlich, sie könne ihn verhexen. Er schien zu überlegen, ob er sich die Blöße geben sollte, einen Schritt zurückzuweichen.

«Ihr wollt mich hinhalten», fuhr sie unbeirrt fort. «Meinetwegen tut das. Aber ich gehe nicht weg, bevor ich nicht bei meinem Vater war!»

Nach einer Weile drehte er sich um und rief nach oben, dass man Henrietta Güntelein hereinlassen solle. Eilig hastete sie an ihm vorbei die Stufen hoch. Sie war nur erleichtert und dankte Gott, dass er ihr beigestanden hatte. Wie sehr musste es ihren Vater angestrengt haben, die zahlreichen Stufen zu nehmen! Am Ende der Treppe sah sie eine schwere Bohlentür mit einem vergitterten Guckloch in der Mitte, die sich langsam öffnete. War auch sie damals durch diese Tür gegangen, oder hatte man sie ganz woanders eingesperrt? Sie vermochte sich nicht mehr zu erinnern. Das Licht, das durchs Fenster fiel, erhellte eine auf dem Strohboden kauernde Gestalt. Nur zwei Finger schauten heraus, die einen grauen Umhang festhielten, und ein weißer, fast haarloser Schädel.

Henriettas Magen krümmte sich zusammen, so sehr schmerzte sie der Anblick. Sie kniete sich neben ihren Vater und berührte vorsichtig seine Schulter. Er zuckte zusammen, reckte den Kopf und blickte sie mit weit aufgerissenen Augen an.

«Du», flüsterte er.

Wen meinte er nun, sie oder ihre Mutter? Es war nicht wichtig. Henrietta schlug bedächtig seinen Umhang zurück, um zu schauen, in welchem Zustand sein Körper war. Das Nachtgewand war fleckig und feucht, er hatte sich eingenässt. Wenigstens war die Decke noch nicht klamm, aber das würde sich sicher bald ändern.

Ob sie auch ihm einen spanischen Stiefel angezogen hatten? Sie fand keine Spuren, die auf eine Tortur hindeuteten, aber vielleicht stand sie ihm ja noch bevor. Sie konnte nur hoffen, dass die Verwirrung ihres Vaters sie davon abhalten würde. Was sollte aus diesem armen Mann denn noch herauszuholen sein? Kein vernünftiges Wort.

«Nicht», er drückte ihre prüfenden Hände weg. «Ich will nicht mehr, dass du mich mit der Salbe einreibst.»

«Ich habe ja gar keine Salbe dabei», sagte sie mit ruhiger Stimme.

«Die hilft nicht. Und außerdem sterbe ich bald.»

«Ach, Vater, sprich nicht vom Tod. Schau, ich habe zu essen dabei. Auch Brot, es ist ganz weich, du wirst es kauen können.»

Er versuchte sich aufzusetzen, doch es gelang ihm nicht, und als sie ihm helfen wollte, schüttelte er den Kopf.

«Nein, lass mich so liegen. Wenn es nur nicht so kalt wäre!»

Henrietta öffnete den Topf. Die Suppe war noch warm, doch ihr Duft vermochte den Gestank, der von dem alten Stroh und dem Abtritt in der Ecke ausging, nicht zu vertreiben. Sie füllte seinen Napf und hielt ihn unter seine Nase. Wieder schüttelte er den Kopf.

«Ich habe keinen Hunger mehr. Es ist alles zu viel für einen alten, sterbenden Mann.»

Henrietta schossen die Tränen in die Augen. Die

schlimme Nacht und die darauffolgenden Stunden im Turm schienen ihn all seiner Kräfte und seines Lebenswillens beraubt zu haben. Sie hatte die Hoffnung gehegt, man würde ihn gehen lassen und sie könne ihn wieder pflegen, doch jetzt wusste sie, dass dies niemals geschehen würde. Selbst wenn er wieder zu Kräften käme, würden sie ihn foltern oder ins Siechenhaus bringen lassen. So oder so war er, als er seine Kammer verlassen hatte und die Treppe hinunter gelaufen war, in sein Verderben gerannt.

«Ach, Vater», schluchzte sie auf und umarmte ihn. Sie wiegte ihn und versuchte sich einzubilden, dass er es war, der sie sanft im Arm hielt und schaukelte, wie früher, als sie auf seinem Schoß gesessen hatte. Sie tastete nach seiner rechten Hand und führte sie an ihre Wange. Angst vor seinen Pusteln hatte sie nicht. Noch nie hatte sie befürchtet, er könne sie anstecken, und jetzt fühlte sie sich unverwundbarer denn je. Sie war jetzt die Starke und er der Schwache.

«Henrietta …»

«Ja, ich bin's, ich bin's», flüsterte sie, glücklich, dass er sie erkannte.

«Das Gemälde, du musst es vollenden.»

Sie blickte ihn an, doch er schien ganz in sich versunken, als versuche er das *Martyrium* vor seinem inneren Auge auferstehen zu lassen. Sie glaubte zu sehen, wie er in Gedanken die Linien der Körper nachzeichnete.

«Der Heilige, ich habe ihn gesehen», sprach er weiter, so leise, dass sie das Ohr an seinen Mund halten musste. «Er sprach zu mir: Vollende mich! Oder hat er es zu dir gesagt? Ich weiß nicht. Es ist ihm gleich, wer es tut. Die Füße … waren noch nicht vollendet. Du musst sie fertig malen, Tochter.»

«Ich versuche es ja.»

«Versuchen? Nein, du musst es tun! Was sollte dich davon abhalten?»

O Vater, dachte sie, wenn du es nicht mehr weißt, werde ich es dir nicht erklären. Es ist gut, wenn du vergessen hast, dass die Schweden jederzeit die Werkstatt stürmen können. Es ist ohnehin ein Wunder, dass sie es noch nicht getan haben. Persson vermutet die Leiche seines Bruders immer noch irgendwo da draußen.

«Ich kann dir nur versprechen, dass ich es versuche. Ob es gelingt, liegt in Gottes Hand.»

«Es muss im Dom hängen, eines Tages ... es muss!» Ihm fielen die Augen zu, und sie dachte für einen Augenblick, der Tod wäre schon gekommen. «Meine Beine schmerzen. Verzeih mir ... Tochter ... verzeih.»

Weswegen? Dass er den Schweden in die Arme gelaufen war? Oder dass er ihr so lange zur Last gefallen war? Sie ahnte, dass sie keine Antwort mehr bekommen würde. Sein Atem wurde jetzt langsamer.

«Du musst mir verzeihen, Vater. Ich konnte nicht verhindern, dass du an diesem elenden Ort sterben wirst.» Sie drückte ihm einen Kuss auf die Stirn. «In der Ewigkeit, so Gott will, sehen wir uns alle wieder, du, Mutter und ich.»

Sie deckte ihn zu und legte ihm noch ihren eigenen Umhang über. Auch das Essen ließ sie ihm da, wenngleich er wohl nicht mehr zu sich kommen würde. An der Tür sah sie sich noch einmal um. Es fiel ihr schwer, sich loszureißen, aber sie hatte keine andere Wahl. Sie bat den Mann, der sie ins Verlies geführt hatte, nach einem Pfarrer zu schicken. Er warf einen langen Blick auf ihren Vater und nickte.

Mit müden Schritten ging sie die Treppe hinunter. Gott sei Dank begegnete sie dem Richter nicht ein zweites Mal. Der Wachtposten öffnete ihr die Tür, und sie trat ins Freie. Als die Pforte hinter ihr zufiel, meinte sie ein erleichtertes Aufstöhnen zu hören. Vielleicht hatte sie es selbst von sich gegeben.

Zu Hause wurde sie von Birger im Hof abgefangen. Er schickte sie sofort in die Wohnstube, wo Sven Persson sie im Sessel erwartete.

«Habe ich dir nicht gesagt, dass du das Haus nicht verlassen sollst?», fragte er und nestelte an seinem Spitzbart herum.

«Das weiß ich nicht mehr», antwortete sie, und es war die Wahrheit. Zu viel war geschehen, als dass sie sich noch darauf besinnen konnte, was er ihr verboten hatte. «Ich war bei meinem Vater. Das könnt nicht einmal Ihr mir verwehren.»

«Zerbrich dir nicht den Kopf darüber, was ich kann und was nicht. Solange nicht geklärt ist, was mit Ole geschehen ist, bleibst du hier!»

«Was hat das mit mir zu tun?»

«Nun …», er neigte sich vor und verschränkte die Finger, wie um zu zeigen, dass er alle Zeit der Welt hatte. «Ole ist verschwunden, kaum dass er sich dir genähert hat. Und dein Vater ist der Meinung, dein Geliebter Thomas Hartenberg hat ihn getötet. Vielleicht wollte er dir einen Gefallen tun. Oder sich selbst. Findest du nicht auch, dass all das Grund genug ist, dich nicht frei herumlaufen zu lassen?»

«Ich finde das ziemlich unsinnig», gab sie unbeeindruckt zurück. «Aber es kümmert mich nicht. Wo darf ich mich aufhalten?»

Es war ihm anzusehen, wie sehr es ihm missfiel, dass sie nicht wieder zu weinen anfing. Er deutete nach oben – sie würde also fürs Erste im Obergeschoss bleiben müssen.

«Gut.» Sie nickte. «Ich bin froh, wenn ich Euch so selten wie möglich sehen muss.»

Sie machte kehrt und ging nach oben. Zuerst betrat sie die Schlafkammer, wo Priska auf dem Boden kniete und betete. Wenn die Magd hier unbehelligt saß, konnten sie Ole noch nicht gefunden haben. Sie kniete sich neben Priska.

«Darfst *du* denn noch gehen, wohin du willst?», fragte Henrietta.

«Ich weiß nicht. Aber mir ist auch schon fast alles egal», antwortete Priska.

Nach einer Weile erhob Henrietta sich und ging in die Werkstatt. Alles war unverändert. Oles Körper roch nicht so stark, wie sie befürchtet hatte.

Vielleicht nehme ich es gar nicht wahr, und er stinkt schon entsetzlich, dachte sie. Viel Zeit blieb ihr nicht mehr, die Füße zu vollenden. Dennoch wollte sie die Nacht abwarten.

Priska war in der Zwischenzeit in die Küche gegangen und kehrte mit Käse und Brot zurück. Sie setzten sich aufs Bett, doch beide bekamen kaum einen Bissen herunter. Auch wenn sie schwiegen, tat es Henrietta gut, Priska bei sich zu wissen. Als sie aufstehen wollte, um in das leere Zimmer ihres Vaters zu gehen, hörte sie Schritte auf der Stiege.

Sie bedeutete Priska, sitzen zu bleiben, und ging hinaus. Es war Jörg, der heraufkam, einen abgedeckten Teller im Arm. Sie nahm ihm den Teller ab, bevor er die letzte Stufe erreichte, schaute unter das Tuch und bedankte sich. Es waren gekochte Eier. Offenbar hatte er mitbekommen, dass sie hier oben bleiben musste, und wollte ihr einen Gefallen tun. Dass sie in der Fastenzeit keine Eier essen wollte, konnte er nicht wissen. Es rührte sie, wie fürsorglich er war.

«Komm nicht mehr herauf, Jörg», sagte sie leise. «Persson wird es nicht gerne sehen.»

Sein Gesicht verfinsterte sich auf eine so erbärmliche Weise, dass sie drauf und dran war, ihm die Werkstatttür zu öffnen, um ihm zu beweisen, dass nicht jeder Haderlump ungeschoren davonkam.

«Ole hat seine Strafe ereilt. Glaub mir das!»

Er schien kurz nachzudenken. Dann schüttelte er den Kopf, deutete auf seinen Mund und dann nach unten. Sie brauchte eine Weile, um die Geste zu verstehen, doch dann begriff sie: Nicht Ole hatte ihn verstümmelt, sondern Sven.

Kapitel 3

Sparre war persönlich gekommen, um seiner Enttäuschung Ausdruck zu verleihen.

«Ich kenne niemanden, der so gerne Hilfe ausschlägt, wie Ihr es tut, Hartenberg. Ich bedaure das sehr, denn Ihr könnt so viel. Aber Können allein reicht nicht, es gehört auch ein wenig Anstand hinzu. Wie stehe ich jetzt vor dem König da? Einen begabten Maler wollte ich ihm vorführen, doch in Wahrheit ist es nur ein schwacher Mann, dem eine Frau den Verstand zu rauben scheint. Und der habe ich auch noch die Schulden gestundet! Was war ich doch für ein Narr!»

Thomas ließ die Predigt über sich ergehen. Es war ihm höchst unangenehm, aber er konnte nichts daran ändern.

«Bei Gott, Hartenberg, Ihr seid imstande, jetzt einfach mit den Schultern zu zucken? Tut es Euch denn nicht einmal leid?»

«Ja, das tut es, auch wenn es nicht den Anschein hat. Es tut mir sogar sehr leid.»

«Na schön. Wenigstens ein versöhnliches Wort zum Abschluss.»

Sparre erhob sich und ging zur Tür, doch Thomas hielt ihn noch einmal zurück.

«Sven Persson hat behauptet, ich sei dafür verantwortlich, dass sein Bruder unauffindbar ist. Habt Ihr davon gehört? Ich soll ihn getötet haben.»

Sparre sah Thomas aufmerksam an. «Ja, Persson kam zu mir und machte eine Andeutung. Nun ja, ich kann mir nicht vorstellen, dass Ihr um eines Weibes willen einen Mann tötet. Doch wenn ich ehrlich bin, wäre es nicht das erste Mal, dass ich mich in Euch getäuscht hätte.»

«Ihr haltet es also für möglich?»

Der Statthalter war schon an der Türschwelle, als er sich noch einmal umdrehte.

«Nein. Aber was ich denke, ist unwichtig, und für mich zählt nur, dass ich mir an Euch nicht die Finger verbrennen möchte. Lebt wohl. Und passt auf Euch auf!»

Thomas sah zu, wie der Statthalter das Haus verließ. Er wusste, dass er ihn nicht wieder sehen würde.

Was war nun zu tun? Wie viel Zeit blieb ihm? Persson würde alles daransetzen, um ihn zur Verantwortung zu ziehen. Thomas war die einzige Spur zu seinem Bruder, zumindest glaubte Persson das. Aber würde er ihn einfach anzeigen und dann abwarten, wie die Sache verlief? Er war letztlich nur ein einfacher Rottenführer, der wohl kaum genügend Einfluss besaß, um jemanden ohne jeden Beweis einzusperren oder gar hinrichten zu lassen. Andererseits konnte selbst eine harmlose Frau, nur weil sie malte, im Turm landen. Es war eine verkehrte Welt, in der alles möglich war.

Es konnte gut sein, dass Persson mit seiner Rotte bei ihm auftauchte, um ihm ein Geständnis zu entlocken. Heute Morgen hatte sich der Schwede nur schwer beherrschen können, die Sache mit Gewalt zu regeln. Vielleicht sann er genau in diesem Moment über eine zweite Gelegenheit nach? Oder war bereits auf dem Weg hierher, um nachzuholen, was er am Morgen versäumt hatte?

Thomas ging hinauf in seine Schlafkammer, um die Zeichnungen von den Wänden zu nehmen und einige Kleidungsstücke und die Bibel in ein Tuch zu packen. Das meiste musste hierbleiben, er konnte nur das Nötigste mitnehmen. In der Werkstatt begann er, den *Odysseus* abzuspannen. Dabei fiel ihm der Keilrahmen auseinander und schepperte zu Boden.

Anselm Scherer steckte den Kopf in die Tür. «Ihr könnt Euch freuen, Scherer», sagte Thomas, ohne aufzusehen. «Das Haus gehört bald wieder Euch. Sofern es den Besatzern nicht einfällt, jemand anderen hier einzuquartieren. Aber da das Heer bald aufbricht, dürfte das unwahrscheinlich sein.»

«Ihr müsst fliehen?», fragte Scherer. «Ich habe so etwas gehört.»

«So ist es.»

«Wo wollt Ihr hin?»

«Weiß ich nicht.» Thomas nahm die lederne Rolle und schob das Gemälde hinein. Auch die Ölskizze von Henrietta und einige Zeichnungen legte er dazu. Als er das Panorama von Mainz in Händen hielt, zögerte er. Wollte er wirklich eine Erinnerung an diese Stadt aufbewahren?

Als ob es nur einer Zeichnung bedarf, um mich zu erinnern, dachte er, rollte das Bild zusammen und ließ es in die Rolle gleiten.

«Es eilt, ja?», fragte Scherer.

Thomas nickte. Als Nächstes fielen ihm die Skizzen in die Hände, die er für Sparres Porträt angefertigt hatte. Achtlos fegte er sie vom Tisch. «Es ist kein großer Unterschied zu letztem Jahr, als mein Haus in Havelberg abbrannte. Wieder muss ich meine Werkstatt verlassen und auf Wanderschaft gehen, und wieder habe ich fast nichts dabei, nur die Erinnerungen und einige Arbeitsproben. Aber was soll's? Irgendwo wird sich ein neuer Auftraggeber finden.»

Als keine Antwort kam, schaute er hoch. Scherer war verschwunden. Stattdessen betrat seine Frau das Zimmer. Sie blickte zu Boden, schien mit sich zu ringen.

«Anselm hat gesagt ...», begann sie und stockte.

«Ich weiß, Ihr könnt es nicht erwarten, mich loszuwerden. Ich bin fast so weit.»

«Ihr könnt Eure Sachen im Keller lagern», sagte die Schererin. «Dort wird niemand etwas finden. Wenn es sein muss, könnt Ihr auch für ein paar Tage dort bleiben, bis Ihr wisst, wie es mit Euch weitergeht. Falls jemand kommt, sagen wir, Ihr seid schon fortgegangen.»

Verwundert sah er auf. Niemals hätte er gedacht, dass ausgerechnet sie bereit war, ihm zu helfen.

«Danke.» Er steckte den Deckel auf die Rolle und schnürte ihn fest. Alles Weitere war bereits in seinem Bündel verstaut, im Grunde konnte er sofort gehen. «Es gibt nur einen zwingenden Grund, Euer Angebot anzunehmen.»

«Und der wäre?»

«Henrietta. Ich kann unmöglich gehen, ohne sie noch einmal gesprochen zu haben. Ich bitte Euch, geht zu ihr und richtet ihr aus, sie möge herkommen.»

Die Schererin sah ihn entgeistert an, dann verfinsterte sich ihre Miene.

«Ich will nichts mehr mit ihr zu schaffen haben.»

«Bitte.» Thomas sah sie fest an.

Sie presste die schmalen Lippen zusammen, dann nickte sie und stapfte aus dem Zimmer.

Die Kälte kroch ihm bis in die Fußspitzen. Er saß im Keller auf einer Bank und hielt Anselms Messer in den Händen. Wenn man zur Untätigkeit verdammt war, war das Schnitzen ein Segen. Als Junge hatte er viel geschnitzt, bis er seine Liebe zur Malerei entdeckt hatte. Er drückte das Messer ins Holz und ließ im Schein des einsamen Talglichtes die Späne fliegen, während er lauschte, was sich oben tat. Anna Scherer hatte tatsächlich recht bald das Haus verlassen. Von Anselm war nichts zu hören. Es dauerte Stunden, bis er endlich Schritte hörte. Sie waren leicht und gehörten zweifellos zu einer Frau. Henrietta? Sein Herz machte einen Satz. Er legte das Werkzeug beiseite, war bereit, aufzuspringen und sie an sich zu reißen.

Aber es war nur Priska, die eintrat, sich zögerlich umschaute und ihn gegen den Lichtschein der Kerze anblinzelte.

«Meister Hartenberg?»

«Tritt ein. Warum ist Henrietta nicht gekommen?»

Erschöpft ließ sie sich neben ihm auf der Bank nieder und rieb sich die feuchten Hände an ihrem Rock. Ihre Augen wanderten nervös umher, ihre rechte Augenbraue zuckte unkontrolliert.

«Sie kann nicht kommen», sagte sie schließlich. «Sie darf nicht, Persson hat es ihr verboten. Auf den Gedanken, es mir auch zu verbieten, ist er noch nicht gekommen, aber das wird auch noch geschehen. Er wird uns alle an den Galgen bringen oder eigenhändig töten.»

«Mein Gott, Priska, was redest du da?»

«Ich soll Euch sagen, dass sie nicht kommen kann. Deshalb bin ich hier.»

«Du siehst aus, als hättest du den Leibhaftigen gesehen! Ist Ole etwa zurück?»

«Ole?» Sie lachte auf. «Der ist tot.»

«Dann weißt du mehr als alle anderen.»

«Natürlich, ich seh ihn doch jeden Tag.»

Er packte sie an den Schultern und zwang sie, ihn anzusehen. «Priska! Du redest wirr! Sag endlich, was du weißt.»

Sie schien gar nicht zu bemerken, dass er grob zu ihr war. Als sie zu weinen begann, ließ er sie los. Sie beugte sich vor, stützte die Ellbogen auf den Tisch und faltete die Hände.

«Gott steh uns bei», murmelte sie. Plötzlich richtete sie sich auf, und ihr Blick wirkte etwas klarer. «Sie hat gesagt, ich soll's Euch sagen. Ich würde doch nie von mir aus verraten, was sie tut.»

«Allmächtiger! Priska, *was*? Was tut sie?»

«Sie malt Ole. Er ist oben bei uns in der Werkstatt.»

«Ole ist …», er begriff nicht. Was redete sie da? «Es gibt eine Werkstatt? Im zweiten Stock?»

«Ja, sie ist klein, und die Schweden waren nur einmal dort. Aber sie haben nicht bemerkt, dass es eine ist, sie denken, es ist eine gewöhnliche Schlafkammer. Ole war bewusstlos, und da haben wir ihn hinaufgetragen. Niemand hat's gesehen, es war keiner da. Sie waren auf Beutezug. Und als sie zurückkamen, hat Henrietta ihnen gesagt, Ole hätte das Haus verlassen, um sich draußen zu vergnügen. Und das haben sie ja auch ein paar Tage lang geglaubt.»

Mühsam versuchte er, ihr zu folgen. Ole befand sich im zweiten Stock des Güntelein'schen Hauses? Henrietta und Priska hatten ihn dort hinaufgetragen?

Was für ein Irrsinn war das? Priska musste den Verstand verloren haben. Aber wie, wenn nicht durch ein derartiges Szenarium?

«Ihr glaubt mir nicht», murmelte Priska. «Es klingt ja auch wie ein Schauermärchen. Aber anhören müsst Ihr es Euch. Henrietta hat gesagt, dass Ihr's hören sollt.»

«Augenblick!» Er sprang auf und stieß beinahe den Tisch um. Mit einem Mal verstand er, was an jenem 11. Februar vorgefallen war: der Stein. Er hatte ihn geworfen. Und er hatte getroffen. Priska hatte die Wahrheit gesagt.

«Habe ich etwa Perssons Bruder getötet?», fragte er ungläubig.

Sie winkte ab. «Nein, nein. Durch Euern Wurf ist er nur bewusstlos geworden. Henrietta dachte, dass er nicht mehr aufwacht, aber ein paar Tage später kam er doch zu sich.»

«Und wer war es dann?»

«Ich.»

«Priska!» Er ließ sich wieder auf die Bank sinken. «Kein Wunder, dass du so nervös bist.»

«Ja, nicht wahr?» Sie gab einen Laut von sich, der wie Kichern und Weinen zugleich klang.

«Und er ist jetzt immer noch dort oben? Henrietta malt ihn, habe ich das richtig verstanden?»

Sie nickte.

«Was für ein verrücktes Weibsbild.» Er fuhr sich durchs Haar und rieb sich die Schläfen. Vielleicht war es ja auch nur ein Traum. Vielleicht wachte er auf, wenn er sich kräftig den Schädel rieb. Ein Toter als heimliches Modell! Wo hatte es so etwas schon einmal gegeben?

Da kam ihm ein anderer Gedanke. «Wie lange ist er schon tot?»

«Seit vorletzter Nacht.»

«Sag es mir genauer. Wie viele Stunden?»

«Ich weiß nicht …» Sie dachte angestrengt nach. «Vierzig könnten's sein.»

«Habt ihr einen Plan, wie ihr ihn wegschaffen könnt?»

«Nein.»

«Ihr müsst fliehen! Alle beide!»

«Persson hat ihr verboten, das Haus zu verlassen.»

«Aber sie muss es versuchen. Sagt ihr, dass ich heute Abend am Rhein auf sie warte. Sie soll hinausgehen, bevor die Tore verschlossen werden. Auf der Höhe der Schiffsmühlen stehe ich, an einem der Kranhäuschen.»

«Das wird nicht gehen.» Sie schüttelte den Kopf.

«Es muss gehen! Sie muss es versuchen! Sie soll einpacken, was sie tragen kann. Sag ihr, dass es kein Zurück mehr gibt. Und du, Priska, du sollst natürlich auch mitkommen.»

Sie nickte heftig und schüttelte gleichzeitig den Kopf. Sie schien völlig überfordert zu sein.

«Versuch es! Alles andere ist euer Untergang. Und jetzt geh!» Er fasste sie an der Schulter, damit sie aufstand. «Geh!»

Eilig erhob sie sich und hastete die Kellertreppe hinauf. Jetzt war er wieder zum Warten verdammt. Würde es gelingen? Es konnte nur gelingen, wenn Henrietta das Gemälde zurückließ. Sie würde es kaum unbemerkt abspannen und heraustragen können. Es war zu groß. Ob sie dazu bereit war? Er selbst würde es tun, hinge sein Leben davon ab. Auch Anselm Scherer hatte sein Gemälde geopfert, um zu überleben. Aber sie war offenbar bereit, für dieses Bild über Leichen zu gehen. Er musste sich eingestehen, dass ihr Herz weit mehr das eines Künstlers war als sein eigenes.

Er machte sich auf den Weg hinunter zum Rhein. Hier liefen genug Menschen herum, sodass er nicht auffiel.

Es gab ihm ein gutes Gefühl, außerhalb der Stadtmauern zu sein und jederzeit verschwinden zu können. Seine Sachen hatte er bei den Scherers im Keller gelassen. Es wäre einfacher gewesen, Henrietta in Scherers Haus zu treffen, doch dort würden Perssons Leute sie zuerst suchen.

Die Dunkelheit brach herein, und Henrietta kam nicht. Er stand im Schatten eines der Kranhäuser, den Uferweg ließ er nicht aus den Augen. Würde sie es noch schaffen, bevor die Tore geschlossen wurden? Allmählich kroch ihm die Kälte den Rücken hoch. Der Wind pfiff unbamherzig vom Fluss her. Immer wieder gingen ihm Priskas Worte durch den Kopf. Henrietta musste heute noch hier erscheinen, wollte sie überleben, das stand außer Frage.

Sie kam nicht.

Vielleicht hatte sie auf anderem Wege die Stadt verlassen können und brauchte noch etwas Zeit, um unbemerkt hierherzugelangen. Er wollte die Hoffnung nicht aufgeben.

Plötzlich näherte sich ihm von Westen her eine Gestalt, doch es war keine Frau.

Es war Persson. Ein paar Schritte hinter ihm folgte ein Mann, den er als Birger erkannte.

Die beiden Männer blieben dicht vor ihm stehen. Sven Persson stemmte die Faust in die Seiten, sodass sich sein Umhang öffnete und sein waffenstrotzendes Bandelier offenbarte.

Woher wusste der Schwede, dass er hier war? Hatte Priska es ihm in ihrer Verwirrung verraten? Oder hatte er die Magd und Henrietta belauscht? Thomas wurde ganz anders zumute, als er sich ausmalte, wo Henrietta jetzt sein könnte.

«Beenden wir es also», sagte Persson, ohne zu grüßen.

«Ihr habt meinen Bruder getötet, daran besteht kein Zweifel. Mir wäre es lieber, wenn Ihr es sofort zugebt.»

«Wieso sollte ich etwas zugeben, was ich nicht getan habe? Und außerdem: Habt Ihr denn überhaupt seine Leiche gefunden?»

«Lasst die Ausflüchte! Glaubt Ihr wirklich, Ihr könnt unbehelligt davonkommen? Selbst wenn es einen Zweifel an Eurer Schuld gäbe, warum sollte ich Euch gehen lassen?»

Irgendwann im Sommer, als Thomas im Heerzug mitmarschiert war, da hatte ihm ein Trossweib gesagt, dass die Soldaten auf vielerlei Weise auf den Irrsinn des Krieges reagierten. Manche wurden gottesfürchtig. Andere versuchten, mit Almosen ihre Schuld zu begleichen. Andere wiederum zogen sich zurück und sprachen kein einziges Wort mehr. Und die meisten töteten alle Gefühlsregungen in sich und waren vollkommen abgehärtet.

Und vielleicht war Persson nicht einmal einer von der schlimmsten Sorte.

Immerhin hatte Thomas jetzt erfahren, dass Oles Leiche noch unentdeckt war, ansonsten hätte Persson seine Frage bejaht. Er musste Zeit gewinnen. Gab es noch eine Möglichkeit zu entkommen? Konnte er Henrietta noch helfen?

«Ihr seid ein armseliger Wicht, Sven Persson.» Sein Mund redete ganz von allein. «Ich bin Euch unterlegen, das weiß ich. Aber habt Ihr kein Ehrgefühl?»

Sven Persson schwieg eine Weile und sah ihn argwöhnisch an. Dann sagte er:

«Wisst Ihr, es kam mir schon die ganze Zeit etwas seltsam vor. Beinahe wäre ich auch von selbst darauf gekommen, gestern in Eurer Werkstatt. Der Geruch. Es ist der gleiche Geruch wie in ihrem Haus. Ich dachte die ganze Zeit, es sei die Salbe für ihren Vater. Hat sie das nicht sogar selbst behauptet? Dabei war es Farbe. Oder Leinöl, was auch immer. Sie hat die ganze Zeit gemalt. Was für ein durchtriebenes Weibsbild. Und Ihr habt es gewusst, nicht wahr?»

Thomas blieb jetzt keine Zeit mehr nachzudenken. Jäh stürzte er sich auf Persson, der nach hinten taumelte. Aber schon war Birger alarmiert und stieß ihm die Faust in den Nacken. Thomas ging zu Boden. Der Hieb war so heftig gewesen, dass er keine Luft mehr bekam. Wie hatte er annehmen können, dass ihm die Flucht gelingen konnte? Mühsam stemmte er sich hoch, da packten ihn zwei Hände und wirbelten ihn herum.

Etwas Metallenes blitzte vor seinen Augen auf, in der Höhe seines Bauches. Er warf sich zur Seite, spürte etwas Scharfes unter seinem Umhang, riss sich los und verlor erneut das Gleichgewicht. Jetzt hielt ihn niemand mehr, er stolperte über das Pflaster des Kais und stürzte ins schwarze Nichts.

Der Schock des kalten Wassers belebte ihn. Er streckte die Hände aus, ohne zu wissen, wo unten und oben war. Er berührte seinen Umhang, dann eine kalte, brüchige Fläche. Die Kaimauer? Nein, es fühlte sich an wie Eis. Er versuchte sich daran festzuhalten, denn wo das Eis war, da war auch die Wasseroberfläche. Doch wo genau? Er musste jetzt kämpfen, um nicht in Panik zu geraten, denn schon stieg ihm ein eigenartiger Schmerz die Kehle hoch, der ihn dazu zu zwingen schien, Atem zu holen. Er musste diesem Impuls bald nachgeben, sonst würde die Schwärze auf ewig bleiben.

Seine Finger stießen plötzlich gegen die glatten Steine des Kais. Er spürte einen Luftzug und kämpfte sich hoch. Endlich war sein Kopf im Freien.

Die Kaimauer konnte er unmöglich hinaufklettern, dazu fehlte ihm die Kraft. Er warf den schweren Umhang ab und schwamm an ihr entlang, bis sie von einer erdigen Uferböschung unterbrochen wurde. Hier gelang es ihm, auf allen vieren aus dem Wasser zu kriechen. Erschöpft ließ er sich zu Boden fallen.

Wo waren Persson und Birger? Thomas hob den Kopf und blickte nach links und nach rechts, doch von den beiden Männern war nichts zu sehen. Wahrscheinlich hatte Persson gedacht, Thomas würde im Fluss nicht überleben, denn er hatte ihn ja verletzt.

Erschrocken tastete er nach der Wunde, er hatte sie völlig vergessen. Jetzt, da er hinfasste, spürte er das warme Blut zwischen seinen Fingern. Es brannte, aber tief konnte die Wunde nicht sein. Er rollte sich zur Seite und sah sich den Schnitt genau an. Dann merkte er noch, wie sein Körper sich plötzlich sehr, sehr schwer anfühlte. Er konnte nicht verhindern, dass ihm die Augen zufielen.

«Glaubst du wirklich, Persson und Birger wollen Thomas am Fluss abfangen?», flüsterte Priska. Sie stand neben dem Gemälde und hielt die Ölskizze von Oles Füßen hoch, sodass Henrietta sie auf die große Leinwand übertragen konnte.

«Ich weiß es nicht.» Henrietta fand ihre letzten Pinselstriche ein wenig zu grob, aber die Füße des Heiligen waren gelungen. Was hätte ihr Vater wohl dazu gesagt? Schnell verwarf sie den Gedanken. Sie wusste, dass sie ihren Vater nie wiedersehen würde.

Sie ließ den Pinsel sinken. Es fehlte nur noch der Vordergrund unterhalb der Füße, der nackte helle Erdboden, aber den könnte sie auch noch später malen. Das Bild war so gut wie fertig.

«Es tut mir so leid», murmelte Priska zum wiederholten Male. Henrietta sagte darauf nichts mehr. Sie machte ihr keine Vorwürfe. Hatte sie nicht selbst noch vor kurzem in

Erwägung gezogen, Jette in alles einzuweihen? Wie sollte sie es nun Priska vorwerfen? Sie wusste, dass Jette sie bedrängt hatte, als sie bemerkt hatte, dass sie fort gewesen war.

Wahrscheinlich hätte Henrietta es ihr früher oder später selbst gesagt, denn ohne Jettes Hilfe wäre sie nicht aus dem Haus gelangt. Aber das spielte jetzt auch keine Rolle mehr. Jette hatte Persson erzählt, was Priska ihr in ihrer Not anvertraut hatte. Damit war das Treffen zwischen ihr und Thomas vereitelt. Es schmerzte sie sehr, denn vermutlich war es die letzte Gelegenheit gewesen, Thomas wiederzusehen. Persson und Birger hatten am Abend das Haus verlassen. Das konnte nur Schlimmes bedeuten. Aber vielleicht waren sie gar nicht zum Fluss unterwegs?

Sie glaubte es nicht.

Sie nahm die Schürze ab, reinigte in einem Eimer mit Seifenlauge die feuchten Pinsel, die sie für ihre letzte Sitzung gebraucht hatte, trocknete sie ab und zupfte sie sorgfältig zurecht. Mit dem Malspachtel kratzte sie die wenigen Farbreste von der Palette und wischte sie an einem Stück Holz ab.

Sie hatte vollbracht, wovon sie so lange geträumt hatte, wofür sie ihr Leben riskiert hatte, und doch wollte sich keine Freude einstellen.

Entweder er stirbt, dachte sie, oder er flieht. So oder so werde ich ihn nie wiedersehen. Warum hatte sie sein Angebot, mit ihm gemeinsam die Stadt zu verlassen, bloß abgelehnt? Für ein Gemälde, über das sie sich nun so wenig freuen konnte, hatte sie den Mann ihres Lebens ziehen lassen. Und schlimmer noch: Sie hatte ihn unnötig in Gefahr gebracht. Wenn er starb, würde sie sich das niemals verzeihen. Der Gedanke, den Rest ihres Lebens ohne ihn zu verbringen, schnürte ihr die Kehle zu.

Plötzlich hörte sie, wie die Stiegenstufen knarrten. Sie

sprang vom Malschemel, hastete hinaus und zog die Tür hinter sich zu.

Es war Jette, die heraufkam und wenige Stufen unter ihr stehenblieb. Sie wirkte kühl, blickte an Henrietta vorbei, als plage sie das schlechte Gewissen. Mit der Hand umklammerte sie das Geländer.

«Er will dich sehen. In der Stube», sagte sie und machte kehrt.

Henrietta folgte ihr. Dieses Mal überprüfte sie ihre Hände nicht auf Farbspuren. Jetzt war auch schon alles egal.

Die Stube war leer. Sie hörte Schritte und die gedämpften Stimmen der Männer, unter ihnen Perssons. Was immer er da draußen getan hatte, es schien ihn nicht aus der Ruhe zu bringen. Henrietta wartete, bis er endlich heraufkam.

Seine Hose war feucht, als sei er auf Schnee ausgerutscht. Er hatte sein Wams und sein Hemd aufgeschnürt und offenbarte seine schweißnasse Brust. Sie fragte sich, ob jemand so aussah, der einen Kampf hinter sich hatte. Wenn ja, so hatte er jedenfalls keine Wunden davongetragen.

«Habt Ihr Thomas Hartenberg getroffen?», fragte sie sofort.

Er ging an ihr vorbei, ließ sich in den Sessel fallen und schob sich die Haare aus der Stirn. «Ja.»

«Ist er tot?»

«Ich denke schon.»

«Ihr wisst es nicht?»

«Er ist tot. Komm näher.»

Sie zögerte, gehorchte aber. Er umfasste ihre Hüften, wie um sie an sich zu ziehen, doch er schien sie nur ansehen zu wollen. Vielleicht war irgendwo am Kleid ein Farbfleck, vielleicht nicht. Es war ihr gleich.

Dann nahm er ihre Hände und drehte sie um. Sie waren sauber. Er führte sie an seine Nase.

«In der Tat.» Er ließ sie los und lehnte sich zurück. «Graue Salbe, ja? Ich kenne den Geruch, der von deinen Händen ausgeht. Es ist derselbe wie in Hartenbergs Werkstatt. Malst du?»

Henrietta nickte.

«Und was?»

«Geht doch hoch und schaut es Euch an!»

Er winkte ab. «So sehr interessiert mich das Geschmiere einer Frau auch wieder nicht.» Plötzlich strich er mit dem Daumen über ihren Handrücken. «*Jungfru* Henrietta, für so einen Unsinn setzt du dein Leben aufs Spiel? Du wärest so eine prächtige Gefährtin für meinen Bruder gewesen. Wenn du das doch nur früh genug eingesehen hättest.»

«Dann hätte ich trotzdem gemalt.»

«Aber ich hätte dich nicht angezeigt. Verstehst du?»

«Ja.»

Sie rührte sich nicht, wartete nur darauf, dass er ihre Hand losließ. Meinte er das wirklich so? Sah er in ihr tatsächlich nur die willenlose Magd, die sich glücklich schätzen konnte, wenn sich einer der Eroberer mit ihr abgab?

«Euer Bruder war ein ehrloser Raufbold, weiter nichts. Nur habt Ihr das nicht gesehen. Ihr konntet es nicht sehen, weil er Euer Bruder war.»

Er blickte versonnen auf ihre Hand, streichelte sie. Sie wartete auf einen Wutanfall, doch er nickte nur. «Und du, du konntest auch nicht alles sehen. Es ist der Krieg, der die Menschen so dumm macht. Andererseits hätten wir uns ohne den Krieg nicht kennengelernt.»

Ein Segen wäre das gewesen, dachte sie.

«Und nun?», fragte sie. «Wie geht es weiter? Werdet

Ihr mich heute noch zum Großen Turm bringen lassen oder morgen erst?»

«Im Grunde genügt es mir, dass dein Geliebter fort ist. Vielleicht belasse ich ja alles so, wie es ist? Du darfst natürlich nicht weiter malen. Und ob die hiesigen Pfaffen glauben, ich beherberge eine Teufelsmalerin, ist mir egal. Was geht mich diese Anklage an?»

Er schien sie allen Ernstes verschonen zu wollen. Sie musste jetzt nur nicken und nicht widersprechen. Vielleicht durfte sie eines Tages sogar wieder das Haus verlassen – und konnte fliehen. Nur nicken. Aber es gelang ihr nicht. Ihr war viel mehr danach, ihm die Hand zu entreißen und ins Gesicht zu schlagen, allein dafür, dass er behauptete, *er* habe *sie* beherbergt, in ihrem eigenen Haus.

Er wartete. Sie schwieg. Plötzlich knarrten die Dielen hinter ihr. Unwillig schaute er auf.

Jette trat ein. Ihr Blick fiel sofort auf Perssons Hand, die Henrietta immer noch streichelte, und ihr entglitten die Gesichtszüge. Henrietta wollte sich losreißen, doch Persson kam ihr zuvor, ließ sie los und schob sie beiseite.

«Was ist? Habe ich dir nicht gesagt, dass ich nicht gestört werden will?»

Jette schluckte. Was sie soeben gesehen hatte, schien sie aus der Fassung zu bringen. Glaubte sie wirklich, Henrietta könne ihren Platz einnehmen? Oder war es etwas anderes, das sie so verwirrte?

Jette hob langsam die Hand und deutete zur Decke.

«Da oben riecht es nach Tod.»

Persson hätte Jettes Worte auf verschiedene Weise auslegen können. Vielleicht meinte sie die alten, noch ungewaschenen Laken in der Kammer von Johannes Güntelein. Vielleicht das Gemälde, mit dem Henrietta ihr

Leben riskiert hatte. Es konnte auch einfach nur eine seltsame Äußerung einer zutiefst verwirrten Frau sein. Er jedoch wusste sofort, was sie meinte, Henrietta sah es ihm an. Er stand auf, blickte nach oben, als könne er durch die Decke schauen, und stürzte plötzlich hinaus. Dabei stieß er Jette so heftig beiseite, dass sie zu Boden fiel. Henrietta folgte ihm, überlegte am Treppenabsatz kurz, ob sie die andere Richtung wählen sollte, aber es war zu spät. Sie musste nach oben.

Persson hatte die richtige Tür gewählt. Er stand im Eingang zur Werkstatt, die Hände am Türrahmen. Noch immer brannten mehrere Talgkerzen und hüllten die Konturen seiner Gestalt in warmes Licht. Er bewegte sich nicht, sagte nichts, schrie nicht. Es verging viel Zeit, bis er endlich den ersten vorsichtigen Schritt in die Werkstatt machte. Priska stand in der Mitte des Raumes und stieß einen keuchenden Laut aus. Henrietta wartete auf ihren Schrei, der auch die Männer unten aufscheuchen würde, doch mehr als das von Panik erfüllte Keuchen war nicht zu hören.

Persson machte einen zweiten Schritt, einen dritten, bis er vor Ole stand. Der saß nach wie vor auf dem Boden, die gefesselten Hände hoch erhoben. Persson streckte den Arm aus, berührte den Stoffstreifen, der von den Händen bis zum Deckenbalken führte, und zog daran. Oles Arme zuckten.

«Er war die ganze Zeit hier?», fragte er leise. Er schien mehr zu sich selbst zu sprechen, daher antwortete sie ihm nicht. Es war ihr jetzt gleich, ob er Einzelheiten erfuhr oder nicht. Wenn er sie fragte, würde sie reden.

Er hielt endlos den Blick auf Oles Hände geheftet. Er schien nicht mal wahrzunehmen, dass Priska sich hinter das Gemälde gekauert hatte, die Fäuste an den Wangen, die Augen so weit aufgerissen, wie es nur möglich war, und fast lautlos weinte. Henrietta ging vorsichtig zu einer der Truhen. Sie wusste, wo die Dielen nicht knarrten, und bewegte sich ganz langsam vorwärts. Er bemerkte es nicht. Henrietta öffnete die Truhe, tastete blind nach der Radschlosspistole und nahm sie heraus. Irgendwann in den letzten Tagen hatte sie die Kugeln, die ihr Vater zusammen mit der Pistole geschenkt bekommen hatte, in den Tiefen der Truhe gefunden und eine davon mitsamt Pulver und Schusspflaster in den Lauf gestopft. Als ob sie geahnt hätte, dass es ihr bald nützlich sein könnte.

Priska schluchzte auf, als Persson sich rührte. Er beugte sich vor und fasste Ole ins Haar. Jetzt endlich schien er begriffen zu haben, dass es tatsächlich sein Bruder war, und seine Miene verfinsterte sich.

«Warum?», stieß er hervor.

«Schaut auf das Gemälde», antwortete sie.

Er tat es. So viel Fassungslosigkeit, wie sich nun auf seinem Gesicht abzeichnete, hatte sie noch bei keinem Menschen gesehen. Wieder versank er in ein tiefes Schweigen, schien verarbeiten zu müssen, dass die Leiche seines Bruders auf eine Leinwand gemalt worden war.

«Dafür ist er gestorben?»

«Ja.»

«Aber er kann noch nicht lange tot sein. Wo war er die ganze Zeit?»

«Hier. Bewusstlos.»

In seiner Verwirrung verfiel er ins Schwedische; was er sagte, klang so, als stelle er weitere Fragen. Er betrachtete den Raum aufs Neue, schien alles, was darin war, endlich als Ganzes zu erfassen. Und verkündete seinen Entschluss.

«Dafür bringe ich dich um.»

Er machte einen Schritt auf sie zu.

Jetzt zog Henrietta die Pistole hervor. Persson blieb stehen.

Mit beiden Händen hielt sie die Waffe auf ihn gerichtet. Sie wusste, dass sie ihn nicht genau treffen konnte. Aber er war nahe genug. Es würde reichen, wenn sie seine Brust traf.

«Du weißt doch gar nicht, wie man eine Pistole bedient», sagte er, aber es klang nicht so gelassen, wie er wohl beabsichtigt hatte.

Sie wusste es nicht genau, aber sie konnte es sich denken. Den Hahn spannen, kurz vor dem Schuss auf den Pfannenschieber aufziehen und den Abzug drücken. So musste es gehen. Ein lautes Klacken erfüllte den Raum. Sie war bereit für den Schuss.

«Hast du auch nicht das Zündkraut vergessen, Henrietta?»

Panik stieg in ihr auf. Das hatte sie vergessen. Er hatte recht. Unwillkürlich ließ sie die Pistole sinken. Da sprang er mit einem Satz auf sie zu, schlug ihr die Waffe aus der Hand, sodass sie durch den Raum flog. Er packte Henrietta an den Schultern, wirbelte sie herum und warf sie rücklings auf den Boden. Sie wollte aufstehen, doch er warf sich mit seinem ganzen Gewicht auf sie.

Würde er nun vollenden, was sein Bruder begonnen hatte? Nein, er machte keine Anstalten, seine Hose zu öffnen oder ihr Kleid hochzuzerren. Vielleicht bemerkte sie es aber auch nicht. Sie versuchte ihn von sich zu drücken und sich zu befreien, kniff die Augen zusammen, schlug ihn mit der Faust, traf auch sein Gesicht, doch es bewirkte nur ein ärgerliches Stöhnen. Als sie die Augen öffnete, sah sie, wie Blut aus seiner Nase tropfte. Dann packte er sie an den Haaren und schlug ihren Kopf auf den Boden. Ihr wurde schwarz vor Augen.

Sie war nicht bewusstlos, denn sie hörte ihn keuchen

und auf Schwedisch fluchen. Aber ihre Lider waren zu schwer, um die Augen zu öffnen. Was wollte sie ihn auch ansehen? Er würde sie jeden Moment töten, auf welche Art auch immer. Da er keine Waffe bei sich hatte, würde er sie vermutlich erdrosseln. Sie wartete darauf, dass er die Hände um ihren Hals legte, doch nichts geschah. Immer noch lag er auf ihr und rührte sich nicht. Endlich gelang es ihr, die Augen zu öffnen. Sein blondes Haar verdeckte ihr die Sicht. Hinten im Raum weinte Priska.

Nein, Persson weinte.

Mit aller Kraft stemmte sie sich gegen ihn und drückte ihn weg. Sie versuchte, auf die Knie zu kommen, landete aber auf dem Bauch, und schon lag er wieder über ihr und drückte seinen Arm gegen ihre Kehle. Dann hielt er inne. Er weinte immer noch. Worauf wartete er? Wusste er überhaupt, was er da tat? Sie war nicht mehr imstande, sich zu rühren, sie konnte nur noch die rechte Hand ausstrecken.

Das, was sie ertastete, war der Rand des Bildes. Sie fühlte die Kanten unter ihren Fingerspitzen, die raue Leinwand, die Nägel, die in die Ränder geschlagen waren. Sie schaute auf, und da sah sie es dicht über sich hinaufragen: ihr Werk, für das sie auf das Leben an Thomas' Seite verzichtet hatte.

Du musst es zerstören, kam es ihr in den Sinn.

Der Gedanke erschreckte sie, und sie begriff erst nicht, wie sie darauf kam. Hatte sie nicht ihrem Vater versprochen, es zu vollenden und bis zu jenem Tag zu verstecken, wo die katholischen Geistlichen aus dem Exil zurückkehrten? Im Dom sollte es hängen, hatte sie ihm das nicht versprochen, im Angesicht seines Todes?

Gar nichts hatte sie versprochen, und niemals würde es im Dom gesehen werden, nicht einmal von seinem Auftraggeber, dem Domherrn. Denn Persson würde es zerstören, gleich nachdem er Henrietta getötet hatte. Nein, schlimmer noch, er würde sie vorher zwingen, es selbst zu tun. So wie er Anselm gezwungen hatte, seine Madonna zu zerstören.

Das Gemälde war verloren, so wie sie. Sie konnte nur noch entscheiden, ob sie ihre Würde wahren und Persson zuvorkommen sollte.

Sie tastete weiter, zupfte an einem Stück Stoff, von dem sie annahm, dass es Priskas Rock war. Ein paar heiße, schweißfeuchte Finger berührten ihren Handrücken.

Henrietta hob den Kopf, soweit es ging, und deutete auf das Gemälde. Dann auf den mannshohen Ständer, der die brennenden Talgkerzen trug und die Leinwand ausleuchtete. Unmöglich konnte Priska in ihrer Furcht begreifen, was ihre Geste zu bedeuten hatte. Sie schien nur zu wissen, dass sie aufstehen und eine der Kerzen holen sollte. Sie schüttelte den Kopf, als ahne sie, welch grausamen Dienst Henrietta gleich von ihr verlangen würde.

«Du musst», flüsterte Henrietta. Sie zupfte erneut an Priskas Rock, diesmal fester. Priska stand auf, ging langsam zum Kerzenständer und nahm eine Kerze herunter. Dann kniete sie sich wieder hin und stellte die Kerze so auf den Boden, dass Henrietta sie ergreifen konnte.

Nein!, dachte Henrietta, was soll ich damit? Du musst es tun! Du musst die Leinwand entzünden!

Sie war nicht mehr fähig, es zu sagen oder auch nur zu flüstern. Wenn sie doch nur freikäme, sich freistrampeln könnte, aber sie hatte keine Kraft. Persson lag halb auf ihr, ihre Brüste drückten schmerzhaft gegen den Boden, und jeder Atemzug wurde ihr zur Qual. Sie streckte die Hand erneut nach Priska aus, packte ihre Schürze und zog daran. Endlich schien die Magd zu begreifen, denn sie löste die Schürze, stand auf und verschwand aus Henriettas Blickfeld. Henrietta gelang es, die Schürze an die Flamme zu halten. Der Stoff fing sofort Feuer, die Flammen erreichten das untere Eck des Gemäldes.

Priska begann zu schreien. Auch Persson schien wieder zum Leben erwacht zu sein. Er rollte sich zur Seite. Henrietta rang nach Luft, versuchte aufzustehen, doch ihr Körper war taub. Plötzlich griff Persson ihren Kopf, hob ihn an und schlug ihn erneut zu Boden. Sie sah noch die Flammen dicht vor sich tanzen, sah den heiligen Magnus, der nun nicht durch das Schwert, sondern durch den Scheiterhaufen vernichtet wurde. Dann nahm sie nichts mehr wahr, hörte nur noch wie aus weiter Ferne das bedrohliche Knistern des Feuers.

Vergib mir, Vater, dachte sie, bevor ihr die Sinne schwanden.

Glücklicherweise war es dunkel, sodass den Wachen am Tor nicht auffiel, dass Thomas verletzt war. Sie sahen nur, dass er von Kopf bis Fuß durchnässt war, bedachten ihn mit schadenfrohen Bemerkungen, die er ignorierte, und schlossen das Tor hinter ihm. Er hastete weiter, ohne den Schmerz oder die Kälte wahrzunehmen. Wann wurden die Tore geschlossen? Er wusste es nicht. Auch kein Glockengeläut wollte ihm verraten, wie viel Zeit vergangen war, seit er am Ufer eingeschlafen war. Er musste so rasch wie möglich zu Henrietta. Wie er dort Persson davon abhalten konnte, das Obergeschoss zu betreten, wusste er noch nicht.

Allzu spät konnte es nicht sein, denn es waren noch Menschen in den Gassen zu sehen. Bald tauchte der wohlbekannte Brunnen vor ihm auf, dann der Eingang zur Cruzenachgasse. Er lief zum Tor, rang nach Atem und hämmerte den Türschlegel gegen das Holz.

Was konnte er hier ausrichten? Selbst wenn man ihm

öffnete, so würde er doch nur erneut überwältigt werden. Aber das war jetzt nicht wichtig. Es zählte zunächst nur, ins Haus zu gelangen.

Ob er das Tor eintreten konnte? Nicht in seinem jetzigen Zustand. Er schlug den Türklopfer erneut, und nun meinte er, von drinnen Schritte zu hören.

Dann vernahm er einen unterdrückten Schrei. Er kam von einer Frau.

Er wollte Henriettas Namen rufen, aber er zwang sich, ruhig zu bleiben. Es gab noch eine Möglichkeit für ihn: Wenn ihm eine Frau und nicht einer von Perssons Männern öffnen würde, bestand noch Hoffnung, Henrietta irgendwie dort herauszuholen.

Ein Schlüssel klapperte im Schloss, und tatsächlich, es war Jette, die das Tor öffnete. Sie wirkte verstört, sah ihn an, als erkenne sie ihn nicht oder als sei ihr völlig gleichgültig, wer er war. Sie deutete auf den Hof. Er drückte das Tor ganz auf, stürzte hinein – und erstarrte.

Jemand hing am Söller, eine schmale Gestalt, kleiner als ein Mann. Ein Junge. Thomas drehte sich zu Jette um. Sie musste es eben erst gesehen haben, als sie den Hof betreten hatte, um ihm zu öffnen.

Er eilte zu dem Jungen, tastete zögerlich seine Hände ab, die auf Höhe seines Brustkorbes hingen. Kein Leben war mehr darin. Auch nicht in den Augen, die aus ihren Höhlen gequollen waren. Der Todeskampf des Jungen musste schlimm gewesen sein, dennoch strahlte er Frieden aus. Thomas zweifelte keinen Augenblick daran, dass er seinem erbärmlichen Leben selbst ein Ende gesetzt hatte.

Er schlug ein Kreuz und machte sich an Jette vorbei in den Flur. Sie unternahm nichts, um ihn daran zu hindern. Die Tür zum Schankraum war geschlossen, dahinter erklangen müde Stimmen. Einer rief, dass jemand nachschauen solle, was der Schrei und das Gepolter im Obergeschoss zu bedeuten hätten. Sein Klopfen hatten die Männer offenbar nicht gehört. Er war gerade dabei, die Stiege hochzugehen, da flog die Tür auf, und zwei der Schweden traten heraus.

In diesem Augenblick hörte er Jettes Schritte auf dem Flur.

«Jörg ist tot!», schrie sie. «So schaut doch – draußen am Söller!»

Fast glaubte er, sie habe es mit Absicht gesagt, damit er unbemerkt hinaufgehen konnte. In ihrem Entsetzen dachte sie jedoch sicherlich nicht daran. Die Männer liefen fluchend in Richtung Hof.

Thomas hastete die Stiege hinauf. Die Tür zur Wohnstube stand offen, es schien niemand darin zu sein. Er betrat den Raum und nahm einen kleinen, aber schweren gusseisernen Kerzenhalter von einem Wandregal. Die Kerze, die darin steckte, warf er fort. Dann betrat er die Stiege zum Obergeschoss, langsam, um sich für das, was er dort vorfinden würde, zu wappnen. Er nahm nicht an, dass er Persson überraschen konnte, dafür knarrten die Stufen zu laut. Und falls der Schwede eine Waffe bei sich trug, konnte er ihm erst recht nichts entgegensetzen. Dennoch gab ihm der Ständer in seiner Hand Selbstvertrauen. Stufe um Stufe stieg er hinauf, die Hand mit dem Halter erhoben. Kurz nur kam ihm der Gedanke, Persson und auch Henrietta könnten unten im Schrankraum gewesen sein und jetzt beide im Hof stehen und zusehen, wie irgendeiner den Strick über dem Kopf des Jungen durchtrennte. Nein, sie waren beide dort oben, er wusste es, noch bevor er den Treppenabsatz erreichte.

Es roch nach Feuer.

Das Bild, das sich ihm bot, war dem übelsten Albtraum entsprungen, den er sich nur vorstellen konnte. Tatsächlich war Ole hier, wie Priska es gesagt hatte. Ihn auf diese Art vorzufinden, hätte Thomas allerdings nicht für möglich gehalten: in aufrechter Haltung auf dem Boden sitzend, die Hände gefesselt und am Deckenbalken hängend. Er fragte sich, ob er je auf eine solche Idee gekommen wäre, hätte er eines männlichen nackten Modells bedurft. Niemals, da war er sich sicher.

Aber Oles wegen war er nicht hier. Wo war Henrietta? Jetzt sah er sie: Sie lag auf dem Boden, hinten im Raum und dicht vor dem riesigen Gemälde, das er bisher nur in verdecktem Zustand gesehen hatte. Persson lag neben ihr, seine rechte Hand ruhte auf Henriettas Kopf, als habe er ihr die Haare gestreichelt. Langsam lösten sich seine Finger, und die Art, wie er es tat, verriet Thomas, dass er etwas anderes getan hatte, als sie zu liebkosen. Er hatte ihren Kopf auf den Boden geschlagen. War sie tot? Thomas meinte zu sehen, wie die Finger ihrer ausgestreckten Hand zuckten, doch das mochte auch an dem flackernden Licht des Feuers liegen.

Das Feuer! Ein Stoffknäuel brannte an einer Ecke des Gemäldes, der Keilrahmen stand bereits in Flammen. Mehrere Löcher hatten sich bis zur oberen Kante in die Leinwand gefressen, und an den angeschwärzten Stellen bog sich die Leinwand nach hinten. Doch das nahm Thomas nur am Rande wahr. Sein Blick wanderte über das Gemälde, das er nun endlich sah, bevor es in wenigen Augenblicken vollends in Flammen aufgehen würde. Da war Ole, er war zum Märtyrer geworden, vollkommen nackt, umgeben von Menschen, die ihn auf unterschiedliche Weise anstarrten – fasziniert, ängstlich, angewidert, erschrocken. Gottesfürchtig. Er saß, halb kniend, unter Zypressen – ein Verweis auf das antike Rom. Es war Nacht, eine dunkle Lichtung, während ein imaginäres Licht auf den Heiligen herabstrahlte. Seine Haut schimmerte wie

Elfenbein. Im Übergang zu den Schatten war sie hingegen von kräftigem Fleischton, die Fingerspitzen bläulich. Der seidige Glanz erweckte in Thomas den Wunsch hinzufassen, nachzuspüren, ob die Leinwand ebenso nachgab wie die Oberfläche eines kräftigen, sehnigen Körpers. Der Blick des Heiligen war gehetzt, furchterfüllt, und doch schien er zu wissen, dass seinem Tod etwas Besseres folgte. Schmerz lag darin, körperlicher Schmerz, denn in seinem Rücken steckte ein gewaltiger Zweihänder, den ein Soldat festhielt. Ein feines, kaum erkennbares Blutrinnsal entsprang der Wunde, lief ihm den Rücken herunter und mündete zwischen seinen Hinterbacken.

Thomas erkannte auch die Tochter des Apothekers wieder, das vermeintliche Becker-Porträt, hier nun das Abbild einer römischen Edeldame. Und er sah die weißen Lilien im nicht ganz vollendeten Vordergrund, jene Lilien, die Henrietta das Verbot des Domherrn eingebracht hatten. Die Blumen schienen ihre Signatur zu sein und zu sagen: Ich bin unschuldig.

Thomas wünschte sich in diesem Moment nichts mehr, als noch etwas mehr Zeit zu haben, um dieses Meisterwerk zu betrachten. Stattdessen würde es gleich vom Rauch eingehüllt und von den Flammen zerfressen sein. Ihm blieb nur, Henrietta herauszuholen. Da Sven Persson noch immer auf dem Boden lag und ihm den Rücken zuwandte, schien es ihm nicht mehr unmöglich.

Mit erhobenem Kerzenständer lief er von hinten auf den Schweden zu. Der wirkte ganz in Gedanken versunken und machte keine Anstalten aufzustehen.

Doch Thomas täuschte sich.

Plötzlich drehte Persson sich um und versetzte ihm mit dem Stiefel einen kräftigen Stoß in den Unterleib. Thomas flog nach vorne, der Kerzenständer entglitt ihm. Er schlug hinter Henrietta bäuchlings auf den Boden.

Sofort warf sich Persson auf ihn und drückte ihm die Kehle zu. Thomas versuchte ihn wegzustoßen und auf die Beine zu kommen, aber er war zu schwach. Dicht vor ihm ragte das Gemälde auf, es war schon zur Hälfte heruntergebrannt. Der Rücken des Heiligen stand in Flammen. Hitze und Qualm strömten Thomas entgegen, er verspürte einen furchtbaren Hustenreiz, doch in Perssons Umklammerung konnte er nicht einmal mehr atmen. Er musste schnell handeln, sonst wäre er tot, noch bevor das Gemälde ganz vernichtet war.

Wie seltsam, dachte er, ich wollte Zeit, es zu betrachten, und nun werde ich sterben, bevor es zerstört ist.

Nein! Er hatte sich nicht umsonst bis hierher durchgekämpft. Seine Hände glitten wild über den Boden, im letzten Versuch, sich zu befreien. Da stießen seine Finger gegen etwas Metallenes. Er wusste nicht, was es war, er spürte nur, dass es hart war. Hart und lang. Er packte es, schlug zu, und der Griff um seine Kehle löste sich.

Endlich war er frei, um zu atmen, doch die Luft schmeckte gefährlich nach Rauch. Hustend drehte er sich um und sah Persson auf dem Boden kauern, die Hand an der Stirn. Thomas erkannte nun, was er da gegriffen hatte, es war eine Pistole. Er hatte sie schon einmal gesehen – gerade eben, im Gürtel des römischen Soldaten, der nun in Flammen stand.

Er ließ die Waffe ein zweites Mal auf Persson niedersausen, der bewusstlos zusammensackte. Dann warf er sie weg. Inzwischen hatte sich der Rauch so weit ausgebreitet, dass Thomas kaum noch etwas erkennen konnte. Seine Lungen brannten. Er tastete nach Henrietta, fand sie und trug sie zur Tür. Dort schaute er sich noch einmal um. Priska stand, eingehüllt vom Qualm, in der Zimmerecke, die Hände verzweifelt vors Gesicht gepresst.

Er hustete, versuchte ihr zuzurufen, dass sie ihm folgen

möge. Aber sie hörte ihn nicht, und vielleicht sah sie ihn auch nicht mehr. Er überlegte, Henrietta draußen abzusetzen und Priska zu holen, doch in diesem Moment krachte einer der brennenden Deckenbalken herunter und verwandelte die Werkstatt endgültig in ein Inferno, in dem jeder weitere Augenblick den sicheren Tod bedeutete.

Auf der Treppe stand ein Schwede, dahinter ein weiterer. Als sie Thomas mit Henrietta im Arm aus der Werkstatt stürmen sahen, flüchteten sie die Treppe hinunter. Thomas folgte ihnen. Die anderen Schweden liefen im Schankraum und auf dem Flur herum und rafften offenbar zusammen, was sie besaßen. Von Jette war nichts zu sehen, aber es interessierte ihn auch nicht, was mit ihr geschehen würde. Niemand konnte ihn jetzt noch aufhalten. Henrietta war bei ihm, das war alles, was zählte. Erst als er im Hof Birger begegnete, musste er stehenbleiben.

Birger musterte ihn und Henrietta eine lange Zeit.

«Ist Persson dort oben?», fragte er endlich.

«Ja, er und sein Bruder.»

Nichts im verschwitzten Gesicht des Schweden verriet, ob er die Tragweite dieser Worte begriff. Aber er trat zur Seite.

«Geht», sagte er.

Thomas nickte ihm dankend zu und trug Henrietta ins Freie.

Epilog

29. Februar 1632

Sie war in der Nacht in Thomas' Armen aufgewacht, im Haus der Scherers, von dem sie zu diesem Zeitpunkt noch glaubte, es gehöre ihm. Er erklärte ihr, dass sich alles geändert hatte. Er war kein Hofmaler mehr und in diesem Haus nur noch ein geduldeter Gast. Es war Zeit für ihn, ein neues Zuhause zu suchen. So wie für sie jetzt auch. Beide mussten sie die Nacht hindurch husten, sie jedoch nicht so stark wie er. Sie hatte während des Brandes auf dem Boden gelegen, das war ihr Glück gewesen. Nur ihr Kopf schmerzte, aber das, so hoffte sie, würde sich bald geben. Thomas hatte an seiner Bauchwunde schlimm zu tragen. Anna hatte ihm geholfen, sie zu säubern. Sie hatte sie mit gewalkten Kohlblättern bedeckt und verbunden. So Gott wollte, würde sich nichts entzünden.

Wundersamerweise hatte Anna sie in seiner ehemaligen Schlafkammer nächtigen lassen, ohne sie zu stören. Sie teilte das wenige Essen mit ihnen und gab Henrietta einige abgelegte Wäschestücke, einen alten Umhang, dazu eine große Decke, in die sie ihre Sachen wickeln konnte.

«Ich bin froh, wenn du fort bist», sagte Anna milde lächelnd, als sie sich früh am nächsten Morgen verabschiedeten. «Du hast immer nur Ärger gemacht. Und wenn du hier bliebest, würde sich daran auch nichts ändern.»

Anselm lächelte ihnen nur aufmunternd zu und sagte nichts. Ihn würde Henrietta ein wenig vermissen. Um ihr Haus würde sie nicht weinen, wohl aber um ihren Vater und Priska, die auf so elende Weise gestorben war. Auch um Jörg würde sie trauern, tief in ihrem Innern. Thomas hatte ihr erzählt, was mit ihm geschehen war.

«Leb wohl, Vaterstadt», sagte sie leise, nachdem sie auf die Gasse getreten waren, sie mit einem Wasserschlauch und ihrem Bündel, Thomas mit seinen Habseligkeiten und der Lederrolle auf dem Rücken. Sie planten, die Stadt durch die beiden Gaupforten in Richtung des Hinterlandes zu verlassen. Sie wollten zunächst nur fort, entlegene Dörfer aufsuchen, wo sie eine Unterkunft und etwas zu essen bekamen.

Als sie das innere Gautor erreichten, ertönte eine Glocke, die anders als das Angelusläuten klang. Es war die Pestglocke. Henrietta sah Thomas an. Ob er es bemerkt hatte? Doch er sagte dazu nichts. Sie durften ungehindert die Stadt verlassen, vorbei an zwei Wachtposten, die dem unheilvollen Läuten lauschten.

Schweigend marschierten sie nebeneinander her, einen Hügel hinauf, bis sie am Wegesrand einen umgestürzten Baumstamm sahen, auf dem sie Rast machen konnten. Thomas hielt sich mit schmerzverzerrtem Gesicht die Wunde und stöhnte verhalten.

«Ist es sehr schlimm?», fragte sie besorgt.

«Nein, es muss gehen. Du bist bei mir, und wir haben die Stadt hinter uns gelassen, das ist alles, was zählt.»

Sie lächelte wehmütig. «Wo sollen wir hin?»

«Ich weiß nicht. Ich hatte keine Zeit, mir darüber Gedanken zu machen.»

Sie öffnete ihren Umhang und griff in ihr Brusttuch. Er sah verwundert zu, wie sie die Zeitung herausholte.

«Seit wann trägst du sie bei dir?»

«Seit vorgestern.» Sie faltete das zerknitterte Blatt auseinander. «Lass uns nach Bologna gehen.»

Auf seinem Gesicht spiegelten sich Unglaube, Protest,

Fassungslosigkeit. Plötzlich lachte er laut auf und musste heftig husten.

«Warum nicht?», rief er, nachdem er sich beruhigt hatte. «Nach allem, was wir hinter uns haben, schaffen wir es auch noch über die Alpen bis nach Italien. Dorthin, wo es warm ist, wo die Kunst blüht, wo kein Krieg herrscht. Würdest du das wirklich wollen?»

«Ja. Wir könnten südwärts wandern und uns dann irgendwo unauffällig dem Heereszug anschließen. Der König will doch nach Bayern.»

«Henrietta! Du bist wahnsinnig. Du und ich – im Tross?» Er dachte kurz nach. «Es wäre tatsächlich sicherer, im Tross zu reisen, allerdings könnte es auch unangenehm werden.»

«Lass uns später entscheiden, wie wir es machen. Aber ich möchte so gerne nach Italien und sehen, wie es dort ist. Von meinem alten Leben ist nichts übrig geblieben, nicht einmal eine Zeichnung.»

«Eine Zeichnung hast du noch.» Er klopfte auf seine Rolle, die er an den Stamm gelehnt hatte. «Die, die du von mir angefertigt hast, als ich schlief. Sie ist hier drin.»

Sie lächelte dankbar. Es war mehr als nichts, und vielleicht würde sie in Bologna die Gelegenheit haben, zu zeichnen oder gar zu malen. Sie schaute zurück auf die Stadt, das goldene Mainz, die geliebte Tochter der römischen Kirche, in der sie aufgewachsen war und die sie vertrieben hatte. Wer wusste schon, wie viele Bilder in diesem Krieg zerstört worden waren? Und wie viele Malerinnen es gab, von denen niemand je gehört hatte? Vielleicht war ihre Geschichte nur eine von vielen und nicht einmal die schlimmste.

Ines Thorn
Die Pelzhändlerin
Historischer Roman
Frankfurt, 1462: Als der Kürschner Wöhler erfährt, dass seine Tochter Sibylla fern der Heimat gestorben ist, erleidet er einen Herzinfarkt. Einzige Zeugin ist die Wäscherin Martha. Sie verheimlicht den Tod Sibyllas und gibt ihre Tochter Luisa für diese aus.
rororo 23762

Historische Romane bei rororo
Die Zeiten ändern sich,
und wir ändern uns in ihnen.

Petra Schier
Tod im Beginenhaus
Historischer Roman
Köln, 1394. In einem Spital der Beginen stirbt ein verwirrter alter Mann. Und das war nur der erste Tote. Eine Seuche? Adelina, die Tochter des Apothekers, glaubt nicht daran ...
rororo 23947

Edith Beleites
Das verschwundene Kind
Die Hebamme von Glückstadt
Historischer Roman
1636: Hebamme Clara entbindet bei einer dramatischen Geburt im Glückstädter Schloss eine junge Adelige von einem gesunden Jungen. Am nächsten Tag ist die Frau samt Säugling verschwunden ...
rororo 23859

BW 132/1

Weitere Informationen in der Rowohlt Revue *oder unter* www.rororo.de